백성

백

9

제3부 | 세월의 사닥다리

김동민 대하소설

문이당

차례

여자의 공격

　운산녀에게서 임배봉 집안 장손 동업의 이야기를 들은 허나연은 도저히 그냥 있을 수가 없었다.

　그날부터 그녀는 꼭 병든 까마귀 어물전 돌듯, 성 밖에 있는 임배봉의 대저택 주변을 서성거리기 시작했다. 그건 지난날 재영이 하던 행동의 반복이었다. 하지만 대궐문같이 웅장한 솟을대문은 늘 굳게 닫혀 있었다.

　하루 가고 이틀 가고 사흘, 나흘이 갔다. 열흘, 보름, 한 달……. 시간은 비봉산처럼 그 자리에 딱 멈춰 있는 것 같다가도 잠시도 머물지 않는 남강 물처럼 훌쩍 흘러가 버리곤 했다. 남겨진 흔적이 있다면 그것은 한숨과 절망의 바퀴로만 찍혀 있을 뿐이었다.

　점차 지치기 시작한 나연은 화장품과 바느질 도구, 패물 등속을 들고 방물장수로 가장해 그 집에 들어가 볼까도 생각했지만 좀처럼 용기가 나질 않았다. 용한 여자 점쟁이 행세를 해서 접근해보면 무슨 길이 있을 것 같기도 했지만 금세 들통이 날 것만 같았다. 결국, 앉은뱅이가 용만 쓰다가 힘 다 빠져버린 꼬락서니였다.

그러던 어느 날이었다. 두드리면 열린다는 말이 있듯 드디어 그 육중한 솟을대문이 열렸다. 그건 나연으로서는 태초에 천지가 처음 열린 것만큼이나 실로 감격스럽고 대단한 거였다. 조급하게 이제 일이 반은 성사되었다고 여겨질 정도였다.

어쨌거나 집 안에서 약간 나이 든 여자 목소리와 아이들 떠드는 소리가 들렸다. 그것은 마치 다른 별에서 흘러나오는 소리 같았다. 나연은 부리나케 기다랗게 이어진 높직한 담 모퉁이에 숨었다. 언네가 동업과 재업을 데리고 집 밖으로 나왔다.

"허~억!"

입에서 자신도 모르게 그런 소리가 나온 나연은, 머리가 아찔하고 전신에 쥐가 나면서 금방이라도 숨이 끊어지는 듯했다. 찢어질 것처럼 크게 치떠진 그녀의 두 눈은 반사적으로 둘 중 큰 사내애를 향했다. 흡사 오랫동안 훈련을 해온 것 같은 행동이었다. 그리고 이어지는 반응이 예사롭지 않았다.

'아아아.'

나연은 그대로 혼절해버릴 뻔했다. 간신히 두 손을 짚고 몸을 지탱할 수 있었던 담장이 아니었다면 땅바닥에 쓰러지고 말았을 것이다. 만일 그랬다면 꼼짝없이 언네에게 들켜버렸을지도 모른다.

'저, 저, 저?'

그녀는 대번에 알아보았다. 자기 아들이라는 것을. 아무리 여러 해가 지나갔다 하더라도 내 뱃속에 무려 열 달이나 들어 있었고, 또 온몸을 목욕시키고 기저귀를 채워주었던 그 자식을 몰라보겠는가? 게다가 다른 사람이 보기에도 자신과 그렇게 빼닮았다는 아이인 것이다.

'아, 내 아들, 내 아들아이.'

나연은 소리 죽여 흐느끼며 속으로 끝없이 아들을 불렀다. 지금까지 부르지 못하고 꼭꼭 쟁여두었던 그 말을 한꺼번에 쏟아냈다.

'아들아이. 내다, 니 에미다.'

두 아이는 여자를 따라 어디론가 가는 모양이었다. 그럴 수 없이 고급스러운 옷이면서도 간편한 차림새인 걸로 보아 아마도 집에서 가까운 곳으로 나들이를 나선 게 아닌가 싶었다. 성내 여러 장대將臺나 대사지가 아니면 읍내장터 구경을 갈 수도 있다. 어디서 놀이패가 한마당 놀고 있는지도 알 수 없다.

나연은 당장 달려가 아들을 껴안고 싶은 걸 가까스로 참아냈다. 어찌된 사연인지 전혀 모르는 이런 상황에서, 아니 안다고 할지라도, 섣불리 그들 앞에 나섰다간 무슨 낭패를 당할지 모른다는 희미한 자각이 그녀를 용케 지탱해주고 있었다.

그럼에도 여전히 갈등에서 헤어나지 못하고 있는 나연의 등 뒤로 담장 안쪽에 자라고 있는 정원수 가지가 뻗어 나와 있었다.

'오데로 가노? 에미를 놔두고.'

그들은 나연이 몸을 감추고 있는 곳에서 점점 멀어져 가고 있었다. 그러곤 행인들 속에 섞이는가 싶더니만 곧이어 그녀 시야에서 완전히 사라졌다. 그건 꿈속에서 아주 잠깐 스쳐 간 장면과도 같았다. 아니, 꿈속에서 꾼 꿈이 아닌가 싶을 지경이었다.

'이, 이랄 수가?'

나연은 담장에 떨리는 손을 대고 가까스로 몸을 유지했다. 그새 세월이 흐르긴 많이 흘렀구나 싶었다. 내 아들이 어느 틈에 저렇게 장성해 있다니. 이게 현실이 맞기는 한 건가. 아니다. 설혹 다른 세상에 와 있다고 할지라도 괜찮다. 내 아들과 함께 있을 수 있는 곳이니까.

그러나 그런 인간적인 감정은 오래 지속되지 않고, 대체 내 아들이 어떻게 임배봉 집에 살고 있을까 하는 현실적인 의문이 그녀 머릿속을 온통 지배하기 시작하였다. 재영이나 비화가 키우고 있지 않다는 것은 벌써 알고 있었다. 또한, 죽지 않고 살아 있다면 누군가가 데리고 있을 거라는 예상도 했다. 하지만 임배봉 집안이라니.

임배봉이 누군가. 비단으로 유명한 동업직물을 경영하는 근동 최고 갑부가 아닌가? 그런 대단한 가문에서 자라고 있을 줄이야. 박재영, 그 인간이 무엇을 어떻게 했기에 이다지도 믿을 수 없는 일이? 갖가지 조화를 부릴 줄 아는 귀신을 수하로 거느리고 있는 것도 아닐 텐데 말이다.

'그렇다모 내가 이리쌌고 있을 끼 아이다.'

우선 재영부터 만나봐야겠다고 작정했다. 그에게서 자초지종을 알아낸 연후에 그다음 행동을 취해야 할 것이다. 즉시 그를 찾아가야겠다. 지금까지는 재영과 마주치면 그가 절대 가만히 있지 않을 거라는 두려움 때문에 무작정 피해만 다녔었다. 솔직히 입으로는 참새처럼 재재거려도 사내 완력이 가장 겁나는 그녀였다.

그러나 이제는 사정이 완전히 달라졌다. 그 아이가 어디 재영 그 인간 혼자만의 아이냐? 이 나연에게도 절반의 권리가 있다. 절반의 권리. 그가 아버지로서 자식을 키우겠다면 어쩔 수 없겠지만, 남의 손에 있다면 이건 근본적으로 문제가 다른 것이다.

'인자는 내 하기에 달리 있는 기라.'

이윽고 본정신이 돌아온 나연은 선걸음에 상촌나루터로 내달렸다. 장소나 시각은 정해져 있지 않지만, 재영이 하루에 한 번은 강가에 바람 쐬러 나온다는 사실은 익히 알고 있다. 그를 만나는 일은 어렵지 않다.

'우와!'

나연은 그 와중에도 속에서 절로 감탄사가 흘러나왔다.

'역시 운제 와 봐도 장난이 아이거마.'

상촌나루터는 남강 최고의 나루터답게 언제나처럼 붐볐다. 나룻배마다 많은 승객이 타고 내렸다. 인파와 소달구지, 마차, 가마 사이를 뚫고 나연은 나루터집 가까이 이르렀다. 그러고는 나루터집 입구가 잘 바라보이는 강가 큰 나무 뒤에 숨어서 재영이 나오기를 기다렸다. 그 아름드리 플라타너스 고목은 조그만 여자 몸 하나쯤은 이파리 한 장이나 가지 한 개로도 너끈히 가려줄 수 있다고 큰소리를 칠 만했다.

'고 인간이 하매 강바람 쒸우고 도로 집구석에 들가삐릿으모 우짜지? 오늘 하로만 날이 아이고 내일, 모레도 있지만도.'

천성적으로 참을성이 모자라는 나연은 금세 조바심이 일었다. 그런 그녀의 애탐에 나도 동조한다는 듯 플라타너스 잎사귀들도 불어오는 강바람에 온몸을 맡기고는 쉴 새 없이 팔랑거렸다.

'해나 헛방을 치모 우짜노.'

그런데 천우신조가 아닐 수 없었다. 재영은 그녀가 남강에 많이 서식하고 있는 저 두루미나 왜가리처럼 목을 길게 뺀 채 기다리고 있다는 것을 알기라도 한 걸까? 아니면 불륜이라 할지라도 그 인연의 끈이 다시 서로 닿았음인가? 얼마 있지 않아 재영이 나루터집 출입문 밖에 그 모습을 드러낸 것이다.

'아, 저 인간이!'

나연은 꿀꺽 마른침을 삼켰다. 그 순간에는 너무나 긴장하여 뭐가 좋은 줄도 모르겠고, 머리카락이 그냥 뭉텅뭉텅 빠져나가는 느낌만 들었다. 그런가 하면, 몸이 물 위를 둥둥 떠다니는 것 같았다.

'쌔이 가자, 저리로.'

재영은 나연이 자기를 쭉 지켜보고 있다는 사실은 까마득히 모른 채 혼자 강가로 향하고 있었다. 그는 언제나 강가에 우두커니 서서 나룻배나 뱃사공, 배를 타고내리는 손님들을 구경하였다. 계절 따라가며 그곳에 모습을 나타내는 왜가리, 물총새, 청둥오리, 물닭, 재두루미 같은 물새라든지, 그게 아니면 어딘가를 향하여 바지런히 흘러가는 푸른 강물을 물끄러미 바라보다 다시 느린 걸음을 떼놓기를 되풀이하곤 했다.

'쪼꼼만 기다리라, 요 인간아.'

이만큼 멀찍이 떨어져서 미행하는 나연은 호젓한 지점에 이르게 되면 재영을 불러 세울 계산이었다. 마음은 급했지만 가급적 남의 이목을 피해야 했다. 이건 극비리에 행해지지 않으면 안 될 일이다.

재영은 강줄기를 거슬러 계속해서 상류 쪽으로 가고 있었고, 간혹 지푸라기나 나뭇가지 같은 것들이 하류 쪽으로 떠내려가는 것이 눈에 띄기도 했다. 그것은 허옇게 헐고 검게 썩은 물고기처럼 좀 흉물스러운 분위기를 던져주었다.

'여게가 좋것다.'

드디어 나연이 작심을 하고 재영을 부른 곳은 얼이와 효원이 드물게나마 만나 마음을 나누는 흰 바위 부근이었다. 하얀 모래펄이 넓게 펼쳐지고 마치 무인도 해변처럼 인적이 드문 곳이었다.

"거 서보소!"

비록 그들 둘 사이에 자식까지 딸린 처지이지만 재영을 부를 마땅한 호칭이 퍼뜩 떠오르지 않아 나연은 그렇게 말했다. 강을 향해 앉은 흰 바위가 얼른 이쪽을 돌아보는 것 같았다. 갑자기 들려온 그 소리에 무심코 고개를 돌리던 재영은 그만 눈을 의심했다. 대체 이게 꿈인가 현실인가? 허나연이 눈앞에 나타나다니.

엄청난 충격을 받아 상황 판단이 제대로 되지 않은 재영이 멍하니 서 있는데, 나연은 한 걸음 더 그에게 다가서면서 야무지게 말을 걸어왔다.

"내하고 이약 좀 하이시더."

재영은 비로소 약간 정신이 돌아왔다. 그러자 비수처럼 그의 입에서 욕설이 튀어나왔다.

"니, 니년, 니년이!"

그것은 곧장 홍수처럼 세찬 분노로 이어졌다.

"온냐, 잘 만냈다. 내 니년을 고만 안 둔다."

재영은 단숨에 달려들어 나연의 머리채라도 확 낚아챌 태세였다. 모래밭에 처박아 놓고 목을 졸라 죽일 품새였다.

"잘 만냈다꼬오?"

그런데 그렇게 맞대응을 하는 나연의 기세가 더 등등했다. 그녀는 앙칼지게 쏘아붙였다.

"누가 죽든 한분 해보자꼬."

재영이 무어라 더 대꾸할 틈도 없었다.

"머 잘했다꼬 큰소리고, 큰소리는?"

나연의 고함소리는 고즈넉한 강가를 제멋대로 뒤흔들었다. 재영은 바보같이 입만 헤벌렸다.

"허, 조, 조년이야?"

그에 반해 나연은 다소 연약해 보이는 두 손으로 이쪽저쪽 번갈아 가며 온갖 삿대질까지 해대기 시작했다.

"사람이모 다 사람인감?"

사람을 앞에 세워놓고 무슨 말장난이라도 하는 품새였다.

"사람이라야 사람이제."

문득 바람이 그친 강가는 비좁은 골방처럼 답답함을 느끼게 했고, 얼굴이 불을 담은 듯 벌겋게 달아오른 재영은 눈알을 부라리며 상대했다.

"사람 소리는 입에도 몬 올릴 화냥년이 돼갖고 오데서?"

그런데도 나연은 조금도 주눅이 들지 않고 도리어 그곳 남강 활어처럼 기가 펄펄 살아 막 퍼 댔다.

"내가 화냥년이모, 니는 화냥눔이다. 우짤래? 우짤래?"

물살에 쏠리는 강변의 수초가 남녀 싸움이 너무너무 재미있다는 듯 신이 나서 우쭐우쭐 어깨춤을 추는 것같이 보였다.

"요 화냥눔아, 돼도 안 한 눈깔 갖고 그리 딱 째리본다꼬 오데 시껍무울 화냥년이 있는 줄 아는가배?"

나연의 일방적인 공세에 재영은 기선을 제압당하면 안 된다고 스스로를 다독거리면서도 마땅한 반격의 말이 떠오르지 않았다.

"저, 저?"

한땐 서로 죽고 못 사는 사이였대도 남녀란 건 일단 한번 돌아서고 나면 원수도 그런 원수가 없었다.

남강도 그만 놀라 그 흐름을 딱 멈추고 저만큼 강 언덕에 서 있는 나무와 물속에 아랫도리를 담고 있는 수초도 몸을 움츠리는 것 같았다.

'조년이 머를 믿고 저리 큰소리고?'

아무래도 이해가 쉽지 않은 일이었다. 재영은 거기 지천으로 깔려 있는 모래알만큼이나 많은 의문에 사로잡혔다.

'여게 지하고 내 말고는 아모도 없는데 말이다.'

재영은 그 경황망조한 와중에도 혹시 근처에 운산녀나 민치목, 아니면 또 다른 하수인이 있는가 싶어 급히 살펴보았지만 아무도 없었다. 재영이 그러면서 좀 머뭇거리는 사이에 또 나연이 먼저 고성을 내질렀다.

"시방 눌로 찾는 기고? 우리 아들 찾는 것가?"

그 순간, 재영은 등짝에 얼음물이라도 확 끼얹힌 느낌이었다. 그것은 신마저도 내다보지 못했을 일이었다. 저년 주둥이에서 업둥이로 줘버린 아들 말이 나오다니. 그것은 돼지가 달걀을 낳았다는 소리를 듣는 것보다도 훨씬 충격적이지 않을 수 없었다.

재영은 그만 모든 전의를 상실했다. 나연 입에서 나온 '아들'이라는 그 말은 독화살처럼 그의 몸에 들어와 박혀 전신을 마비시켜버리는 듯

했다.

'내가 와 이라노?'

재영은 이래선 안 된다고 억지로 마음을 다잡았다. 한데서 자고 거지 같이 빌어먹다시피 하며 방황하고 고뇌하던 지난날들이 지울 수 없는 지문처럼 뇌리에 찍혀 나왔다.

저년이 어떤 년이고. 제 사내, 자식 모조리 내팽개치고 다른 놈과 배 맞추어 달아난 화냥년이 아니냐? 걸레보다 더러운 년. 시궁창에 멱 감 을 년.

재영이 씩씩거리며 내뱉은 말이다.

"그 말 잘했다. 모릴 줄 아나?"

나연이 무어라 더 지껄이기 전에 치명적인 비수를 날렸다.

"우리 준서를 유괴할라캔 기 니년이란 거."

재영은 믿어 의심치 않았다. 그 소리를 들은 나연은 즉시 달아나거나 제발 용서해 달라고 손이 발이 되도록 싹싹 빌 것이다. 하지만 결코 그 용서를 받아들이지 않을 것이다. 그 대신 머리채를 확 휘어잡고 짐승 다 루듯 질질 끌고 가서 저 남강에 처넣어버릴 것이다.

'물괴기들도 더럽다꼬 시체에 입도 안 대것제.'

이 또 무슨 귀신 조화 속인가? 나연 입가에 기묘한 웃음기가 살짝 번 지더니 재영이 혼비백산할 말이 튀어나왔다.

"내사 유괴할라다가 고마 몬 했지만도, 우리 아들은 배봉이 집에서 하매 유괴해 갔데?"

"……."

재영은 포졸의 육모방망이를 맞은 범죄자처럼 휘청했다. 아, 저년이 어떻게 그 사실을? 천지신명도 모를 거라고 믿었다.

재영은 팔다리는 말할 것도 없고 이빨마저 딱딱 부딪쳤다. 나연의 눈에는 학질 환자같이 비칠지도 몰랐다. 그야말로 학질을 뗄 노릇이다.

저 화냥년이 어디까지 알고 있는 걸까? '유괴'란 말을 쓰는 걸로 보아서는 업둥이로 줬다는 사실까지는 아직 모르는 성싶다. 역시 재영의 그 짐작대로 나연이 죄인 취조하듯 이렇게 물어왔다.

"와 우리 아들이 그 집에 있는고, 후딱 말 안 할 낀가?"

재영은 산란해지는 정신을 다잡고 비장秘藏의 무기를 꺼내듯 맞받아쳤다.

"지멋대로 내삐고 도망칠 때는 운제고, 인자 와서 무신 낯까죽 들고 그런 소리 씨부리는 기고?"

그러나 나연은 끝내 마지막 선까지 건드리는 말을 하기 시작했다.

"우찌 된 사연인고 세세히 모돌띠리 밝히내고, 당장 이 길로 그 집에 달리가서 내 아들을 찾아와야 하는 기라."

재영은 졸지에 역습을 당한 기분에 그저 더듬거리기만 했다.

"그, 그, 그거는."

다시 칼자루를 잡은 나연이 매섭게 다그쳤다.

"와?"

바람이 하류 쪽에서 불어오자 강물은 역류하는 것처럼 보였다. 일어나는 물결이 강의 몸에 돋는 소름 같았다.

"와 몬 하는데?"

상대방 기가 죽자 나연은 달린 입이라고 되는 대로 나불거렸다.

"그 집에 돈 받고 팔아뭇는가베?"

강가 나무숲에서 무엇이 부스럭거리는 이상한 소리가 났다. 마치 사람이 거기 몸을 감추고 그들을 훔쳐보는 듯했다.

"마, 말도 아, 안 되는 소리를……."

재영은 그 말 그대로 말이 제대로 되지 않았다. 나연과 저질렀던 일

말고는 그저 그렇고 그런 가정에서 쭉 평범하게 살아온 그는, 감당하기 힘든 상황에 부딪히면 임기응변에도 몹시 서툴렀다.

"그라모 머 땜에?"

옥죄어드는 올가미였다. 몰인정한 채권자처럼 구는 나연의 두 손이 그녀의 가느다란 허리춤에 척 걸쳐져 있다. 그런 오만방자한 자세로 나연은 계속 재영을 중죄인 다루듯 했다.

"천금 겉은 내 자슥이 와 그 집에 있는고, 퍼뜩 말해봐라 안 쿠나!"

그들 근방에는 언제 날아왔는지 모를 잿빛 비둘기 무리가 종종걸음을 쳐가며 주둥이로 열심히 모래밭을 쪼아대고 있었다.

"각중애 입이 얼어붙은 기가?"

예로부터 말 갖고는 계집 이기는 사내 없다고 했다. 하지만 아무리 그렇다곤 하더라도 재영은 너무나 억울해서 눈물까지 찔끔 솟아났다. 적반하장도 유분수지, 이건 살인까지 해놓고서 멱살 잡고 따지는 형세다.

"맹색이 사내라쿠는 기 영 아이거마."

승세가 보이는 나연은 갈수록 기고만장해졌다. 운산녀와 민치목 앞이라면 죽었다 깨나도 할 수 없는 언동일 것이다.

"시방 내하고 그 집에 같이 가자 안 쿠나! 그러이 앞장서라."

이럴 땐 아예 대꾸를 하지 않는 게 가장 좋다는 걸 알면서도 재영의 입에서는 말이 삐어져 나왔다.

"그, 그 집에 가, 가서 머, 머할라꼬?"

수초 그늘에 물고기들이 모여들고 있는지 수초가 크게 일렁거렸다.

"머할라꼬? 방금 머할라꼬 글 캤나?"

강물이 구름 몇 점 떠 있는 하늘로 솟구치는 것 같은 소리가 나연에게서 계속 나왔다.

"가갖고 모도 보는 앞에서, 콩팥 가릴 거는 다 가리야제."

허리에서 손을 뗀 나연은 금방이라도 달려갈 태세였다.

"사주에 없는 관을 쓰모, 이마가 벗기진다 캤제."

하지만 재영은 머리숱이 꽤 많은 편이어서 상투를 쫀 이마가 잘 드러나지 않을 정도의 외양을 갖추고 있는 사람이었다. 그렇긴 해도 이마가 방패 역할을 해줄 순 없었다.

"오데 사주만 그러까이? 팔자소관……."

"……."

꽤 긴 시간 동안 속절없이 당하고만 있는 사내를 지켜보기가 적잖게 딱했는지 흰 바위가 그만 고개를 돌리는 것 같았다.

"시상에?"

나연은 자신이 아무 데나 아들을 버리고 가버린 여자라는 사실마저 까마득히 잊고 있는 모양새였다.

"거가 우리 아들이 가 있을 데가?"

재영은 터질 듯한 가슴을 억누르며 간신히 이렇게 대꾸했지만, 그것은 스스로 헤아려 봐도 억지소리가 아닐 수 없었다.

"내, 내도 모린다, 우리 아들이 와 그 집에 이, 있는고."

나무숲도 재영을 외면하는 듯했다.

"호호호, 호호호."

나연이 홀연 광녀처럼 웃음을 터뜨렸다.

"머요? 내도 모린다꼬?"

재영은 모르쇠로 나갔다.

"모린다."

나연 얼굴에서 웃음기가 싹 가셨다.

"섭천 쇠가 웃겄소."

흰 바위 밑동을 물살이 치고 지나가는 소리가 들렸다. 마치 '찰싹' 하고 뺨을 때리는 소리 같았다. 그 소리가 이상할 정도로 재영의 가슴팍을 적셨으며, 재영은 뜬금없이 오랫동안 보지 못한 것처럼 그의 가족들이 못 견디게 그리워져서, 이것저것 전부 그만두고 집으로 막 달려가고 싶었다. 그러면 함께 모여 자라는 콩나물같이 서로의 몸에 기대어 한량없이 좋은 시간 속으로 들어갈 수 있을 것 같았다.

"우리 한분 앞뒤 따지보자. 그라모 앉지도 몬하던 갸가, 지 발로 혼자 타박타박 걸어 그 집꺼지 갔다쿠는 말이가?"

나연은 말을 높였다가 낮췄다가 제 기분 내키는 대로다. 하긴 자기가 바라는 대로 부는 바람을 누가 잡고 시비 걸랴.

"모린다 안 쿠나!"

재영은 단말마같이 소리쳤다.

"모리모 안 모리거로 물을 줘야제."

치가 떨릴 만큼 능글맞게 구는 나연이었다.

"무담시 입만 아푸거로 자꾸 딴말 할 필요 없는 기라."

그새 비둘기들은 저쪽 나무숲으로 날아가 버리고, 그 대신 이름도 알 수 없는 자그마한 황색 새 한 마리가 흰 바위에 올라앉아 어쩐지 졸리는 듯한 눈빛으로 사람들을 물끄러미 바라보고 있었다.

"내는 모리……."

나연은 재영의 그 말끝을 낚아챘다.

"좋소, 좋거마는."

재영은 기어드는 목소리였다.

"머가?"

하늘가 구름이 점점 두꺼워지고 있었다. 사위는 아까 그들이 그곳에 왔을 때보다 좀 더 어두웠다. 강물의 빛깔도 약간 칙칙해진 듯했다.

"정 몬 갈 거 겉으모, 내 혼자 가지 머."

세상 거칠 것 없이 위풍당당한 여자 앞에서 재영은 그야말로 삽살개 뒷다리 모양으로 볼꼴 없어 보였다.

"호, 혼자?"

그때 재영 눈에 비친 나연은 삼수갑산을 가서 산전山田을 일궈 먹더라도 기필코 일을 단행하고야 말 여자 같았다.

"하모."

나연의 단언에 재영은 마지막으로 한 번 더 달라붙듯 했다.

"똑 그리해야 직성이 풀리것나?"

"똑이고 뚝이고."

나무숲에서 나와 모래밭 위로 그 모습을 드러낸 것은 고라니였다. 조금 전에 들렸던 그 수상한 소리는 저 짐승이 냈던 게 틀림없었다.

"앉지도 몬하던 아아가 지 발로 혼자 걸어서 갔는데, 어른인 내가 몬 갈 끼 오데 있노. 저 강한테 물어 봐라꼬."

그러면서 나연은 또다시 곧장 임배봉 집으로 내닫을 것처럼 해 보였다.

"내, 내 말 좀……."

재영은 자신도 모르게 두 손을 내저으며 울상이 되어 애원하듯 만류하기 시작했다.

"그, 그기 그리 간단한 문제가 아, 아인 기라."

그의 이마에 땀방울이 맺히고 있었다. 황색 새는 아예 눈을 감고 있는 품이 아마도 자는 게 아닐까 싶었다.

"그, 그리 쉬븐 일 겉으모 누가 걱정할 끼고?"

나연은 상전이 하찮은 종놈 다루듯이 아까처럼 다시 버들가지 같은 옆구리에 양손을 척 올려붙이고는 큰소리쳤다.

"아, 머가 에려븐데?"

정말이지 그 순간에는 재영의 눈에 그 여자가 무소불위의 신같이 보였다. 나연은 황색 새를 맨손으로도 잡을 수 있을 것처럼 힐끗 보고 나서 말했다.

"지 부모가 지 자슥 도로 찾아가것다는데, 그기 머가 안 쉽다 말고?"

재영은 흡사 처음 말을 배우기 시작하는 아이같이 더듬더듬 얘기했다.

"그, 그 집이 우, 우떤 집인고 자, 잘 알고 이, 있음서 이, 이라나."

그건 결코 그냥 놓는 으름장이 아니었다. 백 번 아니라 천 번을 말해도 배봉가의 위세는 꺾을 자가 없다는 게 정설로 돼 있었다. 재영은 떨칠 수 없는 두려움에 싸인 빛이었다.

"버, 벌로 하다가는 무, 무신 일을 당할랑가 모리제."

그러자 새끼 낳은 암캐마냥 앙앙거리는 나연이었다.

"돈 있고 세도 있는 집이모, 넘의 자슥 지들 멋대로 해도 되는 긴가?"

"……."

나무숲이 별안간 '우우' 소리를 내지르는 것 같았다. 조금 전 그 고라니는 다시 그곳으로 들어갔는지 다른 곳으로 갔는지 알 수 없었다.

"아, 그런 벱 있으모 오데 함 나와 봐라 캐라."

맨손으로 칼끝을 거머잡을 수밖에 없는 재영은 이제 더듬거리지도 못했다.

"아바이가 돼갖고, 인자는 자슥꺼정 포기할라 쿠는가베?"

나연은 쐐기 박듯 했다.

"그라고 그런 집인께 내는 더 가야것거마는."

"그런 집인데 와 더 가?"

어떻게든 말려보려는 재영에게 나연이 하는 말이었다.

"꽉꽉 쥐이짜 봐야 국물 한 방울도 안 나오는 가난배이 집구석보담 백 배 더 낫을 낀께 하는 소리제."

순간, 재영은 전신에 찬물을 확 끼얹힌 듯했다.

'저년 목적은 역시나 자슥이 아이고 돈이었구마!'

그런데 나연은 거기서 그치는 게 아니었다. 완전히 사람을 바싹 말려 죽일 작심을 하고 온 모양이었다.

"암만캐도 당신 각시한테 먼첨 알리야것소."

재영은 한밤중에 공동묘지에서 귀신 소리를 들은 사람 같아 보였다.

"머?"

나연은 농탕치듯 이기죽거렸다.

"사랑하는 서방 아들이 배봉이 집에 있다꼬."

재영은 이제 무슨 대꾸를 하기는 고사하고 화를 낼 기운조차 없어 보였다. 나연은 슬쩍 그런 재영을 보며 속으로 물었다.

'요 인간아, 우떻노?'

언제 바뀐 걸까? 그 황색 새는 모습을 감추고 부리가 기다랗고 뾰족한 청색 물새 한 마리가 흰 바위에 올라앉아 사냥감을 물색하는 듯 노란 테가 둘러진 고개를 이리저리 바삐 돌리고 있었다.

'인자 고마 백기白旗 들었제?'

영악스럽게 재영의 표정을 모두 읽은 나연은 내심 쾌재를 불렀다. 임배봉 집안이 얼마나 무서운가를 익히 아는 그녀는, 말은 그렇게 했어도 사실 그 집에 쳐들어갈 자신은 요만큼도 없었다. 그것은 범 아가리 속에 스스로 제 머리를 들이미는 격이었다.

'됐다. 인자 다 된 기라. 호호호.'

이제부터 과녁을 억호에게서 비화로 바꾸기로 했다. 그러고는 자신은 뒤에 숨어 재영을 조종만 하면 된다. 아무런 위험 부담도 없는 것이다. 재영이 지금 가장 두려워하는 것은 아내가 아들의 존재를 알게 되는 것이다.

'하기사 내가 비화라도 가리방상하것제.'

더군다나 익호와 분녀가 누군가. 배봉과 비화 집안이 같은 하늘 밑에서 머리 들고 살 수 없는 철천지원수라는 이야기는, 그동안 운산녀와 민치목에게서 귀가 따갑도록 들어왔다. 온 고을이 알고 있는 사실이기도 했다.

그러니 앞뒤 뭘 더 재겠는가? 제 서방 자식이 원수 집안에서 자라고 있다는 사실을 알면, 비화는 그 자리에서 꼴깍 숨이 넘어가고 말 것이다. 아니다. 그렇게 되기 전에 스스로 혀를 콱 깨물어 죽어버릴지도 모른다.

"이보소!"

나연은 재영을 겨냥해 마지막 화살을 날렸다. 그것도 작은 화살 하나 정도가 아니라 화약의 힘을 추진력으로 하여 멀리 날아가는 대신기전大神機箭의 위력을 발휘할 만한 것이었다.

"당신들이 우찌 알아냈는고는 모리것지만도 말이오."

"……."

"아, 내사 알 필요도 없고, 또, 모린다꼬 해서 겁날 거 하나도 없는 일인 기라."

그때 흰 바위에서 훌쩍 날아오르는 청색 물새를 힐끔 보고 나서 말을 이었다.

"내가 당신 아들, 그런께네 비화 그 여자가 논 자슥을 유괴할라캔 범인이란 기 모돌띠리 들통나삔 이상……."

청색 물새는 잠시 허공을 맴돌다가 어느 순간 홀연 저 상류 쪽을 향해 잽싸게 날아갔다. 그 날렵한 몸놀림으로 보아선 여름 철새인 물총새와 사촌쯤 되는 것 같았다.

"내도 인자 더 몸 사릴 필요가 없어져삣소."

나연은 얼핏 장승이나 허수아비같이 서 있는 재영 쪽으로 손을 내밀며 정답게 악수라도 청하는 사람처럼 굴었다.

"우리 협상합시다."

구름이 덮였다 벗겨졌다 하는 하늘 어딘가에 그 해답이 있기라도 하듯 유심히 바라보는 시늉을 하고 있다가 불쑥 말했다.

"당신도 살고 내도 살 길을 재시하것소."

"……."

재영은 협상이니 제시니 하는 따위 말이 실 꾸러미에서 실 풀리듯 술술 풀려나오는 나연 입술을 멀거니 바라보기만 했다.

'조년 주디에서 저런 말이 우찌 나오노?'

지금 나연은 어처구니없게도 마치 어음이나 수표 따위의 증권을 가진 이가 지급 청구를 위해 지급인이나 인수인에게 그 증권을 내보이듯 하는 것이다.

'조년이 그전에 하고는 비교도 안 되거로 상구 달라졌다 아이가.'

물론 나도 예전과는 많이 바뀐 게 사실이라는 생각을 하면서도 믿기 어려웠다.

'우째갖고 저리 됐제?'

그동안 나연은 운산녀와 민치목을 줄곧 따라다니면서 그들이 사업상 나누는 여러 가지 대화를 귀동냥했다는 사실까지 재영이 알 턱이 없었다. 어쨌든 채권자나 채무자까지 떠올리게 하는 그런 말들 자체가 재영을 한층 주춤거리게 했다. 졸지에 나연은 당당한 채권자였고, 재영은 형편없는 채무자가 돼 있었다.

"우리 사이에 머 새삼시리 눈치 보고 자시고 할 거도 없은께 하는 소린데, 안 있소."

나연은 더욱 어이없게도 살살 눈웃음까지 쳐가며 협박했다.

"내가 그 아를 유괴할라캔 이유는 돈 때문이었던 기요."

짐작은 하고 있었지만, 재영은 둔중한 물체로 세게 얻어맞은 것처럼 뒤통수가 띵했다.

"돈?"

검정빛과 잿빛이 섞인 물새 서너 마리가 그들 머리 위를 빠르게 지나갔다. 나연은 그 새들이 배설물을 갈기듯 내뱉었다.

"하모요, 돈."

강바람은 불었다가 그쳤다가 그 요량을 알 수 없게 했다. 나무와 물은 변덕스러운 그 바람에 장단을 맞추느라 힘들어 보였다.

'바람도 내매이로 미치가는갑다.'

재영은 어쩌면 내가 벌써 광인이 되어 있는지도 모르겠다는 의구심에 사로잡혔다. 그와 동시에 강 위에 익사체로 떠오르고 있는 자신도 보이는 듯했다. 물고기와 물새가 허기진 듯 우 달려들어 그 시신을 뜯어먹고 있었다.

"돈이 머신고 모리지는 않을 끼고."

나연의 빈정거림에 재영은 돈을 씹어 먹듯 뇌까렸다.

"돈 땜에 유괴를 했다꼬."

일정한 방향도 없이 불어 닥치는 강바람 끝에서 속을 울컥거리게 하는 물이끼 냄새가 훅 끼쳤다. 평상시 청정구역인 그곳에서 좀처럼 맡을 수 없던 악취였다. 사람이 썩어 가니 자연도 썩어 가는가 싶었다.

"무신 말인고 인자 알아묵것소?"

징그러울 정도로 나긋나긋한 여자같이 말하는 나연을 향해 재영은 발악하듯 말했다.

"몬 알아묵것다!"

물살이 '차르르' 소리를 내면서 모래펄로 밀려왔다 밀려갔다. 그리고 그 와중에 일으키는 뽀얀 물거품이 왠지 무상하게 느껴졌다.

"알아묵든 몬 알아묵든 그기사 그짝 자유고, 내하고는 사둔 팔촌 겉은 관계도 없제."

유들유들한 말투로 그러고 나서 나연은 훈장이 학동을 타이르듯 했다.

"내한테 돈을 착착 갖다 바치기만 하모 되는 기요."

재영은 또 자제력을 잃고 말았다.

"머?"

갑자기 거세지고 있는 강바람에 크게 흔들리는 수초가 마구 풀어헤친 광인의 머리카락을 방불케 했다. 그것이 재영의 눈에는 자신의 자화상 같았다.

"벨로 에러븐 일도 아이지요?"

나연은 나연이 아닌 성싶었다. 나연이라면 저럴 순 없었다. 그런 생각에 재영은 아직도 정신을 차리지 못하고 있는 건지도 모른다.

"돈, 돈. 흐, 때리쥑일 그눔의 망할 돈."

끝내 재영은 또다시 전신을 부들부들 떨었다. 작살 맞은 물고기 같았다.

"와 그 좋은 돈을 보고 자꾸 욕을 해쌌소?"

나연이 세모눈을 했다. 재영은 성이 나는 대로 하지 못해 뒤로 벌렁 넘어질 사람 같아 보였다.

"니년, 니년이!"

나연이 흥, 코웃음을 치더니 싸늘하게 내뱉었다.

"아즉도 내가 당신 여잔 줄 아요?"

온몸에 차가운 피가 흐르는 여자 같았다. 재영은, 아직도 내가 당신 남잔 줄 아느냐고 맞받아칠 수 없다는 사실이 너무나 억울하고 슬펐다.

"서른세 해 만에 꿈 이약한다더이."

그만큼 했으면 이제는 그만할 때도 되었건만 사설이 늘어난 여자는 어떻게 해볼 대책이 서지를 않았다.

"시방 눌로 보고 자꾸 니년, 니년 하노?"

재영은 사물이 온통 흔들려 보일 만큼 머리통을 함부로 흔들며 강하게 거절했다.

"내는 몬 한다! 내사 안 한다!"

하지만 아무런 효과도 없었다. 말꼬리마다 딱딱 잡는 나연이었다.

"몬 하모 우짤 낀데? 안 하모 우짤 낀데?"

재영은 정말이지 정나미가 있는 대로 다 떨어졌다.

"갈아 마시기도 싫은 더러븐 니년한테 돈이라이?"

나연이 초점 잃은 눈을 했다. 그러고는 애달프다는 투로 이렇게 말했다.

"머리가 그리키 나뿐 남잔 줄 몰랐네?"

물고기 몇 마리가 동시에 수면 위로 솟구치는 게, 그들을 잡아먹는 물새가 멀리 갔는지 확인이라도 하는 척후병들 같았다.

"도로 그짝에서 그리하자꼬 머 싸놓고 싹싹 빌어도 머할 낀데 말이제."

이제는 '그짝'이라고 불렀다.

"온냐, 이년아!"

재영은 이빨을 부득부득 갈았다. 시간은 강물 위에 엎혀 느릿느릿 맴돌다가 어느 순간에 쏜살같이 내닫곤 하는 듯했다.

"내가 니년한테 비느이, 도로 질 가는 개한테 빌것다."

나연은 순순히 말해서는 이야기가 안 되겠다는 것을 인지한 모양이었다.

"내는 모리것소. 내사 모리것소."

싹 등을 세우고 돌아서 버릴 여자처럼 했다.

"인자부텀 더 말 안 할라요."

재영은 나도 더 말하기 싫다고 하고 싶었다. 그렇지만 갑자기 물고기가 돼버린 듯 말이 나오지 않았다. 그는 어쩌면 전생에 벙어리였는지도 모른다.

"그라이 그짝에서 모도 알아서 하소."

쥐약 장수가 따로 없었다. 한껏 느긋한 어조였다.

"내 상관 안 할 낀께네."

물고기들이 다시 잠수한 강물은 그렇게 평화롭고 잔잔해 보일 수가 없었다. 하긴 보이지 않는 물밑에서야 무슨 일이 벌어지든 인간이 상관할 바 아니었다.

"개한테 빌든지 소한테 빌든지 걸베이한테 빌든지."

그러던 나연은 차라리 한심하다는 얼굴을 지어 보였다.

"배봉이 집구석도, 비화 그 여자도, 우떤 쪽도 그냥 벌로 시퍼 볼 상대가 아이라쿠는 거, 내보담도 더 잘 알 냥반이……."

이번에는 양반? 상것이라고 하면 조금은 덜 귀가설 것이다.

"머 꽤안소."

나연은 강 건너편 오래되고 키 낮은 소나무들이 군락을 이루고 있는 산 능선 어딘가로 눈길을 보내며 느릿느릿 얘기했다.

"그라기 싫으모 하지 마소."

안 한다는 그 소리도 입에 담기 싫은 재영이었다. 나연도 점차 비위가 뒤틀린다는 빛이었다.

"누가 손바닥 싹싹 비빔서 빌 줄 아요?"

최후의 통첩, 마지막 경고장 보내듯 했다.

"난주 후회나 마소."

막상 나연이 그런 식으로 대차게 나오자 재영은 그만 오금이 찌릿찌

릿 저려왔다. 물불도 모르고 제멋대로 설쳐대는 저년 성깔에 무슨 난장판을 만들지도 모른다. 그렇다면 어떻든 사전에 그것을 막아보려면…….

'깍깍.'

물가 가장자리에 자라는 버드나무 가지에 까치 두 마리가 날아들고 있었다. 그 색깔과 생김새는 닮은꼴이지만 한 마리는 크고 한 마리는 작았다. 그래선지 오히려 조화가 더 잘 맞았다.

'새가 사람보담 상구 더 안 낫나. 누가 인간을 만물의 영장이라 글 캤노? 그거는 싹 다 엉터리다. 도로 만물의 송장이라 캐라.'

그렇지만 선비연 하는 것들이나 심심하여 붙들고 늘어질 그따위 쓸데없는 소리는 그만두고, 우선 당장 급한 발등의 불부터 꺼놓고 보자는 조바심이 재영을 휘어잡았다.

"돈이 와 그리 필요한데?"

일단 협상조로 나가기로 했다. 하지만 그건 벌집을 건드린 꼴이 되고 말았다. 그 얘기를 듣자마자 나연이 발작하듯 버럭 소리를 질렀던 것이다.

"머요? 돈이 와 그리 필요한데에?"

말끝이 공격 직전의 뱀 대가리처럼 꼿꼿이 섰다. 재영 몸이 또 움츠러들었다. 나연은 독기 내뿜듯 한 번 더 내질렀다.

"돈이 와 그리 필요한데에?"

재영은 영락없이 땅벌에 쐰 형상이었다.

"내, 내 말은……."

단단한 꼬투리를 잡은 상대였다.

"상촌나루터 바닥 돈 있는 대로 싹싹 긁어모아 갖고 그 돈방석에 올라앉아 지내다 본께, 돈이 우습거로 비이는가베? 엉, 그렇는가베?"

그 고함소리에 재영은 귀가 먹먹했다. 이러다간 벙어리 아니라 귀머거리까지 되고 말 판국이었다.

"하기사!"

나연은 무예의 고수가 기합 지르듯 했다.

"천하에 잘나가는 나루터집 바깥냥반 아인가베. 내가 그거를 깜빡했네?"

'깍깍.'

몸집이 큰 까치는 긴 꼬리만 까딱까딱하고 있는데, 몸집이 작은 까치가 아주 방정맞게 울어대었다. 식구들이, 어째서 이렇게 오지 않고 있는 거지? 하면서 나를 기다리고 있을 거란 생각을 재영은 했다.

"내맹캐 아츰에 눈 뜨모 오늘은 또 머슬 묵고 머슬 입노? 그런 근심 걱정부텀 앞서는 사람 심정 우찌 포리 머만큼도 알것노?"

나연 목소리는 제풀에 지쳤는지 이제 조금 가라앉았지만, 더 낮아진 어조가 재영 마음을 한층 콕콕 찔렀다.

"역시나 인자는 그 옛날 박재영이가 아이거마는."

나연은 보기 흉할 정도로 입귀를 비틀어가며 웃었다.

"돈이 붙은께 그런 기가, 배도 쪼매 튀나오는 거 겉고."

척척 늘어진 버드나무 가지가 함부로 뒤엉킨 실타래를 연상케 했고, 재영은 영원히 그 매듭을 풀 수 없을 것 같은 막막함에 치를 떨지 않으면 안 되었다.

"으흐."

재영은 도저히 나연의 마수에서 벗어날 수 없다는 사실을 통감했다. 저년 말마따나 속이 있는 대로 팍팍 썩어도 당장은 저년이 제시하는 대로 따르는 도리밖에 없었다. 우선은 시간을 벌어야 하는 것이다.

재영이 입을 다물고 있자 나연은 제 말발이 제대로 먹혀들었다고 느졌음인지, 요물 같은 얼굴에 의기양양한 웃음을 띠었다.

"보소! 그리 돌덩이매이로 딱딱한 얼골 하지 마소."

그냥 큰 돌덩이에 매달아 강 속에 수장시켜버리고 싶은 재영이었다. 그렇지만 물에 빠져 허우적거리고 있는 사람은 재영 자신이었다.

"너모 복잡하거로 재쌌지 말고 안 있소, 예전에 알고 지내던 불쌍한 년한테 적선 쪼매 한다꼬 생각하소."

큰 까치가 날자 작은 까치도 덩달아 날갯짓을 했고, 잠시 후 까치가 사라진 강가는 다른 세상 같았다.

"죽고 나모 천국 갈 낀께네. 호홋."

흰 바위가 자꾸만 제 몸을 겨냥해 밀려드는 물살을 밀쳐내는 소리가 재영 귀에 아련하게 들렸다.

'철썩 차르르, 철썩 차르르.'

그 소리를 뚫고 이런 소리가 재영 심장 한복판을 송곳처럼 파고들었다.

"그라고 아꺼정 있는 우리 사이 아이요."

재영이 신음하듯 낮은 소리로 말했다.

"니년이 그 아를 안 삐릿나."

그 까치 한 쌍은 아직 새끼가 없어 그런지 꽤 정다워 보이긴 해도 화목한 것 같지는 않았다는 자각이 뒤늦게 드는 재영이었다.

"그 핏덩이를……."

재영은 가슴이 막혀 말을 잇지 못했다.

"핏덩이……."

나연도 그 소리에는 다소 켕기는 게 있는지 잠시 말이 없었다. 하지만 어느 순간 느닷없이 그렇게 다정다감할 수 없는 목소리로 돌변했다.

"그라고 사람 앞일을 누가 우찌 아요?"

그러고 나서 꿈꾸는 얼굴로 한다는 말이 기가 막혔다.

"당신하고 내하고 우리 아들하고 셋이서 오순도순 같이 살 날이 올랑가."

"머라? 셋이서 같이?"

급기야 더는 듣고 있지 못한 재영이 나연을 향해 몸을 날릴 태세를 취했다. 그렇지만 여자가 더 빨랐다.

"보름 뒤 이 시간쯤에 바로 여서 만냅시더. 안 나오모, 그때는 내가 멋대로 하것소. 돈은 알아서 가지오고."

나연은 단숨에 그 소리를 던져놓고는 번개같이 돌아섰다.

"……."

재영은 벼락 맞은 나무처럼 우두커니 그 자리에 서 있었다. 그의 머리 저 위로 펼쳐져 있는 하늘 반쪽은 구름이었고 나머지 반쪽은 아무것도 없는 허공이었다.

칠기도 좋고 갓도 좋지만

재영은 어떻게 집까지 왔는지 몰랐다.

정신을 차려보니 집이었다. 가게 계산대 앞에 혼자 앉아서 그때까지 있었던 일을 돌이켜 생각하니 자신에게 들이닥친 이 모든 게 그저 악몽인 것만 같았다. 대매로 때려 죽여도 시원찮을 고년에게 오히려 이런 식으로 당하게 되었다.

'아모래도 내가 잘못핸 기라. 그냥 곱기 돌리보내는 기 아이었는데.'

그러나 화가 난다고 해서 기분대로 할 일이 아니었다. 곰곰이 헤아려볼수록 불리한 쪽은 자신이었다. 섣불리 나가다간 아무 거리낄 것도 없는 나연은 막가파식으로 저항해올 것이다. 너 죽고 나 죽자는 악바리 인간을 도대체 무슨 재주로 어떻게 다룰 수 있단 말인가?

'해나 이 일을 알기 되모······.'

재영은 아내를 비롯한 나루터집 식구들이 행여나 무슨 눈치를 챌까봐 여간 신경 쓰이는 게 아니었다. 말할 일이 아닌데도 말해야 했고, 웃을 일이 아닌데도 웃어야 했고, 나설 일과 나서지 말아야 할 일도 온통 뒤죽박죽이었다. 그런 자신이 다른 사람들 눈에는 더 이상하게 보일 거라고 여기면서도 도둑이 제 발 저리는 형편인 것이다. 이래서는 과연 며칠이나 견뎌낼 수 있을지 감감했다.

'으, 망할 노무 요 돈.'

그런데 가장 이겨내기 힘든 게 돈을 만질 때였다. 손님이 지불한 밥값을 자신도 모르게 안주머니 깊숙이 집어넣으려고 하다가 그만 제풀에 소스라치곤 했다. 도둑놈같이 주변을 살피며 아무도 모르게 주머니에 감춘 돈이 '나 여기 있소!' 하고 소리칠 것만 같았다. '나는 허나연이한테는 안 갈라요!' 그렇게 막 외칠 듯했다. 참으로 못 할, 해서는 아니 될 짓이었다. 돈 귀신아, 박재영이를 잡아먹어라.

'아이다. 아인 기라.'

재영은 궁지에 몰린 현재 자신의 처지를 분명하게 인정하고 있었다. 아니, 인정하는 것 말고는 아무것도 없었다. 또한, 유명한 명도점쟁이처럼 앞으로 펼쳐질 일까지도 똑똑히 내다보았다. 자신은 어김없이 나연에게 돈을 갖다 바치게 되리란 것이다.

'이라다가 고마 돌아삐리것다.'

그랬다. 어떤 면에서 사람은 적어도 그 신상의 일에 관해서는 전지전능한 신보다도 더 잘 꿰뚫어 보는 눈을 가졌다고 할 수 있다. 그만치 중하고 절박하다는 이야기도 되겠지만. 여하튼 제 인생은 제 아닌 다른 사람이 대신 살아줄 수는 없는 것이다.

'내가 무신 용가리 통뼈도 몬 되고.'

재영 역시 예외일 순 없었다. 그날부터 나루터집 수입금 일부가 바깥주인 주머니에 속속 들어가기 시작했다. 단체 손님이 들어서 큰돈이 한꺼번에 들어올라치면 좀 더 많은 금액이 깨어진 바가지 물 새나가듯 했다.

나루터집 식솔들 가운데서 맨 먼저 뭔가 이상하다는 낌새를 챈 사람은 우정 댁이었다. 다른 건 몰라도 돈 관계에 대해서는 비화나 원아보다 훨씬 꼼꼼한 그녀였다. 서로 나눠 가진 돈을 나중에 농민군 활동비로 쓰기 위해 차곡차곡 모아두는 등, 제일 돈에 신경을 쓰기 때문일 것이다. 물론 형장의 이슬로 사라진 남편 천필구가 살아 있을 당시에도 돈 없는 설움과 고통을 겪어본 터라 그럴 수도 있었다.

"준서 옴마."

"예?"

"내 잠깐만 보자."

"······."

그러던 어느 날, 오랜만에 손님이 좀 뜸한 틈을 타서 우정 댁은 나루 터집 다른 식구들 모르게 비화를 가게 밖으로 불러냈다.

"와예, 큰이모."

반강제로 거의 끌려 나오다시피 한 비화가 어리둥절한 표정을 지었다. 우정 댁은 사람들과 우마차, 가마 등이 지나가고 있는 주변을 매우 주의 깊게 둘러보며 한껏 낮춘 목소리로 말했다.

"안 있나······."

"예?"

"그래서 내가······."

"그거는 아일 낀데?"

아무 영문도 모르고 따라 나온 비화는, 돈이 없어지는 것 같다는 우정댁 말을 처음에는 좀처럼 곧이들으려고 하지 않았다.

'돈이 발이 달리 있는 거도 아이고.'

절대 그럴 리가 없는 것이다. 하지만 우정 댁이 굉장히 답답하다는 얼굴로 자신 있게 자꾸 우기는 것을 보고 뭔가 심상찮구나 싶었다.

"오늘이 닷새째 아인가베."

우정 댁은 오른쪽 손가락 다섯을 모두 꼽아 보이고 나서 말을 계속했다.

"내 차마 조카한테 입을 뗄 수 없어갖고 말이제."

한길로 나 있는 생생한 나루터집 나무 대문이 망가지기라도 한 것처럼 공연히 삐걱거렸다. 비화는 얼굴을 양 어깻죽지 사이에 파묻은 채 우정댁 말을 귀담아들으면서 그저 이랬다.

"그거는 알것는데, 그래도예."

그날그날 벌어들인 돈을 책임지고 챙기는 사람이 바로 비화 남편 재영이라는 그 사실이 우정 댁을 닷새 동안이나 주저하고 망설이게 했을 것이다. 만약 다른 누구였다면 우정댁 그 성질에 단 하루도 참지 못했을 것이다.

"우선에 함 두고 보이시더."

비화도 우정댁 못지않게 조심스럽게 나왔다. 아니, 더 신중할 수밖에 없는 것이다.

"준서 아부지하고 직접 연관되는 일 아입니꺼."

"……."

나무 대문 안으로 들어가려던 바람이 우정댁 치맛자락에 먼저 휘감겼다가 마지못한 듯 스르르 몸을 푸는 것같이 보였다.

"설마 저 양반이?"

"내라꼬 오데……."

우정 댁이 죄지은 사람처럼 잠시 고개를 숙였다가 다시 들며 말했다.

"낼로 이해해주모 좋것다, 준서 옴마."

비화는 진심으로 말했다.

"아이라예, 큰이모님이 질로 더 그래주시야지예."

그때 얼핏 고니로 보이는 큰 새가 그들 바로 머리 위를 휙 스쳐 갔고,

그 바람에 좀 놀란 듯한 우정 댁이 흔들리는 목소리로 더듬거렸다.

"말 안 할라쿠다가……."

비화는 북동 방향으로 멀어져 가는 그 새를 필요 없이 눈으로 좇으며 말했다.

"말씀을 안 해주싯으모 지가 더 서분하지예."

우정 댁은 큰 시름을 덜어놓은 모습이었다.

"그라모 다행이고."

비화는 혼자 속으로 생각했다.

'내는 시방꺼정 그리 생각 안 하고 살아왔다 아이가.'

한 식구처럼 같은 집에서 지내지만 역시 남은 남인가? 밤골집에서 들려오는 술꾼들 붉은 소리에 비화 마음도 서러운 놀 빛으로 물들었다.

"내가 웬간하모 말 안 하고 그냥 넘어갈라캤는 기라."

같은 소리의 되풀이다.

"암만캐도 안 되것애서 이란다."

우정 댁은 평소 그녀답지 않게 앞뒤 재는 말이 길었다. 비화가 버거운 상대라고 여긴다는 증거는 아닌지 모르겠다.

"아입니더, 큰이모."

비화는 조용한 웃음과 함께 말했다.

"잘하싯어예."

저만큼 길가에 서 있는 커다란 벚나무 가지에 앉은 참새들 소리가 요란했다.

'쨱쨱, 쨱쨱.'

보통 때는 멋진 화조도花鳥圖처럼 보였는데 이날은 만취한 환쟁이가 아무렇게나 쓱쓱 그려놓은 조잡한 그림같이 비쳤다. 우정 댁은 아직도 판단이 서지 않는다는 얼굴이었다.

"내가 잘한 긴지, 몬한 긴지."

비화는 강가 쪽에서 창공을 향해 날아오르는 하얀 물새를 올려다보며 말했다.

"사람이 시상을 살다 보모 우짤 수 없이 기실 꺼도 있고, 반다시 확실히 밝히야 할 것도 안 있심니꺼?"

그제야 우정 댁은 조금은 홀가분해진 표정이 되었다.

"그리 말해준께 내 멤은 팬하다만도……."

비화는 두 팔을 벌려 우정 댁을 껴안을 것같이 하면서 말했다.

"우리 너모 복잡하거로 받아들이지 마이시더. 운젠가 큰이모님하고 작은이모님하고 또 지하고 셋이서 강을 봄시로 다짐했던 거 기억하시지예? 물은 쉽고 팬한 길로 흘러간께 계속해서 갈 수 있다, 그러이 우리도 저 물매이로 살아가자꼬 새끼손가락 걸었지예."

그렇게 말하는 비화 안색은 단순하지를 못했다. 마음이 편하지 못하다는 걸 속일 수 없는 징표로 음성도 자꾸만 탁하게 갈라져 나왔다.

"이런 상상은 진짜 누가 쥑인다 캐도 하기 싫지만도예, 그래도 만에 하나, 해나 우리 저 사람하고 상관이 있는 일이라모 우짭니꺼."

우정 댁은 쪽진 머리가 풀어지지 않도록 뒤통수에 꽂아 놓은 비녀가 빠져 달아날 정도로 누구 눈에도 과장되게 고개를 흔들었다.

"설마 준서 아부지하고 상관 있것나."

그래놓고도 변명이 모자라는 사람처럼 했다.

"내가 그리 봤으모 애당초 조카한테 말도 안 했제."

그 소리가 더 비화 심장을 찔렀다. 비화는 시선은 저만큼 오가는 길가 인파 속 어딘가에 둔 채 야무지게 생긴 입을 열어 단호한 어조로 말했다.

"요분 일은 지한테 맫기주이소."

우정 댁은 자기가 먼저 이야기를 꺼내놓고도 뒤로 물러서려 했다.

"아모 일도 아일 끼라 캐도?"

비화는 자칫 짜증스러워지려는 감정을 억눌렀다.

"지가 알아서 풀어나가것심니더."

그들이 서 있는 곳에서 바라보는 상촌나루터의 길은, 남강 일대 최고의 나루터라는 명성이 무색하지 않게 여러 갈래로 펼쳐져 있었다. 넓다가 좁아지기도 하고, 똑바르다가 굽어지기도 하고, 높아지다가 낮아지기도 하고…….

'시방 내 앞에 닥친 이 일은 복잡한 저 길매이로 헤치나가기가 에렵것다. 아아, 이거를 우짜모 좋노? 땅바닥에 탁 쓰러져갖고 영영 몬 일어날 거 겉다.'

비화는 그런 막막함에 부대끼며 무연히 서 있었다.

"내는 주방에 들가볼란다."

우정 댁은 그 말을 끝내기 바쁘게 무거운 짐을 벗어놓듯 서둘러 가게 안으로 도망치듯 들어가 버렸다.

'큰이모가 말씀은 저리 해싸도 속은 그기 아일 기다.'

비화는 그녀의 뒷모습에서 결코 부정할 수 없는 불길하고 께름칙한 기분을 접했다. 지금 우정댁 생각과 말은 거꾸로 달린다.

바다 건너 일본에 가 있는 큰아들 왕눈 재팔과 눈에 보이지 않는 어떤 혈육의 기운으로 서로 통하고 있기 때문일까?

그 무렵 재팔의 아버지 석만수는 둘째 아들 상팔을 데리고 바다를 끼고 있는 고장에 자주 그 모습을 드러내고 있었다. 어쩌면 일본의 해류와 조선의 해류가 만날 수도 있는 곳. 바로 남해안의 중심부라고 할 수 있는 통영을 찾아 이곳저곳 돌아다니고 있는 참이었다.

그리고 그 목적은 굳이 가난한 살림을 들추지 않더라도 쉬 짐작할 수 있겠지만, 유람을 위한 여정과는 철저히 동떨어져 있었으니 바로 먹고 살기 위한 '일'을 얻기 위해서였다. 업으로 삼는 모든 노동, 곧 벌이 가운데 쉬운 게 없다는 건 이미 알고 있었다.

게다가 만수는 계속 고민과 갈등에 싸여 있었으니, 그것은 그가 생각하고 있는 두 가지 중에서 어느 것을 선택하느냐 하는 거였다. 세 식구가 살아갈 생업과 관련되는 것이어서 신중할 수밖에 없었다.

그렇다면 그 두 가지는 바로 칠기와 갓笠이었다. 그들 부자는 그것에 관해 나름대로 알아보느라 발품도 많이 들였다.

저 통제영統制營 시대에 상하칠방上下漆房을 두고 발전시켜온 그 고장의 나전칠기는 아주 훌륭했다. 그것은 그곳에서 나는 전복과 소라 그리고 조개껍질에 힘입은 바가 컸다. 그것들은 빛깔과 문양이 더없이 현란하여 '통영 자개'라고 하면 모두가 알아주고 있었다. 그런 원료로 만들었으니 그 칠기를 가지고 장사를 하면 돈이 될 수도 있겠다는 계산속을 지녔던 것이다.

다른 한 가지, 갓. 역시 통제영의 특산물로 이름을 날려 '통영갓'이라고 하면 조선팔도에 모르는 이가 없었다. 대나무와 말총과 명주실에다 생칠과 먹과 숯 그리고 아교 등을 그 재료로 하여 만든 통영의 갓은 지역의 자랑이자 조선의 문화재로서 가치가 높았다.

아버지와 아들의 의견이 엇갈렸다. 만수는 갓이 좋겠다고 했고, 상팔은 칠기가 좋겠다고 했다. 하지만 그 어느 쪽이든 물품을 받아 팔 곳은 진주나 마산, 김해 등지라고 보는 데는 동감했다. 지리산 쪽이나 남해안 쪽에 있는 다른 고을도 염두에 두었다. 그리하여 장사가 번창하면 조선 방방곡곡에 지점을 둘 거창한 포부까지 품었다. 그리고 그렇게 하려는 이면에는 동업직물과 나루터집이 있었다. 우리라고 어디 그들처럼 되지 말라는 법이 세상에 있겠느냐고 부자가 서로 힘을 북돋워 주었다.

"이럴 때 니 새이가 있으모 올매나 좋것노."

풍광이 아름다운 바닷가에 둘이 섰을 때 만수가 몹시 침통한 낯빛으로 재팔을 들먹였다.

"아부지, 성이 운젠가는 안 돌아오까이예. 그러이 너모 상심하지 마시소."

상팔이 코를 훌쩍이며 아버지를 위로했다. 형제가 모두 효자였다.

"저 바다를 보이소. 물은 모도 바다에서 만낸다 아입니꺼."

"증말 니 말매이로 재팔이하고 우리가 저 바닷물매이로 만낼 날이 오것제?"

"하모예. 우리 그날꺼정 돈이나 마이 벌어 놓으시더. 성이 와서 보고 좋아하거로예."

"알것다. 니 이약 들으이 그래도 이 애비 멤이 쪼매 낫다."

그들이 그 지역 마을굿의 하나인 저 남해안 별신굿을 본 것은 음력 정월 초하루와 보름 중간쯤 되는 차가우면서도 쾌청한 어느 날이었다.

"거게 두 사람은 참 복도 많소. 3년에 한 번씩 벌이는 굿판인디, 운 좋게도 오늘이 바로 그날인께 말이오."

그 고을 토박이라고 자기를 소개한 쉰 살가량 돼 보이는 남자가 하는 말이었다.

"아, 예, 그렇심니꺼? 우리는 아모것도 모린께 부탁드립니더."

만수가 허리를 깊이 굽히면서 그에게 말했다. 상팔도 이날은 모든 것 다 잊고 그 굿이나 구경하자고 마음먹었다. 만수의 말에 그 토박이는 웃음 띤 얼굴로 그저 내 뒤만 따라오라고 했다.

무당들 가운데 악사들이 마을 어귀 장승이 서 있는 곳을 들러 마을 안으로 들어오고 있었다. 마을 수호신에게 인사를 드리고 굿이 시작됨을 알리는 그것을 '들맞이'라 한다고 남자가 알려주었다.

"우리 마을 이장이거마는."

토박이 남자가 그렇게 일러주면서 손으로 가리킨 곳에는 이장이라는 사람이 무슨 궤를 당목堂木 앞에 바치고 있었다.

"무신 궤지예?"

만수가 묻자 남자는 가벼운 기침을 하고 나서 대답했다.

"마을의 호적이나 임야 문서 등이 들어 있는 궤요. 저런 궤를 지동궤라고 하고요."

그들 주위에는 많은 사람들이 상기된 얼굴로 굿을 보면서 말을 주고받기도 하고 웃기도 하였다. 그 마을 사람들 외에도 만수 부자처럼 다른 곳에서 온 외지인들도 있을 것이다.

"아, 예. 지동궤예."

만수는 그것에 관심이 있는 듯 계속 눈을 거기에 두고 있었다. 그런데 상팔의 마음을 더 잡아끈 것은 큰머리에 쾌자를 입고 있는 무녀였다. 그 무녀는 손에 들고 있는 징을 치며 사방에 절하기도 하고 마을 사람들에게 '복잔'이라는 것을 내리기도 했다. 그걸 보니 상팔은 목이 마르고 술을 마시고 싶었다.

"자아, 따라갑시더."

남자는 이어지는 다음 굿거리를 보자며 발을 떼놓았고 그들 부자는 얼른 그 뒤를 쫓았다. 남자는 자상하게 들려주었다.

"아까 우리가 본, 해를 보고 절을 한 거는 일월맞이굿이고, 시방 보는 저거는 용왕굿이고."

바다에 고기잡이 나갔다가 죽은 뱃사람들의 원혼과 바다 위에 떠돌고 있는 잡귀와 잡신들을 달래고, 어민들의 안전과 풍어를 비는 거리였다.

한데 어인 일일까, 그 말을 듣는 순간 만수 눈앞에 나타나 보이는 게 행방을 알 수 없는 아들 재팔이었나. 만수는 그 환영을 떨치려고 애썼다. 원혼과 내 아들을 연관 지어 생각하다니? 그렇다면 재팔이가 원통하게 죽은 넋이 되었다는 이야기가 아닌가 말이다. 세상에, 부모가 되어 자식을 두고 이 무슨 천벌 받을 망상을? 만약 그때 상팔이가 이런 말을 하지 않았다면 그는 자신도 모르게 달려들어 그 용왕굿을 엉망으로 만들어버렸을지 모른다.

"아부지, 저거 좀 보이소."

"우리겉이 어촌에서 안 사는 사람은 보기 심든 거 아이가."

그런 말을 나누면서 부자는 지켜보았다. 굿이 끝나자 소지를 올리고 흰 종이에 음식을 싸서 바다에 던지는 것을, 용왕밥이란다. 용족龍族을 거느리어 구름을 일으키고 비를 내려 중생의 번뇌를 식히는 용궁의 임금, 용왕.

"인자부텀 본굿당이라요."

남자는 그전에도 여러 차례 보아온 토박이답게 다른 것은 몰라도 그 굿거리에는 해박해 보였다.

"부정굿인디, 굿당의 부정을 없애고 칼끗하게 하는 기지요."

오른손에는 북어를 들고 왼손에는 불을 붙인 소지 종이를 든 무녀는 그 나이를 가늠하기 힘든 여자였다. 무녀는 위아래로 엇갈리게 팔을 휘저어가며 춤을 추다가 어느 찰나 잔에 든 술을 밖에 확 뿌렸다.

"아즉 한참 더 남았소. 다리가 안 아푸요?"

토박이 그 말에 만수보다 상팔이 먼저 입을 열었다.

"첨 보는 신기하고 멋진 굿판이라서 다리 아푼 줄은 하나도 모리것심니더. 그라고 쭈욱 알카주시서 증말 고맙고예."

"고맙기는? 내는 타지에서 온 사람들한테 우리 마을 자랑거리를 알릴 기회라서 기쁘고 좋은데 머."

그러면서 남자가 약간 뻐드렁니인 앞니를 드러내며 씩 웃었다. 그의 이빨은 믿어지지 않을 만큼 희었다. 그래서 상팔은 하얗게 부서지는 바닷물의 포말을 떠올렸다.

'굿도 굿이 아이라더이, 에나 굿거리가 짜다라 이어진다 아인가베.'

부자의 머릿속에 들어앉는 공통된 생각이었다. 선후 조상님을 모시고 접대하는 가망굿도 볼만했고, 천지풍신에게 집안 행복과 농사와 고기잡이가 잘되기를 기원하는 제석굿도 눈길을 끌었으며, 큰머리에 홍치마 없이 쾌자만 입고 오른손에는 부채 그리고 왼손에는 신대(손대)와 방울(요령)을 든 무녀가 명승지 여러 지역 서낭님을 불러 모시는 서낭굿이 특이했다.

"다음 거리는 말이오, 무녀가 하는 기 아이고……."

토박이 남자의 음성이 지금까지보다 좀 더 진지하고 무게가 전해졌다. 그리고 이어지는 설명은 그들 부자에게 어렵게 다가왔다.

그때 그들이 보고 있는 별신굿은 빙신현상憑神現象이 없다고 하는 남자의 그 얘기부터 굉장히 생경하고 난해하다는 느낌을 주었다. 그래서 마을 강신자降神者인 굿 장모가 무녀 대신 대를 잡는다는 것이다.

'무신 이약인고 한 개도 모리것다. 니는 알아묵것나?'

'지도 모리것심더. 내중에 더 알아보이시더.'

부자가 눈짓으로만 나눈 대화였다. 어쨌든 대잡이굿이라고도 한다는 그 대굿에 이어서 손님(마마신)과 연관된 손굿, 손풀이, 동살풀이 등이 행해졌다.

"망령들이 지옥에 안 가고 극락에 가거로 비는 염불굿, 돌아가신 굿 선상님들(무조巫祖), 그 혼들을 위하는 군웅굿, 그거를 다 봤고, 인자 마즈막으로 한 개 남았소."

무척 긴 시간이 흐르고 있었다. 이제 하나 남은 것이 마지막 거리인

거리굿이라고 했다. 그리고 그때쯤 토박이 남자도 약간 피곤한 모습을 보였다. 어쩌면 외지인인 그들 부자를 안내하느라 힘을 많이 소진한 탓일 수도 있었다.

또 이건 나중에 안 사실이지만, 그 토박이 남자는 통영오광대 일원이라고 했다. 만수는 어쩐지 여느 사람들과는 좀 다르다 했더니 그랬구나 싶었다. 하지만 그는 전문 광대 패는 아니고 종종 그 풍자가면극에서 양반이니 상놈이니 하는 계급 차별에 항거하는 평민으로 분장하여 한마당 논다고 했다.

"합천 초계 밤마리를 본래 계통으로 하요."

"아, 그 오광대는 지도 본 적이 있심니더."

그 사이에도 무녀나 악사들 그리고 굿을 주관하는 다른 모든 이들과 무수한 구경꾼들로 바다마을은 엄숙하고 경건한 분위기 속에서도 북새통을 이루었다.

"정처 없이 이리저리 떠도는 잡신과 잡귀 멤을 풀어 멕인 후에 보내 주는……."

마지막 굿거리라는 선입견 때문인지 모르나 거리굿은 만수와 상팔의 마음에 허전하다는 기분을 앙금처럼 남겼다. 그러자 똑같이 머릿속에 그려진 게 재팔의 얼굴이었다.

'해나 저 사람들 속에 우리 재팔이가 섞여 있지 않을까?'

'오데서 금방이라도 재팔이 새이가 '아부지! 상팔아!' 하고 큰 소리로 부름시로 나타날 거 겉다 아이가.'

그러나 어디에도 재팔의 모습은 보이지 않고 저만큼 서 있는 악사들만 유난히 그들 부자 눈에 들어왔다. 각기 장구와 꽹과리와 징을 들었는데, 굿을 처음 시작할 때와 끝낼 때 대금을 불기도 했었다. 간혹 북을 치던 동작도 되살아나 보였다.

"오늘 저희들 땜새 욕 마이 보싯심니더."

"한거석 알고 갑니더. 고맙심니더, 아자씨예."

부자는 진심으로 토박이 남자에게 감사를 표했다. 그러자 그는 이번에도 그 뻐드렁니를 조금 드러내고 웃으며 작별 인사를 대신했다.

"생선만 마이 드시거로 해서 미안합니더."

"생선?"

그렇게 되뇌던 부자는 서로 얼굴을 마주 보면서 크게 웃었다. 남자의 그 말에서 그날 제상에 올랐던 제물을 떠올렸다. 물론 메와 떡, 나물 그리고 삼색 과일 등도 있긴 했지만, 생선을 재료로 한 음식물이 단연 많았다. 생선포, 생선전, 생선찜……

"인사도 드릿으이 인자 고만 가자."

"예, 아부지."

아버지와 아들이 어깨를 나란히 하고 걸어도 집으로 돌아가는 길은 어쩐지 막막하면서 멀게만 느껴졌다. 꼭 누군가 한 사람을 혼자 내버려 두고 두 사람만 귀가하는 듯한 기분이 들었다. 저 뒤에서 그들을 애타게 부르는 소리가 들렸다.

― 아부지이! 상팔아아!

부자는 끝내 결정을 내리지 못했다. 칠기와 갓 중 어느 것을 택할 것인지.

남편의 아이

성곽 밖 친정집이 가까워지자 비화 마음은 한층 불안하고 조급해졌다.

등에 업혀 있는 준서가 자꾸만 밑으로 처져 내려가는 것만 같아 두 손을 받쳐 연신 위로 끌어올리며 포대기 끈을 몇 번이나 졸라매었다.

보통 땐 업거나 안으면 곧잘 잠들곤 하던 아이가 이날은 어찌 된 노릇인지 계속해서 칭얼거렸다. 업고 있기는 하지만 이제 어느 정도는 제 발로 걸어 다닐 수 있는 아이였다. 성장이 빠른 아이라면 뛰어다닐 수도 있는 나이였다. 그렇지만 꽤 거리가 있는 곳이기에 걸리지 않고 그냥 업고 가기로 했다.

아까부터 옆에서 묵묵히 걷고 있는 재영 얼굴이 무척이나 어두웠다. 배봉 집안에 업둥이로 줘버린 그의 또 다른 아들로 인해 준서를 볼 때면 이중 삼중의 갈등과 아픔에 허우적거려야 하는 천하에 못난 아비인 것이다. 또, 그것만이 아니었다. 나연의 마수에 걸려 이러지도 저러지도 못하는 막다른 벼랑 끝에서 그저 숨이 끊어질 날만 기다리고 있는 처참한 인생으로 전락해버렸다.

오랜만의 친정 나들이에 이토록 비화 발길이 큰 돌덩이를 매단 듯 무거운 것은, 아버지 호한이 많이 편찮으시다는 전갈을 받고 찾아가는 길이기 때문이었다. 강인한 체력을 가진 무관 출신으로 평소 여간해선 고뿔도 하지 않는 부친이기에 더욱 걱정이 되었다.

'아, 예전 내 살던 동네는 벨로 배뀐 기 없거마는.'

비화는 어린 시절 옥진과 더불어 뛰놀던 동네 곳곳이 연방 눈에 밟혀 심란하기 그지없었다. 금방이라도 저만큼 어딘가에서 '언가' 하고 부르면서 해맑은 웃음소리와 함께 상기된 얼굴의 옥진이 댕기머리를 나풀거리면서 달려올 것 같았다. 새 모가지 같은 고개를 밑으로 처박고 땅따먹기하던 동무들 얼굴도 언덕바지 위로 피어오르는 아지랑이처럼 가물거렸다.

그때까지도 비화는 몰랐다. 옥진이나 다른 아이들이 아니라 '그들'과 정면으로 마주치리란 것은. 참으로 반갑지 않은 해후가 아닐 수 없었다.

억호와 분녀였다. 동업과 재업도 데리고 있었다. 이쪽 세 식구와 그들 네 식구가 그렇게 동시에 얼굴을 보게 될 줄이야.

그런가 하면, 사실 억호 입장에서도 그날의 외출이 썩 마음에 내키지를 않았다. 그저 아버지 배봉이 포목점에 나와 보지 않는다고 호된 꾸지람을 해대는 바람에 어쩔 도리 없이 나선 참이었다. 지금 억호 마음은 그야말로 콩밭에 가 있었던 것이다.

그들이 무엇을 어떻게 할 겨를도 없이 딱 맞닥뜨린 장소는 비화 친정집과 배봉집 중간 어름이었다. 동리 공동 우물터가 있는 지점이었는데 그날따라 물을 긷기 위해 온 아낙이 한 사람도 보이지 않았다. 억호 또한 비화 못잖게 놀라고 당황하는 빛이었다.

"어?"

"아!"

비화 눈길이 제일 먼저 간 것은 분녀 손을 꼭 잡은 큰아이 쪽이었다.

실단이 자신에게 해 보이는 언행으로 비춰보아 그들 친자식이 아닌 게 분명한 아이.

'내 짐작이 안 틀린다.'

비화는 그 경황이 없는 와중에도 다시 한번 확인했다. 저 아이는 절대로 그들이 낳은 자식이 아니라는 사실을. 두 눈에 꺼풀이 끼지 않고서는, 아니 설사 꺼풀이 끼었다손 치더라도 그것을 알 것이다. 그렇다면 도대체 어디서 누구 아이를 데리고 와서 키우고 있는 것일까?

아이는 커갈수록 더한층 부모와는 한참 멀어 보였다. 억호와 분녀 누구와도 전혀 닮지 않았다. 아니, 닮지 않았다는 그 정도가 아니라 달라도 너무 달랐다.

그다음 비화 시선이 닿은 건 억호 손을 잡은 작은아이였다. 가매못 저 안쪽 마을에 사는 설단과 꺽돌이 떠올라 비화는 콧잔등이 시큰거렸다. 특히 설단은 저 아이 생각만 하면 가슴이 온통 미어터질 것이었다. 어쨌든 그 아이는 한눈에 봐도 억호 핏줄이 틀림없었다. 소문대로 축소판이었다.

그러자 비화 머릿속에 또다시 자리 잡는 게 도대체 동업이란 저 아이의 친부모는 누굴까 하는 궁금증이었다. 어떤 부모이기에 자식을 버렸는지 만나면 얼굴에 침이라도 뱉고 싶었다. 비록 철천지원수 집안에서 키우고 있는 아이지만 비화 보기에도 여자같이 매우 곱상한 얼굴이었다.

'저러키 잘생긴 아들을 우째서 넘 자슥이 되거로 해삐리으꼬?'

그 의문 뒤를 이어 반발처럼 일어나는 생각도 있었다.

'하기사 아모리 몬난 자슥이라도 넘한테 줄 수는 없것제.'

그 두 아이를 향한 상념들이 크게 넘치는 바람에, 비화는 정작 잔뜩 경계해야 할 대상인 억호나 분녀의 존재를 깜빡 잊을 정도였다.

'아, 암만 그래도 내가?'

한편 재영 마음은 당연히 큰아이에게만 머물러 있었다. 저 아이를 업둥이로 줘버렸다니. 그때 당시는 앞뒤 헤아릴 형편이 못 되긴 했었지만 뒤돌아볼수록 자신이 너무 어리석고 못났다는 죄의식에서 벗어날 길이 없었다.

'그거도 그렇지만도 그보담도…….'

맞았다. 비화 쪽으로 더 신경이 쏠렸다. 하늘이 시퍼렇게 내려다보고 있다. 만일 아내가 저 아이 비밀을 알게 되면 어떡하나 하는 엄청난 불안감과 더불어, 엎질러 놓은 이 일이 앞으로 어떻게 돌아갈까 하는 걱정이 그를 미치게 했다.

'살다 보모 오늘 겉은 일이 한두 분 일어나는 기 아일 끼라. 그라모 그랄 때마당 우째야 되노, 우째야?'

그런데 그야말로 재영 가슴이 덜컥 내려앉은 건 다음 순간이었다. 웬일인지 동업이 자기 손을 잡은 분녀 손을 뿌리치듯 하고는 그의 앞으로 한 걸음 다가선 것이다.

참으로 알 수 없는 장면이었다. 어떤 보이지 않는 손이 뒤에서 동업을 조종이라도 하는 것일까? 모두의 눈이 팽팽한 활시위처럼 동업에게로 당겨졌다.

재영의 표정은 참으로 황당하고 기묘하기 짝이 없었다. 도무지 지금 무엇을 어떻게 해야 할지 모르는 난관에 부딪힌 사람 모습이었다.

그중 가장 크게 놀란 사람은 더 말할 것도 없이 비화였다. 그녀로선 차마 재영을 똑바로 바라보기도 힘들었다. 그냥 민망하다는 정도가 아니라 너무나도 곤혹스러워 정신을 차릴 수가 없었다.

내 남편이 왜 별안간 저리도 못난 몰골을? 제아무리 임배봉 가문이 무소불위의 큰 세도를 부리고 있다고 할지라도 철천지원수 집안 자식이 뭐가 두려워서? 상대가 저 상감이라고 해도 저렇게까지는?

비화가 갈수록 경악한 건 재영과 동업이 계속해 보이는 행동들이었다. 동업은 그 크고 둥근 눈을 들어 흡사 시비라도 걸듯 재영 얼굴을 빤히 올려다보는 것이었고, 재영은 그 도전적인 눈길을 피해 형편없이 허둥대는 꼴이었다.

그게 적절한 표현일까? 어쨌거나 다른 사람들 눈에는 그렇게 비쳤다. 그리고 실로 불운하게도 그것은 매우 정확한 것이었다. 그때 재영을 지배하는 생각은 오로지 하나였다.

'하느님, 이런 기 천륜이라쿠는 깁니꺼? 시상 부자지간에 어기서는 안 되는 천륜, 천륜 말입니더. 그런 기 없어서야 우찌 저 아이가 내를 저리 쳐다볼 수 있심니꺼?'

재영이 온전하지 못한 상태에서 필사적으로, 아니 허둥거리며 부여잡는 대상은 하늘에서 자식으로 바뀌었다.

'아들아. 니는 모도 알고 있는 것가? 내가 니 애비라쿠는 거를. 니 눈빛이 무섭다. 에나 무섭거마는. 내는 니를 똑바로 볼 수가 없는 기라. 이 몬난 애비가 무신 낯짝을 들고 니 얼골을 대할 수 있것노?'

그것이 지금 재영이 해 보이는 알 수 없는 행동의 원인이었다. 아니, 알 수 없는 행동이 아니라 그것밖에 해 보일 행동이 없을 것이었다.

하여튼 동업의 행동은 정녕 불가사의한 것이었다. 어쩌면 그러는 동업도 자신의 그 행동에 대해서 아무것도 모르고 있는지도 모른다. 아니다. 그럴 것이다. 그는 아직도 어린아이에 지나지 않는다. 더군다나 재영이 친부라는 사실을 알 턱이 없는 그가 아닌가? 그렇다면 재영의 한탄처럼 그건 천륜에서 비롯된 것일는지도 알 수 없었다. 부모 자식 사이의 핏줄이 눈에 보이지 않는 끈이 되어 두 사람을 그런 불가해한 모습으로 엮어내고 있는…….

그리하여 한갓 어린아이 시선을 제대로 받아내지 못하고 어쩔 줄 몰라 하는 재영의 그런 황당하고도 비겁해 보이는 반응은, 비화에게 진정 참을 수 없는 엄청난 충격으로 다가올 수밖에 없었다. 평소 다소 소심한 그이긴 했다. 하지만 그렇다고 이렇게까지 나약해 빠진 몰골을 보이다니. 그것도 갈아 마실 원수들 앞에서.

"으하하하!"

온 동네가 당장 떠나갈 듯한 억호의 호탕한 웃음소리가 터져 나온 건 바로 그런 와중에서였다. 그는 참으로 재미있고 통쾌한 광경을 더 이상 얌전하게 참고 지켜볼 수 없는 사람 같았다.

"과연 내 아들이다, 내 아들! 어른을 저리 겁묵거로 맨들다이?"

억호는 사방팔방 돌아보며 목이 터지게 외쳤다.

"동네 사람들아, 함 봐라!"

그는 세상천지 모르고 길길이 날뛰는 광인을 닮았다. 공동 우물터로 날아들던 참새들이 놀라 흩어졌다.

"저 유맹하다쿠는 나루터집 쥔 비화 서방이, 아즉 에린 우리 자슥한테 꼼짝도 몬 하고 쩔쩔 매쌌는 저 꼬라지를 말이제. 저 꼬라지!"

그것도 모자라는지 재영뿐만 아니라 비화까지 집어삼킬 듯이 노려보았다.

"동네 사람, 방네 사람들아! 시방 저 여자 콧대가 오데 떨어져 있는고, 쌔이 여 와서 함 찾아보소. 으하하핫!"

급기야 그 소동을 알아챈 사람들이 하나둘 모여들기 시작했다. 어른, 아이, 늙은이, 젊은이 가릴 게 없었다. 개중에는 비화와 억호를 아는 사람이 없으리란 보장도 없었다. 아니, 지금 그 일이 벌어지고 있는 현장을 놓고 볼 때 틀림없이 있을 것이다. 다만 앞으로 나서서 어떻게 하지 못하고 있을 뿐이다.

"어보."

분녀도 뒤늦게 지금 그곳의 상황을 깨달은 듯했으나 억호처럼 건방을 떨지는 않고 이게 웬 영문인가 하며 좀 더 알고 싶어 하는 눈치였다. 그녀는 남편에게 물었다.

"당신, 각중애 와 그라요?"

비화와 재영의 낯빛이 하나같이 시뻘겋게 변했다. 차마 참기 힘든 수치심과 분노에 심장이 터져버릴 사람들 같았다. 등에서 칭얼거리는 준서가 꼭 못난 부모를 힐난하는 것처럼 들렸다. 비화는 모든 게 싫었고 귀찮았다. 비굴할 정도로 자조했다.

'내 도로 저 대사지 못물에 풍덩 빠지 죽는 기 낫것다.'

그러나 어른들이야 어떤 빛깔의 감정이든 간에 아랑곳하지 않고 동업은 끊임없이 재영을 뚫어지게 쳐다보고만 있었다. 그건 정녕 기이한 일이었다. 천륜의 힘이라는 것이 이리도 놀라운 것인가? 아니, 그토록 무섭고도 더러운 것인가?

부자의 해후. 아들은 아버지 얼굴에서 무엇을 보려고 하는 것일까?

그때였다. 낮은 소리로 칭얼거리던 준서가 별안간 누가 엉덩이를 크게 꼬집기라도 한 듯 울어대기 시작한 것이다.

"으아아앙!"

잔뜩 호기심 어린 얼굴로 빙 둘러서 있던 구경꾼들이 화들짝 놀라는 진풍경이 벌어졌다.

"어이쿠, 깜짝이야!"

"무신 아 울음소리가 저렇노?"

그런데 그것은 천만뜻밖에도 자기 부모를 구원하는 아주 놀라운 결과를 낳았다. 비화도 재영도 문득 지독한 마술에서 막 풀려난 사람들처럼 보였다.

"주, 준서야!"

비화는 얼른 포대기를 끌러 준서를 품으로 옮겨 안았고, 동업의 그 눈빛에 쏘여 마치 마비된 것 같았던 재영도 준서에게 다가섰다.

그랬다. 아이의 울음답지 않게 더할 나위 없이 큰 준서 울음소리는 지금까지의 상황을 반전시켰다고까지는 할 수 없어도, 일방적인 그 흐름을 적잖게 돌려놓는 역할은 충분히 한 셈이었다. 평소 준서 울음소리는 그런 쪽이 아니었다. 다른 아이들에 비해 키는 큰 편이지만 좀 허약한 탓에 울음소리가 문턱을 넘지 못했다.

한데 더욱 신기한 일은, 그때 부모가 당하고 있는 사정을 쫓기 위한 의도이기라도 하듯, 그렇게 분위기를 바꿔놓고 준서는 울음을 딱 그친 것이다. 그뿐만 아니라 심지어 내가 언제 울었냐 싶게 금방 쌔근쌔근 숨소리까지 내며 잠이 들어버리는 것이다.

한동안 억호와 분녀 그리고 동업과 재업도 이제는 오히려 자기들이 하나같이 준서 울음소리에 마취됐던 것처럼 멍하니 서 있었다. 사람들이 모여 있는 것을 보고 잠시 걸음을 멈췄던 행인들이, 서로 말없이 우두커니 서 있는 어른과 아이들을 보고는 무슨 일인가 하고 고개를 갸웃거리며 그대로 지나갔다. 운집해 있던 사람들은 구경거리가 사라졌다는 듯 슬그머니 빠져나가고 있는 모습도 보였다.

비화 머릿속도 잠시 하얗게 비어버리는 듯했다. 그렇게 속상하던 남편 행동과 참아내기 어려웠던 억호의 빈정거림과 갑작스러운 준서의 울음마저도, 꼭 현실에서의 일이 아닌 것처럼 아득하게 느껴졌다. 잠시 다른 세상을 다녀온 기분이었다.

그러다가 텅텅 빈 뇌리를 다시 채운 건 아버지 병환이었다. 그녀가 여기서 이러고 섰을 게 아니었다. 어디가 얼마나 편찮으신지 빨리 달려가서 한약방에 모시고 가든지 한의를 데리고 오든지 해야 한다. 조금이라도 더 악화하기 전에 병구완을 해야 하는 것이다.

그런데 그것은 비화 의도대로 되지 않을 모양이었다. 어린애 울음소리에 잠시나마 정신을 빼앗긴 일이 무척이나 화가 나는지, 억호가 특유의 으르렁대는 말투로 형편없이 고약한 말을 오라처럼 내던졌다.

"눈깔만 딱 붙은 조 자슥새끼도, 지 에미 독한 거를 고대로 빼 박았나?"

아직도 귀가 먹먹한 모양이었다.

"울음소리 하나 더럽거로 크다 아인가베. 오데서 왕개고리가 온 것가?"

재업을 잡았던 솥뚜껑 같은 그 손을 앞으로 뻗으며 준서를 매섭게 노려보았다.

"주디이를 확 찢어삘라."

"아를 보고…….""

비화가 막 대거리하려는데 억호가 또 먼저 입을 열었다.

"옥지이 만내로 온 기가?"

비화는 놈의 낯가죽이 얼마큼이나 두꺼운지 잘 알고 있으면서도 하도 어처구니가 없어 가만히 있는데 그는 한 번 더 찔러보았다.

"옥지이 만내로 온 기 맞제?"

조금도 바뀌지 않았다. 세월이 저놈만 비껴간 것도 아닐 텐데.

"그라모 잘몬 왔거마는."

머리가 송곳 같은 것으로 쑤신 듯 찌르르 현기증마저 느끼고 있는 비화였다.

"시방 옥지이가 요 동네 없고 오데 가 있는고는 내보담도 더 잘 알 낀데?"

그새 모였던 사람들은 거의 다 흩어지고, 그 대신 길 한쪽에 우두커니 서 있는 감나무 그늘 밑에 개 두 마리가 서서, 사람들 말을 경청하고 있는 것처럼 두 귀를 쫑긋 세우고 있는 게 보였다.

"온 시상이 알아주는 요 똑똑한 여자야."

억호는 재영을 한 번 힐끗 보고 나서 말했다.

"잘 모리나?"

감도 달려 있지 않은 감나무에 날아드는 새가 까치인지 까마귀인지를 분간할 그 정도의 판단력마저도 갖지 못하고 있는 비화를 두고 자못 조롱하는 어조로 말했다.

"잘 모리모 내가 알리주까?"

그러면서 교방이 있는 감영 쪽으로 고개를 돌리는 억호였다. 비화는 심한 분노를 느끼면서도 싸늘하게 소름이 돋았다. 진작 그런 인간인 줄은 알지만 참으로 막 나가는 말짜가 아닐 수 없었다.

'아모리 그래도 할 이약이 있고, 해서는 안 될 이약이 있다 아이가.'

제 아내 앞에서 제 입으로 먼저 옥진을 얘기하다니. 지난날 지금 그 장소에서 멀지 않은 대사지에서 형제가 함께 만행을 저질렀고, 이젠 그 더러운 패물을 미끼로 사랑을 구걸하고 있는 여자를……

억호 입가에 야릇한 웃음기가 실실 감돌았다. 비화를 앞에 두고 옥진과 새벼리에서 벌인 일을 떠올리니 그렇게 통쾌하고 고소할 수 없었다.

'비화 니년이 저 상촌나루터 바닥서 똥파리매이로 쪼매 날고 긴다쿠는 소문이 나 있어도, 옥지이, 아이다, 해랑이라꼬 부리는 기 내사 상구 더 좋다.'

그는 아편을 한 사람처럼 흐리멍덩한 눈빛으로 갈수록 몽환적인 기분에 휩싸여 갔다.

'해랑이가 이 억호하고 둘이 아모도 모리거로 새벼리 숲에서 만내고 있다쿠는 거는 죽었다 깨나도 모릴 끼다.'

과기나 현재보다 미래가 더 기대될 일이다.

'운젠가 니년이 그 사실을 알기 되모, 두 발복때기 탁 뿔라지거로 동 농 굴림서 돌아삐릴 끼 뻐언하다. 미친년이 돼삔다 그 말이제. 흐흐흐.'

그런데 그때였다. 분녀가 그제야 기억난 듯 살찐 손가락으로 재영을 가리키며 억호에게 큰소리로 이렇게 말한 것이다.

"여보! 저 사람, 예전에 우리 집 대문간 앞에 와서 자꾸 얼쩡얼쩡해 쌌던 그 수상한 사람 아입니꺼?"

억호는 자다가 걷어 채인 사람처럼 소리를 질렀다.

"머시?"

분녀는 닦달하듯 했다.

"와 기억 안 나예? 설단이가…….."

그러자 억호도 금맥을 발견한 금광쟁이가 환호하듯 했다.

"맞다, 맞다!"

분녀는 대단한 것을 발명한 것 같은 품새였다.

"맞지예?"

"하모, 우리 집 앞에서 내한테 호통 맞고 시껍해서 돌아간 적이 있 제."

억호와 분녀 입에서 동시에 합창하듯 이런 말이 나왔다.

"비화 서방이었다이?"

재영은 또다시 숨이 멎어버리는 것 같았다. 눈앞에서 수천 마리 개똥 벌레가 날아다니고 하늘이 노래진다는 말이 사실이었다.

저들이 오래전 그 일을 되살려낼 줄이야. 하기야 지금 그들이 데리고 있는 작은아이를 낳은 설단이란 여종도 재영 자신을 알아보긴 했었다. 세월도 인간을 완전히 지배하지는 못하는 모양이었다. 그는 천 길 낭떠 러지로 굴러떨어지는 느낌이었다.

그러나 뭐니 뭐니 해도 가장 경악하고 크나큰 의문에 싸인 사람은 또 비화였다. 이건 또 무슨 날벼락 같은 소리냐? 남편이 임배봉 집 앞에서 서성거리다가 억호에게 호통을 맞은 일이 있었다니.

'에나 이상타. 대체 이기 우찌 된 일고? 저것들하고 준서 아부지는 요 분 한 분이 아이고 이전에도 또 한 분⋯⋯.'

비화는 작은 횃불 하나도 없이 캄캄한 동굴 속으로 걸어 들어가는 느낌이었다. 뭔가 저 멀리서 아주 희미하게 보일 듯이 보일 듯이 하면서도 금방 칠흑 같은 어둠 너머로 사라지는 그 무엇이었다.

비화가 그러고 있는 사이에 분녀가 또 기억해낸 자신이 대견하다는 투로 이랬다.

"그날 설단이가 했던 말도 떠오리요. 이런 거 보모 내 머리도 쓸 만하지예?"

억호는 한층 흥미와 기대에 찬 얼굴로 물었다.

"무신 말?"

비화 귀에 그들이 주고받는 말들이 멀어졌다가 가까워졌다가 했다. 사람을 노골적으로 업신여기듯 분녀는 재영을 턱짓으로 지목하며 말했다.

"저 사람이 우리 동업이를 우찌할라쿠는 거 겉다고 안 하디요."

"아, 그랬디제!"

억호도 이제 기억이 난다는 표정이었다.

"하모, 하모. 이상한 눈으로 본다 그랬던가, 우쨌든 그 가리방상한 소리를 했디라."

분녀는 뱀을 연상시키는 실눈에 시퍼런 독기를 실으며 말했다.

"유괴해 갈라 안 캤것소. 우리 동업이가 하도 이쁘께."

일순, 비화 뇌리에 재영과 애정 도피 행각을 벌였던 허나연 모습이 퍼뜩 그려졌다. 그 배경에는 저 치라골 암물 약수터가 있다. 준서를 유괴하려고 한 그 여자. 그런데 남편도 동업이란 저 아이를?

'아인 기라. 그랄 리는 없다.'

비화는 마음속으로 세차게 부정했다. 하마터면 입 밖으로 말이 튀어
나올 뻔했다.

'준서 아부지는 넘의 자슥을 유괴할 사람이 절대 아이다. 그랄 이유도
없고. 특히나 억호 자슥 아이가.'

그러던 비화는 이번에는 흔들던 고개를 끄덕이기 시작했다.

'설단이가 핑개를 댔을 끼다. 머 땜에 그랬는지는 모리것지만도, 그
당시 설단이는 그리 거짓말해서 무신 위기를 넘길라 캤것제. 내 짐작이
안 틀릴 끼라.'

비화의 추리는 그 정도에서 그쳤으면 좋겠는데 불행하게도 그게 아
니었다. 그 사연들이 하도 깊어 그 자리에 서서 밤을 새워가며 헤아려도
오히려 모자랄 판이었다.

'그거는 그렇는데, 준서 아부지가 배봉이 집에는 와 갔으꼬?'

그 원론적인 의문에 부닥치자 비화는 더욱 걷잡을 수 없이 혼란스러
워 머리가 빠개지듯 아팠다. 다리가 후들거렸다. 위험한 외나무다리같
이 무너져 내릴 듯했다.

'아, 대체 이기 무신?'

남편, 억호와 분녀 그리고 그들의 어린 두 아이, 심지어 품에 안은 준
서마저도 여우들이 둔갑한 것 같았다. 그 여우들이 모의하여 나를 홀리
고 있는 게 아닌가 싶었다.

'증신 똑바로 안 채리모 큰일 나것다.'

그런 속에서 억호가 동업에게 이렇게 묻는 소리가 비화 귀에 아스라
이 들렸다.

"동업아! 니 그 땜새 저 사람을 그리키나 눈이 빠지거로 올리다본 기
가? 저 자가 닐로 유괴해 갈라 캔 일이 니도 기억난 것가?"

비화 눈이 자신도 모르게 동업을 향했다. 그 순간에는 동업의 작은 몸뚱어리가 그 고을 성문보다도 크게 비쳤다.

"함 말해봐라, 얼릉."

억호는 신바람 붙은 사람처럼 재촉했다. 그런데 정작 동업은 억호가 무슨 이야기를 하고 있는지조차도 알지 못하는 성싶었다. 그저 멀뚱멀뚱한 눈으로 억호를 바라볼 뿐이었다. 그런 동업은 조금 전 자신이 재영의 얼굴을 빤히 쳐다보았다는 그 사실마저 잊은 것 같은 느낌이 전해졌다.

비화는 머릿속이 또 새하얗게 비어갔다. 언젠가 진무 스님을 따라간 공방에서 보았던 종잇장처럼. 그리고 이번에는 금세 채워지지를 않았다. 바보천치가 돼버리는 걸까? 그런 생각 하나뿐이었다.

아니었다. 또 다른 생각 하나가 솟아나서 비화 머리를 후려쳤다. 어디선가 동업이란 저 아이 눈을 꼭 닮은 누군가를 본 적이 있다는. 아니, 눈뿐만 아니라 얼굴 전체가 비슷한 그 누군가를.

그때 비화 품에 안긴 준서가 다시 잠에서 깨어나 울기 시작했다. 아무래도 또 어디가 아픈가 싶어 불안했고, 그러자 병석에 누워 계신 아버지에게도 빨리 가봐야겠다는 조바심이 일었다. 서로 입을 섞어가면서 이러니저러니 이야기할 필요도 가치도 없는 억호 따위에게 시간을 빼앗기고 있을 틈이 없다.

"고마 가보이시더."

비화 말을 들은 재영이 기다렸다는 듯 얼른 몸을 돌려세웠다.

"저……."

억호가 무슨 말인가를 꺼내려다가 그만두는 것을 째려보며 비화는 서둘러 남편을 따랐다. 남편 뒷모습이 너무나 낯설어 그녀는 연방 다리가 휘청거렸다.

조금 걷다가 흘낏 뒤를 돌아다보니 억호와 분녀는 무어라 얘기를 나누며 걸어가고 있다. 그 뒤를 따라가는 두 아이 모습이 이상하게 비화 눈에 깊숙이 새겨졌다. 특히 큰아이는 눈을 돌려도 이곳저곳에서 끝없이 어른거렸다.

그런데 이제 그리운 친정집 담장 너머로 푸른 정원수들이 보이는 지점에 이르렀을 때, 뜻밖의 사람들과 마주쳤다. 이번 역시 전혀 예상치 못했던 아버지 친구분인 조언직과 화공 안석록이었다.

"그동안 잘 지내셨어예?"

언직 또한 뜻밖의 만남에 적잖게 놀라고 반가워하는 빛이었다.

"허, 여서 우리가……."

석록의 표정은 선뜻 짚어내기가 어려웠다. 예술가란 그 깊은 속내처럼 감정 변화도 쉽게 파악하기가 힘든 모양이었다.

"꼭 저희 나루터집에 한분 더 놀로 오시이소."

비화 그 말에 석록은 말이 없고 안색만 붉어졌다. 얼굴에 붉은 물감이 번지는 것 같은 느낌은 아무래도 그가 화공이라는 선입견 때문일 것이다.

"아암, 그래야제."

그리고 나서 언직이 긴장된 목소리로 물었다.

"원아 처자는 우떻던고?"

원아는 석록에 대해 어떤 감정이더냐는 의미였다.

"잘될 거 겉어예."

비화는 그날 밤 원아 방에서 나와 각자의 방으로 헤어질 때 우정 댁이 하던 말을 얼핏 떠올리며 즉시 대답했다.

"그라이 낼이라도 두 분이 같이 함 들리주이소."

언직이 얼굴 가득 함박웃음을 띠며 흥분한 목소리로 석록에게 말했다.

"이 사람 안 화공, 들었제?"

지난번 나루터집에서처럼 이번에도 말이 없는 석록에게 주입시키듯 했다.

　"내가 잘될 거 같다 안 쿠던가배?"

　그러자 석록이 처음으로 입을 열었다. 그런데 그 말은 그 자리의 이야기 초점을 완전히 벗어난 것이었다.

　"쌔이 가보이시더. 시간이 한거석 지났심니더."

　언직이 과장되게 깜짝 놀라는 표정을 지었다.

　"어? 그렇거마는."

　그는 비화에게 양해를 구하듯 했다.

　"준서 옴마, 우리가 안 화공 그림 땜에 급히 가봐야 할 데가 있어갖고……."

　비화는, 그럼 좋은 일이네요? 하는 얼굴로 말했다.

　"퍼뜩 가보시이소."

　한 번 더 당부했다.

　"기다리고 있것심니더."

　그들과 헤어져 대문 앞에 당도한 비화 눈시울이 젖어 들었다. 갖가지 감정이 서로 엇갈리면서 가슴 한복판이 찌르르 했다. 얼마 만에 와 보는 친정인가?

　"아부지."

　"장인어른."

　사랑방에 몸져누운 호한은 한눈에도 병색이 매우 짙어 보였다. 눈언저리가 거무스름하고 입술은 크게 갈라 터졌으며 얼굴에서 핏기라곤 전혀 찾아보기 힘들었다. 병자 못지않게 핼쑥해진 윤 씨는 사위 앞인지라 눈물을 보이지는 못하고 돌아앉아 코만 훌쩍였다.

　"오데가 짜다라 안 좋아갖고 저라시는데예?"

비화가 울먹이며 물었다.

"저 양반이 오데 잔뱅치래(잔병치레) 한 분이라도 하시더나?"

윤 씨도 끝내 눈물을 보였다.

"다 멤의 뱅이제."

자기 가슴이 답답하여 심화가 나는지 그 부위를 손바닥으로 문지르며 말했다.

"울화뱅인 기라."

호한은 말없이 이부자락을 얼굴 쪽으로 끌어올렸다.

'스님! 진무 스님!'

비화는 자신도 모르게 속으로 진무 스님을 불러냈다.

'이래도 지가 배봉이 그눔에 대한 복수를 말아야 합니꺼?'

피눈물이 솟구칠 것 같은 눈으로 아버지를 보며 물었다.

'지 아부지가 저리 되싯는데도 모도 잊어라꼬예?'

그곳 천장으로부터 내려오는 무수한 비수가 보였다. 비화는 그 시퍼런 비수들을 모조리 입에 물었다.

'지는 그리는 몬 합니더.'

비탄에 젖는 모녀를 보는 재영의 심정이 더없이 착잡하고 어둡기만 했다. 손발이 묶여 있다고 한들 이렇게 대책이 없을까?

'내겉이 몬나고 무능한 사내가 또 오데 있으꼬?'

아직 아무것도 모르는 어린 준서를 붙들고 속에 든 말을 내쏟으며 통곡이라도 하고픈 심정이었다. 내 몸속에 들어 있는 눈물을 모두 흘려보내면 남강을 넘치게 하고도 남으리라.

"뱅은 무신?"

호한은 그냥 그대로 누워 계시라는 가족들 만류에도 억지로 몸을 일으켜 앉으며 심상한 어투로 말했다.

"뱅 아이다."

호한은 짐짓 자기 몸은 전혀 아무렇지 않은 척 가장했다. 그러고는 품에 받아 안은 준서 얼굴에 대고 자기 낯을 비비면서 물었다.

"아 안색이 와 이렇노?"

더할 나위 없이 안타깝다는 목소리로 말했다.

"한창 화색이 돌 나인데……."

도배를 새로 한 게 언제였을까? 비화 눈에 얼핏 비춰든 푸른 벽지 무늬가 약간 흐릿하고 낡아 보였다.

"우리 준서가 에나 그렇네예."

윤 씨도 눈물을 훔치며 걱정스러운 낯빛을 지었다. 왜 식구들이 하나같이 이러한가 하고 실의와 낙담에 젖는 모습이었다.

"우리한테 올 끼 아인갑다."

잠시 후에 호한이 준서를 비화에게 넘겨주며 말했다.

"내보담도 아부텀 으원한테 데꼬 가봐라."

재영을 보면서 고개를 흔들었다.

"오데가 안 좋아도 안 좋다."

언제나 정돈이 잘 되어 있는 사랑방 안이 어쩐지 어수선해 보였다. 그것은 단순히 느낌 그 자체만은 아닌 성싶었다.

"준서 걱정은 하지 마시이소, 아부지."

급기야 비화는 오열했다.

"지가 모도 알아서 하것심니더. 흐흑."

천장에서 내려온 비수들이 그녀 온몸에 꽂혀 있었다. 그렇지만 고통스럽다고 잡아 빼면 당장 핏물이 콸콸 쏟아져 나올 것만 같은 방 안 공기였다.

"그라이 아부지나 하로빨리 쾌차하시거로 약 잘 잡숫고예."

호한이 그의 소지품 중에서 가장 아끼는 문방사우가 왠지 먼지로 덮여 있는 듯한 것은 너무나 불길한 전조인지도 모른다.

"이거……."

재영이 품에서 불룩한 돈주머니를 꺼내 아주 조심스럽게 윤 씨 앞에 내려놓았다. 윤 씨는 그것을 물끄러미 내려다보다가 또 눈물을 보였다.

"약 사묵을 돈은 있는데 머할라꼬?"

그러면서 호한이 밭은기침을 했다.

'꼬끼요오!'

어느 집에선가 때를 잊은 장닭이 우는 소리가 방문에 와 부딪혔다가 흩어져 내리는 게 눈에 보이는 것 같았다. 얼핏 들어봐도 늙은 닭 울음소리였다.

사랑방은 깊은 침묵의 늪을 연상케 했다. 준서도 어른들의 이런저런 심경을 모두 알아차렸는지 가만히 있기만 했다.

"아부지, 어머이. 그라모 저희는 이만 가보것심더."

"담에 또 뵙것심더."

비화는 친정에서 하룻밤 묵고 갈 예정으로 왔는데, 호한이 하도 그냥 돌아가라고 우기는 바람에 집을 나서야 했다.

"너거 내외가 있은께, 내가 상구 더 불팬타."

윤 씨가 그러잖아도 불편해하는 사위 모르게 눈을 흘겨도 소용없었다.

"준서도 쌔이 으원한테 가 비이야 되고, 또 장사라쿠는 거는 주인이 쪼꼼이라도 자리를 비우모 당장 포티가 안 나는가베."

그 정도 말하기에도 힘이 드는지 숨을 크게 몰아쉬고 나서 말했다.

"특히 준서 에미 니는 우짜든지……."

호한은 거기서 입을 다물었지만, 비화는 그 뒷말을 모르지 않았다. 어떻게든지 힘을 길러 임배봉 집안을 쓰러뜨려야 한다는 말이었다.

돌아오는 길이 그렇게 허전하고 서글플 수가 없었다. 준서도 뭣을 아는지 아무 소리도 내지 않았다. 갈 때와는 달리 이번에는 걸렸는데 부모가 놀랄 만큼 잘 걸었다.

"여보, 우리 준서 좀 보소."

재영이 어떻게든 아내의 상심을 조금이라도 풀어주려는 듯 대견하다는 눈빛으로 준서를 보면서 말했다.

"예, 그렇네예."

비화도 억지로 웃어 보였다. 이럴 줄 알았다면 처음부터 걷게 할 걸 하는 후회도 좀 되었지만 그나마 그게 약간의 위안이 되기도 했다.

"우리가 우리 세월 가는 줄만 알았제, 준서가 저만치 성장했다쿠는 사실은 상구 모리고 살아온 기 아인가 싶으오."

재영이 그런 말을 할 때 비화는 빙그레 웃었다. 만약 준서가 없다면 심정은 지금보다 훨씬 더 어둡고 무거울 거라는 생각을 했다.

"아, 거 가 있으모 오데 그 집 구둘장이 팍 파인다 쿠더나, 그 집 서까래가 푹 꺼진다 쿠더나?"

친정에 가서 왜 이리 빨리 돌아왔냐고 우정 나무라는 투의 우정 댁에게는 그냥 웃음으로 답하고, 비화는 원아에게 슬쩍 지나가는 말투로 일러주었다.

"동네서 언직이 아자씨하고 안 화공 그분을 만냈어예. 지가 꼭 한분 우리 나루터집에 와 주시라꼬 했어예."

"……."

"잘핸 기지예? 잘몬핸 기라예?"

"……."

원아는 시종 가타부타 아무런 대꾸가 없었다. 그렇지만 마냥 싫은 표정만은 아닌 성싶어 비화 마음이 좀 밝아졌다. 어쩌면 희망이 있다.

그러나 그것도 잠시였다. 캄캄한 그믐밤과도 같은 절망감이 덮쳐왔다. 갑자기 준서 몸에 열이 펄펄 나기 시작한 것이다. 확실히 나쁜 조짐이었다.

그런 사람이 아니었다

해거름이었다.

남강 상촌나루터 한적한 흰 바위 부근에 사람 그림자 두 개가 기다랗게 드러누웠다. 얼핏 나무가 지우는 음영 같아 보였지만 그게 아니라 사람의 그것이 틀림없었다.

온종일 북적대던 나루터도 곧 정적에 물들 시각이었다. 강에 서식하고 있는 물새들도 둥지가 있는 쪽으로 고개를 돌리기 시작할 것이다. 물속에서 부지런히 지느러미를 놀리고 있던 물고기들도 휴식을 취하고 있지 않을까 싶어지는 무렵이었다.

"보름이 이리카나 길지 내 에나 몰랐다 아이요."

여자의 높은 목소리가 강 언저리에 자라는 수초를 일렁거리게 하는 듯했다. 그 정도로 거침이 없어 보이는 여자였다.

"흐."

남자는 흰 모래밭에 피를 토하는 것 같은 소리만 내었다. 물살에 떠밀려 강 밖으로 나온 축축한 썩은 이파리 사이에는 물고기 시체도 있었다.

"그런 줄 알았으모 날짜를 쪼꼼 더 앞으로 땡길 낀데 그랬는 기라. 호홋."

사람 신경을 있는 대로 빡빡 긁어놓는 그 웃음소리 끝을 물고 증오와 저주로 흔들리는 목소리가 나왔다.

"호래이가 와 콱 안 물어가삐고?"

하지만 산에 사는 호랑이가 강에 나타날 리는 없었다.

"요새는 호래이도 사람보담 돈을 더 잘 물고 간다 글 쿠던데요."

여자는 자신의 그 말에 스스로 감복하고 너무나 재미있다는 빛이었다.

"오호호호."

남자의 낯빛은 부패한 물고기의 몸 빛깔을 닮아 있었다. 그것은 그만큼 여러 날 고통과 회한에 시달려오고 있다는 증거였다.

"으, 내가 우짜다가?"

여자 웃음과 남자 탄식이 흰 바위에 부딪혀 강물 위로 가뭇없이 흩어져 갔다.

"돈부텀 내놓으소 고마."

"……."

밤이 가까워지면 언제나 그렇듯이 강바람과 물살이 좀 더 술렁거리기 시작했다. 길가에 면한 저 위쪽 모래밭 가장자리를 따라 죽 늘어서 있는 나무들도 어깨에 바람을 걸어놓고 흔들어대는 것같이 보였다.

"가지왔으모 쌔이 안 내놓고 머하는고?"

나연은 재영의 바로 코앞에 손바닥을 쫙 펴 보였다. 재영은 할 수만 있다면 그곳에 있는 흰 바위를 들어 올려 그 꼴도 보기 싫은 손바닥 위에 놓고 사정없이 콱 눌러서 납작하게 만들어버리고 싶었다. 아니, 그 정도로는 절반도 성에 차지 않을 것 같았다. 손가락뼈를 모조리 으깨고 싶었다.

"어차피 넘한테 줄 돈, 갖고 있는다꼬 부시름(부스럼)이 살 안 되는 기요."

나연의 능글능글한 독촉에 재영은 화를 억지로 삭이며 말했다.

"요분 딱 한 분만인 기라."

위압감을 줄 양으로 최대한 목청을 밑으로 깔았다.

"안 그라모……."

하지만 끝까지 듣지도 않고 나연이 발끈했다.

"머요?"

재영은 그만 입을 다물었다.

"안 그라모?"

나연은 재영의 말끝을 게처럼 물고 늘어졌다.

"안 그라모 우짤라요?"

"……."

"우짤라요, 엉?"

나연은 재영의 묵묵부답을 직무유기인 것처럼 몰아갔다.

"죄 지이갖고 입 꾹 다물고 있으모 우짤 낀데?"

한 수 가르쳐준다는 투로 나왔다.

"마누래한테 내 자슥이 시방 니 웬수 집안에 있다, 그리 쿨라요?"

재영은 뿌드득 이빨 가는 소리로 쏘아붙였다.

"니년이 논 자슥인게, 그 집구석에서 삶아묵든 구우묵든 신갱 안 쓸
끼라."

모래톱을 휩쓸어 내리는 물살 소리가 유난히 귀에 거슬렸다.

'촤르르, 촤르르.'

나연이 더한층 얄밉게 나왔다. 잘못 건드렸다.

"에나 그라까? 그라까?"

몸을 획 돌려세울 시늉까지 했다.

"그라모 시방 당장 달리가삿고 실상 그대로 모돌띠리 알리줘보까요? 당신 마누래가 머를 우찌하는고 보거로?"

"으으."

재영은 오장육부가 뒤틀리는 신음만 낼 뿐 더 말을 못 했다. 실랑이를 할수록 밑지는 것은 이쪽이다.

"에라, 여깃다, 이 더러븐 년아!"

그는 품속에서 돈주머니를 꺼내 나연의 바로 발아래 모래밭에다 내동댕이쳤다.

"아, 이 좋은 돈을 와 구박하요?"

나연은 흡사 제사를 받지 못해 늘 허기져 있는 여귀처럼 허겁지겁 그것을 집어 들었다. 그러고는 제 눈앞에 바싹 갖다 대고 들여다보며 나불댔다.

"이 돈이 그 잘나가는 나루터집 돈이라 말이제?"

"……."

"그라고 본께, 돈 냄새가 다린 돈하고는 상구 다리거마는. 아, 꽃 냄새가 나는 기라, 꽃 냄새가."

재영은 질겅질겅 씹어 내뱉듯 했다.

"화냥년."

강바람은 강 속에서부터 생겨나는 걸까? 강물이 여러 갈래로 쪼개질 듯이 하면서 좀 더 세차게 흔들리고 있었다.

"박재영이라쿠는 남자 하나 잘 만난께, 이런 호박덩거리도 막 굴리들오고."

나연은 터져 나오는 웃음을 주체하지 못하겠는 모습이었다. 재영은 곧바로 달려들어 그 돈주머니를 확 빼앗아 남강에 던져버리고 싶었다. 저 죽일 년 협박에 돈을 갖다 준 게 얼마나 못난 짓인가 뼈저리게 후회했다. 백번 천번 죽었다가 깨나도 이건 아니었다.

"돈, 돈, 돈……."

돈독이 오를 대로 잔뜩 올라 있는 나연은, 그런 소리를 수없이 내면서 돈 액수는 확인도 하지 않고 돈주머니를 가슴 어딘가에 집어넣었다. 아무렇게나 마구 쑤셔 넣는다는 말이 더 옳았다. 그러더니만 분노에 덜덜 떨고 있는 재영에게 상상도 하지 못할 이야기를 주절주절 꺼냈다. 재영이 듣기에는 완전히 미친 소리였다.

"난주 우리 아들 동업이가 말요, 동업직물 후계자가 될 때꺼정만 내한테 돈을 갖다 주소. 그때가 되모 내가 동업이 앞에 떡 나타나갖고, 야 야, 내가 니 친옴마다, 하고 모도 밝힐 생각이요. 그라모 우리 아들은 내 손을 꼬옥 잡고 눈물을 철철 흘림서, 그때꺼정 못 한 효도를 다할 낀께 같이 살자 안 쿠것소. 이 허나연이 저 유맹한 동업직물 최고 갱영자 친모가 될 끼다, 그 소리요."

"저, 저?"

재영은 너무나 어이가 없어 이제 분노조차 느낄 수 없었다. 그런가 하면, 전신에 소름이 쫙 끼쳐 들기도 했다.

'미치도 보통 예사로 미치삔 년이 아인 기라.'

강바람에 나부끼는 수양버들이 제멋대로 풀어헤친 광녀의 머리카락 같았다.

'내가 고마 미친개한테 물릿다 생각하고 사는 기 도로 팬하것다. 저리키나 통 지 증신이 아인 년하고 싸와봤자 내만 이상한 사람 안 되것나.'

좋은 방향으로 생각하려고 애썼다.

'그라고 지년이 한두 분이제, 계속해서 돈 갖고 오라쿠것나.'

재영은 한숨을 내쉬며 생각했다. 저 강에서 물새와 물고기의 잡아먹고 잡아먹히는 광경이 사라지게 될 날은 언제쯤일까.

'더러버도 쪼꼼만 더 참자. 시방은 그 방법밖에는 아모것도 없다. 머가 무서버서 피하는 사람은 하나도 없는 기라.'

그런데 나연은 뭐가 아니라 천년만년도 더 묵은 불여우였다. 방금까지도 요망한 웃음을 터뜨리더니 이번에는 별안간 맨 모랫바닥에 철버덕 주저앉아 대성통곡을 하면서 판소리 사설 엮어내듯 하는 것이다.

"하이고, 하이고! 이년 팔자 더럽고 서글푸다. 핏덩이 적 헤어진 지자슥 앞세워서 받은 돈이 좋다꼬 호호대는 꼴이라이."

밤은 물속에서보다 사람 마음속으로부터 더 먼저 다가오고 있었다.

"내 새끼, 내 새끼야이. 내사 니 팔아갖고 얻은 이런 돈 갖고는 쌀 몬사 묵는다, 옷 몬 사 입는다. 하이고오, 하이고오오."

재영은 혹시라도 강가를 뒤흔드는 그 소리를 듣고 누군가가 달려올까봐 전전긍긍했다. 아내는 아닐지라도 만약 얼나 꼽추 달보 영감이라도 와서 이걸 알게 되면 어쩌겠는가? 나연은 그런 점을 노리는지도 모른다.

그런데 여우가 백 가지 둔갑을 한다더니, 또 나연의 행동이 돌변하기 시작했다. 그녀는 모래 알갱이에 옷이 해지거나 더럽혀지는 것은 아랑곳하지 않고 무릎걸음으로 엉금엉금 기어오더니만 재영의 바짓가랑이 하나를 세게 거머쥐었다. 그러더니 또 이번에는 그렇게 청승맞을 수 없는 목소리로 애원하는 것이다.

"지가 잘몬했어예. 질로 용서해주이소, 예?"

"헉!"

재영의 입에서는 자신도 모르게 비명이 터져 나왔다. 이제 나연은 손에 걸리는 대로 강에 끌어들이는 물귀신이었다.

"그라고 지발 지 하자쿠는 대로 해주이소."

흥부 아내만큼이나 착한 표정을 만들어 보였다.

"이거는 에나 진심이라예."

흰 바위가 멀뚱멀뚱한 얼굴로 이쪽을 바라보고 있는 것 같았다.

"요, 요년이?"

재영은 몸에 들러붙은 징그러운 버러지를 떼 내려는 사람같이 팔다리를 마구 버둥거렸다. 그러고는 안간힘을 다해 소리쳤다.

"놔라, 놔! 이거 몬 놓것나?"

강은 수천 마리의 뱀들이 꼬리에 꼬리를 물고 기어가는 형상이었다.

"콱 밟아삐기 전에 놔라 안 쿠나?"

재영의 목소리는 윽박지른다기보다 하소연에 가까워 보였다. 그러나 나연은 더욱 힘껏 재영의 바짓가랑이를 잡아당겼다.

"지 이약 좀 들어보이소."

"안 들을란다!"

그들 쪽으로 날아오던 잿빛 물새가 그 고함에 놀랐는지 급하게 다른 곳으로 방향을 틀었다.

"한 분만⋯⋯."

그런 애걸복걸이 없었다.

"한 분이고 반 분이고, 죽었으모 죽었지 니년 이약은 안 듣는다!"

재영은 악을 썼다. 그런데 나연은 그야말로 남강이 뒤집힐 소리를 했다.

"우리 다시 합치시더."

재영은 그만 말문이 막혀버렸다. 수억 년 묵은 불여우가 틀림없었다. 사람을 홀리는 불여우 짓이 계속 이어졌다.

"옛날맹캐 둘이 같이 살자, 그 말입니더."

재영의 입에서는 신음만 새 나왔다. 아니었다. 갈수록 신음조차 할 수 없는 해괴망측한 이야기가 이어졌다.

"아이지예. 시방 억호 집에서 키우고 있는 우리 아들꺼지 도로 데꼬 와갖고, 세 식구가 오순도순 살아가고 싶은 기라예."

"미친년."

"당신만 좋다쿠모, 내 시방이라도 거 얼릉 달리가서 우리 아들을 데꼬 올 자신이 있어예."

재영은 견딜 수 없을 정도로 나연이 너무너무 무서워졌다. 주위에 서서히 어둠이 깔리는 탓만은 아닐 것이다. 미친년같이 호호거리던 그때는 그냥 성만 났지만 두렵지는 않았는데, 한없이 나약해 뵈는 모습으로 사정하는 여자가 그렇게 무서울 수 없었다.

'또 홀리모 안 된다.'

그의 팔뚝만 한 잉어 한 마리가 수면 위로 튀어 올랐다가 '풍덩' 하는 소리를 내며 도로 잠수하고 있었다. 그 소리에 재영은 정신이 번쩍 드는 듯했다.

'조 불야시가 내 혼을 빼갈라꼬 수작 부리고 있는 기다.'

누가 그들 대화를 들을까 봐 억지로 목소리를 낮추고 조바심을 내던 재영은, 고래고래 소리 지르기 시작했다.

"니년한테 또 속아 넘어갈 줄 아나?"

이번에는 나연이 침묵했다. 어둠에 물들기 시작하는 강가 나무들이 저승사자처럼 보였다.

"텍도 없다, 텍도 없어!"

재영이 갑자기 그런 식으로 당차게 나오자 이번에는 나연이 계속 아무 말도 하지 못하고 몸을 움찔했다.

"그라고 잘 들어봐라, 요년아!"

재영은 속에 든 뜨거운 것들을 모두 토해내기 시작했다.

"그라고 시방 내는 처자슥이 달리 있는 몸인 기라. 억호 집에 있는 그

아하고 같이 살고 싶으모 니나 그리해라! 내 안 말린다."

나연이 꼬리를 사리는 짐승처럼 했다.

"내 보고만 그래라 하지 말고, 당신도, 당신도……."

"당시인?"

"예, 당신은……."

"내 보고 당신이라 쿠지 마라."

"……."

"내는 니 당신 아이다."

재영은 그때까지도 그의 바짓가랑이를 움켜잡고 있는 나연을 발로 걷어찰 것같이 하며 단단히 일러주었다.

"내사 그 아보담도 준서가 더 좋다 아이가. 니년보담은 아내가 몇 배 더 좋고……."

그런데 재영이 말끝을 채 맺기도 전이었다. 갑작스레 나연이 사력을 다해 움켜잡았던 재영의 바짓가랑이를 탁 놓고는 발딱 몸을 일으켰다. 마치 몸속에 용수철이 들어 있는 인형 같았다. 그 서슬에 재영은 놀라 외마디를 지르며 멈칫 뒤로 물러서야 했다.

"호호호."

드디어 불여우가 꼬리 밑에 감추었던 본색을 드러내기 시작했다. 소름 돋칠 요사스러운 웃음이 그 신호였다.

"좋다, 이 인간아! 할라모 해보자."

"……."

두 눈에 시퍼런 불을 켰다.

"누가 겁 무울 줄 알고?"

흰 바위 밑동을 치는 물살 소리가 강이 내지르는 분노의 소리 같았다.

"흥! 머 싸놓고 싹싹 빌것다."

질투와 시기의 화신化身이었다.

"머? 내가 논 아보담도 비화 고년이 논 아가 더 좋다꼬? 내보담도 비화 고년이 더 좋다꼬?"

완전히 눈깔 뒤집힌 여자 하나가 앞에 있었다. 재영은 있는 대로 숨을 몰아쉬어 간신히 용기를 얻은 후에 응했다.

"하모, 인자 니년은 꿈에 보까 겁난다."

그러자 요물은 인간을 해치기 위한 독소를 마구잡이 내뿜었다.

"그래, 인간아, 이 인간아! 그리 좋은 에핀네, 자슥하고 운제꺼지 잘 사는고 내 두고 볼 끼다."

재영은 나연을 무시해버리듯 강 건너 윤곽이 흐릿한 산 능선 쪽으로 고개를 돌렸다.

"봐라모."

"봐라모오?"

"하모."

"하모오?"

그가 하는 말마다 꼬리표를 다는 나연에게 한방 놓았다.

"그래! 귀가 뭇나?"

"좋다, 이눔아!"

급기야 '놈' 소리까지 나왔다.

"내가 도시락 싸들고 따라댕김서 방해 놀 끼다 고마!"

그런 악담을 함부로 퍼부은 나연은 돈주머니가 들어 있음 직한 제 가슴 부위가 멍이 들지 않을까 싶을 만큼 주먹으로 꽝꽝 쳐대면서, 그때부터는 여우가 아니라 늑대가 으르렁거리듯 무섭게 을러대었다.

"내 이약 잘 들어라이. 보름 후에 또 만낼 제는, 그때는 안 있나, 오늘 요 돈 두 배만치 갖고 오이라. 알것제?"

"두, 두 배?"

재영은 너무나 어이가 없다는 듯 말을 잇지 못했다. 아무래도 아직까지 칼자루를 쥔 쪽은 나연이다.

"쪼꼼만 모지래도 내 당장 그거 들고, 니가 그러키 좋다쿠는 처자슥 있는 집구석에 바로 쳐들어갈 낀께네."

재영은 날카로운 칼날이 제 목젖을 겨누고 있는 느낌에 몸도 가누기 힘들었다. 조금만 움직이면 칼날이 사정없이 목을 찔러올 것만 같았다.

"흥! 두 배가 많다고 생각하는가베?"

나연의 눈은 인간의 그것이 아니었다. 재영은 여태껏 그렇게 소름끼치는 눈을 본 기억이 별로 없었다. 아, 있다. 지난번 처가 동네에서 마주친 아들 동업의 눈, 바로 그 눈이었다. 나연의 발작은 끝 간데없는 강처럼 그 끝을 보이지 않았다.

"머? 처자슥?"

바람이 잠깐 멈춘 강가는 뒤주 속만큼이나 답답하게 느껴졌다.

"누보담도 좋아?"

그 북새통에 언제 날아왔는지도 모르겠다. 근처 흰 바위에 떡 올라앉아 있는 것은 몸집이 징그러울 정도로 커다란 시커먼 까마귀였다. 더 섬뜩한 것은, 그놈이 소리도 내지 않고 요동도 하지 않은 채 이쪽을 노려보고 있는 거였다. 그곳 모래밭에 까마귀 먹이가 되어 버려져 있는 시체는 나연이 아니라 재영 자신이었다.

"시방 누 앞에서 그런 싸가지 없는 소리 벌로 해쌌고 있는 기고, 누앞에서?"

인간이 아닌 여자의 삿대질은 멈출 줄 몰랐다.

"누……."

재영은 무어라고 응수해주고 싶었지만 도시 입이 떨어지질 않았다.

나연은 독충이 독을 내뿜듯 제멋대로 내뱉었다.

"그담 보름 후에 만낼 때는 세 배, 또 그담 보름 후에는 네 배, 그담에는 다섯 배, 여섯 배, 일곱 배……. 아이다. 백 배, 천 배, 만 배……."

남강은 시나브로 어둠이 내려 그 흐름이 거의 보이지를 않았다. 정물과도 같았던 그 까마귀가 '카~옥' 한 번 크게 울고 날아간 흰 바위도 무슨 괴물처럼 비쳤다. 온 세상이 거대한 괴물의 아가리 속에 들어가 있는 듯했다.

"호호호."

"흑흑흑."

그 웃음소리, 그 울음소리 끝에서 재영은 문득 소스라치듯이 생각했다. 나연도 불쌍한 여자라고, 자기는 영원히 그녀의 둔갑에서 자유스럽지 못할 거라고.

아니다. 나연 스스로 제가 놓은 덫에 더 깊숙이 발을 들여놓아, 그 위험하고도 감미로운 독기에 취하려 할지도 모르겠다.

그로부터 얼마 후였다.

재영은 혼자서 터덜터덜 걷고 있었다. 그는 자신이 먼저 흰 바위 근처를 떠났는지 나연이 먼저 자리를 떴는지조차도 기억에 남아 있지 못했다. 어쩌면 거의 동시에 돌아섰는지도 모르겠다. 그런 가운데 한 가지 분명한 것은, 발악하듯이 날뛰던 나연도 나중에는 재영 자신처럼 탈진한 상태였다는 사실이었다.

'후우. 니년이나 내나 한 개도 안 다리다.'

재영은 금방이라도 팍 꺾일 듯이 후들거리는 다리로 강줄기를 따라 간신히 걸었다. 항상 느껴오는 것이지만 지금도 밤은 강에서부터 시작되고 있다. 그렇다면 인간의 고통과 슬픔이 시작되는 곳은 어디인가?

재영은 실성한 사람같이 실실 웃음기를 뿌렸다.

낮술을 즐기다가 집으로 돌아들 가는 걸까? 이곳저곳에 취객들이 띄었다. 그 행태들도 각양각색이다. 큰 소리로 싸우는 이도 있고, 땅에 머리를 처박고서 토악질하는 이도 있고, 노래를 막 불러대는 이도 있다. 개중에는 한돌재와 밤골 댁이 영업하는 밤골집에서 나온 이들도 상당수 있을 것이다.

'아아. 사람 산다쿠는 기…….'

재영은 취객들을 볼 때면 성가시거나 역겹다는 생각보다도, 안됐다는 마음부터 들곤 했다. 저들은 무엇이 자기 뜻대로 되지 않기에, 또 무엇이 자신을 그토록 힘들게 하기에, 한잔 술에 의지한 채 이리 비틀 저리 비틀 헤매며 살아가는 것인가.

그런 생각 뒤끝에 이런 결론을 내리기도 했다. 술을 많이 마시는 사람은 그만큼 한도 많고 슬픔도 많지만 그렇다고 이해하고 동정해 줄 이가 과연 몇이나 될는지. 결국은 모두 제 스스로 짊어지고 가야 할 인생 짐이거늘.

'상촌나루터에 간판도 에나 천지삐까리다.'

밤이 되면 더욱 은성한 주막집 입구마다 경쟁하듯 내걸린 붉고 푸른 등燈이 어서 이리로 오라고 유혹의 눈짓을 보내는 듯하다. 인간들을 끝없이 타락시키기 위한 마귀의 장난은 언제나 사라질 것인지 허공을 향해 목이 터져라 물어보고 싶었다.

'아까 나연이하고 있을 때는 그러키 집으로 빨리 가고 싶더이, 인자는 각중애 집이 와 이리 싫어지는 기까?'

재영은 자신의 감정 변화에 무방비 상태로 노출되어 있었다. 세상 모진 풍파를 막아줄 수 있는 유일한 울타리가 집이라고 굳게 믿어왔는데. 술이 센 체질이라면 코가 비뚤어지게 마구재비로 퍼 대고 싶었다.

문득, 나연과의 사랑 때문에 한창 괴로워하던 그 시절, 얼이 아버지 천필구와 함께 술을 마시고 '칼 맞은 산' 이야기를 듣던 기억이 되살아났다. 우정 댁과 얼에게 말은 하지 않아도 그들 모자를 볼 때마다 사내답던 천필구가 떠오르곤 했다. 재영은 고개를 한껏 뒤로 젖혀 하늘을 올려다보았다.

　'저기에서는 우찌 지내고 있을랑고?'

　하늘나라에도 이마에 흰 수건 동여매고 죽창이며 농기구 들고 항쟁에 나설 일은 없는지 모르겠다. 사람이 사는 곳이라면 어디든 마찬가지일 것 같았다.

　'어, 내가?'

　농민군 혼령들이 시켜서일까, 언제부터인가 재영의 입에서는 자신도 모르게 저 '언가'의 노랫말이 흘러나오고 있었다.

　'이 걸이 저 걸이 갓 걸이 진주 망건 또 망건 짝발이 휘양건 도르매 줌치 장독칸 머구밭에 덕서리……'

　지난날 유춘계를 비롯한 농민군들은 나라를 상대로 싸웠는데, 지금 그 자신은 여자에게 그럴 수 없이 농락당하고 돌아간다는 사실이 너무나도 서글프고 혐오스러웠다. 그런 처지에 구차하게 살아 숨 쉬고 있다는 게 실로 부끄럽기만 했다.

　'암만캐도 고년은…….'

　나연이 하던 행위로 보아 빨리 쉽게 끝날 일이 아니었다.

　'고년도 고년이지만, 내도 이기 머꼬, 이기?'

　명색 사내라는 게 아내가 번 돈을 몰래 훔쳐내어 그를 배신한 내연의 여자에게 상납하는 짓보다 못난 건 하늘 아래 없을 것이다. 하지만 그래도 아내가 아는 것보다는 나을 것 같기도 했다.

　재영이 한층 불안한 건, 나연이 제 자식을 도로 찾을 거라고 아무런 대책도 세우지 않고 불쑥 억호와 분녀 앞에 나타날지도 모른다는 사실이었다. 섶 지고 불로 드는 격이었다. 돈이나 세도, 완력으로 당할 자가 없는 임배봉 집안이 아닌가 말이다.

'그래도 그자들하고 한분 겨뤄볼 사람은 내 아내일란지도 모린다. 아, 모리는 기 아이고 알것다.'

그의 머릿속에 구원처럼 떠오른 생각이었다. 그러자 아내 얼굴이 떠오르고 어서 집으로 가야겠다는 조바심이 일었다. 비어사 진무 스님 예언대로라면 아내는 장차 경상지방 제일가는 땅 부자가 될 것이다.

재영은 믿고 있다. 아직은 역부족으로 가만히 엎드려 있지만, 그때가 되면 아내는 기필코 임배봉 집안에 도전하리라. 그것은 세상에서 가장 위험천만한 일인 동시에 그 결과 또한 누구도 모를 것이다.

'아아, 우찌될랑고?'

그 생각 끝에 재영은 엄청난 바윗덩이를 얹은 듯 가슴이 너무 답답하고 머리끝이 쭈뼛이 곤두섰다. 발을 딛고 서 있는 땅이 쩍 갈라지면서 자기 몸이 천 길 땅 밑으로 곤두박질할 것만 같았다.

그렇게, 그렇게 되면 어떻게 되는가? 내 아들이 내 아내에게 칼을 겨누게 될 것이다. 내 아내는 철천지원수 집안 장손을 그냥 곱게 두려고 하지 않을 것이다. 세상에, 내 아내와 내 아들이…….

'아아아. 억호하고 분녀 자슥으로 성장한 내 아들이, 우떤 날엔가 비화라쿠는 여자가 지 친아부지인 내하고 부부라쿠는 사실을 알거로 될 때, 모든 일이 우찌 돌아갈랑고 상상도 하기 싫다. 아, 에나 미치삐것다.'

이건 살아도 살아 있는 게 아니다. 죽으면 죽은 게 될까?

'만종거리고(망설이고) 있다가 그때 가갖고 이런저런 몬 볼 꼴 보지 말고, 도로 시방 저 남강에 팍 뛰들어삐까?'

그런 각오를 하며 물소리가 점점 세차지고 있는 남강을 바라보던 재영은 머리털이 또 한 번 거꾸로 꼿꼿이 섰다.

'으, 무서버라.'

여러 해 강가에 살고 있지만, 밤의 강은 그에게 언제나 공포와 거부의 대상이었다. 한 번 빠져들면 영원히 탈출할 수 없는 무시무시한 괴물의 크고 시커먼 아가리 같았다.

'내가 처자슥을 거느리고 한 가정을 이끌어 나가야 할 사낸데, 사람도 아인 강한테서 이런 감정을?'

당장 강이 아가리를 있는 대로 크게 벌리고 잡아먹으려고 덤벼드는 환상이 보였다. 그는 허겁지겁 달음박질치기 시작했다. 괴물 아가리를 피할 수 있는 곳은 아내가 지키고 있는 나루터집 하나밖에 없을 것 같았다.

'후, 인자 다 왔다.'

집에 도착했을 때 그의 몸은 물에 빠졌다가 나온 사람같이 땀이 흥건했다. 곧바로 방에 들어가 이불을 머리끝까지 푹 뒤집어쓰고 드러누웠지만, 전신이 덜덜 떨렸다. 감기몸살 기운이 덮치려는가 보았다.

그로부터 얼마 지나지 않아서 비화가 준서를 데리고 들어왔다. 아무것도 모르는 그녀는 남편의 안색이 안 좋아 보였던지 걱정스레 물었다.

"오데가 안 좋으십니꺼? 얼굴이 영 그렇거마예."

그 말을 하는데도 재영 가슴이 '쿵' 했다.

"아, 아이요. 안 좋기는?"

도둑이 제 발 저리다고, 재영은 힘차게 베개를 확 밀쳐버리듯이 하고 벌떡 일어나 앉아 팔다리까지 이리저리 놀려 보이며 아무렇지 않은 척 말했다.

"보소, 이렇는데. 괘안타 아이요."

하지만 또 다른 말이 그를 기다리고 있을 줄이야.

"누 만내고 오신다꼬 이리키나 마이 늦었어예?"

비화로서는 예사로 물어보는 말이겠지만 재영 귀에는 그게 무슨 신문처럼 들렸다. 어쩔 수 없이 그의 목소리가 떨렸다. 문풍지도 따라 파르르 떨리는 듯했다.

"아, 아모도 안 만냈소."

평소 웃음이 드문 얼굴에 억지웃음을 띠었다.

"그냥 강바람이 좋아갖고요."

바람기도 별 느껴지지 않는데 흔들리는 방문이었다. 비화는 더욱 의외라는 표정을 지었다.

"그라모 여태 혼자 계싯어예?"

"혼자?"

그렇게 반문하고 나서 재영은 말했다.

"하모, 혼자지 누하고 같이 있었것소."

그래도 여전히 수긍하지 못하는 빛을 보이는 비화를 보자 이렇게 말했다.

"아, 혼자는 아이거마."

비화는, 그러면 그렇지! 하는 목소리로 물었다.

"누하고예?"

그러자 재영의 입에서 나오는 대답이 생뚱맞았다.

"강하고 모래하고 나모하고, 아, 새도 있었고, 또오, 물괴기……."

"아, 무신 그런?"

비화 얼굴에서 한층 의문의 기색이 짙어갔다. 남편은 안석록 화공 같은 예술가적인 기질과는 거리가 먼 사람이었다.

"흠."

재영은 헛기침 비슷한 소리를 내며 자꾸만 아내 눈길을 피하려고만 했다. 나중에는 아내가 방에서 나가주었으면 하는 빛을 노골적으로 내

비쳤다.

'저이가 에나 이상타.'

비화는 보름 가까이 돈이 없어진다는 우정댁 말이 떠올랐다.

"머할라꼬 심들거로 그랄랍니꺼?"

돈과 장부를 꼼꼼히 맞춰보겠다는 우정 댁에게, 여간해선 잘 하지 않는 농담까지 하면서 그만두라고 만류한 비화였다.

"돈 지가 가모 오데로 갔것어예? 오데 있어도 요 집 안에 안 있으까예."

오래전부터 밥값 계산은 재영이 주로 해오고 있다. 아무리 그렇게 받아들이지 않으려 해도 결국 가장 의심이 되는 사람이 남편이다.

'설마 저이가…….'

그런데 비화를 더더욱 괴롭히는 건 어쩌면 남편이 돈을 훔쳐내고 있을지도 모른다는 의구심보다도, 그게 사실이라면 도대체 남편이 왜 그런 짓을 하는가 하는 점이었다.

'아, 우짜노?'

어쨌거나 그가 돈을 축나게 하는 장본인이란 그 사실은 거의 확실해 보였다. 오늘 늦은 귀가도 그 일과 무관치 않을 것이다.

'저 에린 것은 아모것도 모리고 저라고 안 있나.'

연방 제 아버지를 바라보며 그저 좋다고 방긋방긋 웃는 준서가 비화 마음을 칼로 저미듯 아프게 했다.

'앞으로 머가 우찌될랑고.'

헤아려보면 헤아려볼수록 돌아버릴 것만 같았다. 사람이 미친다는 게 크게 대단한 일이 아니고 아주 순간적이고 별게 아니겠다는 생각도 들었다.

'만약 내가 미친 여자가 된다모?'

상상만으로도 온몸에 소름이 돋고 숨이 막힐 노릇이었다.

'아, 이 비화는 광녀가 되지 말란 벱이 오데 있것노.'

그렇지만 비화는 미처 깨닫지 못했다. 그런 준서 모습을 통해 더 큰 고통을 겪는 사람이 남편이라는 사실이다.

재영에게 준서는 없어서는 안 될 존재인 동시에 업둥이 아들을 하루라도 잊지 못하게 강요하는 고문의 형틀이기도 했다. 영원토록 지워버릴 수 없는 마음의 지문 같은 것이며, 스스로 놓고 스스로 걸려든 덫이었다.

'준서야이.'

재영은 준서를 향해 그 누구도 듣지 못할 마음의 소리를 보냈다.

'니한테 새이가 하나 있다쿠는 거, 그거, 그거를…….'

그런 깊은 내막까지는 잘 모르는 비화였지만 더 이상 남편을 다그칠 수가 없었다. 그러기에는 그의 표정이 너무나 힘들어 보였다.

'설혹 저이한테?'

무슨 피치 못할 사정이 있어 자기 주머니 속 돈을 자기가 훔치는 것 같은 곤혹스러운 행위를 하는지는 몰라도, 그렇게 하는 당사자 심정은 그 누구보다도 괴롭고 복잡할 것이다.

"내는 오늘 생각이 없소. 그러이 당신이나 우리 준서하고……."

재영은 저녁밥도 먹고 싶지 않다고 했다. 비화는 그녀 자신도 더없이 힘들긴 해도 몹시 날카로운 남편 신경을 다른 데로 돌려볼 양으로 넌지시 띄워보았다.

"언직이 아자씨가 데꼬 온 그 화공 안 있어예?"

재영이 힘없이 비화를 바라보았다. 퀭한 두 눈이 동굴을 연상케 했다. 깊고 어두운 동굴 속에서 울려 나오는 것 같은 소리였다.

"그 화공은 와요?"

비화는 자신도 모르게 진시하고 긴장된 목소리가 되었다.

"원아 이모하고 둘이 맺어지는 거 우찌 생각하십니꺼?"

"둘이 말이오?"

"예."

"……."

재영 머릿속에 떠오르는 것은 그들 두 사람의 미래와 관련된 것이 아니라, 우리 둘이 다시 합치자던 나연의 말이었다.

재영이 이기적이라고 해야 할까? 그것보다는 사람이란 극한 상황에 이르게 되면 누구나 지금의 그가 보이는 것과 같은 반응을 나타낼 수밖에 없는 존재인지도 모른다.

"음."

재영이 신음 비슷한 소리만 낼 뿐 선뜻 답변이 없자 비화는 너무 어렵게는 받아들이지 말라고 했다.

"그냥 객관적인 입장에서 함 말씀해보이소."

"정 그렇다모 이약해보것소."

그런데 재영의 입에서는 비화가 기대했던 것과는 전혀 다른 이야기가 흘러나왔다. 재영은 한마디로 일축해버렸다.

"내는 반대요."

"바, 반대예?"

비화 얼굴 가득 실망의 빛이 번져 났다. 그것은 어스름 저녁이나 새벽에 창호지를 물들이는 애달프고도 아쉬운 달빛을 닮아 있었다.

"와 반대하시는데예?"

이해할 수 없다는 비화의 물음에 재영은 사뭇 침통한 목소리로 대답했다.

"원아 이모가 그 화공을 대할 적마당, 농민군 하다가 시상을 뜬 자기

연인 한화주 그분 생각이 더 날 끼께네 그렇소."

비화는 또 염 부인 생각이 나려는 걸 억눌렀다.

"그, 그거는 맞지만도……."

재영은 네모진 우물 같은 천장 어딘가로 눈길을 보내며 말했다.

"두 분이 예전에 에나 사랑했던 사이 겉던데?"

"그거는 예전에 그랬고예."

여전히 어떤 기대와 미련을 떨쳐버리지 못하는 비화에게 재영이 낮은 목소리로 물었다.

"당신 생각은 우떻소?"

"……."

비화는 무어라고 답변하기에 앞서 몹시 낙담했다. 실은 여자인 그녀 자신이 외간 남자인 안석록에게 자꾸 무어라 얘기하긴 곤란하여, 같은 남자인 남편이 그 역할을 대신해주었으면 하고 은근히 바라던 참이었다.

'부부도 넘인갑다.'

비화는 남편이 타인같이 느껴져 가슴이 서늘했다. 언젠가 부러진 방문 나무 창살에 손을 찔러 피를 흘리던 때처럼 아프고 슬펐다.

'이런 기 인간인가.'

그 대화를 끝으로 방에는 어색한 침묵만이 켜켜이 쌓여갔다. 생판 모르는 남녀가 서로 숨소리가 들릴 정도로 좁은 공간 속에 함께 있다고 해도 이보다는 나을 듯했다.

'내 숨이 맥힐 거 겉다.'

준서는 그새 잠이 들었는가 보았다. 조금만 더 있으면 발이 밖으로 빠져나올 것 같은 아이의 이불을 다독거려주다가 얼핏 바라본 남편이 그렇게 생소할 수 없었다. 그 얼굴은 꿈에서도 본 적이 없는 얼굴 같았다.

'옥지이도 그렇더이.'

그것은 이즈음 옥진에게서 느끼는 것과 비슷한 감정이었다.

'아, 와 이리 모도가 내 곁을 떠날라쿠노?'

비화는 허망했다. 세상에서 누구보다도 가깝다고 믿어온 남편과 옥진에게서 이런 서먹한 거리감을 느껴야 한다니. 이래서야 무슨 낙으로 아직 쇠털같이 많이 남은 앞날을 살아갈 수 있을는지.

'그렇거마는!'

갑자기 비화 두 눈이 강렬한 증오감과 적개심에 활활 불타올랐다.

'돈, 돈이다.'

비화는 심하게 앓아 밖으로 소리를 내지 못하는 사람처럼 입속으로 중얼거렸다.

"내 남편하고 옥지이를 저리 맨든 거는 돈인 기라."

비화는 엄청난 배신감에 치를 떨었다.

'이 비화가 살아온 기…….'

오로지 돈 하나에 모든 것을 걸고 허위단심으로 살아온 지난 세월이었다. 돈만이 지상 최고의 목표였고, 돈만이 그녀 자신이 이 세상에 존재하는 의미였다. 돈만 있으면 귀신도 부릴 수 있고, 돈만 있으면 개도 명첨지라고 보았다.

그런데 남에게도 조금 줄 수 있을 만큼의 돈이 모이자 옥진이 그녀 곁을 떠났다. 이제는 남편마저 멀어지려 하고 있다. 그렇다면 나중에는 또 누가?

"여보."

재영은 한순간에 말이 없어진 아내가 무척이나 부담스러운 듯했다. 아니었다. 달리 보면 은근히 안도하는 것 같기도 했다.

'저이가 본디 그런 사람이었던 기가?'

그런 이중적인 남편 표정이 비화 마음을 눈앞에서 제멋대로 날아다니는 하루살이 떼같이 어지럽혔다.

'아, 저 양반한테 시방 무신 일이 벌어지고 있는 기꼬?'

그러자 비화 눈앞에 별의별 좋지 못한 그림들이 가없이 펼쳐져 보였다. 부정적인 환상에 빠져서는 안 되는데 말이다. 남편에게 캐묻고 싶은 온갖 말들이 그녀 가슴속에서 부단히 고개를 치켜들었다. 마치 쳐 내도 쳐 내도 또 번지는 잡초와도 같았다.

'종내 모돌띠리 들통 날 짓을 안 하모 안 될 그 사연이 머시꼬?'

비화 눈이 재영을 훔쳐보았다. 남편을 몰래 바라보는 자신의 그런 행위 자체가 한층 더 비화를 곤혹스럽고 괴롭게 만들었다. 나 또한 남편과 하등 다를 게 없다는 자격지심에 치를 떨어야만 했다. 그런 와중에 마음속에 각인되는 생각이었다.

'오늘 그동안 훔친 그 돈 갖고 나갔다 온 기 틀림없는 기라.'

피가 한꺼번에 머리로 몰리는 것 같았다.

'저이 혼자 돈이 필요한 일은 없을 끼고, 오데 가서 누하고 우찌하다가 이리 늦기 왔노 말이다!'

그때 재영이 비화에게 더욱 견디기 힘든 무슨 빛을 읽은 모양이었다. 그는 무척 지친 당나귀가 무릎을 팍 꺾고 주저앉듯 준서 옆에 쓰러지듯이 드러누우며 말했다.

"내도 우리 아들하고 잠이나 잘라요."

"……."

'잠이나' 하는 그 말이, 그것밖에는 할 수 있는 일이 아무것도 없다는 그 자신의 무능을 드러내는 것 같아 비화 가슴이 빠개지는 듯했다. 그런 사실을 아는지 모르는지 재영은 누운 채 비화 얼굴을 올려다보며 물었다.

"당신은 우짤라요?"

마치 그렇게 하라고 주문하듯 했다.

"쪼끔 더 있다가 잘라요?"

비화는 눈물이 왈칵 치미는 것을 가까스로 참으며 대답했다.

"하매 잠 잘 시간이 아입니더."

재영이 눈을 감으며 맥없이 혼잣말로 이랬다.

"고생이 에나 많소."

비화는 시위하듯 똑같이 눈을 감고 있는 남편과 아들을 잠시 묵묵히 내려다보다가 말했다.

"이모들하고 오늘 들온 돈 계산도 해봐야…….."

그러다가 비화는 그만 퍼뜩 입을 다물고 말았다.

'아, 내가 생각이 없는 사람 아이가?'

밖으로 꺼내기는 고사하고 생각조차 싫은 소리가 흘러나온 것이다. 비화는 놓치지 않았다. 자기가 그 말끝을 흐리는 것과 동시에, 막 눈을 뜨려던 남편이 얼른 다시 눈을 감아버리는 것이다.

'저이가…….'

비화는 갑자기 일어날 기력마저도 없어졌다. 그리하여 눈을 꼭 감고 나란히 누워 있는 부자를 한참 동안 멍하니 내려다보고 있다가 새삼스럽게 이런 새로운 사실 하나를 발견해냈다.

'아부지하고 아들이 우짜모 저리 하나도 닮은 데가 없노?'

세상에 넘치고 넘치는 게 부자父子이고, 또한 그럴 수 있는 법인데도 불구하고 이상하게 그게 비화 마음을 한정 없이 불안하고 초조하고 서럽게 만들었다. 왜 그런지 모르겠다. 제발 무슨 불길한 징조는 아니어야 할 텐데.

'낸께네 준서가 저이 친자슥이라쿠는 거 하나도 으심 안 하제, 만약에 누가 시방 저 두 얼골을 비교해보모, 내가 다린 데 가서 바람 피워갖고

낳서 데꼬 온 아라꼬 으심하것다.'

꿈에라도 있을 수 없는 욕되고 더러운 망상까지 덤벼들었다. 그러나 또 가만히 보니 닮은 구석이 전혀 없는 것도 아니었다. 둘 다 낯빛이 병자처럼 창백하고 몸이 너무 약해빠져 보인다는 게 그것이었다. 기골도 장대하지 못하고 강단도 없어 보였다. 아이가 허약하다며 걱정하던 진무 스님 말이 예언처럼 되살아났다.

'저라다가 둘 다…….'

비화는 밑도 끝도 없이 갖가지 좋지 못한 감정에 부대끼기 시작했다. 그것은 너무나도 불가항력으로 다가오고 있었다.

'내가 와 이라노?'

하지만 왠지 모르게 불길한 예감이 꽁꽁 언 남강 얼음판 위에서 몸을 옹크리고 앉아 있는 겨울새처럼 그녀를 떨리게 했다.

'에나 얄궂도 안 하다 고마.'

문득, 임배봉 집안에서 부리는 여종 언네가 생각났다. 운산녀가 질투심에 그녀 하반신을 어떻게 해버렸다는 섬뜩한 괴담의 주인공 언네. 그녀는 지금 억호 처 분녀 밑에서 동업과 재업을 돌보고 있다고 들었다.

'내사 몬 잊는다. 죽어도 안 잊아쁜다.'

처녀 적에 살점이 곧 떨어져 나갈 것같이 혹한이었던 어느 겨울날, 어머니 윤 씨와 함께 남강에 빨래하러 갔다가, 비화 그녀가 방망이질을 잘못하여 돌멩이 하나가 날아가 언네 머리에 맞는 바람에, 아낙네들 있는 앞에서 된통 욕지거리를 얻어먹었던 기억도 있다. 남강 물에 백 번을 헹궈도 결코, 지워질 수 없는 일이었다.

그런데 그때처럼 뭔가 아주 좋잖은 일이 일어나려 하고 있다.

일본 상인들

　언젠가 배봉은 점박이 형제를 데리고 말로만 듣던 한양 종로 거리를 실제로 둘러본 적이 있었다. 그들 부자는 일생의 가장 먼 여정이었으며, 지금도 남들 앞에서 그 쉽지 않은 경험을 자랑삼아 늘어놓곤 했다.

　어쨌거나 그 먼 데까지 올라간 까닭은 한양 사람들이 어떤 옷을 어떻게 입고 다니는지 알아보기 위해서였다. 일종의 그 '시장 조사'는 배봉이 돌아와서 비단 사업을 확장하는 데 크나큰 도움이 되었다.

　그런데 이번 부산포행은 그때와는 비교가 아니게 막중하여 배봉을 큰 긴장과 흥분으로 몰아넣었다. 이날이 오기까지 얼마나 물심양면으로 많은 투자를 해왔던가? 하판도 목사 주머니에 들어간 돈만 해도 작은 산을 이룰 만큼 엄청났다.

　"임 사장, 내가 근사한 사람 하나 소개해 주리다. 허허."

　그 대가로 하 목사는 부산포의 한 고급 관리에게 다리를 놓아주었다. 그리고 사실인지 뻥인지는 모르지만 이런 말도 덧붙였다.

　"어지간한 한양 관리는 저리로 가라 하는 힘이 있는 자요."

　배봉은 이번에도 영락없이 곧장 숨이 넘어갈 사람처럼 그 특유의 과장된 목소리였다.

"어이쿠! 백골난망."

그러자 하 목사가 침을 꿀꺽 삼키며 한다는 말이 동색인 초록이었다.

"백골? 난, 흰 뼈보다 검은 뼈를 가진 오골계가 더 맛이 있던데?"

"소인이 당장 오골개 백 마리를 잡아, 산삼도 넣고 옻나모도 넣고 또 머도 넣고 푹푹 고아서 대령하것사옵니다."

그런 아부를 해가면서 배봉이 요리조리 눈치를 긁어보니 하 목사는 조정에 큰 끈이 있는 그 관리에게 잘 보여 한양으로의 입성을 노리는 듯했다.

'내사 그런 거는 신갱 쓸 일도 아이다.'

배봉의 유일한 목적은 그 관리 주선으로 부산포에 와 있는 일본 상인들을 만나 거래를 트는 거였다. 그래서 하 목사야 촉석루 기둥을 빼어 이를 쑤시든, 그물로 의암 바위를 끌어 올리려 하든, 전혀 상관할 바 아니었다.

'요런 기회가 운제 또 오것노 말이다. 히히히.'

한편, 그 원행遠行은 배봉과 만호에게 각각 다른 느낌과 의미로 다가왔다. 그것은 앞에서 말한 대로 대단히 중요한 것이었다. 그리고 부자지간인데도 그런 차이를 보이는 한복판에는 억호가 있었다.

한 가문의 장자로서 당연히 동업직물 후계자 제1순위로 올라 있는 억호가, 동업직물 사활이 걸려 있다고 할 정도로 극히 소중한 이번 부산포 행에서 빠져 있는 것은, 장차 동업직물 후계 구도에 적잖은 변수로 작용할 수도 있었다.

"에잉!"

배봉은 처음 출발할 때부터 계속 우거지상을 하고 입맛을 '쩝쩝' 다셨다.

'허, 고 괘씸한 늠.'

누가 뭐래도 맏이는 맏이다. 억지로라도 억호 그놈을 대동하지 않은
게 무척 후회되었다. 갈수록 아비 앞에서 한다는 행사가 하나같이 너무
너무 괘씸하고, 또 무엇인가에 정신이 홀랑 팔렸는지 노골적으로 이번
길에 나서길 거부하는 눈치기도 해서 내심 쏘아붙였다.

'에라이, 이늠아. 안 가모 니 섧지 내 섧나?'

그리하여 욱하는 성미에 그냥 내버려 둔 채 만호만 이끌고 훌쩍 떠나
와 버렸던 것이다.

"아부지예."

"와?"

"그기 안 있심니꺼."

"내는 없다."

뻗대듯이 하는 배봉이었다.

"에이, 아부지, 그런 말씀 마시소."

그러나 만호는 연이어 아버지를 불러대면서 입가에 번지는 웃음을 감
추기 바빴다. 이번 기회에 형을 제치고 동업직물 후계자가 될 수 있는
튼실한 대못을 하나 야물게 박아둘 심산이었다. 아버지가 지켜보는 앞
에서 왜놈 장사치들과 멋진 상거래를 하여 동업직물에 절대적으로 유리
한 협상을 끌어내리라 별러왔다.

'키키. 내가 아부지를 오데 모리나?'

부자지간의 사사로운 정분보다도 동업직물 확장에 더욱 혈안이 되
어 있는 배봉을 다른 누구보다도 깊이 잘 꿰뚫어 보고 있는 만호였다.
사업을 번창시키는 길이라면 미친개라도 후계자로 지목할 위인이 아버
지였다.

'우쨌든 요분 길이 내한테는 목심만치 안 중요하나.'

만호는 동행하는 내내 아버지 비위를 맞추기 위해 생김새나 덩치에 어울리지 않게 아주 낯간지럽게 굴었다. 때로는 배봉이 난생처음 보는 것처럼 만호를 멀뚱멀뚱 바라보기도 할 정도였다.

"와! 아부지! 저거 좀 보시이소!"

그때쯤은 배봉도 기분이 반은 풀어진 상태였다.

"허어, 에나 대단타."

드디어 부산포에 당도했다. 처음 대처 장터에 나온 촌닭처럼 사방을 두리번거리던 만호가 손가락으로 산비탈 쪽을 가리키며 적잖게 놀란 목소리로 물었다.

"아부지, 저 높은 데 있는 기 싹 다 집들 맞지예?"

"오데 말고?"

"저, 저예!"

"저, 오데?"

어떻게 하면 이제 곧 만나게 될 일본 상인들에게 우리 비단 한 필이라도 더 넘길까 하는 궁리에만 빠져 있던 배봉도 눈을 크게 뜨며 말했다.

"어? 저리 험한 삐알에서 우찌 사노?"

만호는 한술 더 떠서 치를 떨어 보이기까지 했다.

"내 겉으모 고마 밑으로 굴리내리까 싶어갖고 밤에 잠도 몬 자것심니더."

고향 고을에도 산등성이에 집을 짓고 사는 사람이 없는 거 아니지만, 저렇게 하늘에 닿을 듯한 곳에 닥지닥지 붙어살지는 않았다. 얼핏 벌집을 떠올리게도 했다.

"요기나 조기나 사람이 사는 거는 다 심든갑다."

배봉이 힘든 표정을 지으면서 말했다. 만호는 자못 비웃는 태도로 나왔다.

"한양이나 부산포 사람들은 모도 대궐매이로 으리으리한 집에 사는 줄로 알았더이, 저리 행핀없는 곳에서도 사네예?"

그러자 배봉이 갑작스레 벌컥 화를 냈다.

"예전에 이 애비가 몬살 때 비하모, 저 집들은 대궐인 줄 모리나?"

"……."

"머를 씨부릴라모 좀 알고나 씨부리든지."

배봉이 난데없이 성난 얼굴이 되자 만호는 통 영문을 모르겠는 기색이었다.

"아부지?"

낯바대기에 갈매기 배설물이라도 흠뻑 둘러쓴 것 같은 표정의 만호였다.

"아부지고 어부지고!"

배봉은 참으로 자식이 한심하다는 듯 씨부렁거렸다.

"내가 우째갖고 여꺼정 왔는데……."

"예에?"

여전히 아리송한 표정을 지으며 만호가 기어드는 목소리로 물었다.

"아부지, 지가 머 잘몬 말한 기 있심니꺼?"

그러자 배봉이 억지로 화를 삭이는 얼굴로 말했다. 그의 얼굴은 평소보다 더 크고 넓적해 보였다.

"니한테 그라는 기 아이다."

"아이모예?"

만호는 아주 뾰로통한 얼굴로 반항하는 말투가 되었다. 남 못 주는 개 버릇이 또다시 불거졌다는 증거였다.

"여 지 말고 또 누가 있는데예?"

배봉이 떨어져 나갈 듯이 혀를 세게 찼다.

"니 애비 속을 그리도 모리것나?"

비둘기보다 좀 더 커 보이는 몸인데도 바다 가운데서 물갈퀴로 헤엄을 치고 있는 갈매기들을 한번 보고 나서 말했다.

"니가 내 자슥이 맞기는 맞는 것가?"

따지려 드는 배봉의 말에 만호 낯짝이 붉어졌다. 그는 형과 함께 아버지 방에 숨어 들어가 훔쳐보던 춘화 속에 나오는, 형의 말에 의하면 죽은 친모와 닮았다는 여자를 떠올리며 불쑥 내뱉었다.

"그라모 울 어머이가 오데 가갖고 낳서 데꼬 왔는갑네예?"

바닷바람이 강바람이나 산바람 냄새에만 익숙한 만호의 코를 절로 씰룩거리게 했다.

"허, 이눔이 지 애비 앞에서 몬 하는 소리가 없다."

그러면서 배봉은 화를 낸 이유를 들려주었다.

"니 성이란 눔 생각이 나싸서 내가 이리쌌는 기다."

만호가 퍼뜩 대꾸를 하지 않자 배봉은 좀 더 소리를 높여 한 번 더 말했다.

"알것나, 니 성!"

만호는 다시없이 서운하다는 낯빛을 지었다.

"자슥은 다 겉은 자슥인데, 아부지는 우째서 그랍니꺼?"

배봉은 바다가 있는 고장답게 짭짤한 갯내 나는 부산포 바닥이 내려앉도록 한숨을 폭 내쉬었다.

"애비가 우찌 세운 사업체인데, 이 중요한 자리에도 안 나올라쿠고……."

만호는 형을 옹호해주기는커녕 되레 불난 집에 부채질하듯 했다.

"아부지 심정 충분히 이해가 됩니더."

배봉은 고개를 절레절레 흔들었다.

"니가 우찌 부모 속을 다 알것노?"

그 소리가 또 갈매기 울음에 가까웠다. 다른 고장에 오게 되면 사람 목소리도 달라지는가 싶어지는 만호는 돼지같이 굵은 목을 내저었다.

"와 몰라예? 다 압니더."

배봉은 입에 발린 소리 말라는 투였다.

"다 알아?"

어디선가 '붕' 하는 뱃고동 소리가 들려오고 있었다.

"하모, 알지예."

만호는 배봉과 판박이인 똥배를 쑥 내밀며 부자간 인륜을 앞장세웠다.

"동상인 지도 화가 막 나싰는데, 아부지는 올매나 더 그렇것심니꺼?"

그러던 만호는 문득 이렇게 아버지에게 말하기 좋은 기회를 놓쳐선 안 된다는 강박감에 사로잡혔다. 하지만 지난번 새벼리에서 작심한 것처럼 누에가 뽕잎을 야금야금 갉아먹듯 그렇게 할 것도 잊지 않았다.

"아부지!"

만호 음성이 별안간 매스꺼울 정도로 은근해졌다.

"와?"

배봉 목소리도 지금까지와는 약간 달라졌다. 낯선 객지에 와서 그런지 마음이 부초처럼 떠돈다는 증거였다.

"아부지는 억호 새이가 우째서 안 따라올라 캤는고……."

만호는 의도적으로 잠깐 짬을 두었다가 말했다.

"해나 머 짚이는 거라도 없심니꺼?"

"그, 글씨다."

배봉이 보기에 만호 얼굴은 많은 것을 담고 있었다. 여기까지 와서 다른 소리나 해대고 있다고 여기던 마음 대신 우선 좀 캐볼 게 있다는 쪽으로 생각이 바뀌게 했다.

"잘 함 생각해 보시이소, 그런 기 없는가 말입니더."

그러자 억호를 억지로 머릿속에서 내몰고, 역시 조선 땅 최고의 항구답게 크고 화려한 그곳에 다시 혼을 빼앗겼던 배봉이 되물었다.

"니는 해나 짚이는 기 있는 것가?"

부산 사람들도 한양 사람들처럼 남들에게는 관심이 없는지 지나가는 누구도 그들을 눈여겨보지 않았다.

"그기, 그기 말입니더."

만호는 일부러 한참이나 뜸을 들였다. 그런 다음에 자신도 그게 잘못된 억측이라고 보는 것처럼 가장한 얼굴로 말했다.

"아부지도 남자고 지도 남자고 한께 드리는 말씀인데예……."

"서두가 길다."

그러잖아도 일본 상인을 만날 일에 신경을 곤두세우고 있는 배봉은 골머리가 아프다는 듯 오만상을 찡그렸다.

"요점만 이약해라, 요점만."

요점만 이야기하라는 그 말은 고을 목사들이 곧잘 쓰는 말이기도 했는데, 늘 양반인체하는 배봉 또한 어느새 그런 말들에 물들어버린 것 같았다. 그러거나 말거나 만호는 딴전 피우듯 눈을 먼 곳으로 돌리며 감질날 만치 느릿느릿 입을 열었다.

"솔직히 우리 남자들이 다린 데로 눈을 돌릴 때가 안 있심니꺼."

"다린 데?"

배봉은 얼른 이해가 되지 않는다는 표정이었다.

"다린 데 오데 말이고?"

만호는 모르는척하지 말라고 했다.

"에이, 다 아심시로?"

"……."

100

"그러이 해나 억호 성도…….."

순간, 배봉 안색이 확 바뀌었다.

"그라모 여자 땜에?"

만호는 슬그머니 발뺌을 했다.

"아입니더, 아부지."

"아이라이?"

비라도 한줄기 쏟아지려는지 코딱지만 한 집들이 모여 있는 산등성이 위로 검은 구름이 몰려들고 있었다.

"아이라 안 쿱니꺼."

"아이모?"

배봉은 만호의 부정이 영 마음에 들지 않는다는 어투였다. 시간 낭비다 싶은 것이다.

"지가 동상 된 입장에서 말씀드리는데, 안 있심니꺼."

만호는 형제 우애가 뚝뚝 떨어지는 음색으로 꾸몄다.

"시상 남자들이 모돌띠리 그래도, 우리 억호 새이는 안 그랄 사람입니더."

홀연 바다가 수런거리는 소리를 내는 것같이 하면서 갈매기들이 무리를 지어 어딘가로 날아갈 채비를 갖추는 듯했다.

"아부지께서 장 하시는 말씀매이로 누 새낀데예."

배봉이 완강하게 고개를 내저었다.

"아이다, 아인 기라."

"예?"

만호 그 소리가 너무나 컸던 탓인지 그때까지 무심코 지나가는 것처럼 보이던 행인들이 이쪽을 힐끔거렸다.

"방금 막 떠오린 긴데, 함 들어봐라."

배봉은 '곰곰 생각해보니 곰 다리가 넷이더라' 하듯 깊이 되짚어보는 얼굴이었다.

"하 목사하고 술자리 같이할 때 비이던 그 행동이 상구 이상했는 기라."

"우찌예?"

만호 눈이 먹잇감을 노리는 맹수같이 번득였다. 어떻게 보면 갈매기 눈과 닮은 구석이 있는 성싶었다.

"그 자리에서 옥지이, 아이제, 인자는 옥지이가 아이고 해랑이제. 해랑이 고 가시나를 보는 눈이 아조 요상했다 아인가베."

그러는 배봉 눈이 이상하게 변했다. 누구 눈에도 호감이 가지 않을 눈이었다.

"아, 해랑이를 보는 눈이 말입니꺼?"

안 그래도 어떡하면 해랑이라는 이름을 자연스럽게 끄집어낼 수 있을까 내심 궁리하던 만호는, 배봉이 먼저 입에 올리자 한층 흥분하지 않을 수 없었다. 그는 아버지를 상대로 취조하는 어투였다.

"억호 성이 해랑이를 보는 눈이 우찌 요상했는데예?"

배봉은 배알이 뒤틀린다는 얼굴이 되었다.

"똑 사흘 굶긴 강새이매이로 심이 하나도 없어갖고 이래 청승시리 치다 보는데, 내 진짜 천불이 나서 두 눈 뜨고 몬 보겄더라."

만호는 슬슬 다시 부채질을 시작했다. 불쏘시개는 충분했다.

"아, 성이 아부지 앞에서 그리했어예?"

그렇게 말했을 때 무슨 말이 나올지 그는 알고 있다.

"안 그랬는데, 그랬다쿠는 줄 아나?"

"지가 아부지를 몬 믿는다쿠는 소리는 아인데예."

근대 여성의 전형인 듯 신식 의상으로 한껏 몸치장한 젊은 멋쟁이 여자가 걸어가고 있는 쪽으로 아쉬운 눈빛을 보내면서 말했다.

"그래도 아부지 앞에서 성이 그랬다 쿤께네……."

"내가 요꺼지 와갖고 니하고 농담 따묵기 할라는 긴 줄 아는가베?"

괜한 짜증까지 부려가며 배봉은 시뻘게진 얼굴로 씩씩거렸다.

"그때는 불쌍타 여깃는데, 니 이약대로 해랑이 고년 땜에 그랬다모 내는 죽어도 절대로 용서 몬 한다. 안 한다!"

만호는 말할 것도 없고 배봉마저 그들이 곧 만날 일본 상인들 존재를 망각한 품새였다.

"그거는 아부지 말씀이 딱 공자 말씀입니더."

평소 배봉이 좋아하는 중국의 역사 인물을 들먹이는 만호였다.

"아모리 여자가 좋다 캐도……."

거기까지 말하던 만호는 새벼리에서 억호가 해랑에게 하던 소리가 생각났다. 그러자마자 그의 목소리는 가늘게 떨려 나오기 시작했다.

"만약에, 만약에 말입니더, 아부지."

"허, 또오야?"

배봉이 또 신경질을 마구 부렸다. 일본 상인과의 사업 거래 문제로 그곳에 온 탓에 그의 신경이 더없이 예리한 것은 정한 이치였다. 지금 거기가 객지가 아니고 고향 땅이라면 온 천지를 들썩거려 놓았을 것이다.

"만약이고 천약이고 와?"

"지도 이런 거는 가상假想도 안 해보고 싶은데 말입니더."

그런 단서까지 붙여가며 만호는 아버지에게 똑똑히 주입시키듯 한마디씩 또록또록 끊어 말했다.

"성이, 고년하고, 눈이 맞아갖고, 달아나모, 우짜실람니꺼?"

"머라?"

배봉은 옆을 지나는 행인은 상관치 않고 벌에 쏘인 사람처럼 냅다 소리부터 질렀다.

"우짜고 저짜고 할 끼 오데 있노?"

만호는 졸리는 사람같이 눈을 게슴츠레 뜨고 물었다.

"그라모예?"

제멋대로 찢어 붙인 듯한 구름 몇 장이 내려앉은 타지의 하늘은 어쩐지 고향 하늘보다 낮아 보였다. 그 하늘에 닿을 것 같은 배봉의 고함소리였다.

"용서 몬 한다 안 쿠나!"

마침 가까이 지나가던 여인들이 놀라 이쪽을 보았다. 그렇지만 그들은 덩치도 크고 여간 험상궂게 생기지 않은 사내들이 두려운지 서둘러 걸음을 옮겨놓았다.

'큭.'

만호는 벌어지는 입을 손으로 감추며 끝장을 보려는 듯 계속해서 물었다.

"용서 몬 하고 우찌예?"

드디어 배봉 입에서 만호가 그토록 학수고대하고 있던 소리가 나왔다.

"숟가락 몽디이 하나 안 물리줄 끼다."

만호는 그 정도 선에서 만족하는 인간이 아니었다. 그는 아버지가 어떤 대답을 할지 뻔히 알면서도 또 이렇게 물었다.

"그라모 동업이나 재업이한테 재산을 물리주실라꼬예?"

그것은 불침과도 같은 것이었다. 그 반응은 금방 나타났다. 배봉은 바다가 갈라질 듯한 고함을 내질렀다.

"뭔 소리고?"

온 부산포가 소스라치게 놀라 배봉을 바라보는 것 같았다. 그 때문은 아니겠지만 공중을 날고 있던 갈매기 한 마리는 곧 땅으로 추락할 것처럼 하다가 다시 하늘로 솟구쳐 오르기도 했다.

"동업이? 재업이?"

배봉은 매우 성난 황소가 뿔을 곤두세우고 노려보듯 허공 어딘가를 노려보며 말했다.

"그거도 아이다."

만호는 코털 몇 개가 삐어져 나와 있는 콧구멍을 벌름거리며 아주 의외라는 낯빛이었다.

"예?"

몇 번 해보는 생각이지만 바다가 있는 고장이라 그런지, 그들 부자가 똑같이 느끼기에 거기 대기는 전체적으로 짭짜름한 물기가 묻어나는 듯했다. 아주 커다란 간장독이나 소금 독 안에 들어가 있는 기분이었다.

"그눔 자슥들한테도 가리방상하다 고마."

그러더니 배봉은 그야말로 만호가 기뻐 날뛸 소리를 했다.

"오데 그것들뿐이가? 니 여식 은실이도 안 있나? 그러이 니가 먼첨 물리받았다가 난주 은실이한테로 넘기주모 되는 기라."

만호 왼쪽 눈 밑의 크고 검은 점이 마구 흔들리다 못 해 튀어나오는 것 같았다.

"예에? 으, 은실이한테예?"

거기서 만호는 아버지 마음을 확고하게 휘어잡을 말을 잊지 않았다.

"아입니더, 아부지."

"아이라?"

바보 같은 표정을 짓는 배봉에게 못 박듯 했다.

"예, 천분 만분 아이지예."

만호는 활활 타오르고 있는 아궁이에 새로운 불쏘시개를 한 움큼 더 던져 넣었다.

"그거는 아부지가 잘몬 보고 계시는 깁니더."

배봉이 무시당했다는 듯 고함을 쳤다.

"내가 잘몬 봐?"

산등성이의 작은 집들이 또다시 와르르 아래로 굴러 내릴 것처럼 보였다. 거지끼리 자루 짼다고, 그들이 그렇게 기력을 엉뚱한 데 소진하면 득을 볼 것은 일본 상인들이었다.

"지가 드리는 말씀의 요지는 이런 깁니더."

만호는 더없이 황송하다는 얼굴이었다.

"은실이 년은 그럴 재목이 몬 된다쿠는 말씀이지예."

"재목이 몬 된다?"

그렇게 되뇌던 배봉이 무슨 말을 하려는 걸 만호가 막았다.

"예, 다린 뜻이 있어서 그리 말씀드린 거는 절대 아입니더. 그거를 알아주이소."

그러나 배봉은 이미 결정을 다 내린 사람같이 단언했다.

"아인 기라."

만호는 내심 날아갈 것처럼 좋으면서도 겉으로는 뜻밖이란 얼굴로 가장했다.

"예?"

배봉은 까칠한 입술을 질끈 깨물었다.

"비화 고년 봐라."

"비화를예."

타지에서 듣는 그 이름은 만호 귀에 어쩐지 생경했다. 심지어 신화나 전설 속에 나오는 무슨 여신 같기도 했다.

"하모, 여자라도 사내 백이 몬 당한다 아이가."

배봉은 멀리 산비탈에서 바다 쪽으로 날아 내려오는 흰 새를 괜히 노려보았다.

"은실이라꼬 몬 할 꺼 없다."

"어이쿠, 아부지!"

만호는 마침내 그 순간을 위해 꼭꼭 감추어 두었던 마지막 패를 던졌다.

"아부지한테는 이런 말씀꺼지는 안 드릴라 캤는데, 안 있심니꺼."

오줌 마려운 개처럼 엉거주춤한 자세로 한참을 주저주저하다가 말했다.

"그래도 안 하모 안 될 꺼 겉애서예."

배봉이 답답하다는 듯 재촉했다.

"머꼬? 괘안타. 얼릉 이약을 해봐라."

그런데도 만호가 망설이는 빛을 보이자, 배봉은 이제 타이르는 목소리가 되었다.

"애비는 우리 동업직물 후계자 문제꺼정 안 기시고 싹 다 말 안 했나."

"후, 후계자!"

만호는 너무 떨리는 탓에 덫에 걸린 쥐처럼 입술만 달싹거렸다.

"그런께 니도 모도 이약해라."

그러면서 쑥 내미는 배봉의 가슴팍이 무척 크고 넓어 보였다.

"아부지가 그리 말씀하신께 이약하것심니더."

만호는 다시 새벼리에서 들은 이야기를 토대로 멋지게 돌려대기 시작했다. 아무리 봐도 그가 먼저 제거해야 할 대상은 피를 나눈 형제였다.

"운젠가 억호 새이가 이런 소리를 하데예."

"무신 소리?"

어디선가 또 괭이 소리 같은 갈매기 소리가 났다. 만호는 세상 최고의 비밀을 알려주듯 했다.

"해랑이가 좋아서 몬 살것다꼬예."

그런데 맥이 풀릴 노릇이었다. 그 고자질은 만호가 마음 졸여가며 기대했던 것에 비하면 그다지 큰 효과를 얻어내지 못했다.

"더 이약해라."

배봉은, 나도 그 정도는 벌써 다 알고 있다는 투로 재촉했다. 만호는 이래서는 안 되겠고, 좀 더 강한 처방을 써야겠다고 결심했다.

"그람시로 한다쿠는 말이, 해랑이가 좋아진께네 해랑이하고 친자매매이로 지내는 비화도 안 미버진다꼬예."

이번에는 대성공이었다. 그 말이 떨어지기 무섭게 약발이 바로 나타났다.

"머라? 머라꼬?"

배봉 입에서 그곳 부산포를 통째로 날려버릴 것 같은 소리가 터져 나왔다.

"비화가 아, 안 미버진다꼬? 안 미버져?"

"……."

"어, 억호 그, 그눔이 그런 말을 해, 했다꼬오?"

"……."

만호는 이 정도는 잘 알고 있다. 이럴 경우는 맞장구보다도 침묵이 훨씬 더 큰 효과를 보이면서 단단한 뒷받침을 해주게 되어 있다는 것이다.

'해나 내가 너모 하는 거는 아이까?'

그런 한편으로는 또, 아버지 분노가 타지의 하늘 밑구멍을 찌를 듯하여 가슴이 뜨겁게 달아오른 인두 끝에 찔린 것같이 뜨끔해지기도 하는 만호였다.

'나이는 오데로 다 묵었는고.'

나이도 잊은 듯이 날뛰는 그 기세가 하도 감사나워, 내가 공연한 소리까지 했구나! 하는 후회도 되었다. 그러나 그는 곧 배짱을 두둑이 먹었다.

'내가 오데 없는 소리 내 멋대로 지이냈나.'

그 살아 있는 춘화를 기억 이쪽으로 일으켜 세웠다.

'그날 새벼리에서 성이 해랑이한테 그리 이약하는 거를 내가 이 두 귀로 똑똑히 들었다 아이가.'

언제 어디서 날아온 것일까? 머리 위에서 날쌔게 날고 있는 갈매기가 '끼룩, 끼룩' 내는 소리를 응원가처럼 들으며 생각했다.

'니기미! 이판사판인 기라.'

만약의 사태까지도 염두에 두었다.

'요런 말 듣고 성이 아부지하고 내를 같이 앉히 놓고, 지는 절대 그런 소리 핸 일 없다꼬 따지고 들모, 내는 새벼리 바구 뒤에 숨어서 다 들었다쿠모 될 꺼 아이가.'

시위하듯 조금 전 아버지처럼 가슴팍을 쑥 내밀었다.

'지도 지 입으로 핸 말이 있는데 더 우짤 낀데?'

그리고 만호 자신이 수집해 놓고 있는 귀한 정보가 더 있다. 일개 관기에 불과한 해랑이, 부자병이라는 어머니 폐병을 고치고 불탄 집도 새로 짓고 한 돈이, 모조리 억호 한 사람 손에서 나갔다고 하는. 그 막대한 돈은 결국 아버지 배봉 돈인 것이다.

아버지가 그것을 알아보라지. 오로지 사업 확장에만 눈이 어두워 땡전 한 푼이라도 더 싹싹 긁어모아 거기 투자하려는 배봉이었다. 그런 판에 그렇게 어마어마한 돈이 자기 수중에서 빠져나갔다는 것을 알면 살인도 불사할 터였다.

'하지만도 아즉은 일쯕다.'

그러나 만호는 그 패물을 구입한 돈에 대해서는 일단 꼭꼭 덮어두기로 마음먹었다. 진짜 최후의 무기로 써야 한다.

"어, 그눔, 그눔이?"

배봉은 오늘이 동업직물 설립 이래로 가장 중요한 날이란 사실마저 망각해버린 듯, 온몸을 부들부들 떨며 당장 무슨 사고를 칠 사람처럼 굴었다.

만호는 이쯤에서 아버지에게 사업가로서의 자기 수완이며 자질 등을 충분히 과시해 보일 필요가 있다고 판단을 내렸다. 그리하여 최대한 느긋한 태도와 여유 있는 말씨로 한껏 믿음직스럽게 보이도록 하면서 아버지를 위로하는 척했다. 그렇게 착한 아들이 없었다.

"아부지, 참으시이소. 참는 기 약입니더."

배봉이 욱했다. 그는 그곳에 온 목적까지 잊어버렸다.

"내사 몬 참는다 고마!"

만호는 쫀득쫀득 얘기했다.

"성하고 관련된 일은 집에 돌아가갖고 천천히 생각하고, 우선 당장에 필요한 거는 일본 상인들하고 거래할 일입니더."

그 말을 들은 배봉이 무언가 골똘히 생각하는 모습으로 물었다.

"그래서?"

만호는 더없이 사려 깊은 척했다.

"시방은 우짜든지 이 한 가지 일에만 멤을 써갖고, 우리 동업직물을 국제무대에 올리는 기 급선무다 아입니꺼?"

그러자 배봉은 너무나 색다르고 기통찬 말을 들은 사람 같았다.

"국제무대, 국제무대."

만호는 제 스스로 헤아려 봐도 참으로 대단한 말을 입에 올렸다는, 아니 그 말을 자기가 창조해내기라도 한 것처럼 했다.

"예, 아부지. 국제무대예."

배봉은 또 버릇처럼 투박한 손을 들어 이마에 솟는 땀을 닦는 시늉을 했다.

"그거는 니 말이 딱 맞다마는, 억호 그눔을 생각한께……."

만호는 숫제 열변조로 나왔다.

"아부지! 아부지가 우떤 분입니꺼?"

바닷물 철썩이는 소리가 크게 들려왔다.

"노상 우리한테 말씀 안 하싯심니꺼?"

어느새 만호는 돌부처도 고개를 끄덕이게 할 정도의 달변가로 바뀌어 있었다.

"비화 할배 김생강이 집에서 소작 부치 묵던 몸에서, 근동 최고 비단 업체를 가진 인물이 됐다꼬 말입니더."

배봉은 칭찬받은 아이가 쑥스러워하는 모습을 보였다.

"그기사 머 사실인께네."

만호는 배봉이 하판도 목사 앞에서 하던 것처럼 했다.

"그런 아부지가 우찌 요만 한 일 갖고 그라심니꺼?"

"하기사 니 말이 하나도 안 틀리다."

내가 너무 옹졸했구나 하는 표정을 짓는 배봉이었다.

"지 앞에 장 아부지는 거인으로 서 계신다 아입니꺼."

자기보다 키 작은 아버지를 눈 아래로 굽어보면서 아들이 하는 말이었다.

"거인, 내가 거인……."

평소 거인을 선망하는 배봉이었다.

"우리 조선 갱재를 밀가리 반죽 주물듯기 주물 갱재개 거물예, 거물."

"만호야!"

배봉이 만호 손을 덥석 잡았다. 아무래도 그곳이 객지다 보니 감상적으로 되는 모양이었다. 하여튼 그러고는 너무나 감격에 차서 금세 눈물이라도 줄줄 흘릴 사람처럼 했다.

"마, 만호야. 니가 이리 훌륭한 사람인 줄 내 몰랐다."

산비탈에 다닥다닥 붙어 있는 집들이 고개를 숙여 그들을 내려다보고 있었다.

"니가 내 아들이 진짜 맞기는 맞는 기가, 응?"

아예 우는 목소리였다. 하판도 목사를 만난 후로 부쩍 늘어난 게 그런 과장이었다.

"지가 누 자슥이것심니꺼?"

만호는 어깨에 빳빳이 힘을 넣으며 말했다.

"바로 아부지 자슥입니더."

"하모, 내 자슥이제."

신파조가 이어졌다. 그들에게 시간과 공간은 아무런 의미도 없어졌다.

"지는예, 아부지가 나라님인 거보담도 시방 이대로가 상구 더 좋심니더."

유산遺産이란 게 무엇인지 실로 가관이었다.

"왕보담도 아부지 새끼 되는 기 몇 배 행복하다 그 말입니더."

드디어 배봉이 대못 박듯 말했다.

"인자 억호는 필요 없다."

시간 낭비가 아니었다. 내부 경쟁자는 물리쳤다.

"애비한테는 만호 니밖에 없다."

그곳이 타관이 아니고 고향이었다면 배봉이 그렇게 감동하지는 않았을 것이다.

"일본 상인들하고 만내기로 돼 있는 객줏집이나 쌔이 가이시더."

만호가 씩씩하게 말했고, 배봉도 기운차게 말했다.

"아암, 그래야제."

부자는 불어오는 바람을 맞받으며 약속 장소로 내달렸다. 그 바람 끝에는 짭짜름한 소금기가 묻어 있었다. 그들 코에는 달달한 돈 냄새 같았다.

그 객줏집은 단지 부산포뿐만 아니라 한양에서도 알아주는 곳답게 무척 많은 상인들로 바글바글 들끓고 있었다. 약간 외곽인 것 같으면서도 노른자위 위치에 터 잡고 있다는 걸 배봉은 알았다.

"와! 장난이 아입니더. 에나 겁나네예."

고향 중앙통 근처에 자리하고 있는 객줏집에도 가끔 들르곤 하는 그들이었지만 거기 규모에는 지레 주눅부터 들었다.

"조선팔도 장사꾼은 모돌띠리 모다논 거 겉으마는."

"하모예, 그렇거마예."

상인의 물품을 맡아 팔기도 하고, 매매를 거간하기도 하며, 또 그 상인들을 치기도 하는 객줏집은 '여각'이라고도 불리었다. 그곳만큼 돈이 많이 날아다니는 곳도 찾기가 쉽지는 않을 것이다.

"은실이 애비야, 들가자."

"예, 아부지."

이윽고 근사한 방에서 일본 상인들과 마주 앉았을 때, 아버지 앞에서 그냥 맨손으로 호랑이를 때려잡아 가죽을 벗길 것같이 큰소리치던 만호도 여간 긴장된 얼굴이 아니었다. 그리고 역시 관록은 누구도 무시 못한다더니, 만호보다 사업 경험이 훨씬 더 많은 배봉이 이제 더 담대해 보였다.

"하판도 목사와는 그렇게 친분이 두텁다고 들었스무니다. 이거 정말 부럽스무니다. 하하하."

그중에 나이 먹은 일본인은 배봉만큼 둥글넓적한 낯바대기가 핏빛을 연상시킬 만큼 시뻘건 자였는데, 한눈에도 당할 자가 없을 만큼 넉살이 좋아 보였다.

"하하, 하하하."

배봉 또한 그 큰 객줏집이 기우뚱할 정도로 무척이나 호탕한 웃음을 터뜨렸다. 인간에게 웃음의 효용은 실로 다양하여 때와 장소에 따라 잘만 활용하면 지대한 밑천이 될 수도 있을 터였다. 여하튼 그러고는 좀 전 길가에서 그들 부자가 그랬듯이 배봉은 두꺼운 가슴을 쑥 내밀고 이렇게 되받아쳤다.

"여게 부산포 아조 높은 관리하고 친핏줄매이로 그리키나 잘 지내신다꼬 듣고 왔심니더. 이거 영광입니더."

그러자 하관이 쪽 빨고 눈매가 여간 매섭지 않은 젊은 일본인이 입을 열었다. 목소리도 쇳소리가 섞인 날카로운 음색이었다.

"그분에게 우리가 큰 도움을 받고 있스무니다. 두 분께도 잘 부탁드리겠스무니다."

그의 말은 방을 웅웅 울렸다.

'저 쪽바리 눔이야?'

만호는 국으로 가만히 있다가는 아버지한테서 점수를 잃을 것 같았다. 그래 딴에는 한껏 점잔을 빼는 목소리로 말했다.

"우리가 할 소립니더. 사실 일본 사람하고는 생전 첨 하는 장사라서……."

그런데 배봉이 급히 음식상 밑으로 팔을 뻗어 일본인들 모르게 그의 허벅지를 콱 꼬집는 통에 만호는 하마터면 비명을 지를 뻔했다. 어쨌든 배봉은 그런 다음 흰자위가 보이도록 얼른 눈을 흘기고 나서 일본 상인들을 건너다보며 너스레를 떨기 시작했다.

"하매 정보를 입수해서 잘 아시것지만도, 조선팔도를 통틀어도 저희 고을 비단만치 품질 좋고 값싼 비단은 없을 낍니더. 그라고 상구 건방진 말씀 겉지만도, 일본도 가리방상 안 하까이예. 이거는 내 모가지에 칼이 들와도 번복할 수 없심니더."

낯빛이 홍시 같은 자가 말했다.

"여기 부산포 관리와 거기 목사가 보증 선 물건이니 굳이 더 말씀하시지 않아도 우리는 믿스무니다."

"아, 예."

"새삼 거론할 필요도 없겠지만, 사업이란 것은 무엇보다도 신용을 바탕으로……."

배봉과 만호가 눈을 마주치며 좋아하는 표정을 짓는데 그자가 이렇게 물었다.

"그런데 듣자 하니, 지금 두 분 사시는 곳이 저 유명한 기생 논개가 있던 고장이라는데 맞스무니까?"

일본인 입을 통해 나오는 논개 이름은 조선인들이 말하는 것과는 아주 색다른 느낌을 자아내었다.

"예, 맞심니더. 허허."

배봉이 자랑스러운 얼굴로 대답했고, 만호가 그 방면은 아버지보다 자신감이 있다는 듯 대화에 끼어들었다.

"가락지 낀 손으로 일본 장수를 끌어안고 으암 바구에서 뛰내린 논개의 충절을 기리는 사당이 바로 우리 집 근방에 있지예."

"집 근방에 말이무니까?"

일본 상인들이 똑같이 깜짝 놀라는 표정을 지었다. 과장만은 아닌 듯했다.

"운제 한분 오이소."

만호는 상투를 꼿꼿하게 세운 얼굴을 약간 뒤로 젖히며 의젓하게 말했다.

"논개사당하고 으암 바구하고 촉석루하고 모도 기경 시키드릴 낀께네예."

"하! 그렇스무니까? 그렇스무니까?"

늙은 쪽은 강조할 때 같은 소리를 두 번 반복하는 말버릇이 있는 성싶었다. 앞의 말은 상대 말에 대한 반응의 표시로, 그리고 뒤의 말은 제 마음속에 새겨두려는 것이 아닐까 여겨졌다. 경계하지 않으면 아니 될 일본인이었다.

"그 유명한 기생 논개를 모신 사당 가까이 사신다는 게 사실이무니까?"

"안 믿기시는가베예?"

그자의 물음에 만호가 시큰둥한 어조로 되묻자 그자는 고개와 손을 한꺼번에 내저었다.

"아아, 그건 아니, 아니무니다. 이거 참으로 존경, 존경하무니다. 하하하."

그자는 큰 얼굴만큼이나 허풍과 가식도 커 보였다. 잘은 모르겠지만 아마 일본인 전형이 아닐까 싶었다.

'저눔이야?'

배봉은 내색은 하지 않아도 그자가 예사 왜놈이 아니구나 싶어 바짝 긴장했다. 한데도 만호는 그자의 거짓된 언행과 뒤통수치는 술수를 전혀 눈치채지 못한 듯했다. 그는 배봉도 모르는, 아니 그 누구라도 사실이 아니라고 알 수 있을, 실로 엉뚱한 소리를 늘어놓았다.

"논개가 일본 장수를 유혹할 적에 입었던 그 옷감이, 바로 시방 저희 동업직물에서 파는 비단하고 똑같다 아입니꺼. 하하하."

만호는 웃음도 일본인 그것과 유사하게 웃었다. 제 깐에는 배포가 큰 것처럼 해 보이려고 그랬을 게다.

"어, 만호야."

배봉이 나중에 들통이 나면 흠 잡힐 소리다 싶어 부리나케 말리려고 했지만 이미 쏟아버린 말이었다. 젊은 왜놈이 결코, 단순하지 않은 눈빛으로 나이 든 자를 슬쩍 보고 나서 퍽 재미있다는 투로 입을 열었다.

"아, 지금 그 말씀 꼭 기억해두겠스무니다."

"그리하시소. 중요한 사실인께네예."

이번에도 만호가 배봉보다 먼저 나서서 빼도 박도 못할 소릴 흩뿌렸다.

"정말 우리가 거래할 상대를 잘 만난 것 같스무니다."

아무래도 그자들은 방금 만호가 한 말이 지어낸 이야기라는 것을 훤히 꿰뚫어 보고 있는 듯했다. 그래서 한층 감격스러워하는 빛을 띠는 것이 분명했다.

"논개가 입었던 그런 옷감을 파는 곳이라니?"

배봉은 당장 손바닥으로 만호 등짝을 후려패고 싶은 걸 간신히 참았다. 그러고 있자니 울화병이 생길 판이었다.

'저, 저 빙신 겉은 새끼!'

졸지에 상황이 아주 이상하게 돌아가고 있다. 이러면 절대적으로 불리하다. 첫 거래부터 완전히 발목을 틀어 잡힌 기분이다. 역시 배봉이 우려한 대로 얼굴 붉은 자가 쐐기를 박았다.

"논개가 입고 있었던 옷감과 같은 비단을 생산하는 곳의 물품이라면, 우리 대 일본국 여성들도 사족을 쓰지 못할 것이무니다."

"그, 그거는……."

배봉은 떫은 감을 씹은 표정이 돼버렸다. 그러거나 말거나 붉은 얼굴이 말을 계속했다.

"지금도 저희 본국에는 논개를 닮고 싶어 하는 여성들이 넘치무니다. 저 또한 목에 칼이 들어와도 거짓말은 하지 않스무니다. 하하."

그러고 나서 그자는 그제야 떠올렸다는 어조로 말했다.

"아, 이거 순서가 바뀌고 말았스무니다. 우리 소개부터 해 올리지 않고요."

등을 곧추세우고는 순식간에 극히 사무적인 어투로 바뀌었다.

"제 이름은 사토, 그리고 저 사람은 무라마치라고 하무니다."

무라마치가 앉은 자리에서 깊이 고개를 숙여 깍듯이 인사를 했다. 일본 상인들은 그러한 행위가 몸에 밴 듯했다. 그 사실 하나만 보더라도 뛰어난 장삿술을 엿볼 수 있었다.

"아, 예."

배봉도 얼결에 머리를 숙인 후 이쪽에 대해 간단히 말해주었다.

"아, 그렇스무니까? 그렇스무니까?"

다 듣고 난 사토의 약간 얼금뱅이 얼굴에 부러워하는 빛이 떠올랐다.

"둘째 아드님을 보니 큰 아드님도 듬직하시겠스무니다."

"아, 머 그냥 그렇지예 머."

배봉 말에 사토는 씩 웃고 나서 자기들 신상에 관해 좀 더 소상하게 털어놓았다.

"저는 아들은 없고 딸만 내리 둘인데, 무라마치는 앞으로 저희 회사를 책임지고 끌어갈 제 큰사위이무니다."

그러자 무라마치가 상 너머로 팔을 뻗어 만호 손을 잡으며 말했다.

"그쪽 아버님과 제 장인어른이 우리 사업을 주도하시겠지만, 젊은 우리도 우리끼리 잘해나갈 수 있길 바라무니다."

만호는 완력으로 상대를 제압하려는 듯 맞잡은 손에 잔뜩 힘을 주며 말했다.

"지도 같은 생각입니더. 앞으로 자조 만냅시더."

그런 두 사람을 웃음 머금은 얼굴로 바라보던 사토가, 눈을 가느다랗게 뜨며 은근한 목소리로 배봉에게 물었다.

"제가 부산포 관리한테 들으니, 조선 땅 최고 기생은 평양과 진주에 있다고 하더무니다. 그 말이 사실이무니까?"

"아, 그기사……."

배봉은 사토 저 왜놈도 제 나잇값은 못 하고 더럽게 주색을 밝히는 축이 틀림없다고 나름 단정하며 자랑스레 대답했다.

"우리 조선에는 옛날부텀 북에는 평양 기생, 남에는 진주 기생, 그런 말이 전해져 오고 있지예. 낄낄낄"

"좋겠스무니다. 좋겠스무니다."

사토는 아첨인지 조롱인지 구분이 잘 안 되는 아리송한 말투였다. 정치든 경제든 무어든 간에 저런 자와의 협상 내지는 경쟁이 가장 어렵다는 걸 만호는 모르고 배봉은 알았다.

"본래 사업이란 걸 하다 보면 기생들을 술자리에 불러낼 일도 많은데, 그런 최고의 멋진 기생들을 데리고 놀 수 있으니 참으로 부럽스무니다. 부럽스무니다."

만호가 고개를 돌려 배봉에게만 들릴 정도의 낮은 소리로 물었다.

"아부지, 사업 이약은 와 하나도 안 하고, 자꾸 기생 말만 합니꺼?"

배봉 역시 만호 귀에 대고 조그만 소리로 퉁 주듯 대답했다.

"이눔아, 장사 거래라쿠는 거는 다 이런 기다."

멍한 표정을 지우지 못하고 있는 만호더러 또 말했다.

"첨에는 기집 이약하고 술 이약하고 놀음 이약하고 또 딴 이약하고 한참 그리쌌다가, 맨 막판에 가갖고 본론에 들가는 기라."

밥상머리 교육이라도 하는 모양새였다.

"니도 요참에 잘 배와 놔라. 알아서 넘 주는 기 아이다."

만호가 이기죽거리듯 입속으로 중얼거렸다.

"장사를 할라쿠모 참 희한빠꼼한 거도 다 배와야 하는갑네?"

그런 만호를 흘낏 바라보던 사토가 옆에 앉은 무라마치를 턱으로 가리키며 말했다.

"사위 있는 앞에서 이런 말하기가 낯간지럽지만, 언제 두 분 사시는 고을에 가면 꼭 거기 기생 한번 보고 싶스무니다. 하하, 하하하."

배봉도 기세 좋은 웃음을 터뜨렸다.

"으하하핫! 그야 여부가 있것심니꺼? 그짝에서 똑 그런 말씀 안 하시도, 이 사람은 하매 그리 해드릴 생각을 했지예."

사토는 감격해 마지않는 얼굴이 되었다. 열 개의 탈을 번갈아 바꿔 쓰는 광대 같았다.

"하! 역시, 역시, 우리는 서로 통하는 데가 참 많스무니다. 앞으로 우리 사업도 다 잘될 것 같스무니다. 같스무니다."

배봉 입에서 해랑 이름이 흘러나온 것은 그때였다.

"특히나 저희 고을 교방에 해랑이라쿠는 관기가 있는데, 누든지 한분 보모 고마 증신을 몬 채릴 천하일색이지예."

"해, 해랑! 처, 천하일색!"

젊은 것도 늙은 것 못지않게 높은 관심을 드러내었다.

"쪼꼼 전에 이약했던 그 논개가 살아 돌아왔다가도, 그 관기를 보모 막 울어쌈시로 그냥 돌아갈 낍니더. 으하하핫!"

배봉은 더 신이 나서 떠들어댔다. 대체 지금 아들 만호가 어떤 표정을 짓고 있는지 전혀 알지 못한 채였다.

"하! 하! 그 정도이무니까? 참으로 기대가 크무니다. 크무니다."

사토는 거창하게 차려진 음식상 이쪽으로 상체를 새우같이 구부리며 말했다.

"해랑이라는 그 기녀를 꼭 만날 수 있게 부탁, 부탁하무니다."

무라마치 또한 직접 말은 하지 않아도 장인과 별반 다르지 않은 기색을 엿보였다.

'옥진이……'

만호는 지금 그들이 앉아 있는 그곳이 고향 성곽 북동쪽에 있는 대사지 못처럼 느껴졌다. 그 물결에 휩쓸려 온몸이 기우뚱해지는 듯하여 자신도 모르게 허공으로 손을 내밀어 무엇인가를 잡으려 했다. 하지만 해랑 이야기를 하고 듣기에만 한참 정신이 팔려있는 다른 사람들 눈에는 그런 만호가 보이지 않았다.

"여부가 있것심니꺼? 없지예."

"하! 하!"

"임배봉이가 머 다린 곳은 모리것지만도, 우리 고향 땅에서는 누가 암만 글싸도 콧방구 쫌 뀌고 삽니더."

"방구? 콧방구?"

"기대해보이소. 킬킬킬."

"오, 기대! 흐흐흐."

"자아, 한잔……."

술 냄새 여자 냄새가 뒤엉켜 풍겨오기 시작했다. 그 뒤를 따라오는 게 돈 냄새였다.

조선 농민군

일본 상인들이 기대를 걸고 있는 고을.

농민군 판석과 또술, 태용이 밤골집을 찾은 것은 영업을 거의 마쳐갈 시각이었다. 옆에 붙은 나루터집에서도 마지막 설거지를 하고 있거나 그날 벌어들인 돈 계산을 하고 있을 것이다.

"오늘은 우째 더?"

보통 때보다 늦은 방문에 뭔가 심상치 않음을 느낀 한돌재가 언제나처럼 그들을 급히 골방으로 들였다. 희미한 호롱 불빛 아래 유령처럼 드러난 세 사람 얼굴이 더할 수 없이 딱딱했다. 다른 날보다 석유 냄새가 더 매캐하게 코를 찌르는 것 같았다.

"드디어 일이 터진 깁니꺼?"

떨리는 돌재 목소리가 등잔의 새파란 심지 불을 흔들었다. 그중 제일 성미 급한 또술이 독한 술을 들이켠 것처럼 오만상을 찡그리며 먼저 입을 열었다.

"터지기는 터짓는데, 안 터진 거하고 가리방상하이 돼삣심니더."

그 답변이 묘했다. 밝음과 어둠이 맞닿은 지점과도 유사하다고나 할까?

"예에?"

돌재는 당최 무슨 얘긴지 알아들을 수가 없었다. 그는 조바심 섞인 목소리로 물었다.

"그기 뭔 소립니꺼? 터짓는데 안 터진 거하고 가리방상하다이?"

태용이 방구들이 꺼지게 한숨을 내쉰 후 말했다.

"가리방상하모 도로 다행이거로예."

"그, 그라모?"

그의 말은 또술이 한 말보다도 더 듣는 사람을 헷갈리게 했다.

"애당초 안 터진 거보담도 백 배 몬하지예."

그 순간에는 꼼짝도 하지 않는 호롱 불꽃이 돌이나 쇠로 만들어진 장식품을 방불케 했다. 모든 것이 일시에 딱 정지해 버린 느낌이다.

"너모 성급하거로 벌집을 쑤신 꼴 아입니꺼."

그게 또술의 목소린지 태용의 목소린지 구분조차 되지 않을 만큼 정신이 몹시 몽롱하고 혼란스러운 돌재였다.

"이거 답답해서 고마 사람 미치삐것심니더."

주먹으로 자기 앙가슴을 탁탁 치며 돌재가 청했다.

"알아묵거로 이약 좀 해보이소."

그러자 방에 들어와 자리에 앉으면서부터 시종 눈을 감고 있던 판석이 천천히 눈을 떴다. 그러고는 말 또한 느리게 나왔다.

"너모 성급한 거는 아입니더."

"예?"

그 말에 돌재는 물론이고 또술과 태용 또한 판석을 바라보았다. 판석이 그들의 의문을 풀어주려는 듯 이내 다시 말을 꺼냈다.

"저 임술년 농민군 봉기 이후로 시간이 상구 짜다라 흘러갔심니더.

도로 한참 늦은 감이 있지예."

다른 세 사람이 일제히 고개를 끄덕였다. 돌재가 안타깝다는 목소리로 말했다.

"유춘계 그분이 지은 〈이 걸이 저 걸이 갓 걸이〉 노래도 인자 잊히져 가고 있는 기 우리 핸실입니더."

누군가가 탄식하듯, 또 달리 들으면 환호하듯 말했다.

"아, 그 언가!"

잠시 후에 또술이 입을 열었다.

"한참 늦은 감이 있다쿠는 그 말씀이 맞심니더."

그러고 나서 나루터집 쪽으로 고개를 돌렸다.

"나루터집에 사는 천필구 아들 얼이가 하매 저만치 장성했으이."

그러고 나서 그는 판석을 보고 말했다.

"그라고 본께, 터진 기 안 터진 거보담은 낫다쿠는 생각도 듭니더."

돌재가 너무 궁금해 더 참을 수 없다는 듯 목청을 돋우었다.

"말해보이소. 대체 우찌된 일입니꺼?"

태용 눈이 호롱 불꽃처럼 벌겋게 보였다. 음성에도 붉은 기운이 묻어났다.

"전라도 모처에서 말입니더."

돌재는 확인이나 반문하는 투로 말했다.

"저, 전라도?"

태용은 마음만큼이나 무거운 듯 고개를 숙였다가 힘겹게 다시 들었다.

"농민군이 거사하기 바로 직전에 고마 관아에 발각돼갖고……."

하늘이 조각나고 땅이 꺼지는 듯한 소리가 이어졌다.

"주모자들이 모돌띠리 잽히가고 말았다쿠는 기라요."

"그, 그래예?"

"예."

"우짜꼬!"

돌재 눈이 화등잔같이 커졌다.

"와 발각됐다 쿱니꺼?"

또술이 분하다는 듯 이빨 가는 소리로 대답했다.

"첩자가 밀고한 모냥입니더."

"예?"

"첩자 말입니더."

"처, 첩자……."

어쩐지 듣기만 해도 오싹해지는 대상이었다. 골방 벽에 비친 그들 그림자가 박쥐 날개를 연상시켰다.

"인간 시상은 오데로 가나 장 그리 몬된 것들이 안 있심니꺼."

태용이 농사꾼치고는 작아 보이는 주먹을 불끈 쥐었다.

"우리 고을 배봉이하고 그 자슥새끼 점벡이 행재 겉은 늄들이 그짝 전라도 땅에도 있는 갑심니더."

"그기 무신 소립니꺼?"

돌재는 자꾸 묻고 있었다.

"죽어도 기억하기 싫은 일이지만도 말 안 할 수는 없지예."

태용 두 눈에 호롱불보다 더 붉은 불이 켜졌다.

"동업직물인가 서업직물인가 하고 있는 고, 고 애비하고 새끼들 말입니더."

"고, 고것들……."

남강 암벽 쪽에서 수리부엉이 우는 소리가 들려왔다. 그날따라 범상치 않게 다가오는 밤이었다.

"임술년에 그늄들이 농민군 색출에 앞장서갖고 벌로 설치쌌던 기 시방도 눈에 서언하다 아입니꺼."

판석이 세상 돌아가는 꼴 보기도 싫다는 듯 다시 눈을 감으며 혼잣말처럼 얘기했다.

"사전에 발각돼서 수포로 돌아갔지만도……."

부엉이 저놈이 이 밤에 들쥐나 토끼를 잡아먹고 있겠거니 생각하며 몸을 떨고 있는 돌재 귀를 때리는 말이었다.

"우리 농민항쟁은 그 불씨가 안 꺼지고 아즉 살아 있다쿠는 정그를 비인 기, 마 요분 사태라꼬 내는 그리 봅니더."

또술이 확신해 보이듯 말했다.

"우찌 그 불씨가 꺼지것심니꺼? 절대로 안 꺼집니더, 몬 꺼집니더."

고개를 뒤로 꺾어 천장 쪽을 보며 말을 계속했다.

"저 하늘에 있는 해하고 달이 빛을 잃었으모 잃었지, 우리가 지핀 불씨는 영원토록 살아서 활활 타오릴 낍니더."

헝겊을 꼬아서 등잔 등에 꽂아 불을 붙인 심지처럼 검은 눈썹이 인상적인 판석이 결의에 찬 낯빛으로 말했다.

"우쨌든 간에 요 담 거사 때는 조심 우에 조심해야 합니더. 나라에서는 더 감시의 눈을 시퍼렇기 뜰 끼니 말입니더."

태용이 진저리를 치며 말했다.

"그런 거 생각하모, 솔직히 너모 겁이 납니더."

판석이 결론을 내리듯 말했다.

"갤국 문제는, 농민군 봉기가 더 늘어질 수밖에 없다쿠는 데 있심니더."

그들 귀에 유춘계가 지은 언가 소리가 멀어져 가는 것 같았다. 호롱불꽃도 금세 꺼질 듯 낮아지고 있었다.

"이라다가 우리 생전에는 몬 하는 기 아인가 모리것심니더."

126

또술의 자포자기한 말에 방안은 찬물을 끼얹은 듯이 조용해졌다. 하나같이 잔뜩 실망에 젖는 모습들이었다.

그때 돌재가 갑자기 쉬잇, 하고 황급히 입술에 손을 가져갔다. 모두 깜짝 놀라 몸을 웅크렸다. 숨들을 죽였다. 밖에서 분명히 무슨 인기척이 난 것이다.

"잠깐만……."

돌재가 들릴락 말락 하는 소리로 그렇게 말한 후 그림자처럼 소리 없이 몸을 일으켰다. 그런 다음 방문 고리에 살짝 손을 갖다 댔다. 그러고는 날쌔게 방문을 벌컥 열어젖혔다. 그 순간, 기다리고 있었다는 듯 밤공기가 한꺼번에 방안으로 쏴 밀려들었다.

"아!"

돌재가 안도의 한숨을 내쉬었다.

"후~우."

다른 사람들도 저마다 가슴을 쓸어내리는 빛이었다.

"아, 이기 눕니꺼?"

누군가 말했다.

"집니더."

우정 댁이었다. 그녀 뒤에는 밤골 댁이 서 있다. 얼핏 두 개의 그림자 같았다.

"얼이 어머이 뫼시고 온다쿠는 말도 안 하고……."

돌재가 밤골 댁을 나무랐다.

"아입니더."

또술이 민망한 얼굴로 밤골 댁을 두둔했다.

"우리가 여 오모 장마당 얼이 어머이도 안 오싯심니꺼. 잘 뫼시고 온 깁니더. 다 들어야 하고예."

우정 댁은 방으로 들어서기도 전에 묻기부터 했다.

"지가 들을 이약이 있는 기지예?"

제발 그러길 바라는 목소리였다.

"좋은 소식 있어예?"

돌재가 사내들 앞에 서둘러 와 앉는 그녀에게 말했다.

"그기 좋은 소식인가 나쁜 소식인가, 시방 그 이약들을 해쌓고 있는 중입니더."

"예?"

우정 댁도 조금 전 돌재가 그랬던 것처럼 멍청한 표정을 지었다. 밤골댁 또한 남편의 그 말뜻을 헤아리지 못한 채 눈만 끔벅거렸다.

"사실은예, 그기 우찌 된 셈인고 하모 이렇심니더."

태용이 대강 간추린 이야기를 들려주었다. 우정 댁은 너무너무 억울하고 안타깝다는 빛을 지우지 못했다.

"우짭니꺼?"

그들이 방문한 자리에서는 언제나 그렇게 하듯 이번에도 돌재 옆에 붙어 앉은 밤골 댁이 조심스럽게 입을 열었다.

"전라도에서 그런 일이 있었다쿠모, 바로 옆에 가찹게 붙은 우리 갱상도 농민들에 대한 감시도 하매 시작 안 됐으까예?"

"하모예."

"그렇것지예?"

태용과 또술이 동시에 몸을 떨었다. 그렇지만 판석은 바윗덩이처럼 꿈쩍도 하지 않았다. 지금 당장 관아 포졸들이 붉고 굵은 오라를 쥐고 크게 소리치며 방으로 뛰어 들어와도 끄떡하지 않을 사람 같았다.

"아, 참."

돌재가 문득 생각났는지 낮은 목소리로 밤골 댁에게 물었다.

"가게 문은 다 꼭꼭 잘 잠가났소?"

밤골 댁이 그쪽으로 약간 겁을 집어먹은 듯한 눈을 돌리며 대답했다.

"쥐새끼 한 마리 몬 들오거로 자물통을 단디 채워는 났소만……."

또술이 오른손으로 눈을 감고 있는 판석의 무릎을 흔들었다.

"고마 돌아가이시더. 암만캐도 이리 같이 모이 있는 기 불안합니더."

태용도 적잖게 질린 낯빛이었다.

"상황이 좀 풀릴 때꺼지는 당분간 따로따로 떨어져갖고 행동하는 기 좋것심니더. 그리 안 하다가는 무신 불상사를 맞을지 모립니더."

그러자 판석이 눈을 뜨고 여자들 보기 창피하다는 듯 조금 언성을 높였다.

"시방 관졸들이 우리를 잡을라꼬 이 집을 포위하고 있는 거도 아인데 모도 와들 그라요? 이래갖고 우찌 농민군 하것소?"

그러자 듣고 있던 우정 댁이 두 손으로 무엇을 조르는 시늉을 하며 말했다.

"예전에 우리 얼이 그눔이 짐승 모가지를 비틀던 일이 기억납니더. 우리라꼬 오데 몬 할 끼 있심니꺼?"

돌재가 투망질로 단련된 어깨에 힘을 넣고 말했다.

"맞심니더. 몬 할 끼 한 개도 없심니더."

돌재가 맞장구를 쳐주자 우정 댁은 기운이 나는 모양이었다.

"그눔들이 오모, 달구새끼 모가지 비틀듯기 비틀어삐모 되지예."

또술이 상상만 해도 통쾌하다는 목소리로 말했다.

"탐관오리하고 악덕 부자 모가지는 그냥 비틀어삘 거만 아이고, 장군마개 뽑듯기 싸악 뽑아삐야지예."

호롱 불빛 아래 우정댁 두 눈이 악녀같이 희번덕거리기 시작했다.

"내사 여자라도 뾰족한 대나모창 갖고 안 있어예, 그눔들 하나둘 정도는 콱 찔러 쥑일 자신이 있심니더."

홀연 강물 소리가 커지는 듯했다.

"고마하소. 무섭거마는."

밤골 댁이 전신에 경련을 일으키듯 하면서 우정 댁에게 말했다.

"우정댁 몸에 원통하거로 죽은 농민군 혼령이 붙어 있는 거 겉소."

하지만 우정댁 눈빛은 한층 매서워졌다.

"우리 얼이 아부지가 생전에 핸 일을 놓고, 시상 사람들이 '임술민란'
이니 '삼정三政의 난'이니 해쌌는 말부텀 지는 너모 섭섭합니더."

숙연한 표정을 짓고 있는 좌중을 둘러보며 하소연하듯 했다.

"에나 에나 그렇심니더."

"그기사 틀린 소리는 아이지만도……."

밤골댁 그 말이 미처 끝나기도 전에 우정 댁은 세게 쥐어박듯 말했다.

"그기 와 민란입니꺼? 와 난입니꺼?"

모두들 잠시 침묵에 잠겼다.

"하모, 맞심니더. 민란 아입니더. 난 아입니더."

침묵을 깨뜨린 판석이 감탄하는 듯 다짐하는 듯 계속 말했다.

"그리 이름 붙이는 자체부텀 크거로 잘몬된 깁니더."

우정 댁은 판석이 무슨 죄가 있는 것처럼 다그치듯 했다.

"잘몬된 기 있으모 곤치야 하는 기, 바린 이치 아이라예?"

또술과 태용이 약속처럼 한꺼번에 입을 열었다.

"얼이 어머이, 너모 상심치 마이소."

"그렇심니더. 자꾸 성내지 마시소."

판석이 잔잔한 웃음 띤 얼굴로 우정 댁을 보며 말했다.

"먼 훗날꺼지 가모, 우리 역사는 그 일을 시방하고는 다리거로 부리
게 될 깁니더."

잠시 생각에 젖는 얼굴이다가 다시 말했다.

"농민항쟁이나 농민운동, 그런 식으로 말입니더."

그러자 방 안에 있는 사람들 모두가 마치 처음으로 천자문 배우는 학동들처럼 그 말을 입속으로 되뇌기 시작했다.

"농민항쟁, 농민운동……."

우정 댁에게 전라도 농민군 거사가 사전에 발각된 사건을 전해 들은 나루터집 식구들은 더없이 침통한 표정을 지었다.

"아, 원통해서 우짜노?"

누구보다 원아가 가장 안타까워했다. 웬만한 일에는 그냥 넘어가고 여간해선 내색을 잘 하지 않는 그녀였다.

"지 말씀 한분 들어보이소."

비화가 위로하듯 말했다.

"충분히 내다봤던 일입니더."

원아는 아무 말이 없었다.

"우리는 그리 안 내다봤다."

우정 댁이 원아를 두둔하듯 그렇게 말했다.

"이모님예."

비화는 한숨을 내쉬었다. 그러고 나서 기억을 상기시켜주었다.

"지가 전번에 달보 영감님 오싯을 때 이약 안 하던가예?"

'무신 이약?'

우정댁 눈이 그렇게 묻고 있었다.

"지도 이런 소리 하모 기분이 하나도 안 좋지만 하것심니더."

비화는 입술을 꾹 깨물었다.

"나라 감시가 너모 심해서 농민군이 퍼뜩 들고 일어나기가 안 쉬블 끼라고예."

그러자 그때까지 그 자리에 없었던 사람처럼 잠자코 옆에서 듣고만 있던 얼이가, 이제는 비화보다 되레 커 보이는 두 주먹을 꽉 쥐며 말했다.

"그래도 상구 억울합니더. 서당에서 글공부할 적에 우리 권학 스승님께서 제자들한테 하신 말씀이 있심니더."

나이가 들어갈수록 저 임술년에 비명에 간 아버지 천필구의 눈을 빼닮은 눈을 들어 어디 먼 곳을 바라보는 것같이 하다가 제 손바닥을 다시 펴고 들여다보며 말했다.

"외부 적보담도 내부 적을 더 갱개해야 된다꼬예."

그러자 모두의 눈이 경계하는 것처럼 얼이를 향했다. 얼이는 어려운 한문을 풀이하듯이 이렇게 말했다.

"그기 지 멤속에 있는 적인 줄로만 알았더이, 그기 아이고 똑겉은 농민군 안에도 섞이 있었다쿠는 거 아입니꺼."

비화가 무척 대견하다는 듯 말했다.

"우리 얼이가 얼추 어른 다 됐다."

얼이는 비화 무릎 위에 얹힌 비화 손 옆에 제 손을 갖다 대며 말했다.

"누야, 우리 누 손이 더 큰고 한분 대보까예?"

그러자 너나없이 와그르르 웃는데, 우정댁 하는 말이었다.

"내나 원아 동상매이로 손 작은 사람은 오데 무서버서 살것나?"

분위기가 한결 나아졌다. 역시 집안 식구는 많을수록 좋았다. 그래야 이런 사람도 있고 저런 사람도 있고. 자리를 고쳐 앉으며 비화가 얼이에게 말했다.

"우리가 요분 전라도 사건을 타산지석으로 삼아야 할 끼거마는."

얼이 눈에 비화가 훈장 권학처럼 비쳤다.

"예, 압니더."

고개를 끄덕이는 얼이가 듣기에 비화 목소리도 스승 목소리 같았다.

"갱상도, 전라도, 충청도, 그 밖의 다린 지방에서 모도 우우 한꺼분에 막 들고 일나야 나라에서도 멋대로 몬 할 낀데, 그기 안 쉽다 아인가베."

얼이는 십분 수긍한다는 표정이었다.

"그런께 말입니더, 누야."

전라도 농민군 미수 사건은 얼이 가슴에 치워버릴 수 없는 바윗덩이로 들어앉았다. 젊은 혈기에 그냥 들고일어나기만 하면 될 것이라고 믿었다. 겁이 많아 결단성 부족한 사람이 어른들이라고 치부했었다.

'내 판단이 크기 잘몬된 기까?'

그런 의혹이 일어나는 것도 무리가 아니었다. 그 사건을 통해 볼 때 결코 간단한 일이 아닌 것이다. 피와 살을 나눈 형제 같은 우리 농민군들 속에 밀고자가 있을 수 있다.

'해나?'

그러자 얼이 마음속에 돌연 이상하고 위험한 현상이 생겨났다. 돌재와 판석, 또술, 태용 아저씨들까지 그만 미심쩍어지기 시작한 것이다. 그들 가운데도 관아에서 몰래 박아놓은 첩자가 없으리란 법이 있겠는가?

'이거는 잘몬된 판단이 아인 거 같다. 잘몬된 판단이모 더 좋것지만도.'

그런 엄청난 불신감이 아직 완전한 어른이 되지 못한 얼이를 못 견디게 몰아붙였다. 사람이 사람을 믿을 수 없다는 게 이토록 괴롭고 힘든 일인 줄 미처 몰랐다. 세상을 더 살아가다 보면 무슨 꼴까지 겪어야 할지 두렵고 난감하기만 했다.

"얼이 이누움!"

"죄, 죄송합니더."

스승 권학에게 꾸중 듣는 일이 늘어났다.

"와 그라노?"

동문수학하는 학동들도 얼이를 걱정했다. 얼이는 돌아버릴 것 같았다. 그의 몸에서 모든 실체는 빠져나가고 빈 허울만 둘러쓰고 있다는 자격지심에 시달렸다.

'내도 내를 우찌 몬 하것다.'

단단히 결심하고 서당에 가도 책자에 쓰인 글씨들이 제대로 눈에 들어오지를 않았다. 어쩌면 영영 아버지 복수를 할 수 없을지도 모른다는 짙은 불안감과 절망감에 휩싸였다. 세상이 포수가 되어 산짐승이 된 그를 쫓아오는 듯했다.

'계속해서 내가 이리쌌다가는 에나 문제다.'

그 일을 못 할 수도 있다고 생각하니 갑자기 자기 인생에서 할 일이 없어진 것 같았다. 엄청난 허탈감이 끝없이 밀려왔다. 차마 감당하기 어려운 허망함을 떨치기 위해 꼭 미친 사람처럼 남강 변을 배회했다.

"효원."

"되련님."

흰 바위 근처에서 효원을 만난 것은 그런 와중에서였다. 얼이는 효원이 해랑 때문에 매우 힘들어하는 사실을 잘 모르고 있었다. 그녀도 그 자신처럼 쉬 헤어날 수 없는 방황과 갈등에 부대끼며 나날을 보내고 있다는 걸 알지 못했다.

그러나 지금 얼이에게 중요한 건 그런 게 아니었다. 그것보다도 천만뜻밖에 밤낮 그리워하던 효원을 만났다는 사실 앞에 한없이 허둥거렸을 뿐이었다.

그건 효원도 마찬가지였다. 관기들 가운데 제일 가깝게 지내던 해랑이 멀어지자 지독한 외로움에 시달렸다. 무작정 나루터집이나 서당을 찾아 얼이를 보고 싶었다. 하지만 그녀 자신의 처지를 짚어보면 그럴 수 도 없었다. 고을 감영에 소속된 관기라는, 그 신분이 너무나 슬프고 괴 로웠다.

얼이나 효원이나 그런 힘든 중에 만난 터라 그 반가움은 이루 헤아릴 수 없었다. 그만큼 감정의 절제도 어려웠다. 흰 바위에 나란히 앉은 그 들은 언제부터인가 누가 먼저랄 것도 없이 서로의 손을 꼭 잡고 있었다. 한 손은 크고 믿음직스럽고 한 손은 작고 예뻤다. 참 잘 어울리는 한 쌍 이었다.

청둥오리 떼가 물고기 사냥할 생각은 하지 않고 흰 바위 발끝에 점점 이 모여 남녀 모습을 구경이라도 하듯 꿈쩍도 하지 않고 있었다. 남강 맞은편 산등성이 위로 몸집이 커다란 재두루미 한 쌍이 그림같이 날았 다. 간혹 혼자일 때도 있는 재두루미였다.

"우짜모 좋것심니꺼?"

얼이는 가슴속에 꽉꽉 들어차 있는 답답함을 효원에게 풀어놓았다.

"올마 전에 전라도에서 농민군 거사가 사전에 발각돼갖고, 주모자들 모도 관아에 잽히간 안 좋은 일이 있었심니더."

그러자 막 얼이 어깨에 비스듬히 고개를 기댔던 효원이 깜짝 놀라면 서 몸을 바로 했다. 그녀는 울상이 되어 물었다.

"우, 우짜다가 그리됐어예?"

얼이는 허공을 노려보았다.

"첩자가 밀고를 한 것으로 알고 있심니더."

"아, 그랄 수가!"

효원 몸이 약한 바람결에도 파들거리는 사시나무 같았다. 그녀는 사 뭇 떨리는 목소리로 물어왔다.

"농민군 속에 첩자가 있었다쿠는 말인가예?"

"지가 들은 정보에 으할 꺼 겉으모 그렇심니더."

약간 두툼한 입술을 꾹 깨무는 얼이 표정이 비장했다. 그는 떠밀리듯 하류로 내려가는 강물을 보고 있다가 말했다.

"예전에 농민군 했다가 앞으로 또 농민군 할라쿠는 아자씨들이 오시갖고……."

그런데 얼이의 그 말이 채 끝나기도 전이었다. 효원이 흰 바위 위에서 몸을 굴릴 것같이 하며 이렇게 큰소리를 지른 것이다.

"그분들 안 만내모 안 돼예?"

"예?"

뜬금없는 그 말에 얼이는 몹시 놀라고 이해가 되지 않는다는 소리로 물었다.

"그, 그기 무신 소립니꺼?"

효원이 야문 목소리로 단언했다.

"앞으로 그분들 만내지 마이소."

얼이는 그만 얼떨떨한 얼굴이 되었다.

"그거는 내한테 농민군 하지 말라쿠는 소린데……."

효원이 끝내 벌떡 일어서며 절규했다.

"얼이 되련님은 농민군 하지 마이소!"

그 높은 음성에 놀란 청둥오리들이 모두 남강 가운데로 헤엄쳐가기 시작했다. 강 위에 긴 줄들이 죽죽 그어졌다. 그것은 갈아놓은 논밭의 두둑과 고랑처럼 보이기도 했다.

"내 보고 농민군 하지 마라꼬예?"

얼이도 어느새 효원처럼 일어서 있었다. 효원이 얼이 품 안에 안길 것같이 하며 더할 수 없이 안타까운 목소리로 말했다.

"얼이 되련님이 농민군 하신다는 거, 증말 불안해서 몬 살것어예."

"……."

갈색과 흑색이 뒤섞인 썩은 나무이파리가 모래톱에 걸린 채 오도 가도 못 하고 있었다. 저 위쪽 얼마나 먼 상류에서 그곳까지 내려왔는지 누구도 모를 것이다.

"전라도 그짝 농민군 그 이약 들은께 더 미치것어예."

강기슭에 서 있는 미루나무 꼭대기에도 구름 조각 하나가 포로처럼 붙들려 있었다.

"지발, 지발 농민군 포기해주이소, 예에?"

얼이가 흰 바위에 도로 털썩 주저앉았다. 그 바람에 그 큰 바위가 흔들리는 듯했다. 아니, 놀라 펄쩍 뛸 것 같았다.

"도로 내한테 저 강에 빠지 죽으라 하이소오!"

얼이가 외쳤다. 그 소리는 정상적인 말과는 너무 거리가 멀게 느껴졌다. 어쩌면 발악에 더 가까웠다.

"아, 되련님."

효원도 얼이 옆에 허물어지듯 앉았다. 그러고는 안타깝게 애원하기 시작했다.

"지가 다 알고 있음서도 되련님 멤 아푸실까 해서 이약 안 했는데, 되련님 아버님뿐만 아이고 원아 이모 연인도 농민군 하다가 목심을 잃었다쿠데예?"

"……."

나무이파리는 아직 그대로 있고 구름 조각은 그새 흔적도 보이지 않았다. 바로 저런 게 하늘과 땅의 차이인가 싶었다.

"그런 거를 누보담도 잘 알고 계시는 되련님이 와 우째서 농민군 하실라쿠는 긴지 지는 에나 모리것어예."

얼이는 눈길을 강에 둔 채 그 나이의 목소리라고는 믿어지지 않을 만큼 단호한 목소리로 말했다.

"바로 그거 땜에 내가 농민군 할라쿠는 깁니더."

효원이 도저히 이해할 수 없다는 듯 그 큰 눈을 더욱 크게 뜨고 물었다.

"그거 땜에 농민군 하실라쿤다꼬예?"

여전히 멀리 가지는 않고 주변을 헤엄쳐 다니고 있던 청둥오리들이 그에 대한 대답인 듯 얼이보다 먼저 소리를 내었다.

'꽥, 꽤~액.'

이윽고 얼이가 스스로에게 최면 걸듯 말했다.

"그분들 원한을 풀어드리야 안 합니꺼."

"워, 원한을!"

오싹 몸서리치는 효원이었다.

"그 일을 누가 할 낍니꺼?"

"되련님."

효원이 가녀린 어깨를 들썩이며 울먹이기 시작했다. 그러고는 애타는 목소리로 말했다.

"지발, 지발예."

얼이는 고개를 뒤로 크게 꺾어 찬 기운이 감도는 허공 어딘가를 올려다보며 말했다.

"시방도 이 두 눈에 서언합니더."

"아!"

얼이 그 눈빛이 효원을 한없이 두렵게 했다.

"내는 내 멤속에서 몬 지웁니더. 우찌 지웁니꺼?"

얼이는 악몽을 얘기했다.

"그날 성 밖 공터에서 머리 막 풀어헤친 허개이 칼에 목이 달아나던

138

울 아부지 마즈막 모습을 말입니더."

"우, 우찌 그런?"

급기야 효원이 앉아 있기도 힘들 정도로 덜덜덜 몸을 떨기 시작했다. 그녀는 살아오면서 지금까지 그토록 무서운 말을 들어본 적이 없었고 어쩌면 앞으로도 그럴 것이다.

"내는 두 눈 딱 뜨고 그 모든 거를 똑똑히 봤심니더."

"으."

이제 얼마 안 있으면 남강이 꽁꽁 얼어붙을 때가 올 것이다.

"한 개도 안 놓치고예. 우찌 놓칠 깁니꺼?"

"아, 인자 고, 고만……."

얼이는 당시의 자기 모습을 보여주기라도 하듯 두 눈을 부릅떴다. 하지만 효원에게 가장 무서운 말은 그때 나왔다.

"울 어머이가 내 보고 그리해라꼬 시키싯지예."

효원은 목 없는 귀신을 만난 여자 같았다. 파르르 경련이 이는 시퍼런 입술로 말했다.

"설마?"

그녀를 친딸이나 며느리같이 살갑게 대해주는 우정 댁을 떠올렸다.

"되련님 어머님이 우찌 그런 말씀을 하싯다 말입니꺼?"

"와 안 믿깁니꺼?"

얼이 얼굴에 싸늘한 기운이 뻗쳐올랐다. 추수가 끝난 겨울 논바닥 위에 내린 서릿발보다 냉랭한 빛이었다.

"누가 믿든 안 믿든 상관없지예."

그는 누구도 갖지 못할 천하의 고집불통을 방불케 했다.

"내는 땅바닥에 굴리내리는 아부지 목을 봤심니더."

"모, 목!"

효원은 흰 바위에서 저 아래 차가운 강물 속으로 추락해버릴 여자 같았다. 그녀는 삭풍에 부대끼는 문풍지보다도 더 흔들리는 목소리로 부탁했다.

"그, 그리 무서븐 말씀은 고, 고만하시고……."

그렇지만 얼이는 끝까지 듣지도 않았다.

"내한테 농민군 포기해라쿠는 소리는, 내 인생을 포기해라쿠는 뜻하고 똑걑십니더."

마침내 효원이 가까스로 참았던 울음을 와락 터뜨리며 물었다. 거의 필사적이라고 할 만한 물음이었다.

"농민군이 관군을 이길 수 있을 거 겉어예?"

그 말의 여운이 채 가시기도 전에 얼이가 말했다.

"와 몬 이긴다꼬 생각합니꺼?"

얼이는 단 한 발짝도 뒤로 물러설 수 없는 벼랑 끝에 선 사람 모습이었다. 효원이 온통 눈물에 젖은 얼굴로 말했다.

"달걀 갖고 와서 이 바우 한분 깨보이소."

"깨보라모 깨보지예."

그보다 더한 것도 불사하겠다는 농민군 아들이 거기 있었다.

"와 그리 미련한 일을. 흑흑."

모래톱을 벗어나지 못하는 썩은 나무이파리는 조만간 생길 얼음장에 갇혀 영원히 갇히게 될 신세가 될지도 모른다. 아니다. 강물이 풀리는 새봄이 오면 다시 자유를 얻을 것이다.

"내 말 들어보이소."

얼이가 냉기 흐르는 하늘을 올려다보며 입을 열었다.

"내가 댕기는 글방 스승님이 말씀하싯심니더. 저 하늘이 사람을 시상에 태어나거로 할 때는 반다시 할 일이 있어서라꼬예."

꽉 쥔 주먹으로 자기 복장을 쾅쾅 쳤다.

"내는 내가 해야 할 일을 알고 있고, 그래서 그 일을 할라는 거밖에 없는 깁니더."

순간, 효원이 얼이 품속을 향해 쓰러질 듯 안겨들었다.

"되련님!"

"아!"

그 서슬에 얼이 몸이 뒤로 쏠렸다. 흰 바위도 기우뚱하는 듯했다. 비록 참새같이 조그만 몸이지만 그 속에서 나오는 기운은 결코 만만한 것이 아니었다.

"어?"

그런데 바로 그때였다. 공교롭게도 저만큼 떨어진 곳에서 걸어오다가 그 장면을 발견하고 그만 소스라치게 놀라는 남자가 있었다.

'저, 저!'

재영이다. 그는 가게에 있다가 잠시 바람 쐬러 나온 참이었다. 아, 오늘은 그게 아니다. 정확히 말하자면 흰 바위 부근 지리를 알아두기 위함이었다.

그곳이 어디인가? 바로 허나연을 만나는 그 장소였다. 혹시 무슨 돌발 사태라도 벌어지면 잽싸게 행동하지 않으면 안 되었다. 재영은 강한 불안감을 떨쳐버리지 못하고 있었다. 언젠가는 나연이 운산녀와 민치목을 데리고 거기 나타날 수도 있다.

단지 그뿐만이 아니었다. 심지어는 재영 자신을 인질 삼아 아들 준서를 다시 납치할지도 모른다는 섬뜩한 상상까지도 해보았다. 내가 요즘 지나친 신경과민으로 과대망상에 빠져 있다고 스스로를 타이르면서도 거기서 빠져나오기 힘들었다.

그러나 단순히 망상이라고 치부해버리기엔, 치목이 소긍복을 살해한 사건이 너무나 그의 머릿속에 생생하게 살아남아 있었다. 우연히 그 살인 사건의 전말에 대해서 들은 그였다. 누가 뭐래도 치목은 고귀한 생명 하나를 없앤 살인자였다. 게다가 거기서 멈추지 않고 아내와 얼이까지 노리는, 어쩌면 연쇄살인범까지 될 수 있는, 세상에 다시없을 위험천만한 자였다. 그리고 운산녀는 말할 것도 없고, 나연 또한 같은 패거리인 것이다.

재영은 얼른 나무둥치 뒤에 몸을 감추었다. 혹시라도 그들이 자신에게 그 현장을 들켰다는 것을 알면 어쩔 줄 몰라 할 것이다. 지난날 남의 이목을 피해가며 나연과 애정 도피 행각을 벌인 경험이 있는 재영이기에 그런 면에는 좀 밝았다. 그리고 보면, 천하에 몹쓸 체험일지라도 한 번은 유용할 때가 있는 모양이었다.

젊은 두 남녀는 깊이 포옹한 자세로 꼼짝도 하지 않았다. 둘이 한 몸이 되어 그대로 숨이 멎어버린 게 아닐까 의심스러울 지경이었다.

재영 눈에는 흰 바위 위에 또 하나의 바위가 붙어 있는 것 같았다. 그리하여 어떤 솜씨 뛰어난 석수장이가 돌로 남녀 형상을 만들어 세워놓은 게 아닌가 싶을 정도였다. 바위처럼 움직이지 않는 그들을 훔쳐보면서 재영은 심란하기 그지없었다. 언제부터 얼이가 관기 효원과 저렇게 깊은 사이로 발전한 걸까?

기녀와의 사랑.

그걸 사랑이라고 한다면 그 사랑은 어쩐지 순탄치 못할 것 같은, 큰 파멸의 예고와도 흡사한 사랑이었다. 아니다. 금지된 사랑의 표본이었다.

왜가리 무리가 날아다녔다. 강물과 모래밭 위에서 어지럽게 날갯짓을 해댔다. 물이 튀고 모래가 흩날릴 때까지 그 짓을 그만두지 않을 것처럼 보였다.

'이 일을 우짤거나.'

재영 마음을 더더욱 무겁게 하는 건, 그 자신이 여자 문제로 몹시 괴로워하는 모습을 본 얼이 아버지 천필구가 그에게 하던 말이었다. 이제는 그 이야기를 한 사람도 가고 적지 않은 세월이 흘렀지만, 그것은 아직도 귀에 생생히 남아 있다.

사내대장부가 여자와의 사랑에 빠져 방황하는 것은 참 못난 짓이라던가. 그런 형편없는 정신을 가지고서는 막중대사를 이루어내지 못한다는 소리도 들었다. 그 충고를 듣고도 실천하지 못한 스스로가 아직도 매우 후회스럽고 부끄러웠다.

'그런데 얼이도……'

이건 아무래도 무슨 신의 너무 얄궂은 장난이 아닐까 싶었다. 아니, 인간들로서는 도저히 피해갈 수 없는 신의 어떤 선택이었다.

얼이는 지금 아버지 복수를 하려고 칼을 갈고 있다. 농민군이 다시 봉기할 그날 만을 목 빼어 기다리고 있는 그가 기생과의 사랑에 정신이 팔려 있다니. 그의 아버지는 자식이 이렇게 되리란 것을 미리 내다보기라도 했단 말인가? 당시 그가 꾸짖고자 한 사람은 이 박재영이 아니라 그의 아들이었다는 것인가?

그런데 재영이 그 와중에도 천필구와의 기억으로 빠져들고 있을 때였다. 그의 눈앞에서 조금도 예상하지 못한 이상하고 놀라운 사태가 벌어지기 시작했다. 재영은 경악을 금할 수 없었다.

별안간 얼이와 효원이 동시에 울음을 터뜨렸다. 그것도 그냥 우는 정도가 아니라 함부로 몸부림까지 쳐가면서 울기 시작했다. 자신들의 감정을 못 이겨 남의 눈을 의식할 겨를이 전혀 없어 보였다. 혹시 누가 그 광경을 볼까 봐 숨어서 지켜보는 재영이 도리어 불안하기 짝이 없었다.

그들 대화를 전혀 듣지 못한 재영으로서는 돌변한 그 사태의 원인을 도무지 알아낼 수 없었다. 그렇지만 지금 그들이 올라가 있는 그 커다란 바위마저도 녹아버리게 할 만큼 애절한 울음소리였다. 강물은 그네들 눈에서 쏟아져 내린 눈물 같았다.

그랬다. 효와 사랑. 어느 한쪽도 결코 버릴 수 없는 그 두 개의 틈바구니에서 방황하고 고통스러워하는 연인들.

'어? 내는 또 와 이라노?'

재영도 문득 제 두 뺨을 타고 흘러내리는 뜨거운 눈물을 막을 수 없었다. 샘물처럼 막 솟구치는 자식에 대한 애틋한 감정이 그를 한없이 슬프게 했다.

업둥이로 줘버린 아들. 여종 설단이 낳은 아이까지 양자로 받아들인 억호와 분녀 밑에서 장차 어떻게 될지 알 수 없는 내 아들. 아내 비화와 그 아들 간의 피할 수 없는 숙명의 대결…….

시간이 얼마나 지났는지 모른다. 이윽고 얼이와 효원의 울음이 차츰 잦아들기 시작했다. 남녀는 바위 위에 선 채로 발아래 강을 내려다보고 있었다. 재영은 걷잡을 수 없는 불안감을 느꼈다. 금방이라도 두 사람이 물속으로 풍덩 뛰어들 것만 같아서였다.

재영은 연방 머리를 세게 흔들었다. 꿀렁꿀렁 소리가 났다. 실패한 전라도 농민군 거사 사건에 대한 감정이 너무나 짙게 남아 있는 탓일까? 자꾸만 그들 사랑도 실패한 사랑이 되고 말리란 강박감이 불길한 그림자를 이끌고 아귀처럼 덤벼드는 것이다.

그림을 파괴하는 환쟁이

"준서 옴마 승이(성의)를 봐서라도. 내 그 사람을 한분 만내는 보께. 하지만도 내 멤은 하매 갤정 나 있다. 그거는 알아라."

비화의 끈덕진 권유에 마침내 원아 입에서 떨어진 소리였다.

"에나 잘 생각했는 기라. 우리 조카가 머든지 하컷다 하모 참 지독하 거로 물고 늘어지는 성질인 줄은 알지만서도, 내도 앞발 뒷발 있는 발은 싹 다 들었다 고마."

우정 댁도 지금은 적극적으로 나서서 반대하지는 않고 당사자인 원아 본인 의사를 더 존중하겠다는 태도로 바뀌어 있었다. 흘러가는 남강 물이 모래톱의 지형을 바꾸어 놓듯 흐르는 세월에 그녀의 마음도 달라지고 있는 셈이었다.

"큰이모, 와 그라시예?"

비화는 어색한 웃음을 지었다. 사실 자신도 왜 이번 일에 이토록 목을 매다는지 알 수 없었다. 어하튼 원아 이모가 비명에 간 그녀의 연인 한화주의 모질게 질긴 환영에서 하루라도 빨리 벗어나야 한다는 염원과 갈망이 앞섰기 때문이다.

"아, 나루터집에서 보낸…….."

비화가 인편으로 부친 전갈을 받아본 조언직은, 즉각 그다음 날 오전 일찌감치 안석록을 대동하고 나루터집에 나타났다. 언직의 얼굴은 더없이 상기돼 있고 석록의 표정은 되레 무덤덤하여 맞선을 보려는 사람은 석록이 아니라 언직 같았다. 까치가 '깍깍' 소리를 내는 곳도 나루터집 지붕이 아니라 옆에 붙어 있는 밤골집 지붕 위였다.

"두 분이 강가를 거니시면서 말씀들 나눠보이소."

거의 병적일 정도로 내성적인 석록임을 간파한 비화는, 그에게 원아와 단둘만의 시간을 갖도록 해주는 게 좋겠다는 판단을 했다. 이럴 때는 다른 사람은 방해만 될 뿐이지 아무런 도움이 될 수 없다는 것을 알고 있었다.

"째이 나가봐라꼬, 이 사람아."

"……."

"이 가겟집 장사 번창한 거 자네도 알고 안 있나."

"……."

"그러이 손님들 한꺼분에 우 밀리들올 점심시간 되기 전에 서로 이약들 한거석 하고 와야제."

언직이 석록을 가게 문간 쪽으로 내몰면서 독촉했고, 비화도 말없이 웃으며 원아 등을 자꾸 떠밀었다. 서먹서먹한 분위기 속에 행해진 일이었다.

나루터집에서 내쫓기듯 밖으로 나온 두 사람은 강변을 따라 걷기 시작했다. 아직은 이른 시각인데도 남강 최고의 나루터답게 사람과 물건들로 꽤 붐볐다. 꼽추 달보 영감도 강 어딘가에 나룻배를 띄워놓고 있을 것이다. 그가 나루터에 출근 하지 않으면 남강 속 용왕이 물고기를 그의 집에 보내 알아보라고 할 거라는 우스갯소리까지 나돌게 하는 달보 영

146

감이었다.

아무래도 그곳 지리는 석록보다도 원아가 더 밝은 편인지라 자연스레 원아가 안내하는 입장이 되었다. 원아는 석록과의 그 만남에 각별한 의미를 주지 않고 있어 그다지 켕길 것도 없는 동행이지만, 그래도 왠지 발길은 사람 그림자가 드문 지점으로 향하고 있었다. 남강에 서식하고 있는 물새나 물고기들도 그녀를 시답잖게 여기고 있을 듯했다. 그리고 그 모든 것들에 앞서 어디선가 한화주가 지켜보고 있는 것 같기도 했다. 분노와 비애가 엇갈린 눈빛이었다.

'남강 가는 역시나 길고 너리네.'

원아는 새삼 그렇게 느꼈다. 하긴 그녀도 그러고 있는 자신이 낯설게만 여겨지는 판에 바라보이는 모든 것들이 자꾸만 거리를 두려는 성싶었다.

'시방 저 사람은 무신 생각을 하고 있으까.'

얼핏 그런 의문을 갖던 원아는 괜스레 긴 목을 움츠리며 독하게 다짐했다.

'하기사 무신 생각을 해도 내하고는 상관없다.'

상촌나루터는 사람들이며 소달구지, 마차, 가마 등이 넘친다 해도 한적한 데가 많았다. 언제부터인가 그들은 인적이 뜸한 강가를 거닐고 있었다. 물고기를 사냥하는 물총새며 청둥오리들 울음소리와 철썩이는 강물 소리만 끊임없이 들렸다.

원아도 천성이 조잘거리는 성격이 아니지만 석록의 침묵에는 숨이 다 막히는 것 같았다. 원아는 유난히 갈대가 무성하게 자라고 있는 물가에서 걸음을 멈추었다. 습지가 퍽 잘 형성된 곳이었다. 강 건너편 물줄기를 따라 죽 이어진 산세가 그윽하면서도 아기자기한 느낌을 자아내었다.

원아가 걸음을 멈추자 석록도 놀란 듯이 멈칫 따라 섰다. 길게 자란

숱 많은 머리칼이 강바람에 여자 머리같이 나부끼는 그였다. 어인 영문인지는 몰라도 원아 눈에 그 모습이 무척 애잔해 보였다. 그녀 가슴이 슬픔을 넘어 답답했다.

'내가 와 이 사람을 여꺼정 데꼬 왔으꼬.'

어차피 저 남자에게 좋은 소리는 못 해줄 것이다. 그녀 자신으로 인해 누군가가 마음의 상처를 입어야 한다는 건 정녕 견디기 힘든 일이다. 그것보다 더 큰 죄악도 없을 것이다. 차라리 죽을병이라고 할지라도 내가 아픈 게 더 낫다.

'그렇다꼬 해서…….'

하지만 어쩔 도리가 없다. 막을 수도 지워버릴 수도 없다. 저 바람 소리 끝에는 한화주의 울부짖음이 묻어나고 있지 않은가. 저 물결마다 그의 숨결이 전해지는 것을.

'아아아.'

또 들린다. 그가 이마에 흰 수건 질끈 동여매고 죽창을 흔들며 불렀던 바로 그 노래다. '이 걸이 저 걸이 갓 걸이 진주 망건 또 망건…….'

그렇다. 지금 그곳에는 하나, 둘 그리고 셋. 세 사람이 있다.

불현듯 원아는 그중 보이지 않는 사람에 대한 이야기부터 해야 할 필요를 강하게 느꼈다. 이 세상에 존재하고 있었을 때의 그 사람의 모습과 체취와 색깔에 대해서. 그 사람만의 역사에 관하여.

"오래전……."

원아는 앞에 서 있는 상대방이 아니라 허공 어딘가를 보며 입을 열었다. 흡사 무언가에 쓰인 여자처럼.

"화공을 꿈꾸던 한 농사꾼이 있었지예."

청둥오리 무리 위로 물총새 서너 마리가 그야말로 총알같이 날아 지나갔다.

"한화주라꼬예."

강변의 키 큰 포플러나무 가지 위에 바람이 잠시 앉아 쉬는 듯했다.

"그는, 그이는……."

"……."

원아는 비록 바라보고 있지는 않았지만 석록에게서 전해져오는 느낌만은 또렷하게 알 수 있었다. 화공이란 말이 얼마나 그의 가슴 밑바닥을 세차게 후려쳤는가를. 그건 오래전이 아니라 앞으로의 시간에 접목될 과거사로 일렁거렸다.

그랬다. 원아는 모르고 있었지만 바로 그 찰나 석록은 비화가 한 말을 떠올렸다. 원아가 그림을 좋아한다던. 석록은 예술가의 섬세하고 예리한 감각으로 벌써 짚어내었다. 한화주라는 사람이 원아에게 어떤 존재인가를.

원아가 좋아하는 그림은, 그 사람 그림일 것이다. 아니, 그 사람 자체이리라.

석록은 언제까지고 기다리기로 했다. 설혹 그게 끝까지 통섭할 수 없는 영원일지라도. 그녀가 가슴 가득가득 괸 한과 설움의 핏물을 모조리 뱉어낼 때까지.

그러나 진정 아쉽게도 그뿐이었다. 한화주라는 이름을 입 밖에 내는 순간부터 이미 목이 메어버린 원아였다. 그녀는 더는 그 어떤 말도 꺼내지 못했다. 석록이 지켜보고 있는 눈앞에서 증발되어 버린 여자 같았다.

강 건너편 산기슭 아래 물가 쪽 작고 검은 바위에 올라앉은 왜가리가 별안간 미친 듯이 울어댔다. 짝은 어디로 갔는지 외로운 한 마리였다.

'웩, 웨~액.'

그것은 가슴 가득히 넘치는 한과 설움을 토하는 소리 같았다. 내장까지도 뒤틀리는 듯한 울음이었다.

'아!'

왜가리의 하얀 털이 그만 상복喪服처럼 느껴지는 바람에 원아는 하마 터면 비명을 지를 뻔했다.

"……."

두 사람 사이에 다시 높은 담장과도 같은 침묵이 가로놓였다. 영원토록 깨뜨려지지 않을 것 같은 태초의 고요함이었다.

얼핏 석록 눈에 비친 원아 얼굴은 차마 보기 민망할 정도로 처절했다. 흡사 물기 젖은 종이처럼 그냥 철철 찢어질 것 같았다. 석록은 보아서는 안 될 것을 본 사람처럼 퍼뜩 외면하고 거기 풍경에 눈을 돌렸다.

그때였다. 느닷없이 화필을 잡고 싶다는 강렬한 충동이 석록의 마음속으로 거센 물살처럼 밀려들었다. 화폭 위에다 지금 눈에 보이는 모든 것들을 하나도 빠뜨리지 않고 담아내고 싶었다. 심신이 타들어 가는 지독한 갈증처럼.

'강물이라도 마시고 시푸다.'

그런데 아쉽게도 지금 그에게는 화구가 없었다. 그러함에도 불구하고 꼭 그림을 그리고 싶다는 그 엄청난 유혹만은 갈수록 뿌리치기 힘들었다. 당장 그림 붓을 들지 않으면 미쳐버릴 것만 같았다. 그의 입에서 얕은 신음이 새 나왔다.

평소에도 그림에 대한 무한한 욕망과 예술혼에 사로잡힌 적이 없는 것은 아니었다. 잠을 자다가도 불에 덴 사람처럼 벌떡 일어나 그림 붓을 잡았다. 술을 마시다가도 막 자리를 박차고 화폭 앞에 앉았다.

그러나 지금만큼 심한 욕망이나 예술혼은 아니었다. 그것은 그보다도 훨씬 더 멀고 높은 그 무엇이었다. 그 무언가가 그의 몸을 깡그리 점령해버린 듯했다.

다음 순간, 석록은 두 손으로 머리카락을 거머쥐고는 광인처럼 마구 쥐어뜯기 시작했다. 까칠한 입술 사이로 상한 짐승의 울부짖음과도 같은 알 수 없는 소리가 터져 나왔다.

"악!"

졸지에 벌어진 그 경악할 상황에 혼이 빠져나간 원아 입에서도 비명이 흘러나왔다. 그녀는 제 머리칼을 함부로 쥐어뜯으며 광기 어린 소리를 계속 내지르는 사내를 보자 그 자리에서 기절해버릴 여자 같았다.

'아, 저 사람이?'

석록은 불 밭에 선 사람과도 같았다.

'옴마야!'

그는 풀같이 자라는 불의 뜨거움을 이기지 못해 길길이 날뛰고 있는 사람이었다. 아니, 적어도 그 순간만은 사람이 아니었다. 사람이 그렇게 무서운 모습으로 다가올 순 없었다. 죄인 목을 베는 망나니보다 더했다. 저 임술년의 망령이 현신現身한다면 저러할까?

그러나 원아를 가장 미치게 하는 건, 석록이 불길을 견디다 못 해 남강에 뛰어들 것만 같은 위기감이었다. 더군다나 물에 들어가면 몸에 붙은 불이 꺼지는 것이 아니라 오히려 기름에 들어간 것처럼 한층 활활 타오를 성싶었다.

'아, 내가 무담시…….'

원아는 한없이 후회했다. 가슴을 찧고 싶도록 뉘우쳤다. 괜한 소릴 했다고. 애당초 그와 만나는 게 아니라고. 어차피 좋은 소리 해주지 못할 것을 뻔히 알면서도 만나려고 한 것은 대체 무슨 억하심정이란 말인가?

그때였다. 석록이 별안간 지금까지와는 또 다른 이상한 행동을 하기 시작한 것이다. 그것은 이상하다기보다도 극단적인 비정상, 그 표본과도 같았다. 원아는 심장이 뚝 멎는 듯했다.

'옴마!'

그는 시뻘게진 눈알을 있는 대로 이리저리 굴렸다. 고개가 돌아갈 때마다 목뼈 부러지는 듯한 소리가 크게 났다. 태어나서 한 번도 손질하지 않은 것처럼 제멋대로 막 헝클어진 머리칼도 광풍에 속절없이 흔들리는 갈대같이 나부꼈다. 온 세상이 그의 몸놀림을 따라 휘어지는 듯했다.

'머를?'

그는 분명히 무언가를 애타게 찾는 듯싶었다. 도대체 강가에서 그가 그토록 찾고자 하는 게 무엇일까?

원아는 이제 막연한 두려움을 떠나 강한 호기심과 그 정체를 알 수 없는 어떤 기대감에 사로잡힌 채 망연히 석록의 행동을 지켜보았다. 드디어 그는 자신이 원하는 것을 발견한 모양이었다. 원아와 약간 떨어진 곳에서 무엇인가를 집어 들었다. 바람이 강을 흔드는지 강이 바람을 흔드는지 모를 소리가 났다.

'씨~잉.'

그가 모래에서 그것을 집어 드는 그 찰나였다. 원아는 지문과도 같이 지울 수 없는 기억 속을 꿰뚫고 튀어나오는 어떤 그림에 아찔한 현기증을 느꼈다. 뒤통수를 세게 가격당하는 듯한 엄청난 충격이었다.

석록 손에 들린 것은, 나무 꼬챙이였다. 무슨 나무인지는 잘 모르겠지만 분명했다. 석록은 강가 모래밭에 쪼그리고 앉았다.

그리고 그때 그 순간부터는 세 사람이 아니었다. 둘, 둘이었다. 원아 그녀와 농사꾼 한화주였다.

화공 안석록은 이미 사라지고 없었다. 아니었다. 농사꾼 한화주도 없었다. 화공 한화주만 있었다.

원아와 화주는 마냥 행복하기만 한 저 무명탑 연인들로 돌아갔다. 초가지붕에 하얀 박꽃 피워내고 싸리문에는 나팔꽃 줄기 올리고 텃밭에 오이, 고추 심고 앞산 수리부엉이 우는 밤, 임의 팔베개 베고 누워 뒤꼍 대숲을 스치는 바람 소리를 들으면, 황후 공주보다도 더 행복했었다. 그러면 화주는 그런 원아 마음을 마치 명경 알 들여다보듯, 나무 꼬챙이를 들고 흙바닥에 초가지붕과 텃밭 그리고 대숲을 그렸다.

화공 안석록의 그림 솜씨는 화공을 꿈꾸던 농사꾼 한화주의 그것과는 처음부터 비교할 바 아니었다. 권문세도가가 애첩의 초상화를 주문하면서 돈은 달라는 대로 주겠다고 할 정도로 뛰어난 화공이었다. 그리하여 화주에의 환상에서 벗어나 현실 속 석록의 실체와 다시 만났을 때, 원아는 석록이 나무 꼬챙이 하나만으로 모래밭에 그리고 있는 그림들을 보고 경악을 금치 못했다.

이럴 수가? 나무 꼬챙이로 모래밭에 그린 풍경이 이럴 수가 있을까?

원아는 눈을 의심했다. 모래밭 위에 또 하나의 자연이 창조되고 있었다.

모래밭으로 올라와 흐르는 남강, 모래밭으로 올라와 뻗어 나가는 산 능선, 모래밭으로 올라와 날갯짓하는 왜가리, 모래밭으로 올라와 헤엄치는 청둥오리, 모래밭으로 올라와 뿌리내리는 노송, 모래밭으로 올라와 솟구치는 물고기, 모래밭으로 올라와 저어가는 나룻배……

그냥 '후' 하고 숨을 불어넣기만 하면 금방 살아 움직일 것 같은 풍경과 생명체들. 그가 사람같이 느껴지지 않았다. 그는, 창조주였다. 원아는 예술의 무한한 신비와 거대한 힘 앞에서 자신이 모래처럼 푸석푸석 부스러져 내리는 것만 같았다.

그랬다. 석록은 원아가 말로만 듣던 '광기의 화공'이었다. 광란의 예술가였다!

그는 남강 변 모든 모래밭을 그림으로 채워놓고야 말 사람 같았다. 그가 쥐고 있는 나무 꼬챙이는 그림 붓의 경지를 넘어 조물주의 손이었다.

그곳 자연은 어느 틈엔가 하나, 둘, 셋이 되었다. 원래의 자연, 물에 비친 자연, 그리고 모래밭에서 살아나오는 자연.

그런데 참 묘했다. 물에 비친 풍경이 실제 풍경보다 더 자연스럽게 보이고, 모래밭에서 살아나오는 풍경이 물에 비친 풍경보다 더 자연스러워 보이는 것이다. 어떻게 이런 일이 있을 수 있는 걸까? 착시라기에는 너무나 또렷한 현상이었다.

그때 만약 나무 꼬챙이가 '툭' 하는 소리와 함께 부러지지 않았다면, 석록의 그림은 온 지구를 뒤덮고 온 우주를 뒤덮었을지도 모른다.

강을 향해 부러진 그 나무 꼬챙이를 휙 던져버린 석록은, 그 자신의 몸도 모래밭 위로 내던졌다. 아니었다. 모래밭이 마치 늪처럼 그의 몸을 빨아들이는 성싶었다. 마침내 그도 그림이 되었다.

그의 몸속에 들어 있는 마지막 힘까지 다 짜내어 그림을 그린 탓인지, 그는 모래밭에 픽 쓰러진 채로 '헉헉' 하고 가쁜 숨을 몰아쉬기 시작했다. 백지장만큼이나 새하얀 얼굴에는 핏기라곤 없었다. 그림을 깡그리 지워버린 화폭을 떠올리게 했다. 그렇다. 그는 그림이 그려지기 이전의, 텅 빈 화폭이었다.

원아는 덜컥 겁이 났다. 앞에서와는 또 다른 성질의 무섬증. 저러다가 죽어버리는 것이 아닐까? 원아는 통나무처럼 모래밭에 쓰러져 누운 그를 향해 잔뜩 겁먹은 목소리로 물었다.

"괘, 괘안으시것어예?"

석록의 입에서는 폐부를 찌르는 듯 고통스러운 신음이 흘러나왔다. 원아 목소리는 차라리 물새 울음에 가까웠다.

"사, 사람을 부, 불러오까예?"

석록이 이빨을 악다물며 힘겹게 고개를 내저었다. 원아는 외간 남자 몸에 손을 댈 수도 없고, 그렇다고 쓰러진 사람을 그대로 내버려 둘 수도 없어 안절부절못했다. 속에서 이런 소리만 타인의 소리처럼 울렸다.

'우짜노? 우짜노?'

얼마나 그런 시간이 흘러갔는지 몰랐다. 결국, 석록이 자기 힘으로 일어나 앉을 때까지 원아는 아무것도 하지 못했다.

'아, 내가 이러키나 행핀없는 여자였구마.'

그녀는 미안한 감정과 더불어 자신의 무능함에 치를 떨었다. 그 와중에도 다시 한번 비화가 아니었다면 화주를 보내고 지금까지 어떻게 살아왔을까를 뼛속까지 시리도록 깨달았다. 아무리 생각해 봐도 그것은 불가능한 일이었다. 차라리 물고기가 물총새를 잡아먹는 게 더 쉬울 것이다.

"마이 놀랬지예?"

이윽고 약간 기운을 차린 석록은 남에게 치부를 내보인 것처럼 몹시 부끄러운 표정으로 계속 말했다.

"내는 심들어서 그림 그리고 나모, 시방맹캐 할 때가 있심니더."

한동안 들리지 않던 강물 소리가 이제 제대로 귀를 적셨다. 강변의 나무들도 비로소 숨을 틔우는 것같이 보였다.

"아, 그런?"

하지만 원아는 석록의 그런 남다른 면보다도, 그가 그렇게 많은 말을 하고 있다는 사실이 더 경이로웠다. 원아는 더듬더듬 입을 열었다.

"그, 그렇다모 더 그, 그림이 아모리 좋아도, 모, 몸도 생각하시야지예."

"몸……."

그렇게 되뇌는 석록의 얼굴에 노을빛을 받으며 떨어지는 낙엽과도 같은 쓸쓸한 미소가 감돌았다. 지금까지 그에게 그런 말을 해준 여자는 없었다. 천애 고아로 자란 그에게는 오로지 그림 하나만이 핏줄이고 연인이고 삶 그 자체였다. 외로울 때나 병들었을 때나 그의 유일한 벗과 약이 그림이었다.

그림 외에 굳이 더 말해야 한다면 그것은 곧 술이었다. 술이란 참 불가사의한 액체였다. 그는 스스로도 자기 주량을 알 수 없었다. 어떨 땐 한 잔 술에 맥없이 폭 꼬꾸라지는가 하면, 또 어떨 땐 말술 앞에서도 끄떡없었다. 그가 술을 조절할 수 있는 게 아니라 술이 그를 조절한다고나 해야 할까?

또 이상한 것은, 그에게 술과 여자는 물과 불같다는 사실이었다. '주색잡기'라는 말이 그에게는 통용되지 않았다. 잡기雜技, 곧 노름에도 그는 흥미가 없었다.

간혹 조언직의 강압에 못 이겨 색주가를 찾아 젊은 여자를 앞에 앉혀 놓고 술을 마시면 그것은 되레 독의 효과를 나타냈다. 머리가 빠개질 듯이 아프고 숨이 가빠오는 것이었다. 여자 몸에서 풍기는 화장 냄새가 역겨워 얼마 들이켜지도 않은 술마저 모조리 토해버렸다. 정신은 맹숭맹숭한데도 그랬다.

"에나 벨난 사람이거마는."

언직도 석록을 이해하지 못했다. 그는 혼잣말을 했다.

"내는 여자만 곁에 있으모, 아모리 술을 마시도 안 취하는데."

얼마나 시간이 스쳐갔을까? 석록은 그때까지 자신은 모래밭에 앉아 있고 원아는 서 있는 상태라는 것을 비로소 깨달았다. 그리하여 얼른 일어나려고 하다가 그만 도로 주저앉고 말았다. 아무리 모래 위라고는 해도 몸에 살이 없는 탓에 엉덩이뼈가 무척이나 아플 것이지만 아무런 감각도 느낄 수가 없었다.

"아, 지 손을……."

몹시 당황한 원아가 손을 내밀어 그의 몸을 바로잡아주려다가 놀란 듯 다시 거둬들였다. 그러다가 원아는 자신이 그의 옆에 같이 앉고 있는 것을 알고 한층 경악했다. 내가 이런 행동을 하다니?

원아는 어떤 눈을 느끼고 온몸을 떨었다. 마음에 경련이 일어났다.

자신을 지켜보고 있는 눈, 한화주의 눈이었다.

그런데 석록도 그 눈을 감지한 것일까? 아니다. 그럴 리가 없었다. 한데도 그는 그 눈의 주인공에 대해 묻고 있었다.

"저, 저어, 아까 말씀하신 하, 한화주라쿠는 그분, 해나, 해나……."

목울대가 울릴 만큼 꿀꺽 침을 삼키고 나서 말했다.

"저 임술년에 농민군 하다가……."

하지만 그의 말을 끝까지 듣고 있을 겨를이 없었다.

"그, 그분을 아, 아시예?"

원아가 놀라 되물었다. 그가 한화주에 관해 알고 있다니. 석록이 원아 반응을 보고 더욱 조심스레 입을 열었다.

"역시 지 짐작이 맞았심더."

"……."

강은 제 몸속에 비친 흰 구름을 자꾸자꾸 헹궈내고 있는 것 같았다. 너무나 맑고 깨끗하여 더 이상 씻을 것이 없는데도 그러는 듯했다.

"저, 이런 말씀 입 밖에 내기 좀 그렇지만도……."

그는 또다시 마른침을 넘겼다.

"혼기가 늦어진 것도 바로 그런……."

바로 그 순간, 원아 입에서 발작을 일으키는 듯한 소리가 튀어나왔다. 물새와 물고기도 놀라 달아날 것 같은 외침이었다.

"늦어진 기 아이고, 포기한 기지예!"

무심한 듯 흘러가던 물살이 갑자기 팽그르르 맴을 돌더니만 제풀에 어지러움을 느끼고 정지하고 있는 것처럼 비쳤다.

"아, 지가 아, 안 해야 될 마, 말을?"

석록의 얼굴 가득 큰 낭패감이 피어올랐다. 그로서는 참으로 오랜만에, 어쩌면 이 세상에 태어나고 나서, 가장 많은 말을 했는지도 모른다. 그의 평소 말수로 미뤄보면 앞으로 살아가면서도 그렇게 쏟아내는 경우는 흔하지 않을 것이다. 그런데 원아는 한층 그를 곤혹케 하는 소리를 했다.

"임술년 그 해꺼지만 지는 살았지예."

실제일까 환청일까? 어디선가 뱃사공이 부르는 노랫소리가 들리는 듯했다.

"임술년 후로 이 시상에 송원아라쿠는 그런 여자는 안 삽니더."

살고 있지 않은 여자가 계속 부정했다.

"없심니더."

하늘도 강도 똑같이 추워 보이는 빛이었다. 석록은 금방이라도 와락 울음을 터뜨릴 듯한 얼굴이었다. 온몸으로 우는 한 마리 슬픈 새 같았다. 어쩌면 그의 그림 속의 새처럼, 소리 내어 울 수도 없는 새였다.

그는 그림이 없는 세상을 한 번도 생각해본 적이 없었다. 차라리 해와 달과 별이 없는 세상이 낫다고 생각했다. 지금까지 살아오면서 한 사람 때문에 자기 존재까지 부인하는 일이 있으리라곤 예상치 못했다. 한데, 그런 여자가 눈앞에 있다.

'그림 속의 여자!'

석록은 내심 절규하듯 했다. 그는 원래 인물화에 더 관심이 높았다. 그의 화필 끝에서는 누구도 결코 따라올 수 없는 인간 생명의 불꽃이 활활 피어났다. 그런 그가 자기 화폭에서 사람을 추방시킨 해가 바로 저 임술년이었다.

유춘계가 이끄는 농민활동이 한창일 그 당시에 화공 석록의 유일한 관심 대상은 농민군 모습이었다. 하나의 화두였다. 검게 탄 이마에 흰 수건 질끈 동여매고, 거친 손에는 죽창과 몽둥이, 농기구 등을 치켜들고, 입으로는 〈이 걸이 저 걸이 갓 걸이〉 노래를 힘차게 부르면서, 행진을 거듭하는 이 땅의 농투성이들.

석록은 그들에게서 불끈 솟구치는 생명력을 보았다. 그것은 마치 수평선으로부터 어둠을 불사르며 솟아오르는 거대한 태양과도 같은 것이었다. 그것을 통해 불의를 무너뜨리는 정의의 눈빛을 발견했다.

힘, 인간의 힘이었다.

그런 그가 혼신의 힘을 다 쏟아가며 그린 농민군 그림들을 한 장 남김없이 제 손으로 모조리 불살라버린 것은, 뜻을 이루지 못한 유춘계를 비롯한 농민군 주모자들이 성 밖 공터에서 망나니 칼에 의해 형장의 이슬로 사라지는 광경을 지켜보고서였다.

그가 그림을 통해 표현한 인간 모습과 형장에서 목이 달아나는 인간 모습. 그 두 개의 극명한 대조와 처절한 종말이었다.

"으흐흐흐."

그는 오열을 터뜨리면서 똑똑히 깨달았다. 농민군 그림을 쫙쫙 찢으면서 깊이 절규했다. 인간은 진실이 아니라고. 인물화는 허위요, 기만이요, 위선이라고.

그때부터 그는 비단 인물화뿐만 아니라 더 나아가 인간 그 자체를 기피해 왔다. 그리하여 바깥세상 소식이라든지 물정에 관해 점점 문외한이 되어갔다. 항상 도피자처럼 처신했다. 태어나면서부터 생존하기 위하여 저절로 숨이 쉬어진다는 육신의 그 행위야말로 씻을 수 없는 고통인 동시에 죄악이었다. 그런 비애가 다시없었다.

'내가 기억만 안 하모 되는 기 아이까.'

그런 가운데 임술년 농민군도 잊어보려고 무진 애를 썼다. 그들을 떠올리면 온갖 허위와 기만과 위선으로 가득 찼던 자신의 그림들이 악령처럼 되살아나 곧장 미쳐날 것 같았다. 아무것도 그려 넣지 않은 화폭같이 텅 빈 세상에서 오직 그림 하나만을 지향하는 지독한 갈등에 시달렸다.

'인자는 오즉……'

결국 석록이 찾은 것은 자연이었다. 그것도 그가 늘 보아오던 고향 땅 풍경들. 그리고 그 풍경들과 오랜 교감과 대화를 나눠야만 비로소 그는 화필을 잡을 수 있었다. 다시 말해 그림은 그의 희망이자 절망이었다. 처음이고 끝이었다.

석록이 문득 본정신으로 되돌아온 것은 애써 낮춘 원아의 울음소리 때문이었다. 석록은 보았다. 세상에서 가장 슬픈 그림을. 소리 죽여 애끊는 울음을 우는 여인의 모습. 지극히 짧은 한순간이지만 석록은 그동안 멀리했던 인물화에 대한 애정의 물결이 쏴아 밀려왔다 사라지는 것을 느꼈다. 그는 그 와중에도 자신의 감정 기복에 그만 경악하지 않으면 안 되었다.

"흑, 흑흑."

여인의 울음은 도시 그칠 줄 몰랐다. 석록은 갈수록 견디기 힘들었다. 숨이 턱턱 막혔다. 심장이 터질 것 같았다. 머리가 빠개지고 눈알이 튀어나올 듯했다. 내 마음에 깊이 두고 있는 사람이 나를 이토록 괴롭힐 수도 있다는 사실을 난생처음으로 깨달았다. 그렇다면 나를 자기 마음에 깊이 두고 있는 타인을 내가 괴롭히지 말라는 법도 없었다.

마침내 석록은 벌떡 일어났다. 그러고는 모래밭에 그려놓은 그림들을 두 발로 마구 밟아 뭉개가기 시작했다. 그것은 마치 매우 못된 아이가 남의 것을 박살 내 버리는 것과도 같은 동작이었다. 천하 악동의 행위였다.

모래바람이 일었고 흙먼지가 날렸다. 세기의 모래 그림들이 흔적도 없이 죄다 사라져갔다. 그것은 어쩌면 화주가 살아 있을 때 그의 동공

속에 꼭꼭 담았던 그 산과 강과 동물과 식물이었는지도 모른다. 그가 한
많은 세상을 뜨면서 가져가 버린 풍경들과 생명들. 원아 울음소리도 차
츰 잦아들었다.

　그리고 드디어 세상은 텅 빈 화폭이 되었다. 태초 공간으로의 회귀
였다.

　시나브로 물결과 바람과 그들 남녀의 숨소리가 그림 붓이 되어 그 화
폭 위에다 영원과 찰나가 함께하는 그림들을 그려가고 있었다.

백자, 복수하다

해랑은 경악했다.

'이럴 수가?' 하는 마음과 '결국……' 하는 마음이 서로 네 탓이란 듯 마구 엉겨 붙어 싸웠다. 그러다가 '아니겠지' 하는 중재인이 나섰다.

해랑은 달빛 아래 피어난 배꽃같이 새하얀 이마를 찡그리고 기억을 되살려보았다. 아주 드물긴 하지만 전에도 이런 일이 전혀 없지는 않았다는 자각이 안도감과 함께 다가왔다. 그러나 그것도 잠시, 더 큰 무게의 근심과 불안이 대홍수 때의 파도 더미처럼 덮쳤다. 통제 구역을 한참이나 벗어난 거였다.

이런 일이 있을 때는 반드시 그럴 만한 사유가 있었다. 가령, 저 정석현 목사 재임 시절 교방가무를 워낙 좋아한 그로 인해 연일 무리한 행사를 치르고 난 후에 겪었다. 홍우병 목사가 먼 섬에 귀양 가고 나서 그에 대한 애틋한 그리움과 고통에 시달릴 때도 겪었던 것 같았다.

그런데 아니다. 이번은 아니다. 그럴 만한 어떤 빌미를 주지 않았는데도 덜컥 일이 닥친 것이다. 성숙기의 정상적인 여성에게 반드시 있어야 할 그것이 없다니.

결국, 억호다. 이번에도 억호다. 아무리 달리고 또 달려 봐도 결국 똑같은 자리에서만 제자리걸음을 하고 있었다. 마치 몽유병자처럼 새벼리 숲에서 가졌던 억호와의 광기에 가까운 정사.

그랬다. 잠을 자다가 자신도 모르게 일어나서 새벼리로 달려가 억호를 만나 정을 나누고 다시 돌아와 잠을 잔 것만 같다. 그러고는 잠을 깬 후에는 그 사실을 도무지 기억하지 못하는 사람처럼 말하고 밥 먹고 교방 행사에 나가 노래하고 춤추었다. 십일홍보다도 제 빛깔을 지키지 못하는 꽃이 되기도 하고 두 날개가 모두 찢긴 나비가 되기도 했다. 상처투성이인 채로의 발광이었다.

맹신했다. 내 몸이니 내 마음이 시키는 대로 할 거라고. 혼례를 올리지 아니하고 평생을 혼자 몸으로 살리라 했고, 더욱이 자식 따윈 내 팔자에 없다고 보았다.

한데, 몸이 자기 주인 마음을 배반하다니. 이 해랑의 몸이 주인 해랑의 마음을 거역하고 타인인 억호의 몸이 명령한 그대로를 받아들이다니.

억호의 씨. 그것이 이 해랑의 몸속 텃밭에 뿌려질 줄이야. 저 대사지에서의 검은 악몽은 아직도 지문처럼 마음에서 묻어나고 있는데.

그런데 또 진정 알 수 없는 게 있었다. 해랑이 자기 몸뚱이에서 일어나는 비정상적인 그 변화를 접했을 때, 그녀 머릿속에 맨 처음 떠오르는 게 비화 얼굴이었다. 당연히 제일 먼저 생각나야 할 부모가 아니었다.

'내 멤에서 비화 언가를 완전히 지웠다꼬 믿었다 아이가.'

그게 아니었음을 해랑은 빗나간 운명처럼 절감했다. 그렇다. 비화는 그녀 마음에서 결코 지워진 게 아니었다. 되레 더 깊디깊은 곳에 꼭꼭 숨어 있었다. 숨바꼭질 놀이를 하던 지난 시절처럼.

'비화 언가 말맹캐 내가 미친 기 맞다.'

참으로 슬프고도 아픈 자각이었다. 그날, 비화가 내지르던 그 소리,

'니 미칫다!' 하던 그 소리가 메아리 되어 돌아오고 있는 것이다.

'뱃속에 생긴 씨부텀 우찌 해갤할 생각은 하도 안 하고, 내두룩(내내) 누가 알모 우짜노? 하는 디디한(데데한) 생각만 하고 있으이.'

그런데 그녀 머리에서 비화를 간신히 내쫓고 나니, 이번 일이 보다 강한 현실감을 싣고 투명하고도 구체적으로 접근해오기 시작했다. 배가 불룩해진 자신의 모습이 나타났다. 사람들이 모두 손가락으로 그 배를 가리키며 킬킬거리는 모습도 보였다. 세상의 놀림과 저주의 틈바구니에 끼여 뒤뚱뒤뚱 걸어가고 있는 못나도 너무 못난 여자였다.

그녀를 형틀에 묶어놓고 그게 누구 씨인지 빨리 실토하라고 마구 고문하는 하판도 목사 얼굴이 징그러울 만치 크게 다가왔다. 관아 넓은 마당에 모여서 그 장면을 지켜보면서 무어라 쑥덕거리는 관기들이었다.

'아, 저것들도!'

그들뿐만이 아니었다. 배봉과 만호도 현장에 그 모습들을 드러냈다. 웬일인지 억호는 보이지를 않았다. 배봉과 만호는 그녀 뱃속에 들어 있는 아이가 억호 씨인 줄도 모르고 어서 곤장을 더 세게 쳐서 유산시켜버려야 한다고 떠들어댔다. 그러자 기녀들도 모두가 증오와 질투가 섞인 목소리로 그렇게 하라고 하 목사에게 간청하기 시작했다. 그 속에는 효원도 섞여 있다.

'아, 효원이꺼정도 내를?'

마침내 하 목사 엄명이 떨어졌다. 물에 흠뻑 젖은 옷이 찰싹 달라붙은 그녀 볼기를 향해 무섭게 접근해오고 있는, 길고 넓적한 버드나무 곤장들.

드디어 해랑은 듣는다. 제 몸속에 든 아기 울음소리를. 이승에 태어나 보지도 못한 채 다시 저승으로 가야만 하는 한 생명의 핏빛 절규를.

그러나 바로 그 순간이었다. 해랑은 몽유병에서 깨어나듯 번쩍 정신이 들었다. 안 된다. 안 된다. 내가 무슨 권리로 한 생명체를 내 마음대로 할 수 있단 말인가? 나의 의지나 바람과는 상관없이 제 스스로 생긴 생명이라면 더더욱 그렇다. 어느 누가 그 소중한 생명의 털끝이라도 건드릴 수 있는가? 오로지 그 자신만의 것인 생명을!

그런데 또 그때다. 깊은 곳에 꼭꼭 은신하고 있던 비화가 불쑥 그 모습을 드러내며 소리쳤다.

– 니 역시 미칫다! 그 아를 낳서 머를 우짤 낀데? 온 동네방네 그 아를 업고 댕김서 막 자랑하고 싶은 긴가베. 그랄라모 그리해라. 그라고 이리 외치모 우뜳것노? 이 아아는 이 옥지이가 대사지에서 점벽이 행재한테 당해서 생긴 아입니더! 하고 말이제. 그 이약 듣고 사람들이 우짜는고 보는 거도 에나 신나는 기경거리 아이까이.

해랑은 울었다. 울다가 지치면 잠시 멈추었다가 또 울었다. 그것만이 지금 자신이 할 수 있는 유일한 행동인 것처럼.

패물 따윈 아무 곳에다 내버리거나 갖다 팔거나 여하튼 어떻게 처분할 방도가 있었는데, 생명은 그렇게 할 수 없다는 막막함. 약한 것 같으면서 강한 생명의 힘이었다.

'그래, 그렇다모……'

급기야 해랑은 서릿발이나 칼날 같은 비장한 결론을 내렸다. 뱃속 생명을 없애려면 나 자신의 생명부터 버려야 한다고. 지금 상황에서는 그것만이 가장 현명한 처사였다. 아니, 그 방도밖에 다른 길은 없다. 외나무다리다.

바로 그때 방문 밖에서 무슨 인기척이 났다. 해랑은 얼른 옷매무새를 고치고 두 손으로 눈물을 닦았다.

"언니."

효원이다. 평상시의 지저귀는 새소리 같은 음성과는 한참 거리가 먼

울먹이는 목소리였다.

"어?"

효원의 얼굴을 본 해랑은 그 경황 중에도 적잖게 놀랐다. 예쁜 효원 두 눈이 퉁퉁 부어 있다. 효원은 제 감정에 겨워 해랑의 표정을 제대로 읽어내지 못하는 듯했다.

"니 눈이 와 그렇노?"

관기들이 거주하고 있는 방답게 실내 공기 속에는 늘 꽃밭 같은 향기로운 기운이 감돌고 있었지만, 지금 그 순간에는 저 황무지나 사막을 방불케 하는 황량하고 삭막한 분위기만 감돌고 있는 느낌이었다.

"함 말해 봐라."

하얀 창호지에 스며드는 빛살이 오래전 잊힌 기억처럼 흐릿했다.

"울은 기가?"

위로할 겸 한 그 말이 그만 강한 최루제가 돼버렸다.

"엉엉! 엉엉!"

효원은 장난이 심하고 몹시 덜렁거리는 선머슴처럼 두 다리를 있는 대로 쭉 내뻗고는 머리까지 뒤흔들어가며 함부로 소리 내어 울기 시작했다.

"야가?"

황당하기 이를 데 없었다.

"누가 또 니 보고 꽁달기린다꼬(깝죽댄다고) 놀리더나?"

예전에는 그랬지만 지금은 효원도 많이 정숙해져서 그렇지 않다는 걸 뻔히 잘 알면서도 해랑은 그 말밖에 할 수 없었다.

"니 대답 안 할라모 여게서 나가라."

해랑은 또 다그쳤다. 하지만 잠시 후에 효원 입에서 그런 뜻밖의 소리가 흘러나올 줄은 차마 몰랐다.

"촉석문 밖에 있는 사주 관상재이 노인이 한 소리, 언니도 기억하지예?"

"머?"

뜬금없는 소리였다. 효원은 해랑에게 상기시킨다기보다 제 마음에 각인시키는 듯했다.

"이 효원이한테 천 씨 성을 가진 남자가 생길 기라는 예언 말입니더."

뜨락의 정원수에 올라앉아 쨱쨱거리는 참새 소리가 났다. 어쩌면 마당의 흙을 쪼아대면서 내는 소리인지도 모르겠다. 어찌 된 요량인지 요 며칠 사이에 큰 새는 보이지 않고 작은 새들만 나타나 저리도 시끄럽게 굴어대고 있었다.

"각중애 그 이약은 와?"

해랑은 어쩐지 가슴이 뜨끔하여 눈을 크게 뜨고 효원을 보며 다독이듯 말했다.

"그 사람들이 넘 운수를 우찌 다 알 끼고. 안 그렇나?"

하지만 효원은 남의 말꼬리를 물고 늘어지는 못된 사람같이 나왔다.

"그라모 우찌 다 모린다꼬 할 수 있어예?"

해랑은 그만 한발 뒤로 밀리는 기분이었다. 효원도 이제 새끼 기생이 아니라는 자각과 함께였다.

"아이다. 내 말은, 다는 아이고……."

자연히 말에도 자신이 없었다.

"말하다 보모, 가리방상한 거도 있고, 안 그런 거도 있것제."

그러자 효원은 원수 노려보듯 험악한 인상까지 지었다. 여간해선 없던 일이었다. 말투 또한 거칠었다.

"그리 말 뺑뺑 돌리지 마예!"

참새 소리는 끝없이 반복되고 있었다. 마치 돌고 도는 물레방아가 내는 소리처럼.

"뺑뺑 돌리기는? 내가 머를 뺑뺑 돌린다꼬?"

해랑은 머쓱해진 얼굴로 말했다. 그리고 가슴이 답답하여 그만 방에서 나가버려야겠다는 생각을 하고 있는데, 효원이 피하기 어려운 기습처럼 이런 말을 던져왔다.

"그라모 한 개만 물어보이시더. 언니는 내가 얼이 되련님하고 가찹게 지내는 거, 와 그리 싫어하지예?"

해랑은 얼떨결에 말했다.

"그기 무신 말고?"

"씨~이."

비록 해랑 자신에게 대고 하는 건 아니지만 제멋대로인 선머슴처럼 욕설을 입 밖에 내려는 효원이었다.

"내가 와 싫어해?"

해랑은 그렇게 감정적으로만 말하지 말고 좀 더 논리적으로 따져보잔 식으로 나갔다.

"얼이 그 총각을 싫어할 이유가 오데 있어서?"

그러나 효원은 확신하고 있다는 것처럼 야무지게 쏘아붙였다.

"상촌나루터 흰 바구에서 만냈을 때, 언니는 틀림없이 그런 모습을 보잇어예."

확실히 효원은 평상시의 그 효원이 아니다.

"누가 그런 것도 모릴 줄 알고예?"

"아, 아인데?"

해랑은 그야말로 낯에 철판 깐 여자처럼 부인하지 않을 수 없었다.

"니가 머를 잘몬 생각하고 있는 기다. 그거는 아이다."

효원은 세상 다 산 팔순 노인네같이 말했다.

"내한테 고만 돌아가자꼬 하던 그 매몰찬 말씨를 기억해예."

해랑의 귀에 흰 바위 밑동을 때리던 남강 물살 소리가 들리는 듯했다. 효원의 목소리도 어쩐지 그 소리를 닮아 있었다. 푸른 멍이 든 액체를 쏟아붓는 것 같았다.

"아이라예."

해랑은 더욱 가슴이 답답하여 고함이라도 지르고 싶은 것을 가까스로 참아내고 있었다.

"영영 몬 잊을 기라예."

그리고 이건 더 참을 수 없다는 투로 말했다.

"그날 얼이 되련님도 언니 그 태도 보고 큰 충객을 받은 거 겉어서예."

이번에는 효원의 음성이 남강에 서식하고 있는 왜가리 소리를 닮았다.

"이거는 누가 머라캐도 그래예."

효원은 거의 일방적으로 빠르게 말을 내쏟았고, 해랑은 벙어리나 백치가 돼버린 듯 줄곧 가만히 듣고만 있었다. 그리고 또 한 번 가슴 아리게 깨달았다.

'효원이가 효원이 아인 거 겉다.'

그날 그녀가 했던 그 일이 그들에게는 그렇게 큰 충격으로 다가왔던가? 그것을 이해 못 할 바도 아니었다. 그렇다고 그냥 내버려 둘 수도 없는 노릇이었다.

'둘 다 물불 몬 가릴 나이들이 아이가.'

해랑 머릿속에 이제 장정이 다 돼가는 얼이 모습이 살아났다. 효원이야 관기라는 특수한 신분 탓에 그렇다고 치너라도 얼이 또한 제 또래들과는 비교가 되지 않을 만큼 무척 조숙해 보였다. 두 사람은 일찍 익은 곡식이나 과일을 떠올리게 했다. 하지만 그런 곡식이나 과일은 자칫 썩

기 쉽고 충분한 제맛이 들지 못할 경우도 없지 않았다.

'얼이를 그리 맹근 거는 아모래도 지 아부지가 농민군 핸 때문일 기라. 그 땜새 시상을 너모 일쪽 알아삐린 기다.'

어쩐지 그도 해랑 자신을 굉장히 원망하는 눈으로 노려보는 것 같았다. 해랑은 몸서리를 쳤다. 그 눈, 바로 농민군의 눈이었다.

"언니! 내, 내 좀 도와줘예. 예에?"

그런데 효원이 별안간 딴 사람처럼 나온 것은 그때부터였다. 해랑은 가슴팍이 답답함을 넘어 골이 덜렁거릴 판이었다.

"내 몬 살것어예!"

꼭 살고 싶다는 강렬한 욕구가 전해지는 목소리였다.

"몬 살아예!"

그 모습이며 말투가 참으로 애절했다. 그 정도가 너무 지나쳐서 차라리 신파조로 들릴 지경이었다.

"효원아! 니 에나 그랄 기가?"

해랑의 눈에 비친 그런 효원은 단순한 낯섦을 넘어 급기야는 두렵기까지 했다.

"각중애 와 그라는지 이약을 해봐라. 함 들어나 보자."

해랑은 자신의 처지도 잊고 효원의 이야기에 귀를 기울일 수밖에 없었다. 요란스럽던 뜰의 참새들도 궁금한 듯 입을 다물고 이쪽에 귀를 기울이는 것 같았다.

"얼이 되련님이 안 있심니꺼?"

효원의 입에서는 역시 얼이 이름부터 나왔다.

"우째예, 언니? 내가 아모리 말리도 끝꺼지 농민군 할 끼라 안 쿱니꺼?"

해랑의 눈동자가 벽에 박힌 못처럼 딱 고정되었다.

"머라꼬?"

방문이 저 혼자 덜컹거리다가 조용해졌다. 거기 밖에서 누가 엿듣고 있다가 실수로 잘못 건드리기라도 한 것 같았다.

"에나가?"

다그치듯 하는 해랑의 물음에 효원은 잔뜩 풀이 죽은 모습으로 대답했다.

"예, 에나라예."

해랑은 그만 입을 다물고 말았다.

"그러이 우째야 되까예?"

달라붙듯 하는 효원이었다.

"무신 방도가 없으까예?"

얼이가 농민군을…….

해랑은 그만 머릿속이 찌르르 해오면서 이것저것 함부로 뒤엉키기 시작했다. 바느질 솜씨가 없는 그녀가 걸핏하면 실 꾸러미를 헝클어 난감해하는 것처럼.

그런데 다음에 효원 입에서 나온 말이었다.

"자기 아부지맹캐 죽을 끼 뻔한데예."

그 순간, 해랑 표정이 싹 바뀌었다. 그녀 입에서는 관아에 잡혀 온 중죄인을 다루듯 하는 매서운 소리가 튀어나왔다.

"니가 우찌 아노?"

해랑은 당장 따귀라도 올릴 기세였다.

"우찌 아냐꼬? 지 아부지맹캐 죽을랑가."

"어, 언니."

효원의 안색이 역공당한 사람같이 파래졌다. 해랑 얼굴은 그와 반대로 빨개졌다. 해랑이 큰 소리로 말했다.

"니가 증말로 그 사람을 깊이 멤에 두고 있다모, 니 입으로 그 사람이 죽는다쿠는 그런 소리 몬 한다!"

".........."

효원은 가슴이 덜컥 내려앉았다. 얼이 도령의 죽음. 정말이지 그건 상상만으로도 끔찍한 일이었다. 그리고 다시 잘 생각해 보면 해랑이라고 무슨 뾰족한 수가 있겠는가? 하지만 어떻게든 그가 농민군에서 손을 떼게 해야 한다. 기필코 말이다.

"내 이약 잘 들어라."

해랑이 아주 심각한 얼굴로 타일렀다. 철부지 막냇동생을 따끔하게 훈계하는 맏언니와도 같았다.

"우리는 관기 신분이란 거를 잠시도 잊아삐모 안 되는 기라."

효원은 마치 그제야 깨달은 듯 해랑 말을 곱씹었다.

"관기 신분."

뇌옥에 갇혀 있는 죄인이 자유스럽지 못한 손으로 벗을 수 없는 무거운 칼을 안타깝게 쓸어내리는 모습을 떠오르게 했다. 해랑은 슬프면서도 단호한 어조로 말했다.

"낼름(덜렁) 사내한테 정을 주모 우찌 되는고 아나?"

한마디 한마디가 상처투성이로 들리는 소리였다.

"갤국 멤의 상처만 남기 되는 기다."

".........."

참새들이 모조리 날아가 버린 모양인지 사위는 무척 고요하기만 했다. 어디선가 관기들이 주고받는 말소리나 웃음소리라도 들려올 법하건만 지금은 그마저도 없었다. 어쩌면 그게 있어도 두 사람 귀에는 들리지 않고 있는지도 모른다. 그들의 관심은 오직 한 가지에만 쏠리고 있었다.

"니는 우째서 그거를 모리노?"

해랑의 그 말에 지금까지 듣고만 있던 효원이 대뜸 대들듯이 물었다.

"와 그리 생각하는데예?"

해랑 입에서 늦가을 수풀에서 우는 풀벌레 울음소리같이 청승맞고 가느다란 한숨이 흘러나왔다.

"그기 우리 기녀들의 슬픈 운맹 아이것나."

그것은 곧 해랑 자신을 겨냥해 던지는 돌멩이나 비수이기도 했다. 하지만 그 소리를 들은 효원은 다시 철부지 새끼 기생으로 돌아간 모습을 보였다.

"기녀라꼬 오데 다 그러까예?"

해랑은 이제 대꾸할 기력도 없다는 빛이었다.

"다 안 그러모?"

그러면서 얼핏 올려다본 천장이 그렇게 높아 보일 수 없는 해랑이었다.

"시방꺼정 떨방하거로(얼뜨게) 그랬다쿠모 안 있어예?"

어린 여전사처럼 나오는 효원에게 해랑은 체념이 뚝뚝 묻어나는 목소리로 말했다.

"떨방 안 해도 우리는……."

효원은 해랑의 말허리까지 끊고 나왔다

"내가 최초로 안 그런 기녀가 되모 되지예."

해랑은 억장이 막힌다는 표정을 지었다. 본디 좀 엉뚱스러운 데가 있는 아이이긴 해도 이 정도일 줄은 몰랐다.

"효원아, 니 증말?"

그런데 정말 어처구니없는 말은 그다음에 나왔다.

"언니, 내가 그 사람 애기를 가지모, 그런 기녀가 될 수 있지 않으까예?"

"머?"

이번에는 그만 해랑의 입이 저절로 다물어지고 말았다. 지난날 무당인 희자 어머니가 동네에서 잡귀 쫓는 굿을 하면서 '둥둥' 울리던 북소리가 들려오는 듯한 환청이 일었다.

'모리는 기 없는 구신도 아이고.'

효원은 꼭 지금 해랑 자신이 처해 있는 정황을 전부 알고 그런 소리를 하는 것 같았다. 부득부득 생고집을 내세우는 품이 그러했다. 그렇지만 아직 나이 몇 살 되지도 않은 처녀가 아니냐.

'그렇다모 갤국 이약은…….'

그 충격 끝에서 해랑은 온몸에 소름이 쫙 돋칠 정도로 확연히 깨닫지 않으면 안 되었다. 지금 효원은 진심으로 얼이를 마음에 두고 있다는 것이다. 그건 얼이 또한 더하면 더했지 덜하지는 않을 것이다.

'아아, 우짜모 좋노?'

심하게 탈기하는 소리가 해랑 마음속을 울렸다.

'이거는 아인 기라!'

해랑은 알고 있다. 남자와 여자는 다르다는 것을. 여자는 사랑을 위해 모든 것을 내던진다. 그렇지만 남자는 다르다. 사랑만을 위해 다른 것을 포기하지는 않는다. 그 대신 사랑과 자기가 원하는 것을 한꺼번에 거머쥐려 한다.

얼이도 남자다. 그는 효원을 위해서는 목숨을 버릴 수도 있겠지만, 목숨이 붙어 있는 한 농민군을 포기하지는 않을 것이다.

여자가 불행한지 남자가 불행한지 알 수는 없다. 성性적 차이로 나타나는 세상 남녀의 그런 성향은 숙명적인 선택이라고 해도 되겠지만, 결국은 남녀 모두에게 비극일는지도 모르겠다.

해랑은 문득 목마른 사람이 허겁지겁 물을 찾듯이 그 답을 찾고 싶어졌다. 그렇게 마음을 다잡으며 그저 지나가는 말처럼 물었다.

"여자가 우찌하다가 원하지 않는 남자 씨를 가지도, 그거를 운맹으로 받아들이갖고 아를 놓아야 하까, 아이모 지워야 하까?"

그러나 역시 어리석고 못난 물음이었다. 눈물 그렁그렁 괴어 있는 효원 눈이 금세 장난기 많은 소녀 눈같이 바뀌었다.

"말도 안 돼예."

남자가 아이를 잉태했다는 소리를 들은 것만큼이나 그건 절대로 아니라는 투였다.

"여자가 원하지 않는 남자 씨를 우찌 밸 수 있어예?"

해랑은 지푸라기라도 잡는 심정으로 자신의 희망에 달라붙었다. 스스로 돌아봐도 구차스럽기 그지없다는 것을 잘 알면서도 그랬다.

"모돌띠리 그러키는 안 할 낀데."

효원은 어린 참새같이 작은 머리를 한참 절레절레 흔들었다. 그러더니 왕방울만 한 눈을 반짝이며 말했다.

"내는 더 궁금한 기, 그 남자가 우찌 나오까 하는 기라예."

해랑은 몹시 조바심 내는 가벼운 여자처럼 굴었다.

"그 남자가 우찌 나올 거 겉은데, 니 생각에는?"

동시에 날아든 걸까? 넓은 뜰에서 까치와 까마귀 울음소리가 함께 들렸다. 유난히 여러 종류의 새들이 많이 찾아오는 정원이었다. 효원은 눈썹을 그러모은 모습으로 잠시 궁리한 끝에 대답했다.

"그거는 잘 모리것고예, 우쨌든 그 남자는 원해서 그랬을 기라예."

일순, 해랑이 버럭 고함을 내질렀다.

"여자가 아를 배지, 남자가 아를 안 밴다!"

그러자 효원 또한 큰 소리로 응했다.

"내는 남자가 아를 밴다는 소리 안 해서예!"

여느 때 같으면 해랑의 화가 전부 풀릴 때까지 가만히 있을 효원이 이 날은 너무 달랐다. 얼이와의 갈등으로 인해 온 신경이 예리한 송곳같이 곤두서 있는 탓에 효원 또한 매우 격앙된 목소리였다.

"그라모 그런 아를 안 배모 되지, 배기는 와 배예?"

결국, 처음 이야기로 돌아가는 듯싶었다. 하지만 지금은 상식적인 쪽으로 갈 수 있을 만큼 한가한 처지나 형편이 아니었다.

"내 이약은……."

해랑은 임산부처럼 숨이 가빠왔다. 자연히 목소리에도 기운이 실려 있지 못했다. 창가에 서성이는 나무 그림자도 왠지 맥이 풀려 보였다.

"아를 뱄을 때 우짤 낀고 하는 것이제."

그런데 효원은 동문서답하는 격이었다. 대뜸 타박 주듯 하는 소리가 이랬다.

"그리하는 여자가 빙신이지예."

"머라꼬?"

해랑은 자신도 모르게 문갑 위에 놓여 있는 백자를 번쩍 집어 들었다. 시간이 나면 하루 열두 번도 넘게 닦고 어루만지는 그녀의 기호품이었다.

'퍽!'

얼핏 둔탁한 것 같으면서도 날카로운 소리와 함께 자기 파편이 순식간에 사방으로 튀어 올랐다. 그야말로 번갯불이 번득이듯 짧은 찰나에 이뤄진 일이었다.

"아!"

"헉!"

기절할 것같이 놀란 사람은 단지 효원만이 아니었다. 그 행위를 한 해랑은 더 경악했다.

"해, 해나예, 언니."

효원이 더할 나위 없이 겁먹은 얼굴로 울먹이며 물었다.

"무, 무신 일이 있었어예? 수악하거로(흉악하게)."

밖에서는 까치보다 까마귀가 한층 심한 소리로 울부짖고 있었다. 온 교방이 그 소리에 휩싸여 기울어질 듯했다.

"이, 있었지예? 맞지예?"

"……."

효원의 그 말에도 해랑은 고개를 푹 꺾은 채 방바닥 위에 제멋대로 흩어진 백자 파편만 망연히 내려다보았다. 그것은 흰 핏자국 같기도 하고 함부로 찢겨 떨어져 나간 흰나비 날개 같기도 했다.

'저거는 내 모습인 기라!'

해랑은 속으로 절규했다.

'모도 춤추는 내를 보고 나비 겉다고 하제.'

또다시 설움이 북받쳐 오르면서 걷잡을 수 없는 울음이 터져 나왔다. 대체 사람 몸속 어디에 그렇게 많은 눈물이 고여 있는 것일까? 어쩌면 그때 해랑의 몸 전체가 저 대사지 연못으로 변해버렸는지 모른다. 눈물은 산을 잠기게 하고 강을 넘치게 할만했다.

"어, 언니?"

효원은 너무나 심상치 않은 해랑의 그 언동에 눈앞이 캄캄하고 머리가 아찔해졌다. 지금 해랑은 자신보다 훨씬 힘든 처지라는 것을 직감했다. 왜 그런 사실을 몰랐을까? 그렇게 여러 해를 함께 지내왔음에도 말이다.

'가마이 있거라.'

효원은 억지로 마음을 차분하게 가지려고 애쓰며 자기가 그 방에 들어온 후부터 그때까지 있었던 일들을 곰곰 되살려보았다. 그러자 해랑이 했던 말 하나가 그녀 머리에 화살처럼 날아와 박혔다.

여자가 원하지 않는 남자 씨를 가져도, 그것을 운명으로 받아들여 아이를 낳아야 하느냐 지워야 하느냐, 하는 야릇하고 묘한 물음…….

순간, 효원 뇌리를 번개같이 스치는 게 있었다.

패물. 그래, 그 패물을 준 남자.

해랑 언니는 그 패물을 다시 돌려주거나 내다 버리라고 했지. 그렇게 화난 얼굴은 일찍이 보지 못했다.

'하모, 그렇거마.'

분명하다. 여기 비밀의 열쇠가 감춰져 있다. 해랑 언니는 그렇게 값비싼 패물을 받고도 좋아하거나 고마워하기는커녕 저주하고 비난하는 빛까지 보였다. 효원의 상식으로는 도저히 이해할 수 없는 반응이었다.

원하지 않는 남자, 패물을 준 바로 그 남자다. 아아, 그런데 패물을 준 남자가 원하지 않는 남자라니? 원하지 않는 남자가 패물을 주었다니?

해랑 언니의 고통과 갈등의 실체가 한 꺼풀 벗겨지는 느낌이 왔다. 캄캄하고 긴 동굴 속에서 헤매다가 동굴 밖으로 한 발을 내민 기분이었다.

'아아, 그런께네…….'

처음에는 그토록 부정적인 반응을 보였음에도 불구하고 나중에 가서 해랑 언니는 그 패물을 받아들였다. 그녀의 성격과는 너무나 동떨어진 일이었다. 그것은 어쩔 수 없는 선택이었다.

아니다. 어떤 선택의 여지가 없었다. 막다른 골목. 어머니 동실 댁의 폐병, 불타버린 집 등, 그녀에게는 그때 누구보다 돈이 필요했다. 무엇보다 돈이 필요했다. 결국, 그녀는 자신이 원하지 않는 남자의 도움을 받고 말았다. 오직 돈 하나 때문에.

'돈이 해랑 언니를…….'

그러고는 그 이후에 이어진 잦은 바깥출입. 관기라는 신분마저 망각한 듯 제멋대로 행동하던 그녀. 여염집 여자도 그렇게 할 수는 없었다.

그렇다면? 그녀는 무단 외출하여 그 '원하지 않는 남자'를 만났을 것이다. 효원은 자칫 비명을 지를 뻔했다. 아아, 틀림없다. 그녀는 그 남자 씨를 밴 것이다. 원하지 않는 남자 씨를.

효원 눈이 자신도 모르는 새 홀쭉한 해랑의 배 부위를 향했다. 그때쯤 해랑은 목이 쉬어 제대로 울지도 못했다. 너무 울어 눈물마저 메말라 버린 한 여인이 눈앞에 있다. 아니, 온 몸뚱이 전체가 하나의 커다란 눈물방울인 여자였다.

효원은 뒤벼리나 새벼리 벼랑 앞에 선 것만큼이나 막막했고 궁금했다. 도대체 그 남자가 누굴까. 원하지도 않은 해랑 언니를 임신하게 만든 그 남자는. 왕? 강간범? 파렴치한? 정말 모르겠다. 단 한 가지 명확한 것은, 여자가 아니라 남자라는 것이다.

'누꼬? 누꼬?'

이제는 해랑 언니가 관기든 여염집 여인이든 그런 것 따윈 별로 중요한 것 같지 않았다. 원하지도 않은 남자 씨를 배고 만 그녀가 앞으로 어떻게 해야 할 것인가 하는, 참으로 절박하고 심각한 문제가 태산준령같이 막고 서 있다.

효원이 비화와 주고받았던 말을 떠올린 것은 다음 순간이었다. 우리 고을에서 그런 귀한 패물을 줄 만큼 큰 부자가 누구겠느냐는 비화 질문에 효원은 단 한 집밖에 대답하지 못했다. 그건 동업직물 가문이라고. 아, 그렇다면? 효원은 끝내 곧장 까무러칠 것같이 하면서도 반드시 행해야 할 어떤 의식儀式처럼 입안으로 되뇌었다.

'동업직물, 동업직물.'

그때부터 효원 눈에는 방바닥에 흩어진 백자 파편이 보이지 않았다. 해랑마저도 보이지 않았다. 흔히들 지금 눈에 보이는 게 없냐고, 그냥 상투적으로 하는 소리가, 그 순간에는 그렇게 절실하게 가슴에 와 닿을 수 없었다. 역시 오래전부터 무수한 사람들 입질에 오르내리는 말은 그럴 만한 연유와 가치가 있기 때문이리라.

효원 눈앞에 어른거리는 건 어쩌다 길에서 마주친 동업직물 집안 사내들뿐이었다. 마치 사또 행차처럼 거들먹거리며 거리를 헤집고 다니는 그들 등에 대고 '퉤' 침을 뱉는 이들도 있었다.

'오데 그뿐이가?'

그리고 동업직물 점포에 비단 구경 갔다가 돌아온 관기들이 흥분하여 떠들어대는 얘기를 통해 듣기도 한 그 집 사내들.

그중 늙은 배봉과 어린 사내애 둘은 사라지고 장정들만 남았다.

점박이 형제.

오른쪽 눈 밑에 점이 있는 게 억호고, 왼쪽 눈 밑에 점이 있는 게 만호라고 들었다.

'이거는 아인데?'

효원은 고개를 갸웃했다. 그들은 모두 혼인하여 처자식이 있는 몸이라고 알고 있다.

'혼자 몸이 아이고 딸린 식솔들이 있다 아이가.'

그렇다면 그들은 아니다. 그들일 수가 없다. 아니다. 그들이어서는 안 된다. 어떻게 그들일 수가 있는가 말이다.

'아이다! 아이다!'

효원은 부정했다. 부정하고 싶었다. 우리 해랑 언니가 유부남 따위를 만날 리는 없다고. 게다가 얼핏 들으니, 동업직물 집안은 해랑 언니가 친자매같이 지내는 비화 언니 집안과 철천지원수 사이라고 했다. 그런 집안 사내와 사귈 리는 없을 것이다.

'그라모 대체 누꼬?'

이런저런 복잡한 생각 뒤끝에 다시 바라본 해랑은 이제 기진맥진한 듯 멍하니 앉아 있다. 눈에는 초점이 없다. 그녀 눈에도 백자 조각이며 효원의 모습이 전혀 비치지 않는 것 같다.

  그러나 그게 아니다. 효원 눈에 그렇게 보였을 따름이지 해랑 머릿속이 텅 비어 있는 건 아니었다. 울음을 그치자 또다시 지금까지보다 몇 곱절 더 강한 현실감을 물고 달려드는 게 '달거리'가 사라졌다는 속일 수 없는 사실이었다. 자신이 월경 폐쇄기인 50세 전후의 나이가 아닌 바에야.

  '아, 우째 이런 일이?'

  날카로운 백자 조각을 집어 들어 목을 콱 찔러서 있는 대로 피를 콸콸 내쏟으며 죽고 싶었다. 백자 조각을 입속에 넣고 우적우적 씹어 그대로 꿀꺽 삼키고 싶었다. 그러면 내 몸 안에 있는 모든 내장이 그 파편에 찍히고 찔려 고통의 비명을 질러댈 것이다. 그 통증을, 그 상처를 즐기리라. 미친 여자같이.

  '이 해랑이 억호 씨를 잉태하는 일이 생기다이?'

  그녀 입가에 섬뜩하고 야릇한 웃음기가 번졌다. 패물의 힘이 그렇게도 크고 강하다는 것인가? 그래서 인간들은 모두가 돈 앞에 무릎을 꿇는가? 인륜人倫마저도 돈이 시키는 대로 휘둘리는가?

  돈, 돈, 돈…….

  바로 그때다. 갑자기 들려오는 효원의 찢어지는 듯한 비명이 해랑의 고막을 와락 찢은 것이다.

  "피, 피다!"

  마당 가 정원수에서 나오는 까치 소리는 여전히 낮았고 까마귀 소리는 꺾일 줄을 몰랐다.

  "어, 언니 손에 피, 피가 상구?"

  해랑은 반사적으로 제 손을 들여다보았다. 그러고는 비로소 깨달았다. 백자를 집어 들고 던졌던 오른손이 피범벅이 돼 있다는 것을. 아마도 백자가 깨질 때 방바닥에서 튀어 오른 큰 파편에 의해 다친 모양이었다. 자기를 해친 사람에게 가한 복수답게 상처는 무척이나 크고 심각해 보였다.

"우, 우선에 이, 이리라도 해예."

효원은 황급히 손수건을 꺼내 해랑 손을 닦아주려 했다. 그런 후에는 바로 사람을 불러 응급처치부터 해야 할 것이다. 피를 너무 많이 흘렸다.

"자, 잘몬되모……."

그런데 효원이 덜덜 떨리는 손을 뻗어 해랑의 오른쪽 손목을 막 잡으려고 할 그때였다. 해랑이 사나운 기세로 효원 손을 탁 뿌리치며 말했다.

"놔라, 놔!"

그 서슬에 효원의 작은 체구가 크게 흔들렸다.

"아, 안 돼예!"

효원은 필사적으로 나갔다.

"그 손 쩨이 이리 주이소, 언니."

효원은 다시 해랑의 다친 손을 붙잡으려고 했다. 저대로 내버려 두었다가는 목숨마저도 위험할 수 있었다. 하지만 해랑은 핏빛 목소리로 외쳤다.

"고마하라 안 쿠나?"

효원은 그만 멈칫했다. 해랑의 성질을 누구보다 잘 안다. 그런데? 곧이어 효원이 그야말로 혼겁을 할 사태가 목전에서 벌어졌다!

"어, 어, 언니!"

효원이 단말마같이 소리를 질렀다. 하지만 해랑은 그 짓을 하면서도 전혀 아무렇지 않은 얼굴이 되었다. 아니, 도리어 빙그레 웃기까지 했다.

'저, 저?'

효원은 일찍이 그렇게 무서운 웃음은 본 적이 없었다. 어쨌든 해랑은 그러고는 천천히 말하는 것이었다.

"내 아까븐 피를 그냥 버리모 안 되제."

그러면서 효원 앞에서 또 해 보이는 해랑의 그 섬뜩하기 그지없는 행동에 효원은 경악하면서 숨넘어가는 소리를 내었다. 참으로 놀랍게도 해랑은 피가 흥건히 묻어 있는 자기 손을 자기 입가에 대고는 혓바닥을 날름거리며 핥아먹는 게 아닌가?

해랑은 영락없는 흡혈귀였다. 늘 꽃잎을 방불케 하는 입언저리에는 순식간에 시뻘건 핏물이 묻어났다.

그리고 그녀는 웃고 있다. 제 손에서 나오는 피를 너무나도 맛나게 빨아 삼켜가면서 괴상한 무슨 소리까지 내어가면서 웃고 있다. 눈알도 피에 물든 듯 시뻘겋게 변한 피의 향연饗宴이었다.

효원의 조그만 몸이 큰 경련을 일으켰다. 방바닥과 천장과 벽도 덩달아 흔들리는 듯했다. 세상에 이렇게 지독한 공포가 다시 있을까? 한 번 피 맛을 알아버린 흡혈귀는 사람 피를 먹기 위해 덤벼들지도 모른다.

그랬다. 해랑은 사람이 아니었다. 교방 행사 때처럼 한 마리 우아한 나비 또한 아니었다. 피에 굶주릴 대로 굶주린 악귀였다.

그 충격적인 순간에 효원은 어떤 계시와도 같이 생각했다. 해랑 언니는 아이를 낳으면 그 아이를 잡아먹을 것이다. 그 아이를 배게 만든 사내도 잡아먹을 것이고, 그리고 마지막으로 해랑 언니 자신을 잡아먹을 것이다.

효원은 너무너무 두려웠다. 너무너무 무서웠다. 숨을 쉬고 있는지도 모르겠다. 대책 없이 후들거리는 다리로 간신히 일어섰다. 어떻게 몸을 일으켰는지 감각이 없었다. 어쨌거나 그러고는 악귀로부터 달아나기 위해 걸음을 옮겨놓았다.

그런데 고작 두어 걸음이나 떼놓았을까 말까 했을 때였다. 그녀는 자기 발바닥을 통해서 올라오는 엄청난 통증을 느끼며 그만 자지러지게 비명을 지르고 말았다.

악귀 이빨에 콱 물렸다고 생각했다. 해랑 언니가 긴 손톱으로 확 할 퀸다고 믿었다. 당장 거머리같이 내 몸에 착 들러붙어 내 피를 빨아댈 것이다. 그렇게 되면 피 한 방울 남아 있지 못한 내 몸뚱어리는 마치 뱀이나 매미의 허연 허물처럼 변하여 파슬파슬 부스러질 것이다.

백자 조각이 부드러운 살에 박힌 것이다. 효원은 외씨같이 작은 발바닥에 백자 파편을 그대로 박은 채 도망쳤다. 피의 세상으로부터 탈주했다.

등 뒤에서는 해랑이 광녀처럼 내지르는 소리가 끊일 줄 몰랐다.

돈, 돈, 돈

비어사 방장 진무 스님이 나루터집을 찾았다. 지난번 안골 백 부자 상갓집에서 본 후로는 처음의 만남이었다.

그가 나타나면 비화는 무척 반가우면서도 마음을 잔뜩 졸이기 일쑤였다. 그는 뭔가 큰 소식을 들고 오는 경우가 많았기 때문이었다. 그런데 이날은 다짜고짜 비화 가슴이 철렁 무너져 내리는 말부터 꺼냈다.

"절밥을 먹는다는 사람이 이런 말을 하기는 내키지 않지만, 얼마 전부터 이쪽 방향에서 왠지 불길한 기운이 뻗치는 것 같더구나."

그것은 온 상촌나루터의 공기를 뒤흔들어 놓는 아찔한 느낌을 자아내었다.

"스님! 그, 그기 무신 말씀입니꺼?"

비화가 놀라 묻는 말에는 대답이 없이, 진무 스님은 이렇게만 얘기했다.

"그래 내 심경이 불안해서 한번 와 봤어."

그러고 나서 비화가 더 무어라 입을 열기도 전에 물었다.

"별일은 없겠지?"

그렇게 물어오는 그의 안색이 보기 민망할 정도로 초췌해 보였고, 얼마 안 된 그새 더 늙어버린 듯했다.

비화는 서글펐다. 불가의 나이도 세속의 시간을 비껴갈 수는 없는 것인가 보다 싶었다. 그녀 목소리가 저절로 떨려 나왔다.

"준서가 거씬하모 아파싸서 걱정입니더, 스님."

진무 스님은 심히 안타깝다는 목소리였다.

"허어, 아직도 그런가?"

비화는 눈을 내리깔며 말했다.

"예, 안 그라거로 비는 만큼 잘 안 달라지네예."

"천성적으로 좀 허약한 체질 같긴 하지만, 그래도 그리 자주 아파서야, 원."

진무 스님 얼굴에 먹장구름 같은 어두운 그림자가 스쳤다. 하지만 그런 표정과는 다르게 말은 이러했다.

"너무 염려 말거라. 자라면서 차차 나아질 것이야."

"예."

비화는 그의 앞에서 자신의 몸이 한없이 작아지는 기분이 들었다. 강가 쪽에서 귀에 익은 물새들 울음소리가 간헐적으로 들려오고 있었다. 언제나 느끼는 거지만 산새가 내는 소리와는 또 다른 감흥이 일었다.

"내가 부처님 전에 기도해 주마."

진무 스님은 합장하는 자세를 취했다.

"준서가 건강한 몸이 되게 해 달라고."

지붕을 스치고 지나가는 바람 소리가 용기를 가지라고 힘을 북돋워 주는 소리 같았다.

"고맙심니더, 스님."

그러나 진무 스님의 그 위로와 격려에도 비화 마음은 밝아지지 못했다. 이쪽에서 뻗치는 것 같다는 그 불길한 기운에 대한 의문과 우려 탓이었다. 항상 신중하고 말을 아끼면서 그런 소리를 함부로 내비치는 그가 아니었다.

'해나 우리 준서 아부지하고 연관된 일이 아일까?'

지금도 여전히 돈이 없어지고 있다. 이제 우정 댁도 그 일에 관해선 더 입을 열지 않는다. 재영이 범인임은 더 의심할 여지가 없었다. 우정 댁도 비화처럼 돈이 아까워서가 아니라 재영이 하는 짓에 대한 궁금증과 불안으로 더 힘들어하는 기색이었다. 진무 스님 예언대로라면 나루터집에 좋지 못한 일이 생기고 말 것이다.

"그건 그렇고 말이다, 내가 여기 오면서 들은 소문인데…….."

그렇게 말하는 진무 스님 얼굴이 한층 무거워 보여 또 비화 가슴이 덜컹거렸다.

"무신 소문인데예?"

그의 안색을 가만히 살피며 물었다.

"해나 또 농민군이?"

진무 스님이, 만지면 '바스락' 소리가 날 것 같은 메마른 손을 내저었다.

"농민군이 다시 활동을 시작한다는 이야기는 아직은 어디에도 없다. 내가 듣고 있는 바로는 그렇다."

비화는 고개를 끄덕거리면서도 여전히 조심스러운 어조로 또 물었다.

"그라모 우떤 소문예?"

진무 스님은 아쉬운 것 같기도 하고 안도감을 느끼는 것 같기도 한 묘한 표정을 지으며 말했다.

"매일같이 숱한 사람들을 대하는 너도 들어 알고는 있으리라 본다."

그는 가파른 산맥을 허위허위 넘어온 사람처럼 가쁜 숨을 몰아쉬었다.

"지난번 전라도 농민군 거사가 사전에 발각된 사건도 있고 하여, 이제 섣부른 행동은 그 누구도 하지 못할 게다."

비화는 한층 궁금증이 솟았다. 그것도 아니라면 또 무엇인가?

'아, 지발.'

한편으로는 크게 가슴을 쓸어내리면서도 또 다른 한편으로는 부쩍 초조해지기 시작하는 비화였다.

'그라모 스님께서 들으셨다쿠는 그 소문은?'

진무 스님의 형형한 눈빛이 비화 얼굴에 따갑게 와 부딪쳤다.

"누구보다도 네가 먼저 들어야 할 성질의 소문일 터, 절대 침착함을 잃어서는 아니 될 것이야."

문틈으로 새어드는 공기 속에는 강 냄새를 담은 습기가 약간 묻어나는 듯했다.

"지가 먼첨 들어야 할 성질의 소문예."

비화는 더욱 긴장했다. 그렇다면 오직 한 가지밖에 없다. 아니나 다를까, 그의 입에서는 비화가 자다가도 벌떡 일어날 사람 이야기가 나왔다.

"임배봉이 하는 동업직물에 관한 것인데……."

"도, 동업직물예?"

말을 끝까지 듣지도 않고 급격한 반응을 보이는 비화를 진무 스님이 조용히 나무랐다.

"내가 방금 뭐랬느냐? 침착하라고 했거늘."

비화 얼굴이 붉어졌다.

"죄, 죄송해예."

진무 스님은 허탈한 모습이었다.

"허, 이 일을 어쩐다?"

그는 살점이 거의 붙어 있지 않은 앙상한 목을 내저었다.

"그깟 시정잡배 같은 놈, 그렇게 눈 아래로 보면서 상대해도 결코, 쉽지 않을 노릇이거늘, 하물며 그 이름만 듣고서도 그렇게 마음을 다스리지 못해서야……."

"……."

비화 어깨가 절로 움츠러들었다. 하지만 어쩌겠는가? 설사 부처님이 와서 이야기한대도 별수가 없을 것이다.

"후우."

진무 스님 입에서 장탄식하는 소리가 흘러나왔다.

"두 집안에 대대로 얽힌 악연을 어찌해야 풀 수 있을꼬?"

마당 가 대추나무 꼭대기에서 까마귀가 울었다. 저놈들은 꼭 소리 낼 때를 맞추어 소리를 내는구나 싶었다. 까마귀란 저놈들이 와서 소리를 내면, 다른 새들은 지레 겁을 집어먹은 듯 기척이 없었다.

"참으로 무서운 악업이로다!"

진무 스님은 잠시 마음속으로 염불을 외는 모습이더니 반드시 해야만 할 이야기라는 듯 다시 말을 꺼냈다.

"오는 길에 사람들이 여기저기 모여 서서 떠드는 소리를 들었다."

말의 속도를 좀 더 빨리하기 시작했다.

"지금 그 포목점 앞에 큰 현수막이 내걸려 있다더군."

비화 가슴이 강한 바람에 속절없이 펄럭이는 위태로운 현수막같이 세차게 흔들렸다.

"거기 뭐라고 해놓았냐 하면……."

진무 스님도 적잖은 충격을 받은 듯했고 비화는 입안이 바싹바싹 타들어 갔다. 무엇인가 시커멓고 거대한 장막 같은 것이 눈을 가려버리는 것 같은 느낌이었다. 비화는 자신도 모르게 떨리는 목소리로 되뇌었다.

"동업직물 포목점 앞에 큰 핸수막이……."

진무 스님도 마른침을 삼켰다.

"동업직물 비단이 일본에 수출될 거라고 써놓았다는 게야."

"예에? 이, 일본에 수출을예?"

그것은 비화 입장에선 일본이 하루아침에 바닷속으로 잠겨버렸다는 말을 듣는 만큼이나 경악스러운 일이 아닐 수 없었다.

"그런 모양이야. 음."

진무 스님도 도시 믿기 어렵다는 낯빛을 좀체 풀지 못했다. 그래선지 그 순간에는 그도 불제자가 아니라 속세의 인간에 더 가까워 보였다.

"우찌 그런?"

비화는 땅이 꺼져 내리는 듯한 충격을 받았다. 실로 귀를 의심하지 않을 수 없는 엄청난 소식이었다. 대체 그게 현실적으로 가능한 일인가 말이다. 어떻게 그럴 수가?

동업직물 비단 일본 수출.

도대체가 일본이란 나라에 가보기는 고사하고 일본인은 본 적도 없는 게 당시 대부분의 조선인이었다. 그런데 배봉은 그 나라에 비단을 수출하게 되었다니.

"임배봉은 역시 보통 인간이 아니야."

진무 스님 음성이 여느 때와는 아주 달랐다. 비화 눈앞에 무수한 파편들이 튀어 오르는 것이 보였다. 온몸에 그 깨어진 조각들이 박혀 피를 철철 흘리고 있는 그녀의 모습도 보였다. 비화가 더 참을 수 없는 것은 진무 스님의 말이었다.

"무서운 자야."

까마귀는 갈수록 큰소리를 내지르고 있었다. 독수리나 솔개 같은 새가 나타나지 않으면 놈은 아예 그 대추나무에 둥지라도 틀 모양이었다.

190

평소 효조, 혹은 반포조로 알려진 그 새를 싫어하지 않으면서도 왠지 이날은 그렇지 않은 비화였다.

'그리 될 바에는 차라리 대초나모를 싹 빼삐든지 베삐리고 말지.'

비화는 속으로 악담 퍼붓듯 그런 소리를 뇌까렸다.

"누구든 두려워할 수밖에 없는 위인이다."

그렇게 혼잣말처럼 했다. 아니 분명히 비화에게 들으라고 하는, 진무 스님 목소리가 바지랑대에 올라앉은 잠자리 날개처럼 떨렸다.

"한 고을 목사를 구워삶을 정도의 수완이라면, 일본 상인을 상대로 한 장사도 아주 잘해 낼 수 있을 것이야."

비화는 이번에도 속으로 진무 스님 말을 곱씹었다.

'일본 상인을 상대로 한 장사.'

그건 기껏해야 한양에서 천 리나 떨어져 있는 남방 고을 나루터 바닥에서 조선 장사치나 농사꾼 같은 서민들을 상대로 콩나물국밥을 팔고 있는 비화 자신과는 도저히 견줄 바가 못 되었다.

"동업직물이 그 사업에 나서게 되면, 조선 땅에서 동업직물을 함부로 대할 사람이 별로 없을 건 정한 이치지."

비화는 진무 스님의 그 말속에 감춰진 소리를 들었다. 그것은 귀를 틀어막아도 비수같이 날아와 꽂히는 소리였다.

'문제는 비화 너로구나. 그런 무서운 자를 어떻게 대적해야 할지 막막하겠구나. 넌 아직 숨어 있는 꽃이지만, 상대는 이미 국제무대 위에 꽃을 활짝 피웠으니. 억울하고도 슬픈 일이지만 승부는 끝났도다. 모두가 끝난 일이야.'

더없이 참담하고 어지러운 비화 눈앞에 배봉이 나타났다. 또한, 그 양쪽에는 호위하는 군사처럼 점박이 형제가 보였다. 그들 눈 밑에 박혀 있는 크고 검은 점이 점점 자라더니만 굴렁쇠가 되어 그녀를 덮쳐오는 환각에 사로잡혔다.

"으으."

아무리 자제하려고 애써도 비화 입에서 신음이 절로 흘러나온다. 세 사내는 혼자인 젊은 여자를 상대로 거대한 산맥인 양 우뚝 서 있다. 그들 앞에서 비화는 저 태산준령을 날아 넘으려는 파리만큼이나 작아 보인다.

'아, 저거는?'

그런데 하나같이 그들 손에 들린 건 비단 필이다. 비화 자신은 맨손이다. 아니, 흙 묻은 손이다. 저들이 떡하니 밟고 서 있는 건 색색가지 비단이다. 비화 자신이 밟고 선 곳은 맨땅이다.

"야들아!"

배봉이 자식들에게 무슨 신호인가를 보냈다. 그러자 아주 경악할 일이 벌어졌다. 억호와 만호가 철퇴처럼 비단 필을 빙빙 돌리기 시작한 것이다.

비화가 놀라 바라보는데 그들이 투망질하듯 비단 필을 휙 던졌다. 단번에 비화 온몸을 친친 감아버리는 비단 필. 손도 발도 움직일 수 없다.

"비키거라!"

그런 고함에 이어 마지막으로 배봉이 비단 필을 날렸다. 그것은 정확하게 비화 머리에 씌워졌다.

'아악!'

숨을 쉴 수 없다. 두 눈도 비단에 가려져 아무것도 볼 수 없다. 그런 가운데 비화 귀에 울리는 건 그들 세 부자의 웃음소리였다. 그것은 함정같이 깊은 동굴 속에서 듣는 것처럼 귀를 왕왕 울렸다. 양쪽 고막이 다 터져나가는 듯했다. 눈알이 튀어나오는 것 같았다. 온몸 세포 하나하나마다 예리한 칼끝이 깊이 파고들었다.

비화는 죽기 살기로 그 흉기를 뿌리치기 위해 안간힘을 다했다. 그러나 그럴수록 한층 더 옥죄어드는 비단 필과 전신을 난자하는 무기들이었다.

"비, 비화야! 왜 그러느냐? 정신을 차려라, 정신을!"

캄캄하고 아득한 동굴 끝에서 들리는 것 같은 소리였다.

"나, 나를 보거라."

비화는 누군가 제 몸을 세차게 흔드는 것을 느꼈다. 놀라 보니 진무 스님의 가랑잎 같은 손이 그녀 두 어깨에 얹혀 있다. 비화가 눈을 크게 뜨고 진무 스님을 바라보자 그의 입에서 염불 소리가 흘러나왔다.

"나무아미타불 관세음보살."

그 소리가 함부로 요동치는 비화 마음을 조금은 가라앉혀주었다. 하지만 조선과 일본 사이의 넓고 푸른 바다를 가로질러 높이 빠르게 날아가는 비단이 그녀 눈에서 지워지지 않았다. 그것은 하늘을 날아다니는 요술 비단 담요 같았다. 그리고 그것을 타고 새처럼 비상하고 있는 배봉가 사람들이었다.

배봉은 요술쟁이였다. 요술을 부리지 않고서는 그런 엄청난 일을 벌일 수 없을 것이다. 동업직물은 누구도 감히 대적할 수 없는 하나의 거대한 거인국이었다. 배봉과 점박이 형제는 그 나라에 사는 거인들이었다.

그에 비하면 나루터집은 개미집이었다. 지금까지 그렇게 악착같이 사모은 땅들이 적은 양의 비에도 푸슬푸슬 허물어져 내리는 개미굴보다도 더 작고 형편없다는 것을 절감했다. 상촌나루터는 기껏해야 새끼손가락만 한 피라미가 첨벙거리는 작은 개울에 지나지 않았다. 동업직물은 드넓은 바다를 유유히 헤엄치는 고래였다.

"네 손이 떨리고 있구나. 네게 복을 가져다줄 그 손이 말이다."

진무 스님 목소리에 비화는 흠칫 놀라면서 무릎에 얹힌 손을 내려다보았다. 그러고 보니 손뿐만 아니라 무릎까지 떨리고 있다.

비화는 두 손을 꼭 깍지 끼었다. 아무리 손아귀 힘이 센 거인이 덤벼들어 풀려고 해도 절대로 풀 수 없을 정도였다.

"내가 널 처음 본 날이 생각나는구나."

진무 스님 음성이 세월의 흐름을 거슬러 아련한 추억을 실어오고 있었다. 그립기도 하고 슬프기도 한 지난날들이었다.

"흑."

비화는 그만 왈칵 뜨거운 눈물이 솟아나려고 했다. 진무 스님 또한 무척이나 감개무량한 표정이었다.

"아마 너의 집 대문간 앞이었을 게야."

그는 자꾸 말문이 막히는 듯 숨을 크게 몰아쉬고 나서 얘기했다.

"봄날이었고……."

문풍지가 봄바람에 나부끼듯 가볍게 흔들거리고 있었다.

"아!"

비화 눈앞에 정든 고향 집이 떠올랐다. 어느 봄날, 그곳 대문간 앞에 혼자 옹크리고 앉아 무언가를 부지런히 물어 나르는 개미 무리를 한참이나 내려다보고 있는 어릴 적의 자기 모습도 보였다.

"난 그날 처음 네 손을 보는 순간, 아, 이 아이는 장차 거부가 되겠구나! 하는 예감이 들었느니."

기억을 더듬는 노승의 얼굴에서 비화는 구도자의 모습을 발견했다. 어느새 진무 스님은 그다운 목소리를 되찾고 있었다.

"아주 영리해 보이는 초롱초롱한 눈빛과 퍽 야무진 입매하며 콧날, 하여튼 큰 부자가 될 상相이었지."

이제 멀리 날아간 걸까? 까마귀가 내는 소리는 더 들리지 않았다. 대추나무도 잘 됐다고 숨을 돌리고 있을지 모른다. 그런데 그 까마귀는 나무에 붙어 있는 벌레를 물고 늙어 날지를 못하는 부모 새에게 갔는지도.

"스님."

진무 스님은 감정이 복받치는 목소리로 자기를 부르는 비화를 손으로 제지했다.

"다행히 내 예언은 틀리지 아니했고, 오늘날 넌 이곳 상촌나루터뿐만 아니라 근동에서 꽤 알아주는 땅 부자로 자리를 잡아가고 있느니. 문제는……."

진무 스님이 거기서 누가 막은 듯이 갑자기 말을 끊었다. 가까스로 진정시켰던 비화 두 손이 수전증 환자처럼 다시 떨리기 시작했다.

"나도 이제 내가 말했던, 그날의 그 예언에 대해 그만 자신감이 사라져가고 있다는 사실이야."

제아무리 굳건한 의지나 신념으로 꼭꼭 다져진 사람이라고 할지라도 때로는 흔들릴 때가 있다던가. 땅속 깊숙이 뿌리를 박고 있는 거목이 흔들릴 때가 있듯이. 지금 진무 스님이 바로 그랬다.

"세상 모든 일에는 반드시 마魔가 끼게 돼 있거늘."

그때 또 저주 내리듯 들리는 소리였다.

'아, 저놈들이 더 와갖고?'

비화가 오인한 모양이었다. 까마귀는 그대로 있었다. 처음에는 한 마리였던 대추나무에서 대여섯 마리는 족히 됨 직한 까마귀 소리가 들렸다.

"여태까지 아무 탈 없이 잘 달려오던 사람이 때로는 전혀 뜻하지 않은 방해물로 인하여 그만……."

비화는 그만 전신에 소름이 쫙 끼쳤다. 이 무슨 망조란 말인가? 언제나 부처님 음성같이 온후하게 느껴지던 진무 스님의 목소리가, 그 순간에는 저 까마귀가 내는 소리와 비슷한 느낌을 주었던 것이다.

"발이 걸려 바닥에 엎어지거나 영영 주저앉게 되는 경우도 적지 않거늘."

급기야 진무 스님 얼굴마저 까마귀 낯짝과 닮아 있었다.

"방해물…… 영영 주저앉……."

비화는 진저리를 치며 진무 스님 말을 되뇌었다. 저 뒤벼리나 새벼리보다도 높고 가파른 암벽이 비화 눈 앞을 가렸다.

"참으로 두려운 일이 아닐 수 없도다."

문득 올려다본 천장에서 수천수만 개의 돌덩이가 한꺼번에 굴러 내리는 환영에 비화는 자칫 비명을 지를 뻔했다. 그녀 안색이 오랫동안 병석에 누워 있는 중환자처럼 더한층 파리해졌다. 진무 스님의 또 다른 예언이 시작되려는가 보았다.

"허나……."

그는 마지막 안간힘을 다하는 사람처럼 비쳤다.

"정말 현명한 사람이라면, 위기가 언제인가를 꿰뚫어 볼 줄 아는 법."

비화의 환청은 아닐 것이다. 까마귀 울음소리에 섞여 또 다른 무슨 새 소리가 들려오고 있었다. 그것은 절명 직전에까지 이른 비화를 가까스로 구제해주는 효과가 있었다.

"불민한 내가 보기에는 바로 지금이 비화 너의……."

진무 스님은 숨이 가쁜지 또 말을 멈추었다. 그 경황 중에도 비화가 느끼기에는 몸보다 마음의 숨이 더 가쁜 것 같은 그였다.

'진무 스님 말씀매이로 시방이 내 위기인지도 모린다.'

새들 소리가 위험한 창이나 칼이 '쉭쉭' 소리를 내며 날아오는 느낌을 주었다. 까마귀가 내는 소리에 다른 새가 내는 소리는 거의 묻혀 있어 더욱 그런지도 모른다.

'이럴 때일수록 증신을 채리야 되는데, 와 이리 내 뜻대로 잘 안 되는

긴고 모리것다. 내 증신이 넘의 증신도 아인데.'

나중에는 이렇게 자신을 다독이기도 해보는 비화였다.

'배봉이가 일본에 비단을 내다 팔모, 내는 일본 땅덩어리를 모돌띠리 사삐리모 되는 거 아이가.'

그리고 나서 이번에는 고개를 숙인 채 골똘한 상념에 잠겨 있는 진무 스님을 보면서 또 이런 생각도 했다.

'요 담번 초파일에는 비어사에 시주施主를 더 마이 마이 해야제.'

얼이가 바깥에서 큰소리로 비화를 부른 건 바로 그때였다.

"누야!"

비화는 자리에서 일어나 방문을 열었다. 다리가 약간 저리는 바람에 하마터면 방바닥에 그대로 주저앉을 뻔했다.

"시방 안 있어예…….'

그러면서 얼이가 문지방을 넘어 급하게 방으로 뛰어 들어오다가 진무 스님을 발견하고는 멈칫하며 얼른 인사했다.

"아, 스님! 오, 오싯어예?"

진무 스님은 천천히 얼굴을 들어 얼이를 보았다.

"그래, 잘 있었느냐?"

얼이는 변명하듯 말했다.

"지는 안에 계신 줄 몰랐심니더."

"괜찮다. 들어오너라. 나는 곧 돌아갈 것이니라."

진무 스님이 잔잔한 미소를 지었다.

"따뜻한 국밥이나 한 그럭 드시고 가시이소, 스님."

비화가 말하는 동안 얼이는 방 안에 들어와 서 있었다. 제 딴에는 꼭 전할 얘기가 있는 모양이었다. 진무 스님이 얼이에게 물었다.

"동업직물 비단을 일본으로 수출한다는 것 때문에 그러느냐?"

그러자 얼이가 크게 울상을 지으며 말했다.

"저희 서당 문하생들이 훈장님을 뫼시고 우리 고을 고적을 답사하는 길에 안 있심니꺼, 동업직물 앞을 지내가다가 다 봤는데예……."

새들도 얼이가 전하는 소식을 듣고 충격을 받은 것처럼 하나같이 조용해졌다.

"거게 말입니더, 저거들 비단을 일본에 수출한다쿠는 상구 큰 핸수막을 바깥에 걸어놓은 기라예."

"그래서?"

진무 스님은 자신은 전혀 모르고 있는 사실처럼 매우 심상한 투로 다시 물었다. 얼이는 너무나 억울하고 화가 난다는 듯 얼굴이 빨개져서 대답했다.

"그거를 보고 고을 천지에 야단 난리가 났심니더. 일본에꺼지 수출될 비단이라쿠는 거를 알고 몽창시리(몹시) 비단을 사가삐는 통에, 시방 거 포목점에 그리 마이 쌓아논 비단이 싹 다 바닥이 났다쿠는 기라예. 반피 (바보) 겉은 사람들 아이라예?"

"그랬단 말이지?"

비화만큼은 아니지만, 진무 스님 얼굴도 조금씩 딱딱해지기 시작했다. 배봉과 점박이 형제 악명은 부처님도 팍 상을 찡그리실 판인데, 그런 악덕 상인이 날개를 단 호랑이가 되고 있는 것이다. 창백한 비화 입술 사이로 신음 같은 소리가 새 나왔다.

"그 비싸고 많은 비단이 모돌띠리 바닥이 났삣다, 그 말이가?"

얼이는 울음이 폭발할 것 같은 얼굴로 말했다.

"예, 누야. 이, 이 일을 우짭니꺼?"

진무 스님이 비화나 얼이로서는 상상도 하지 못할 말을 꺼낸 것은, 두 사람이 잠시 그런 얘기를 하고 있을 때였다.

"내가 더 염려되는 건, 만일 동업직물 비단의 일본 수출이 본격적으로 이루어지면, 일본 물품도 우리 고을에 밀려 들어올 수 있다는 사실이야."

"예?"

비화뿐만 아니라 얼이도 굉장히 놀라는 표정으로 바뀌었다. 세상에, 저 왜놈들의 물품이 우리 고을에 밀려 들어올 수 있다니.

"와 그리 보심니꺼, 스님?"

비화가 굳은 얼굴로 묻자 진무 스님은 가증스럽다는 듯 이렇게 대답했다.

"간악한 일본인들이 우리 조선 물품을 사갈 땐, 그보다 많은 자기 나라 물품을 팔 수 있는 수출 활로가 열려 있기 때문이 아니겠느냐?"

비화는 자신도 모르게 보다 높은 소리로 물었다.

"그라모 그들이 술찮이 우리 고을에 들어와 살 수도 안 있것심니꺼?"

진무 스님은 확신하는 말투였다.

"내가 가장 우려하고 있는 것도 바로 그 점이다. 언젠가는 그렇게 되겠지."

그러고 나서 그는 이내 덧붙였다.

"그게 언제가 되는지, 그 시기가 중요하겠지만 말이다."

마당 가 평상에서 흘러나오는 손님들 말소리는 갈수록 더 시끄럽게 울어대는 새들 소리에 묻혀 제대로 들리질 않았다.

'저눔의 새들 땜새 무담시 손님들 끊어질라.'

새 소리가 지금처럼 성가시고 싫은 적도 일찍이 없었던 비화였다. 동업직물 비단의 일본 수출 소식이 빚어낸 달갑잖은 이상 현상이 아닐 수 없었다.

"하지만 내 생각에는 그날이 그다지 멀 것 같지가 않으니 큰 걱정인

게야."

이어지는 진무 스님 말에 이번에는 얼이가 대단히 염려스럽다는 얼굴로 어른처럼 이렇게 물었다.

"왜눔들이 스문없이(서슴없이) 땅을 살라쿠지는 안 하까예?"

비화는 놀라면서도 대견스러운 눈빛으로 얼이를 바라보았다. 얼이가 어느새 저런 말까지 하게 되었다니.

"필시 그렇게 하려는 자들도 있을 것이다."

"내 그것들을?"

그러면서 주먹을 꽉 쥐는 얼이 눈에 핏발이 섰다.

"실제로 그런 일이 벌어진다는 가정 하에서 말이니라."

그러는 진무 스님 눈길이 다시 한번 비화 얼굴을 스치고 지나갔다. 비화는 동업직물 비단의 일본 수출 소식을 들었을 때보다 한층 가슴이 서늘해졌다.

만일 그렇게 된다면 저 일본인들과도 피할 수 없는 한판 승부가 벌어지게 된다. 게다가 배봉이 하판도 목사 그리고 일본인과 함께 삼각 유대를 맺게 되면 그 힘은 가히 무소불위가 될 것이다.

"이기 뭔 일고?"

얼이는 도저히 믿을 수 없다는 듯 노망기 있는 늙은이처럼 혼자서 중얼중얼했다.

"쪽바리 눔들이 우리 고을에 들와갖고 삼시롱, 장사도 하고 땅도 사고 하는 그런 날이 올 수도 있다이?"

진무 스님이 좀 더 심각해진 얼굴로 말했다.

"내가 조금 전에도 얘기했다만, 어쩌면 우리 예상보다 더 빨리 올지도 모른다."

비화가 여전히 해쓱한 얼굴로 진무 스님을 바라보며 물었다.

"와 그리 생각하심니꺼?"

진무 스님은 그렇게 생각하기는 싫지만 이게 우리 앞에 들이닥친 어쩔 수 없는 엄연한 현실이란 것을 상기시켜주는 목소리였다.

"배봉이 일본에 비단을 수출하는 것으로 볼 때 그렇다."

골똘한 표정을 짓고 있던 비화가 조심스럽게 또 물었다.

"동업직물 비단 수출이 짜다라 성공하까예?"

그에 대한 답변이기라도 하듯 밖에서 사람 소리와 새 소리가 거의 동시에 들려오고 있었다. 물론 전혀 알아들을 수 없는 소리 일색이었다.

"내 비화 네가 묻는 뜻을 모르는 바는 아니다만……."

진무 스님은 거기서 말을 끊고 잠깐 생각한 끝에 다시 힘겹게 입을 열었다.

"우리 고장 비단 품질이 워낙 뛰어나니, 일본인들도 한 번만 보더라도 틀림없이 아주 좋아하게 될 테지."

비화는 고개를 절레절레 흔들며 떼를 쓰는 아이같이 나왔다.

"에나 안 믿고 싶어예, 스님."

얼이도 분하다는 듯 씩씩거리며 말했다.

"칠푸이(칠삭둥이)라도 비단 안 좋다쿠는 인간이 오데 있것심니꺼?"

그런데 나쁜 이야기는 그 정도 선에서 그친 게 아니었다. 진무 스님 입에서 또 썩 기분 좋지 못한 소리가 이어졌다.

"이번 동업직물 비단의 일본 수출 배경 뒤에는, 막강한 권력의 비호가 도사리고 있을 것 같은 께름칙한 느낌을 떨칠 수 없어."

그 말이 떨어지기 무섭게 비화가 저주하듯 내뱉었다.

"하판도 목사 아이것심니꺼?"

동의를 구한다는 듯 얼이를 보면서 말했다.

"삼척동자한테 물어봐도 모리까예."

잠시 새 소리에 귀를 기울이고 있던 진무 스님이 복잡한 낯빛으로 입을 열었다.

"부산포를 통해 일본으로 나갈 것이니, 잘 모르긴 해도, 부산포 고위 직도 반드시 연루돼 있을 게야."

진무 스님 시선이 부산포와 일본을 향하듯 허공 어딘가로 쏠렸다. 얇은 입술이 까칠했다. 비화는 좀체 안타깝다는 빛을 떨치지 못했다.

"갤국 우리 이 지역에 있는 돈이, 그자들의 그런 몬된 뇌물 수수를 통해 한거석 외지로 빠지나가는 거 아입니꺼."

진무 스님도 초조한 기색을 내비쳤다.

"지역 경제에 적잖은 타격을 줄 수도 있을 것이다."

비화는 악담 퍼붓듯 했다.

"배봉이는 지 한 사람 이익을 위해서라모, 우리 고장 사람들 피해 겉은 거는 안중에도 없을 위인이지예."

얼이가 또 습관처럼 두 주먹을 불끈 쥐었다.

"그거는 지내가는 개도 알고 소도 알 낍니더, 누야."

한참 동안 깊고 긴 침묵이 깔렸다. 그 숨 막힐 듯한 공기를 더는 참기 힘들었던지 얼이가 벌떡 몸을 일으키더니 두 사람에게 인사를 하고 방에서 나가버렸다.

"모든 면에서 단 한 가지라도 반가운 일은 아니다."

구름 그림자가 잠시 머물러 있는지 방문 밖이 어두워지고 있었다.

"그거를 막을 수가 없으이."

진무 스님이 자리에서 일어서며 긴 토의 끝에 내린 결론처럼 말했다.

"배봉이 사업은 날이 갈수록 더 번창할 것이고, 언제가 될지는 모르지만, 일본인들이 이 땅에 들어와 저 오래전 임진년이나 계사년처럼 설치게 될 것이야. 어쩌면 그때보다도 더 치밀하고 가증스럽게 말이다."

비화도 진무 스님을 배웅하기 위해 일어선 그 자세로 말했다.

"인자 우리 고을에 늑대들이 우글거리기 됐심니더."

방을 나가려던 진무 스님이 문득 발을 멈추었다. 그러고는 어떤 예언이나 계시처럼 말했다.

"앞으로 비화 너 같은 조선인들이 많이 필요한 시대가 올 것이다."

그러다가 금방 부인했다.

"아니다. 이미 와 있느니."

비화는 반짝이는 눈을 크게 떴다.

"예?"

진무 스님은 오랫동안 마음속에 다지고 있었던 것처럼 얘기했다.

"나라와 고향을 위할 줄 아는 그런 사람들이……."

생소한 듯 익숙한 듯 다가오는 말이었다.

"나라와 고향."

어쩐지 가슴부터 막혀오는 비화였다.

"그러기 위해서는 무엇보다도 힘부터 길러야 할 것이야. 힘이 없는 정의는 무용지물일 수도 있나니."

진무 스님 얼굴은 갈수록 결연한 빛을 띠기 시작했다.

"바람직한 일은 결코 아니지만, 아니 오히려 비난받을 일이지만, 돈과 땅이 신과 같은 힘을 가지는 날이 머잖아 올 것이다."

가만히 듣고 있던 비화 눈이 자신도 모르게 큰 제 두 손을 향했다. 힘든 노동으로 단련된 손이었다. 단순히 생존에 필요한 물자를 얻기 위한 일을 훨씬 뛰어넘을 새로운 노동이 반드시 있을 것이다.

"특히 그런 것들이 배봉이 같은 악인들 손에 들어가면……."

예언자 같은 목소리가 이어졌다.

"세상은 엄청난 비극과 불행을 향해 광견狂犬이나 광마狂馬처럼 걷잡을 수 없게 마구 내닫게 될 것이야."

비화는 오싹 몸을 떨었다.

"무섭심니더, 스님."

진무 스님이 같은 감정이란 듯 고개를 끄덕였다.

"그렇지."

다리뿐만 아니라 머리까지 저려오는 비화였다.

"참으로 두려운 일이고 경계하지 않으면 아니 될 일이지."

진무 스님 말에 비화가 다짐해 보이듯 물었다.

"증말 돈하고 땅이 그리 대단한 심을 갖는 시대가 오까예, 스님?"

진무 스님이 곧장 대답했다.

"벌써 그런 조짐이 세상 곳곳에서 나타나고 있다."

비화는 흡사 그것을 찾기라도 하듯 방을 둘러보았다.

"하매?"

진무 스님 음성은 비화의 그것보다 한결 안정감을 찾아가고 있었다. 법문을 설파하고 있는 것처럼 들렸다.

"멀리 갈 것도 없이, 배봉이나 비화 널 보더라도 그걸 알 수 있느니."

비화는 늘 혼자 고민하고 있던 말을 끄집어냈다.

"지는 장 멤에 한 가지 걸리는 기 있심니더."

진무 스님이 비화 눈을 똑바로 응시했다.

"그게 무어야?"

언제나처럼 형형한 눈빛이었다. 비화는 진무 스님에게서 그 해결책을 구하려는 사람처럼 진지한 목소리로 물었다.

"내중에 땅값이 오르모 한거석 사둔 지 겉은 사람들은 좋겄지만도, 그리 돼삐모 돈 없는 서민들은 집이나 전답을 마련하는 기 더 심들어질 거 아입니꺼?"

"바로 그때가 되면 세상 사람들은 숨어 있는 꽃을 발견하게 될 것이다. 숨어 있는 꽃을 말이니라."

진무 스님이 방을 나서기 전 선문답같이 훌쩍 던진 말이었다.

'휘~잉.'

가게를 나와 길 위에 서자 강바람이 기다리고 있었다는 듯 비화의 치맛자락과 진무 스님의 장삼 자락을 휘감았다.

"낼로 쪼꼼만 보시오."

나루턱까지 진무 스님을 배웅하고 막 가게 안으로 들어서는 비화를 향해 계산대 앞에 앉은 재영이 손짓을 했다.

"바깥바람 쪼매 씌우시고 싶어서예?"

그렇게 물으며 비화는 손등으로 아직도 불같이 뜨겁고 지끈거리는 이마를 힘껏 누른 채 남편에게로 다가갔다. 그런데 재영이 꼭 소태 씹은 사람처럼 얼굴을 있는 대로 찌푸리며 하는 말이 비화 귀에 엉뚱스러웠다.

"기분이 파이라서 여 더 몬 앉아 있것소."

그새 대추나무에 앉아 있던 새들은 모조리 날아가 버린 듯 나무 저 혼자만 우두커니 서서 사람들을 내려다보고 있었다.

"기분이 파이라서예?"

그러잖아도 금전 분실 문제나 배봉의 일본 진출로 인해 심경이 착잡한 터라 비화 어투도 그다지 곱지는 못했다. 남편에게 그래서는 안 된다는 걸 뻔히 알면서도 마음과는 다르게 나오는 어투였다.

"또 외상 손님하고, 돈도 안 내고 달아나삐는 손님들 땜에예?"

재영은 머뭇머뭇하면서 말했다.

"그, 그것도 그렇지만도……."

비화는 주제넘게 남편 말을 끊는 자신에게 혐오감을 느끼며 상기시켜 주었다.

"그런 사람들 있어도 그냥 모리는 척 눈감아주라꼬, 지가 하매 몇 분도 더 넘거로 말씀 안 드리던가예?"

내가 남편에게 너무 건방지게 구는 게 아닌가 우려하면서도 이렇게 말했다.

"있는 사람들이 그리하것어예? 없는 사람들인게 그라지예."

장사라고 해보니 외상 장부에 달자거나 밥값 계산도 하지 않은 채 도망치는 손님들이 예상외로 많았다. 그리고 솔직히 그런 사실에 대해선 재영뿐만 아니라 나루터집 식구들 모두 당연히 기분이 좋을 리는 만무했다. 그렇지만 근절될 것 같지가 않았다. 어쩌면 그런 종류의 일은 인간들이 사는 세상에서는 어쩔 수 없는 노릇인지도 모른다. 그래서 인간 세상이 아니겠는가?

그런데 재영의 입에서는 다른 소리가 나왔다. 아니, 비화가 조금 전 방에서 진무 스님과 나눴던 바로 그 얘기였다.

"들오는 손님들마당 모도 약속핸 거맨치로, 동업직물 비단이 일본에 수출된다쿠는 핑비 불 끄는 소리뿐이니, 후우."

자칫 손님들 귀에도 들릴 만큼 언성이 높아졌다.

"사람이 미치는 기 이래서 미치……."

짜증과 불만 섞인 목소리였다.

"여게가 콩나물국밥집이 아이고, 똑 비단 파는 포목점 겉다 아이요."

"아, 그런 문제라모……."

비화가 무슨 말을 하려는데, 그때 마침 또 한 무리의 손님들이 여느 때보다도 훨씬 더 시끌벅적하니 가게 문간으로 들어섰다.

"우와! 우째 그런 일이 다 있제?"

"대체 동업……."

곧장 비화 귀에 들리는 소리가 동업직물 비단과 일본 수출이다. 비화는 남편을 이해할 만했다.

"모도 탈탈 털어삐리시고 강바람이나 씌우고 오이소."

가슴에 바윗덩이가 들어앉은 것 같은 답답함을 떨치기 힘들었다.

"이 자리는 지가 앉아 있것심니더."

비화 그 말이 떨어지기 바빴다.

"내 쪼매 나갔다 오것소."

재영은 도망치듯 복잡한 나루터집을 빠져나갔다. 그러자 비화 눈이 어쩔 수 없이 그의 옷 주머니께로 갔다.

'저 속에 또 올매나 들었으꼬?'

당장 뒤쫓아 가서 그의 호주머니를 확 뒤집어보고 싶다. 오늘따라 남편이 한층 야속하고 원망스럽다. 하느님도 싫고 부처님도 싫다. 그녀 자신은 더 싫다.

'아, 내가 와 이라노? 이라모 안 되는 기다.'

비화는 억지로 마음을 다잡았다. 언젠가는 모든 게 밝혀질 것이다. 지금은 집안싸움 할 때가 아니다. 쓸데없는 데 힘을 낭비해서는 안 된다. 그러기에는 압박해오는 외부 세력이 너무나도 강하다. 제대로 한번 대적해보지도 못하고 자멸해버리는 어리석음만은 피해야 한다.

그런데 그런 비화를 놀리거나 괴롭히려고 작심이나 했는지, 마당 가 평상 쪽에서 또 이런 갖가지 이야기들이 그야말로 밑도 끝도 없이 들려왔다.

"역시나 배봉이가 보통은 넘는갑다야. 내는 우리 고을 비단이 일본에 수출된다쿠는 소리 듣고 천지개벽하는 줄로 안 알았나."

"섬나라 오랑캐 늄들이 우리 비단을 전신만신에 친친 감고 돌아댕기는 꼬라지를 상상만 해봐도 신난다 아이가."

"배봉이매이로 하빠리(하치) 인간이 하는 동업직물이 아이고, 심성

똑바린 그런 사람이 하는 비단이모 더 좋을 낀데."

"그거는 맞다. 배봉이나 점벡이 행재 고것들이 왜눔만큼이나 밉다 아인가베."

"그래도 왜눔들 돈을 마이 벌어들이거로 됐은께, 똑 안 좋거로만 볼 거도 아인 기라. 넘 나라하고 상대하는 기 아아들 반주깨비도 아이고."

"하기사! 동업직물이 아모리 밉다 캐도 왜눔들보다야 밉것나?"

"하모, 그거도 다 맞다. 그라고 이런 이약하모 넘들은 낼로 막 욕할랑가 몰라도 안 있나, 우떤 점에서는 배봉이가 존갱받을 만 안 하나."

"어? 딴 데 가갖고는 그런 소리 별로 마라이. 그리쌌다가 우떤 구신한테 푸른장데이(멍) 들거로 맞아죽을랑고 모린다."

"죽은 우리 할배한테서 운젠가 들은 이약인데, 배봉이가 원래는 에나 찢어지거로 가난한 소작인이었다데."

"에나가?"

"하모, 지 재산은 자갈투성이 밭 한 떼기도 없었다 안 쿠는가베."

"야아, 그랬다꼬?"

"내도 몬 믿것다야!"

"그런 극빈자가 저리됐으이, 나라님이 후한 상이라도 내리실랑가 아나."

"하느님하고 부처님이 그리하시것다야."

비화는 끝내 두 손으로 귀를 틀어막고 말았다. 진무 스님 말씀이 옳았다.

돈의 힘. 배봉에게 돈이 붙으니 저런 소리까지 나오는 것이다. 이러다가 나중에는 무슨 말까지 나올는지 모르겠다. 무섭다.

그렇다. 인간 세상은 날이 갈수록 돈만이 큰소리치게 될 것이다. 돈만이 진리요, 돈만이 정의가 되는 세상이 오고 있다.

누구는 비단 깔고, 누구는 나뭇잎 덮고

민심은 천심이라 했던가?

어쩌면 하판도 목사를 등에 업고 온갖 나쁜 짓을 자행하는 임배봉 집 안을 향한 고을 백성들 원성이 하늘에까지 닿았음인지도 모르겠다. '호사다마'라는 말도 있긴 하다.

어쨌거나 비단 일본 수출 소문으로 동업직물이 세상 부러움을 사고 있는 가운데 터진 그 사건은 고을을 온통 들쑤셔 놓았다. 세상은 그 사건만을 위해 만들어졌고, 사람들은 그 사건만을 말하기 위해 존재하는 것 같았다.

— 분녀라모 동업직물 큰며느리 아이가?

— 누가 아이라쿠는데?

— 대체 우떤 가매를 탔노? 호시다(기분 좋다).

— 옛날 세종 임금이 측우기를 맹글은 장영실이 맨든 가매를 탔다가 딱 내리앉는 바람에 엄청시리 다칫다쿠는 이약은 들었지만도, 가매라쿠는 기 오데 흙부스러기매이로 그리 잘 부서지는 물건가?

— 그 여자가 넘들보담 돈 쪼매 더 있다꼬 쑥쑥하거로(더럽게) 군께,

가매꾼이 화가 나서 역불로 돌뿌리에 걸리서 고마 넘어지는 체함서, 가매를 팍 엎어삧다는 말도 있는데.

– 가매 지 스스로가 그랬는가도 모리제. 오데 가매라꼬 생각이 없으까이.

– 에이, 그거는 아일 끼고. 우쨌든 몸이 반신불수가 됐담서?

– 하모. 혼자서는 한군자리(한군데)서 일어나 앉지도 몬 한다쿠는 소문이더마.

분녀의 가마 추락사건. 그것은 장차 어떤 방향으로든 어느 정도든 간에, 임배봉 가문을 크게 뒤바꿔놓을 계기가 될 것이다.

실제 상황은 소문보다도 더욱 나빴다. 가마에서 떨어지면서 가장 많이 다친 부위가 하필 허리였다. 그것은 큰 척수장애를 가져와 몸을 옴짝달싹도 못 하게 만들어버린 것이다. 걸려도 더럽고 심하게 걸린 꼴이었다.

하루아침에 평생 안방 구들장을 져야 할 신세가 돼버린 분녀는, 졸지에 들이닥친 그 불행 앞에 눈물조차 나오지 않았다. 차라리 튀어나온 돌부리에 머리를 있는 대로 '꽝' 부딪쳐 정신이상자가 되느니보다 못하다 싶었다.

'그란데 요눔의 대갈빼이가 돌았나?'

그랬다. 참으로 기묘한 노릇은, 신체는 회복 불능의 불구가 되었는데 어쩐 셈인지 정신은 도리어 훨씬 더 말짱해진다는 사실이었다. 분녀 귀에 집안에서 부리는 사내계집 종들이 수군거리는 소리가 전부 들리는 듯했다.

"머 돈 쪼매 있다꼬 그라는 기 아이제."

"성한 두 다리 놔놓고 거씬하모 가매를 타더이 고소하다, 고소해."

"하모, 누가 와 아이라쿠나? 깨소곰, 참지름, 열두 되 묵은 거보담도 상구 더 고소하다 아인가베."

210

"맨날맨날 우리를 그리 몬살거로 달달 볶아대더이, 천벌을 받은 기 아이고 머꼬?"

"천벌이 아이라 만벌이다 고마!"

"인자 저 여자 인생은 종 쳤다, 종 쳤어. 내 겉으모 저리 안 살고 죽어 삔다."

"그나저나 앞으로 이 집안은 우찌 될랑고?"

"걱정도 팔자다. 비싼 밥 묵고 그리 할 일도 없는가베."

"내 말이 딱 그 말이다. 우찌 되든가 말든가."

예전 같으면 즉시 불고를 내련만 이제는 스스로가 힘들어, 누군가가 그보다 더한 소리를 해대도 부질없고 귀찮아 어쩌고 싶지도 않았다. 그러나 분녀로 하여금 혀를 콱 깨물어 죽고 싶을 만큼 서럽고 화가 나게 하는 건 종들이 아니었다.

그게 누구인가? 사람 참으로 미치고 팔짝 뛰게도, 시아버지와 남편이 그 장본인들이었다. 지난번 부산포행 때부터 배봉 마음은 이미 억호에게서 만호한테로, 또 분녀 자신에게서 아랫동서 상녀한테로 옮겨가 버렸다는 그런 사실을 알 리 없는 분녀였다. 더군다나 현재 억호는 관기 해랑에게 완전히 미쳐 있다는 것도 모르는 분녀였다.

'으으, 우찌 이랄 수가 있노?'

생각하면 할수록 너무나도 억울하고 괘씸했다. 시어머니는 애당초 기대도 하지 않았지만, 시아버지라는 사람도 처음 한 번 삐쭉 얼굴을 내밀고 가더니만 그 뒤로는 아예 코빼기도 비치지 않았다. 남편이란 사람도 어쩌다가 한 번씩 들어와 무슨 말 한마디도 없이 잠시 앉았다간 휑하니 나가버리기 일쑤었다.

'내 몰랐다, 에나 몰랐다.'

분녀는 몰랐었다. 하지만 몰랐던 그만큼 이제는 확실하게 알았다. 지금 자기 곁에 있는 사람은 단 두 사람, 동업과 언네뿐이란 것이다.

아버지가 동생 재업을 더 좋아하는 반면에, 어머니는 자신에게 더 정을 준다는 사실을 깨닫고 있는 동업이었다. 그는 꼼짝도 하지 못하고 자리보전을 하는 분녀 머리맡에 앉아 계속 청승스럽게 찡찡 울기만 했다.

문제는, 언네였다. 지금 분녀가 믿고 의지할 사람은 오직 언네밖에 없었다. 그랬다. 나이 먹어가면서 집안 젊은 종들에게마저 구박 덩어리 취급이나 받던 언네의 위상이 한순간에 달라지기 시작한 것이다. 사람 팔자 무슨 문제라더니, 그건 바로 이즈음의 언네를 두고 하는 말이었다.

설혹 이빨 다 빠진 호랑이도, 호랑이는 호랑이다. 비록 반신불수의 몸이지만, 안방마님은 안방마님이다. 아직은 말도 제대로 하고 정신 또한 온전한 분녀였다. 깊은 상처 입은 암고양이가 그 날카로운 발톱을 더 곤두세우듯이, 분녀는 약해진 자신을 지켜내기 위해 동물적인 본능으로 중무장한 셈이었다.

또한, 그녀에게 속셈이야 어떻든 당장 보이는 눈앞에선 제 간이나 창자라도 그대로 쏙 빼줄 것같이 하는 언네가 있다. 언네는 분녀의 충실한 손과 발이 되어 움직여 주었다. 분녀 몸이 그렇게 되기 전보다도 더 충견이 되었다.

'내가 노다지(늘) 수모를 당함서도, 참고 산 보람이 인자 나타난 기라. 몬 살것다꼬 그냥 콱 죽어삣으모 억울해서 우짤 뿐했노?'

언네는 분녀, 아니 누구도 몰래 회심의 미소를 흘렸다. 지금부터 분녀 힘을 빌려 서서히 복수를 시작할 것이다. 새로운 인생길이 눈앞에 쫙 펼쳐졌다. 여태까지 살아온 길에는 눈비만이 몰아쳤다면, 이제부터 살아갈 길에는 꽃향기가 그윽하리라.

'아, 에나 살맛난다. 아즉꺼정 모리고 있었는데 사람은 요런 맛에 사는갑다.'

인생의 봄날이 왔다. 북치고 나팔 불어라.

어디 분녀뿐이랴. 동업도 점차 찬물 한 그릇 떠다 주지 못하는 제 어미보다 착착 모든 뒷바라지를 해주는 언네 눈치를 살피기에 이르렀다. 언네는 더없이 좋으면서도 한편으로 씁쓸하기 그지없었다.

'인간이라쿠는 거는 빈부귀천을 막론하고 지한테 득이 되는 사람 쪽에 서는 진짜 간사한 동물인 기라.'

주먹으로 동업의 뒤통수라도 꽉 쥐어박을 것같이 했다.

'눈깔만 붙은 조것도 하매 그리 안 하나. 호홋.'

언네는 하루하루가 구름 위를 둥둥 나는 날들이었다. 머리 위에는 짱짱 소리 날만큼 밝은 해와 푸른 하늘만 펼쳐져 있었다. 종들은 안방에서 나오는 언네를, 늙어가는 천한 종년이 아니라 고귀하신 안방마님인 양 바라보았다. 물론 분녀 명에 따라 행해지는 집안일들이지만, 그것은 곧 언네 하나의 손에 의해서 좌지우지된다는 사실을 누구도 부인하지 못했다.

"오데 갔다 옵니꺼? 진짜 오랜만이라요. 요새는 와 그리 얼골 보기 심듭니꺼, 예? 좀 비이주고 그리하이소."

"하이고! 갈수록 더 젊어지네예. 그 비갤(비결) 좀 갈카주이소."

"넘은 안 주고 혼자만 인삼 녹용을 삶아 잡숫는가베요?"

남녀노소 종들이 언네에게 잘 보이기 위해 갖가지 아부들을 늘어놓았고 온갖 비굴한 웃음을 지었다. 이제는 그들 입에서 운산녀가 언네 아랫도리를 어쨌느니 하는 따위 소리는 세상없어도 나오지 못할 것이다.

그러나 자기도취에 폭삭 빠져버린 언네는, 다른 종들이 모두 다 듣고 있는 바깥소문에 대해서는 도무지 모르고 있었으니, 등잔 밑이 어둡다는 소리는 바로 그녀를 두고서 생긴 말이었다.

그 풍문은 감영에 딸린 교방에까지 알려졌다. 아니, 실제로 따져본다면 그보다 훨씬 더 앞선 이야기들이었다.

관기들은 곧 있을 행사를 위해 춤과 노래 연습을 부지런히 해야 함에도 온갖 잡담 나누기에 여념이 없었다. 그 자리에 끼지 못하면 시대에 뒤떨어지기라도 하듯 했다.

"아모리 시상 사내는 우떤 누도 믿을 수 없다쿠지만도, 지 부인이 그리 돼삘 기 올매나 됐다꼬, 하매 그런 소문이 나거로 하노 말이다."

"동업직물 가문 일인께 안 그렇것나. 그기 아이고 보통 집 겉으모 이리 야단법석이것나. 그냥 돌아보지도 안 할랑가 모리제."

"내사 사람이 무섭다. 구신보담도 상구 더 무섭다. 아, 무시라, 무시라."

"니 그거 아나? 입은 삐뚤어져도 말은 똑바로 해라 글캤다."

"그라모 입 삐뚤어진 니가 함 이약해 봐라. 머라캐야 똑바린 말인고."

"해라쿠모 몬 할 줄 알고? 사람이 아이고 남자라꼬 해야제."

"니 또 남자!"

"또 남자가 아이고, 그냥 남자!"

"요 문디이가?"

진정 어처구니없고 경악스러운 사건이 아닐 수 없었다. 동업직물 후계자 억호가 새로운 부인을 맞아들일 거라는 풍문이 쫙 퍼진 것이다.

"누가 그 집 안방마님이 될 낀고 에나 부럽다."

여자들 입이 셋만 모이면 밥그릇도 깬다고 했던가. 긴가민가하던 이야기가 점점 엉뚱한 방향으로 흘러가기 시작했다. 잘못 파인 수로水路로 물살이 콸콸 넘치듯이 하였다.

"그 여자는 동업직물 최고갱영자 부인이 떡 돼갖고, 인자부텀 돈하고 맹애하고를 한꺼분에 거머쥐거로 되것다, 그자?"

214

지홍은 꿈꾸는 얼굴이 되었다.

"사내들 앞에서 장 노래하고 춤추고 술 따르는 거 인자는 신물이 난다. 내가 그 소문의 여주인공이 되모 올매나 좋을꼬!"

한결이 그 말을 걸고 나섰다.

"내사 용상에 앉히준다 캐도 그 점벡이 마누래는 되기 싫다 고마. 성질이 글키 포악하담서? 시집가서 맹물만 묵고 살아도 착한 서방 만내야제, 억만금이 있다 쿠더라도 악한 서방이 머가 좋아서."

월소가 지홍 편을 들었다.

"말은 그리싸도 안 그럴 낀데? 막상 억호가 나타나갖고, 내하고 같이 삽시다, 그리하모, 싫다꼬 할 사람이 우리들 가온데서 몇이나 되것노?"

지홍이 월소를 껴안으면서 말했다.

"내하고 같이 삽시다."

청라가 킥킥거렸다.

"여 우리끼리만 있은께 하는 소린데 안 있나, 억호 그 사람 억수로 좋담서, 억수로? 그래서 이름이 억, 억혼갑다."

그 말이 떨어지기 무서웠다.

"머라꼬?"

저마다 멸시와 증오의 눈빛으로 공격하듯 쩨려보자 청라는 이렇게 얼버무렸다.

"기생방에 그런 소문이 쫘악 퍼지 있다 쿠던데 머."

"하 목사가 그 소리 들으모, 니 가래이 쫘악 찢어줘일라 쿨 끼다."

영봉이 입을 삐쭉거리며 한 말이었다.

"하 목사가 내한테 그리라도 관심 쪼매 가지주모, 가래이 쫙 아이라 쫙쫙쫙 찢어지도 좋것다. 하 목사 눈에는 저 해랑이밖에 안 비인다 아이가."

그러면서 청라가 턱짓으로 가리키는 곳에는 그때까지 고개도 들지 않고 말 한마디 하지 않은 해랑이 있었다. 그러자 모두 해랑이 이곳에 함께 있었던가 하는 얼굴들로 거기를 돌아보았다.

해랑의 침묵. 지금 그 자리에서 그 연유를 알고 있는 기녀는 오직 단 한 사람, 효원밖에 없었다. 요즈음 관기들 최대 관심의 중심에 서 있는 인물 억호가 해랑에게 준 패물에 대해서도 유일하게 알고 있는 효원이었다.

그러나 그 효원도 전혀 모르는 게 있었다. 불과 며칠 전 새벼리에서 해랑과 억호가 나눈 이야기에 관해서는. 지금 해랑 머릿속은 온통 그 생각들로만 가득 차 있다는 것도 알지 못했다.

그리고 당사자인 해랑도 짚어내지 못하는 것이 있었다. 왜 자신이 새벼리로의 발길을 끊어버리지 못하는가를. 그래서 그것은 역시 저 지독한 몽유병 속에서 벌어지는 일들인가 보다고밖에 받아들여지지 않았다.

아니다. 그렇게 생각하려고 했다. 그러지 않고서는 못 살 것 같았다. 아무리 억호가 준 패물 덕분에 어머니 폐병을 고치고 불탄 집을 새로 지었다고는 하더라도, 그게 억호를 계속해서 만나게 하는 어떤 핑계나 명분이 될 수 없다고, 결코 그렇게 되어선 안 된다고, 골백번도 더 자신을 꾸짖기도 하고 타이르기도 하는 터였다.

'그란데 와?'

그렇다면 언젠가 비화에게 말했던 것처럼, 자의에서든 타의에서든 간에 그가 이 해랑의 첫 번째 남자라는 이유 때문에?

첫 번째 남자.

해랑은 그 말을 마치 여문 견과류 깨물듯 입안에서 꼭꼭 씹어보곤 했다. 여자에게 첫 번째 남자는 그토록 무거운 비중을 가지는 것일까? 그렇다면 남자에게 첫 번째 여자는? 모르겠다. 어떤 점에서 볼 때 그것은 여자들 자신이 남자들에게 속박되기를 자청하는 잘못을 범하는 것인지도 알 수 없다. 여하튼 스스로의 인격을 평가 절하하는 것 같은 것이다.

끝내 '패물'과 '첫 번째 남자'에서 해답을 얻지 못한 해랑은, 열병 앓듯 끙끙대다가 어느 순간 갑자기 화들짝 놀라곤 했다.

바로 앞에 서 있는 사람은 비화였다.

비화와 자신이 친자매같이 지낸 것은, 두 사람이 서로 비슷한 처지와 환경이었을 때에만 가능했다. 하지만 자신은 관기가 되고 비화는 나루터집 주인이 되면서부터, 둘의 사회적 위치랄까 좌우지간 사람이 세상을 살아가면서 타인들에게서 평가받는 잣대로 재볼 때, 그들은 더 이상 친자매 같은 관계를 유지하기 어려웠다. 적어도 해랑이 판단하기에는, 특히 그녀 자존심에 비춰볼 땐 그랬다.

그러나 그렇다고 해서 그게 억호와의 만남이 끊어지지 않고 지금까지도 이어지게 해주는 어떤 밑바탕이라고는 우길 수 없었다. 그렇다면? 어쩌면 '패물'과 '첫 번째 남자' 그리고 '비화'라는 세 개의 올가미에 씌어 몽유병자처럼 살아왔는지도 모르겠다.

그 첫 번째 남자는, 그 패물을 미끼로, 비화라는 그림자를 이끌고, 해랑 자신 앞에 우뚝 서 있었다. 그는 사업에 문외한인 해랑에게 제 생각대로 털어놓았다.

"내 아내 소문은 들어 알고 있을 끼요."

어떻게 저런 말을 저렇게 쉽게 할 수 있을까 생각하는 해랑 귀에 이런 말도 떨어졌다.

"식물인간 되신하이(엇비슷하게) 돼삐릿소."

그 순간에는 해랑 그녀가 식물인간 같았다. 어디든 단 한 발짝도 움직이지 못하고, 그저 한 자리에서만 속절없이 바람과 비를 맞으며 흔들리는 식물이었다.

"운젠가는 내가 동업직물을 물려받을 것이오."

"……."

"시방 내 이약 듣고 있소?"

억호는 굉장한 자신감이 넘쳐 보였다. 여자 하나가 그에게는 저토록 크고 깊은 힘이 되는 걸까? 해랑은 문득 그런 의아심이 들었다.

"그라모 함께 사업을 이끌어 나갈 안사람이 필요하요."

해랑의 귀에 다른 소리는 남아 있지 않고 '안사람'이라는 말 하나만 맴을 돌았다. 억호는 한마디로 천방지축이었다. 해랑이 느끼기에 그런 몽상가가 없었다.

"사업가한테 아내는 단순히 아내 역할만 하는 사람이 절대 아인 기요."

종잡을 수 없는 소리들이 그의 입에서 쏟아져 나왔다.

"사업 동지요."

"동지……."

그렇게 되뇌는 해랑 머릿속에 뜻을 같이하다 비명에 간 저 임술년 농민군들이 떠올랐다. 그리고 동지라는 그 말이 어느 쪽에 더 잘 어울릴까 하는 엉뚱한 생각도 얼핏 들었다. 우리 관기들에게도 그런 말을 붙일 수 있을지 모르겠다는 혼란스러움도 함께였다.

"자고로 사내란 집안이 무사해야 밖에 나가서도 큰일을 할 수 있소."

가정의 평안을 강조하는 억호는 그렇게 모범적인 가장家長일 수가 없었다. 그의 아내와 자식들을 용상에 앉힐 사람 같았다.

"가화만사성, 가화만사성이란 말 들어봤을 끼요."

그리고 그 소리가 나온 것은 다음 순간이었다.

"그러이 해랑이 내 아내가 돼 주시오. 정식으로 청혼하요."

"……."

해랑은 무엇을 물려 놓은 것처럼 입을 딱 벌린 채 이상한 동물 보듯 억호를 바라보았다. 도대체 방금 내가 무슨 소리를 들었는가 싶었다.

'그렇구마.'

해랑은 속으로 수없이 고개를 끄덕거렸다. 억호 그도 몽유병자임에 틀림없다. 그것도 해랑 자신만큼이나 구제불능인 몽유병자다. 입이 백 개라도 현실 속에서는 저런 말을 할 수가 없다.

아니다. 모든 것들이 비현실이다. 그래, 내가 이 세상에 태어났다는 사실부터가 그러하다. 옥진이가 해랑이로 된 것도. 어머니도 아버지도 비화도 현실이 아니다.

"해랑!"

억호가 몸을 날려 왔다. 해랑은 생각했다. 아아, 또 몽유병이 도지려나 보다. 제발 이 지독한 몽유병에서 빨리 벗어나고 싶다. 결국, 몽유병자는 이 해랑인 것을. 그녀는 그저 언제 끝날지 모르는 그 저주와 통한의 몽유병이 어서어서 물러나기만을 빌고 또 빌었을 뿐이다.

억호는 매처럼 새벼리를 맴돌고, 분녀는 안방에서 한 발짝도 나오지 못하고 있을 그즈음, 배봉의 사랑방에서는 배봉과 만호, 상녀 부부의 은밀한 이야기가 한창이었다.

"너거 부부도 그 소문 들었제?"

배봉은 내 콧구멍이 두 개이기에 숨을 쉬고 있지, 하는 빛이 역력했다.

"억호 그놈이 새장가 들 끼라쿠는 거."

만호가 한층 비대해진 상체를 흔들어가며 억호를 힐난했다.

"아부지한테는 입도 달싹 안 하고 우찌 그런 소리를 벌로 해쌌고 댕기는고, 내도 할 말이 쌔삣심니더."

인상을 험하게 짓고 매몰차게 이런 말도 내뱉었다.

"내는 억호 성이 성이라꼬 생각 안 합니더."

그러면서 만호는 아버지 모르게 아내에게 점이 박혀 있는 쪽 눈을 끔벅끔벅했다. 그러자 상녀도 너무나 걱정스럽고 서운하다는 표정을 지어 보였다.

"아버님께서 피땀을 흘리시갖고 세우신 우리 동업직물을 물려받아 더욱 번창시키야 할 아주버님 아입니꺼?"

그곳 최고급 장식품들이 서로 마주 보는 것 같았다.

"으흐음!"

배봉 입에서 크게 치미는 분노를 삭이지 못하는 소리가 터져 나왔다. 아무래도 폐부가 서너 번은 뒤집혔겠다 싶어 상녀는 자신도 모르게 몸을 움찔했지만 거기서 멈출 마음은 없었다.

"그런 분이 여자한테만 증신이 팔리시어······."

"고마해라!"

배봉이 며느리 말을 싹둑 잘랐다. 음성에는 시퍼런 작두날이 섰다.

"흐응! 지깟 눔이 누 멤대로 동업직물을 물려받아?"

콧잔등을 찡그리면서 말했다.

"아나콩콩."

상대편의 분수에 맞지 않는 희망을 비웃는 그 말이 듣기 좋으면서도, 상녀는 짐짓 듣기 민망하다는 얼굴을 했다.

"그래도 아버님 장자신데 말입니더."

벽면에 붙어 있는 액자가 눈에 띌 정도로 삐뚜름해져 있었다. 그것은 그 방의 주인과 썩 잘 어울려 보였다.

"내 이약 잘 듣거라."

배봉이 제 딴에는 아주 정색한 얼굴을 하고 성당 신부처럼 엄숙한 목소리로 말했다.

"앞으로 대외적으로 우리 동업직물 대표는 만호 니가 맡아 하고, 집안 맏며느리 역할은 은실이 에미 몫이라꼬 생각해라."

마음이 몹시 편치 못하다는 낯빛으로 가장하고 있던 만호가 형제간 우애 깊은 아우인 양 말했다.

"그래도 우에 억호 성이 있는데예."

상녀도 앵무새처럼 따라 했다.

"그래도 우에 분녀 성이 있는데예."

배봉은 잔뜩 성이 난 얼굴로 반문했다.

"성?"

만호는 내심 쾌재를 부르며 한 번 더 얘기했다.

"하모예. 새이예."

진작 맛을 본 상녀가 또 같은 말을 꺼내려고 했는데 여의치 않았다.

"새이 겉은 소리 내 앞에서 하지 마라."

배봉이 흥, 하고 코웃음을 친 후 딱 잘라 말했다.

"더 이상 억호를 큰아들이라꼬 믿고, 동업이 에미를 큰며느리로 착각하고 앉아 있다가는, 우리 집안은 죽도 밥도 안 된다 고마."

만호와 상녀는 동시에 코가 방바닥에 닿을 듯이 머리를 조아렸다.

"시방 아부지께서 하신 그 말씀, 두고두고 가슴에 박아두것심니다. 억호 성한테는 쪼매 미안한 일이지만도, 우리 가문을 위해서는 우짜것심니꺼?"

어디선가 무슨 짐승이 내는 소리가 들렸다.

"까딱 잘몬하모, 집사람이 방금 전 말씀드린 대로, 아부지가 팽생 피땀으로 세우신 우리 동업직물이 썩은 서까래매이로 고마 와르르 무너지삘 수도 있심니더."

"지가 모지래는 기 상구 많은 여자지만도, 아버님께서 그리 애지중지

하시는 동업이하고 재업이도 친에미맹커로 보살피것심니더."

혀가 닳은 그 효과는 금방 나타났다. 배봉은 너무 좋은 이야기를 듣고 정신이 없는 사람처럼 보였다.

"가슴에 박아? 친에미맹커로?"

이럴 땐 여자가 더 발달되었다. 만호보다 상녀가 더 날렵하게 입을 놀렸다.

"예, 그러이 아모 걱정하지 마시소. 성님 두 자슥들을 우리 은실이 돌보듯기, 아입니더, 은실이보담도 몇 배 더 열심히 키우것심니더."

사랑채 마당에 서 있는 회화나무에선가 새가 휘파람 소리를 내고 있었다.

"고맙거마는, 고맙거마는."

배봉이 감격에 겨운 목소리로 계속 말했다.

"너거 두 사람 그 말 들은께, 그래도 내 멤이 쪼매 낫다."

만호가 아까처럼 배봉 몰래 상녀에게 한쪽 눈을 찡긋해 보이며 말했다.

"앞으로는 한거석 낫을 낍니더, 아부지."

상녀도 그렇다는 표시로 보는 사람이 어지러울 정도로 고개를 마구 끄덕였다.

"음."

배봉은 억지로 마음을 다잡는 눈치였다. 그래도 여전히 맏이 내외에 대한 미련이 남아 있는지 이런 말을 했다.

"억호 저눔은 그런 소문이나 냄서 댕기고, 큰며누리라쿠는 거는 하로 내내 누서 지내야 할 행핀이라."

하지만 금세 사람이 바뀌었다.

"내가 요새 들어와갖고 시상 살맛이 토옹 안 나는데, 인자는 쪼끔 속이 괘안은 기라. 내는 오즉 너거들만 믿는다."

그러더니 또 한다는 소리가 층층이었다.

"어, 각중애 우리 은실이가 와 이리 보고 싶노?"

"……."

만호와 상녀는 또다시 배봉이 알지 못하게 마주 보면서 입가가 찢어졌다. 뭉게구름같이 피어오르는 꿈에 부풀어 만세 삼창이라도 부르고픈 얼굴들이었다. 억호와 분녀에게 두 아들이 생기고 배봉이 그 손주들을 애지중지할 때까지만 해도, 만호와 상녀에게는 아무 꿈도 희망도 보이지 않았다. 모든 게 그렇게 마무리될 듯싶었다.

그러나 이제 판도는 역전되었다. 누가 봐도 억호와 분녀는 다 끝장난 인생이었다. 남의 불행이 곧 나의 행복이라더니, 과연 틀린 말이 아니란 게 현실로 드러났다.

"내가 먼젓번에 이약했지만도, 비화 고년을 함 봐라."

배봉은 누런 금박 입힌 곰방대를 입에 물었다. 그 모습이 얼핏 막대기를 입에 문 돼지를 방불케 했다.

"치매 두린 여자 하나라도, 백 남자보담 사업을 더 잘하고 안 있나."

저주를 퍼붓듯 하는 그의 눈알이 곰방대에 붙이는 불처럼 붉었다.

"우리 은실이도 함 잘 키워 봐라."

두 사람 입에서 비명 같은 소리가 한꺼번에 터졌다.

"예에? 으, 은실이를예?"

"그, 그라모 아, 아버님은 우, 우리 은실이를!"

배봉은 뭐 놀랄 말도 아니라는 듯 담배 연기를 후우 뿜어내고 나서 툭 내뱉었다.

"비화 고년 땜새 울화통이 막 터지 죽것는데, 은실이가 고년보담 더 잘하모 내사 십년 묵은 채정이 쑥 내리갈 끼라."

그 방 가구들이 저마다 몸을 털썩 내려놓는 것 같았다.

"아부지이!"

"하이고오!"

만호와 상녀는 한 번 열린 입을 다시 다물지 못했다. 아무리 현재 아버지가 형 부부 때문에 감정이 몹시 상해 있지만 저렇게까지 나올 줄 몰랐다. 한 가족으로 백 년을 함께 살아도 알 수 없는 게 인간의 속내인지도 모른다.

그리고 그 방 어느 누구도 알지 못했다. 그때까지 밖에서 그들이 주고받는 대화를 하나도 빠뜨리지 않고 모두 훔쳐들은 그림자 하나가 소리 없이 사라져가고 있다는 것을. 그것은 유령의 움직임과 버금갈 만했다.

그림자 주인은 언네였다.

그녀는 분녀 명을 받고 배봉을 보러 왔다가 우연히 그들 대화를 엿듣게 된 것이다. 두 다리를 재게 놀려 급히 억호가 있는 사랑채로 향하는 언네 머릿속은 굴렁쇠나 팽이보다 더 빠르게 돌아가고 있었다.

'이리 기맥힌 일이 오데 있노?'

원래 언네는 별로 똑똑한 여자는 아니었다. 그런데 이 세상이 그녀를 쇠처럼 담금질하여 딴 사람으로 만들어 놓았다고나 할까? 산전수전 다 겪은 요물로 변신해 있는 것이다.

'억호한테 이런 사실을 알리야 하는 기라.'

언네는 하도 흥분한 나머지 자꾸만 두 다리가 고장 난 가위다리같이 엇갈렸다.

'요 집구석 식구들을 이간질시킬 에나 좋은 기회 아이가.'

아무리 헤아려 봐도 이런 멋진 극약은 다시없을 것 같았다. 그녀는 윷판 없이 말만으로 말을 쓰는 윷놀이를 하는 사람처럼 계속 속으로 중얼거렸다.

'내 이약 듣고 억호가 우떤 표정을 지을랑고? 호홋.'

높고 긴 담장 위에 올라앉은 참새들이 그 작고 짧은 목을 방정맞을 정도로 흔들어대면서 와자하니 울어대었다.

'쨱쨱, 쨱쨱.'

억호는 때마침 사랑방에서 심복 양득에게 한창 무슨 지시인가를 내리는 중이었다. 그러다가 그는 너무나 흥분한 빛을 감추지 못하는 언네를 보는 순간 직감적으로 느꼈다. 언네가 뭔가 대단한 정보를 가지고 왔다는 것이다.

"괘안타. 이리 들오이라. 양득이한테 할 이약은 모도 끝난 기라. 양득이 니는 고마 나가 봐라."

억호는 서둘러 양득을 내보내고 언네를 방으로 불러들였다. 억호가 방문객들에게 자신의 부와 권세를 과시할 양으로 그야말로 지전으로 도배를 한 사랑방은, 그 화려하기가 이를 데 없었다. 조금만 더하면 아버지 배봉의 방을 능가할 만했다. 하지만 영악한 억호는 딱 그 정도에서 더 나아가지 않을 것이다.

'에나 더럽거로 잘 채리놓고 안 사나.'

언네는 들뜬 와중에도 심경이 씁쓸하기 그지없었다.

'시상이 와 이리 불공팽한고 모리것다. 그래서 내는 암만캐도 신을 몬 믿것는 기라.'

해마다 정월 첫 쥐날에 논밭 둑에 불을 놓듯, 당장 그곳에 불이라도 확 질러버리고 싶은 심정이었다. 그러면 쥐를 쫓듯 억호도 쫓아버릴 수 있을는지.

'우떤 늠은 비단자리 깔고 살고, 우떤 늠은 나모이파리 덮고 살고.'

언네가 속으로 그렇게 빈정거리며 읍내장터 나온 촌닭처럼 눈알을 굴려 방안을 이리저리 두리번거리고 있는데, 억호가 평소의 그와는 전혀 딴판이게 은근한 목소리로 물었다.

"내한테 할 이약이 있는 모냥인데, 머꼬?"

"……."

그래도 언네는 대궐 문짝 같은 방문 쪽을 연방 힐끔힐끔 살피며 얼른 입을 열지 않았다. 그러자 억호는 궁금증을 이기지 못해 안달이 난 목소리가 되었다.

"시방 여게 니하고 내하고 말고는 아모도 없다. 그러이 쌔이 말해봐라 쿤께?"

언네는 상대가 후끈 달아오를 때까지 지그시 눌러 기다리는 지혜를 알고 있었다. 그녀는 갑자기 지독한 말더듬이가 돼버린 듯했다.

"저, 저, 그, 그기……."

"그기 머?"

천성이 불같기로는 둘째가라면 서러워할 억호는 크고 투박한 손바닥으로 제 복장을 탁탁 쳐댔다.

"허어, 답답타."

"……."

집안에서 부리는 종 몇이 발소리를 죽여 가며 마당 가를 지나가는 소리가 아주 낮게 났다. 주인들이란 게 하나같이 포악스러워 조금이라도 신경에 거슬리는 언동을 하면 그 즉시 물고를 내는 판인지라 그 집 종들은 언제나 그런 식이었다.

"요 내 속이 활활 탄다, 타."

저놈 처소에 불을 내버리고 싶었는데 몸속에 불이 났다니 훨씬 더 잘된 일이라고, 정말 산 채로 화장을 시켜버릴 무슨 방도가 없을까 그런 궁리까지 해보는 언네였다. 여간해선 같은 말을 두 번 묻는 법이 없는 억호가 이날은 달랐다.

"그기 머신데?"

그런데도 언네가 시종 묵비권을 행사하듯 하자 억호는 비단 보료를 둘둘 말아 집어던질 사람처럼 조바심마저 보였다. 언네 연극은 극에 달했다.

"이, 이런 마, 말씀 드, 드리도 될까 모, 몰라서……."

억호는 인정미 넘치는, 세상에 다시없이 착한 상전이 되어 다독이듯이 했다.

"모리기는 머를 몰라?"

사랑채 지붕 위에서 까막까치가 울부짖듯 소리를 냈다. 그것은 사랑채에 딸린 하인인 사랑지기가 고하는 말 같았다.

"또 말 안 하네? 안 할 끼네?"

떠도는 구름의 그림자일까? 방문 위로 잠시 어두운 빛이 드리워졌다가 다시 밝아졌다.

"그냥 말하모 되제. 얼릉!"

언네는 아이들이 장난삼아 지푸라기로 건드리는 자라목처럼 목을 움츠렸다.

"그, 그래도예."

억호는 더욱 심상치 않음을 느꼈다. 뭔가 내 신상에 큰 변화가 다가오고 있는 것 같다는 동물적인 직감에 심장이 떨렸다. 그렇지만 이런 때일수록 침착해야 한다.

"알것다."

억호는 슬그머니 끈을 헐렁하게 풀었다.

"그라모 천천히 이약해봐라. 오데 세월에 이끼 끼것나."

한데도 언네가 말이 없자 아예 끈을 멀리 던져버리듯 했다.

"정 하기 싫으모, 머 꼭 안 해도 된다."

세상은 저쪽에서 당기면 이쪽에서 버티고, 이쪽에서 느슨해지면 저쪽에서 다가오는 묘한 법이다. 참 간사한 게 인간이고, 달팽이 집처럼 돌아간 게 세상이다.

"그, 그런 거는 아, 아이고예."

마침내 언네는 배봉의 처소에서 자신이 몰래 엿들었던 소리를 털어놓기 시작했다.

"그런께, 말씀드리자모, 그기……."

"머? 머라? 머시라꼬?"

심상한 척 점잔을 부리면서 이야기를 듣고 있던 억호는 결국 스스로를 주체하지 못했다. 판소리에 등장하는 인물처럼 얼굴은 붉으락푸르락, 엉덩이가 들썩들썩, 점이 튀어나올 것 같고, 부르르 떨리는 두 주먹은 당장이라도 누군가의 면상을 세게 후려칠 것 같았다. 개떡 같은 성깔에 상대 멱살을 거머쥐고 바닥에 내동댕이친 다음 발로 콱콱 밟아버리지 않으면 그 자신이 견뎌내지 못할 환장한 사람처럼 비쳤다.

"시방꺼정 내한테 핸 말 중에 거짓은 없것다?"

이윽고 언네 이야기를 다 들은 억호가 눈을 부릅뜨고 집어삼킬 것같이 하며 다짐받았다.

"이년 손가락에 장을 지지것심니더, 서방님."

양쪽 손가락을 활짝 펴 보이며 언네가 말했다.

"그, 그랄 수가!"

억호는 생쥐에게 코털 뽑힌 호랑이 꼬락서니였다.

"으, 아부지하고 만호 고 새끼 부부가, 그런 말꺼지 주고받았다꼬?"

바람도 거의 느껴지지 않는데 방문이 저 혼자 덜컹거리다가 잠잠해졌다.

"쉰네도 요 두 귓구녕으로 똑똑히 들었지만도 몬 믿것심니더."

언네는 아직도 멍한 것같이 해 보였다. 억호 입에서 자갈돌 씹히는 듯한 쟁그라운 소리가 났다.

"칼로 모가지를 착착 쳐줴일……."

양반 방에 앉은 상놈이 따로 없었다.

"두고 봐라, 내가 너것들을 그냥 두고 보는가."

언네는 등골이 송연해지고 말았다. 아버지와 동생 부부를 싸잡아 '쳐 줴일 너것들'이라고 했다. 엄청난 배신감과 증오심에 사로잡힌 그의 얼굴은 사람의 그것이 아니었다. 언네는 절간 사천왕상 중에도 그렇게 무서운 얼굴은 보지 못했다.

"원하는 기 머신고, 기시지 말고 싹 다 말해라."

억호 그 말에 언네는 가당찮은 말씀이라고 펄쩍 뛰는 시늉을 했다.

"아입니더, 서방님. 쉰네는 그저 상전을 뫼신다는 멤에서 이리하는 깁니더."

억호는 지붕의 서까래를 받치는 도리가 있는 쪽을 쳐다보고 나서 말했다.

"아이기는 머가 아이라?"

언네는 두 눈을 내리깔았다.

"쪼꼼도 괘념치 마시이소."

그 방에 놓여 있는 호랑이 발 모양의 다리가 바깥쪽으로 휘어진 경상 經床 위에는 서책 한 권도 보이지를 않아, 책상 본래 용도는 어디로 가 버리고 공간만 차지하고 앉아 있었다.

"니가 자꾸 그라모, 닐로 그냥 안 둘 끼다."

언네는 눈에 비친 최고급 장판지에 가래침이라도 뱉고 싶은 충동을 억눌렀다.

"이년은 오즉 서방님 잘되시기만을 빌 뿐입니더."

입술에 침을 바를 필요가 없는 언네였다.

"니년이 잘되는 기, 내가 잘되는 기다."

억호 그 말에도 언네는 수도 없이 그저 머리만 조아렸다. 그런 언네 귀에 흥분한 억호가 혼자 중얼거리는 소리가 들렸다.

"내가 무신 일이 있어도 해랑이를 꼭 우리 집에 들앉히고 말 끼다."

거침없는 그의 성깔이 고스란히 전해지는 순간이었다.

"그라고 다린 것들은 모돌띠리 쫓아내삘 끼다."

아내 그리고 여자

오늘도 서당을 다녀온 얼이는 방에 책보를 휙 던져놓자마자 곧장 남강 흰 바위 있는 데로 내달렸다. 효원이 꼭 거기 있을 것만 같았다.

간밤에 줄곧 시달린 꿈이 너무너무 안 좋았다. 효원이 자기를 버리고 어디론가 혼자서만 훌쩍 떠나는 꿈이었다. 공부하는 내내 효원을 향한 그리움에 남강 물풀처럼 흔들렸다. 서책을 펼쳤지만 검은 게 글자고 흰 게 종이라는 것 말고는 느낄 수 없었다. 그러다가 나중에는 그마저도 구분이 되지 않았다.

물론 효원이 없으리라는 건 잘 알았다. 감영에 소속된 관기 신분이니 오죽이나 얽매인 몸이겠는가? 그렇지만 혼자서라도 그곳에 가서 터질 것 같은 심정을 조금이라도 달래고 싶었다. 그냥 집 안에 억지로 틀어박혀 있다간 발작이라도 일으킬 것 같아서 스스로 더럭 겁이 났었다. 짐승 모가지와 꽃대가 유혹하듯 눈앞에 어른거렸다.

'안 되것다. 오데라도 나가야것다.'

그런 얼이는 조금도 예상하지 못했다. 흰 바위가 있는 곳에서 그 놀라운 광경을 목격하게 되리라는 것은. 어쩌면 흰 바위도 철버덕 그 자리에 주저앉아버릴 것 같은 장면이었다.

'어?'

얼이는 처음에 제 눈을 의심하지 않을 수 없었다. 이런 소리가 입 밖으로 튀어나오려고 했다.

'저, 저기 뭔 일고?'

비화 누이 남편 그리고 얼이 자신이 매형이라고 부르는 박재영이 있었다. 그런데 혼자가 아니었다.

'여자닷!'

놀랍게도 그는 어떤 여자와 함께 있었다. 얼이 자신과 효원이 만날 땐 흰 바위에 나란히 앉아 밀애를 속삭이곤 했는데, 지금 그들은 바위에 올라가지는 않고 그냥 바위 옆에 서 있었다.

'까딱 잘못하모 들키삘라.'

얼이는 반사적으로 큰 나무 뒤에 숨었다. 재영 혼자였다면 반갑게 '매행' 하고 큰 소리로 부르며 곧바로 달려갔을 것이다.

'아인 기라, 이거는.'

그렇지만 여자와 함께 있다는 사실에 그는 무의식적으로 몸을 감추었다. 지난날 자신이 한참 어렸을 적에 재영이 바람이 나서 오래 집을 비웠다는 그 기억이 비수같이 얼이 머릿속을 찔렀다. 그처럼 기억이란 건 끈질긴 것이었다.

'어라?'

그런데 잠시 그들을 훔쳐보던 얼이는 더욱 고개를 갸우뚱했다. 거리가 다소 떨어진 탓에 두 사람이 주고받는 말소리까지는 들을 수 없었지만 뭔가 스쳐오는 전체적인 분위기가 매우 수상쩍었다. 긴장감마저 감돌면서 살벌하다고나 해야 할지.

'무시라.'

어쨌거나 일반적인 남녀 단둘만 있는 자리에서 풍기는 공기는 분명히 아니었다. 얼이는 또 다른 어떤 세상을 바라보는 느낌에 허우적거렸다. 지금 내가 박재영의 분신分身을 보는 것인가? 손오공이나 홍길동이 기이한 도술을 부려 여러 사람으로 나타나 보이듯이 말이다.

　'설마 그런 거는 아일 끼지만도 에나 요상타.'

　얼이를 한층 놀라게 하는 건 너무나 다른 두 사람 얼굴이었다. 남달리 눈이 밝은 얼이는 말소리는 못 들어도 모습이라든지 동작, 표정 등은 너끈히 읽을 수 있었다. 그런데 재영 낯빛은 시뻘겠고 여자는 아무렇지 않아 보였다.

　확실했다. 재영은 극도의 분노에 사로잡힌 얼굴이었고, 상대편 여자는 그런 남자를 보며 아주 유유히 즐기고 있는 얼굴이었다. 게다가 무엇 때문인지는 몰라도 재영이 여자에게 무어라 고함을 쳐도 여자는 도리어 웃음을 지었다.

　'참말로 해괴한 일도 다 있다 아이가.'

　강바람에 귀밑머리를 날리고 있는 그 여자는 마치 환상속에서 나옴직한 착각마저 불러일으켰다.

　'대체 저 여자는 누고?'

　얼이 눈에 갈수록 흰 바위는 축소돼 보이고 그 여자는 확대돼 보였다. 그리하여 세상은 점점 더 커진 거인 여자 하나로 꽉 채워질 듯했다.

　'저 여자가 눈데 매행이 저라노?'

　그 여자의 정체와 그들 관계가 너무나 궁금했다. 비록 세상을 오래 살지는 않았지만, 그 광경은 아무래도 현실 속에서는 있을 수 없는 거라고 여겨졌다. 그렇지만 이것 하나만은 확실해 보였다.

　'암만 봐도 넘들 모리거로 둘이 살짝 만내갖고 사랑을 나누는 그런 사이는 아인갑다. 그런 사이라모 절대 저랄 리는 없제.'

얼이 눈에 갇힌 매형이 너무나 답답하고 못나 보였다.

'그라모? 매행은 와 이리 한적한 데서 저런 여자를 만내갖고 저러키나 화를 몬 이기서 야단이까?'

생각할수록 수수께끼였다. 그것도 어쩌면 애당초 답이 없는 수수께끼였다.

'함 보자.'

얼이는 좀 더 여자를 상세히 뜯어보기 시작했다. 맨 처음에 보았던 인상과는 달리 꽤나 곱상하게 생겼다. 얼굴도 예쁘고 몸매도 무척 늘씬하다. 그 용모와 자태로 미뤄볼 때 매형이 바람을 피우는 여자인지도 모르겠다. 비록 지금은 다투는 것처럼 보이지만.

그래, 사랑싸움일 수도 있다. 나이와 신분과는 상관없다는 사랑싸움.

'아, 그렇다모 우짜노?'

당장 비화 누이 얼굴부터 떠올랐다. 오로지 일만 하기 위해 세상에 태어난 것 같은 여자. 그가 만난 여자 가운데 가장 참하고 성실한 여자였다.

정말 매형이 또 바람을 피운다면 비화 누이가 큰일이다. 그러자 매형이고 나발이고 냅다 달려가 재영의 멱살이라도 잡고 싶었다. 아내는 먹고살 거라고 열심히 장사하고 있는데 남편이란 작자가 저런 꼴이라니.

'어른들 말마따나 죽은 할배가 와서 말린다 캐도 안 되겠다.'

도무지 더 참지 못하겠다. 그리하여 막 그들 앞에 모습을 드러내려던 얼이는 흠칫, 하며 다시 나무 뒤에 몸을 감추었다. 한층 기이한 광경이 벌어진 것이다.

'저거는 또 무신 짓고?'

여자가 재영 코앞에다 손바닥을 내밀었다. 얼핏 봐도 무언가를 달라는 손짓이었다. 재영 얼굴은 샛노랗게 바뀌었다. 분을 억누르지 못해 그 자리에서 팍 꼬꾸라질 사람 같았다. 하지만 여자는 손바닥을 남자 코앞에 더욱 바싹 들이대더니 이번에는 약간 까딱까딱했다. 그 손바닥이 날름거리는 뱀 혓바닥을 연상시켰다. 어쨌든 쓸데없이 기운 빼지 말고 어서 내 말대로 하라는 주문 같았다. 아니, 그것은 협박에 더 가까워 보였다.

'아, 역시!'

재영이 씩씩거리면서도 웃옷 안주머니에서 무언가를 꺼내는 게 보였다. 그 순간, 얼이 눈이 휘둥그레졌다. 한눈에 봐도 그것은 돈주머니였다. 그것도 많은 돈이 들어 있는 듯싶었다. 틀림없었다. 얼이는 입속으로 비명 같은 소리를 질렀다.

'도, 돈을?'

재영은 돈주머니를 여자 발 앞에 내동댕이쳤다. 여자가 실실 웃어가면서 천천히 그것을 집어 들고 있었다. 얼이 눈에 그 모든 것이 도깨비 장난 같았다.

그러고는 끝났다. 그게 마지막이었다.

남녀는 돈주머니를 주고받자마자 이제 모든 흥정은 다 끝났다는 듯 휑하니 돌아섰다. 참 희한한 거래도 세상에 다 있었다.

여자가 먼저 그곳을 떠나기 시작했다. 재영보다 훨씬 더 강단이 있어 보였다. 그래선지 사람들이 여장부라고 부르는 비화 누이 얼굴이 얼이 머릿속에 다시 한번 더 크게 떠올랐다. 여자는 얼이가 숨어 있는 반대 방향으로 걸어갔다.

재영이 당장 여자의 뒤를 쫓아갈 것같이 하더니만 그러지는 못하겠는 듯 한순간 털썩 모랫바닥에 주저앉았다. 그 바람에 모래먼지가 폴싹 일고 있었다. 그래서인지 재영은 꼭 모래로 만들어진 사람 같았다. 그리하여 푸슬푸슬 헐어 끝내 그 모습이 사라지고 말 성싶었다.

얼이는 눈앞이 놀놀해지면서 가슴이 온통 무너지는 듯했다. 귓속이 윙윙거리고 머릿속이 꿀렁꿀렁했다. 하늘과 강이 서로 자리바꿈을 하는 것처럼 느껴졌다. 그렇지만 상황은 그 정도에서 그친 게 아니었다.

"으ㅎㅎㅎ."

재영이 별안간 오열을 터뜨린 것이다. 땅을 칠 것같이 하며 우는 그 모습이 얼이 눈에 매형이 아닌 것처럼 비쳤다. 비화 누이에게 그런 남편은 없었다.

여자는 한 번도 뒤를 돌아보지 않았다. 재영이 한 행동과 그의 울음소리를 듣지 못할 리가 없을 터인데도 불구하고 그대로 걸어가고 있었다.

'그냥 보통 여자가 아인 기라.'

간담이 덕석 같은 얼이도 가슴이 서늘하지 않을 수 없었다. 곱상한 생김새와는 다르게 참으로 매몰차고 무서운 여자였다.

'웨~액!'

재영의 바로 머리 위에서 울음소리와 함께 왜가리 한 마리가 원을 그리면서 빙빙 돌았다. 가슴 옆구리의 잿빛 줄무늬가 얼핏 보였다.

놈은 개구리나 뱀, 물고기를 사냥하듯 사람마저 노리고 있는 것 같았다. 한낱 미물에 지나지 않는 놈이 보기에도 재영이 만만한 존재로 비쳤는지 알 수 없었다. 만일 사냥총이 있다면 마구 쏘아버리고 싶었다.

아니다. 얼이가 실제로 쏘아 죽이고 싶은 대상은 바로 그 여자였는지도 모른다. 어른들 말마따나 삼수갑산 가는 한이 있더라도 말이다. 얼이는 지금이라도 곧바로 따라가서 그 여자를 거칠게 붙들어 세우고 묻고 싶었다.

'당신은 누고?'

그러나 그러지를 못했다. 순전히 재영 때문이었다. 매형은 자신이 거기서 한 비굴한 행위와 참담한 몰골을 처남에게 들켰다는 것을 아는 순간, 어쩌면 그대로 남강에 뛰어들어버릴지도 모른다. 그만큼 그때 그의 모습은 처절하고 애통해 보였다. 무슨 수를 써도 도저히 빠져나오지 못할 것 같은 무기력과 절망의 포로가 돼 있었다.

'우짜노? 우짜노?'

얼이가 이러지도 저러지도 못한 채 혼자 허둥거리며 망설이고 있는 사이에 여자 모습은 눈앞에서 완전히 사라져버렸다. 이제는 무얼 어떻게 하고 싶어도 할 수가 없게 돼버렸다. 참 고약한 노릇이 아닐 수 없었다. 그래도 재영은 모래밭에서 일어설 줄 몰랐다.

'에나 더 몬 보것다. 도로 내가 가는 기 낫것다.'

결국, 숨이 막힐 것만 같은 얼이가 먼저 돌아서야 했다. 매형뿐만 아니라 그 자신도 그 여자에게 당하고 만 것 같은 열패감과 억울함에 자해라도 하고 싶은 참담한 심정을 겨우 억눌렀다.

'고 괘씸한 여자를 운제 또 만나게 될 때가 있것제. 그때는 두 배, 아니 열 배 시물 배로 갚아줄 끼다. 기대해라이, 야시 겉은 여자야.'

재영 눈에 뜨이지 않도록 아주 조심조심 그곳을 벗어난 얼이는 나루터집을 향해 터덜터덜 걸어가기 시작했다. 세상으로부터 거절당한 기분이었다.

발밑에서는 깨어진 질그릇을 두드릴 때 나는 무겁고 탁한 소리가 났다. 바로 옆에서 울퉁불퉁한 길 위를 요란하게 지나가는 수레에서도 비슷한 소리가 들렸다.

"얼이 니 젊은 사람이 우째서 그러키나 심이 없어 뵈노. 해나 머를 잘 몬해갖고 훈장님께 꾸지람 들은 기가?"

마당가 평상에서 이제 막 나간 손님들이 비운 그릇을 챙기고 있던 송이 엄마가 얼이를 보고 물었다.

"그랬는갑다. 그래도 사내가 그라모 안……."

그녀가 한바탕 설교를 늘어놓으려 했다. 얼이는 아무 대꾸도 하지 않고 마당을 가로질러 자기 방으로 들어가 버렸다. 그 집 터줏대감 같은 대추나무가 그런 얼이 뒷모습을 무연히 지켜보고 있었다.

"얼이가 와 저라요?"

그때 마침 주방에서 나오는 우정 댁에게 약간 머쓱해진 송이 엄마가 또 물었다. 우정 댁은 얼이가 들어간 방 쪽을 할끔 바라보고 나서 어두운 낯빛으로 혼잣말처럼 중얼거렸다.

"요새 효원이가 안 온께 그런갑네."

그러던 우정 댁은 이번에는 하늘가로 눈을 돌리며 또 구시렁거렸다.

"사내자슥이 피피시럽다(남부끄럽다)."

송이 엄마가 알 듯 모를 듯한 표정을 지었다.

"효원이가 안 온께?"

우정 댁은 하늘에 떠다니는 구름 조각을 외면하며 한탄하는 목소리로 말했다.

"자유시러븐 기 사람보담 더 낫다."

한편 방바닥에 아무렇게나 벌렁 드러누웠던 얼이는 금방 일어나 앉았다. 숨통이 꽉꽉 막히고 답답해서 금방이라도 미쳐버릴 듯했다.

'그기 머하는 기고?'

매형과 그 정체불명의 여자가 하던 도깨비 같은 행동들이 눈앞에서 지워지지 않았다. 그 일이 실제로 있기는 했던가 싶기도 했다.

도대체 어찌 된 사연일까? 그 여자가 누구기에 매형이 그토록 화를 내면서도 돈주머니를 넘겨주었다는 말인가? 당장 머리채를 잡아끌고 모랫바닥에 처박아도 모자랄 판국인데?

'여는 머가 있는 기라. 남강 용왕도 알모 소리를 지릴 일이 말이다.'

하지만 그 상세한 내막에 대해서는 귀신마저도 결코 알지 못할 성싶었다. 그러자 얼이의 내면적 갈등은 더 깊어졌다.

'이 사실을 비화 누야한테 알리야 하나, 말아야 되나?'

내가 괜한 불을 싸지르는 게 아닌가 여겨졌다. 탈 없이 잘살고 있는 가정에 평지풍파를 일으킬지도 모른다. 그러나 또 한편으로 생각하니 일이 더 커지기 전에 빨리 바로잡아야 한다는 조바심이 일었다.

그리고 그 와중에도 어떤 확신이 섰다. 비화 누이는 똑똑한 여자니까 잘 해결할 수 있을 것이다. 특히 그 일의 당사자니까 반드시 알아야 하고, 더 나아가 꼭 해결하지 않으면 안 될 일일 것이다.

'그래, 맞거마. 우쨌든 간에 함 부닥쳐봐야제.'

마침내 얼이는 누가 잡아 일으키듯 자리에서 벌떡 일어났다. 그 나이라고 믿어지지 않을 정도로 훌쩍 자란 키가 잘하면 천장까지도 닿을 만했다. 하긴 준서가 벌써 저만큼 자란 것을 보면 세월이 많이 흐르기는 했다. 이 천얼이가 누구냐? 바로 저 임술년 농민항쟁의 주역인 천필구의 아들이 아니냐 말이다.

'남자가 돼갖고 더 만종기리지 마자.'

소리 나게 방문을 열고 밖으로 나왔다. 손님들이 계속 드나들어 뜸한 틈을 얻기 어려웠다. 그 순간에는 손님도 반갑지 않았다. 매형이 돌아오기 전에 이야기를 해야 할 텐데.

'아, 마츰!'

그때다. 마침 재영이 바깥에 나간 사이에 음식값을 받고 있는 원아와 교대하기 위한 듯 비화가 계산대 쪽으로 걸어가고 있는 게 얼이 눈에 들어왔다. 얼이는 원아가 주방으로 들어간 것을 확인한 후 얼른 비화에게로 다가갔다.

"누야."

"어? 얼이가 집에 와 있었네?"

얼이는 가슴부터 막히면서 왈칵 솟으려는 눈물을 가까스로 참았다.

"운제 왔던 기고?"

비화는 미처 얼이의 귀가를 몰랐다는 듯 그렇게 물었다. 얼이는 결심을 하고 나왔음에도 불구하고 선뜻 입을 열지 못했다. 또다시 혼란스러웠다. 재영에 대한 말은 비화가 먼저 꺼냈다.

"그란데 이 양반은 오데 가서 이리 안 오노?"

"……."

사람이 말문이 막힌다더니 이런 경우를 두고 하는 소리구나 싶은 얼이였다.

"강바람 혼자 다 마시고 들오실라나?"

아무것도 알지 못하는 비화는 얼이 얼굴과 가게 문간 쪽을 번갈아 바라보며 이상하다는 듯 중얼거렸다.

"저……."

이윽고 마음을 단단히 다지고 비화에게 한 발 더 다가간 얼이는 그녀에게만 들릴 낮은 소리로 말했다.

"매행은 퍼뜩 안 들오실 깁니더."

그 소리는 손님들 말소리에 섞여 간신히 비화에게 전달될 정도였다.

"머라꼬?"

비화가 약간 놀란 눈빛을 하면서 물었다.

"그기 무신 소리고?"

얼이는 입을 다물고 있지만 비화는 벌써 간파한 빛이었다.

"해나 밖에서 매행 만냈더나?"

그러자 얼이 입에서는 자신도 모르게 퉁명스러운 소리가 나왔다.

"내만 봤지예."

"니만 봤다이?"

얼이는 되묻는 비화 얼굴을 외면했다. 그 자신이 잘못한 것은 없는데

도저히 똑바로 보고 있을 수가 없었다.

"그거는 또 뭔 말이고?"

비화는 더욱 아리송한 표정이 되었다. 얼이는 다시 한번 주방과 평상 쪽을 살피고 나서 역시 조그만 소리로 말했다.

"내가 무신 이약해도 놀래지 마이소."

"무신 이약?"

얼이는 고개를 숙였다.

"놀래? 머 땜새 놀래?"

계속 반문하는 비화에게 얼이는 다짐을 받았다.

"알것지예?"

"……"

비화 얼굴에 얼핏 솔개 그림자와도 같은 불안한 음영이 스쳐갔다. 분명히 남편과 관련된 이야기다.

"매행은 시방 저 흰 바구 있는 데 있심더."

비화는 난생처음 들어보는 바위처럼 물었다.

"흰 바구?"

"아즉도 울고 계실 깁니더."

얼이 입에서 나오는 소리가 하나같이 그런 판이었다.

"우, 울고 계시다이?"

비화는 도저히 믿을 수 없다는 듯 눈을 깜빡거리다가 재차 확인했다.

"아, 그 양반이 시방 밖에서 울고 있다, 그 말이가?"

얼이는 시무룩한 얼굴이 되었다. 말투는 더 그랬다.

"어른이 아맨치로 울고 있데예."

얼이의 그 소리는 손님들 소리에 부딪혀 생소한 이방인의 말처럼 흩어져 갔다.

"그, 그리!"

비화는 너무나 걷잡을 수 없는 자신의 마음도 추스르기 위해 이렇게 말했다.

"우리 첨부텀 차근차근 함 이약해 보자."

그 순간에는 손님들로 북적거리는 나루터집이 폐가처럼 괴괴하게 느껴졌다. 아니, 그 모든 사람이 현실 속에 살아 있는 인간들이 아니라 유령같이 비쳤다.

"내사 무신 소린고 하나도 모리것다."

그렇게 이야기하는 비화 말끝에도 벌써 남편에게서 전염되기라도 한 듯 눈물방울이 맺혀 있다.

"누야."

잘나도 내 서방, 못나도 내 사랑이라더니, 비화 누이의 매형을 생각하는 마음결에 얼이 가슴도 칼로 긋는 듯 저릿해졌다.

"우떤 말부텀 먼첨 해야 할랑고 모리것심니더."

침 먹은 지네같이 기운을 못 쓰는 모습이었다.

"아모리 헤아리 봐도 하도 이해가 안 되는 일이라 놔서예."

말머리를 얼른 풀지 못하는 얼이에게 비화가 차분한 어조로 말했다. 그것이야말로 바로 비화 본연의 모습이었다.

"사람이 에렵거로 생각하모 한이 없는 벱인 기다. 그러이 에렵기 생각하지 말고, 알것제? 쉽거로 말이다."

마음을 가다듬듯 손을 들어 머리를 매만지고 나서 말했다.

"그냥 니가 본 그대로만 말하모 된다."

대추나무 이파리에 바람이 이는 게 손끝에 잡힐 듯이 전해졌다.

"알것심니더."

그럴 때 얼이 음성은 죽은 아버지 목소리를 빼닮아 있었다.

"그기 젤 낫것심니더."

얼이는 숨을 깊이 몰아쉰 후에 낮은 소리로 들려주기 시작했다.

"실은예……."

"……."

가만히 귀 기울이고 있던 비화 얼굴이 어느 순간 흙빛으로 변했다. 그러고는 해녀의 숨비소리 같은 소리로 반문했다.

"여자를 만내?"

얼이는 자신도 모르게 비화 눈길을 피하며 말했다.

"그렇심니더."

한 번 더 확인하듯 떨리는 목소리로 비화가 물었다.

"준서 아부지가 여자를 만냈다, 그 말이가?"

얼이는 마치 제가 죄를 지은 것처럼 목소리가 한층 안으로 기어들었다.

"그래서 누야한테 말 안 할라쿠다가, 그래도 해야 되것다 싶어서예."

비화는 적잖게 어지러운 듯 조금 전에 머리칼을 바로잡던 그 손으로 이마를 짚으면서도 이렇게 말했다.

"안 하모 되나?"

허공 어딘가로 공허한 눈길을 보내며 말했다.

"잘했다."

그 소리가 얼이 귀에는 무리를 따라가지 못하고 홀로 남겨진 철새가 내는 울음소리 같았다.

"도로 말 안 했는 기 더 좋았을지도 몰라예."

말로서만이 아니라 실제 마음으로도 그렇게 후회하는 얼이에게 비화가 더 얘기해 보라고 재촉했다. 얼이는 재영을 옹호하는 말을 했다.

"그란데 말이지예, 매행은 그 여자를 벨로 안 좋아하시는 거 겉데예."

"벨로 안 좋아하는?"

얼이가 했던 말을 되뇌는 비화 음성이 차가웠다. 얼이 귀에는 겨울 강기슭을 때리는 차가운 강물 소리 같았다.

"머를 갖고 그런 소리를 하는데?"

얼이는 사실대로 알려주었다.

"그 여자한테 막 화를 내는 기라예."

"화?"

비화는 놀람과 의아함이 뒤섞인 얼굴로 반복했다.

"화, 화를 내?"

문득, 강물 소리가 좀 더 커지는 것 같았다.

"하모예."

얼이는 자기가 그 현장을 보고서도 여전히 믿기지 않는다는 얼굴로 말했다.

"여자는 실실 웃는데……."

얼이가 말을 끝맺기도 전에 비화가 가로채듯 했다.

"여자는 실실 웃어?"

그 순간에는 비화의 눈이 얼빠진 사람의 그것과 진배없었다. 아니 할 말로, 썩은 동태 눈알을 떠올리게 했다.

"예, 미친……."

여자, 하고 말하려다가 얼이는 입을 다물었다. 너무나 기묘하고 이상야릇하지만, 광녀 같지는 않았다. 오히려 정신이 나간 쪽은 매형인 재영이었다. 똑바른 정신을 가진 사람이 그럴 수는 없었다.

"에나 가가이다."

더없이 복잡해지고 있는 비화 얼굴을 훔쳐보며 얼이는 은근히 그 여자를 비방하는 말을 꺼냈다.

"예, 내가 봐도 배미겉이 징그러븐 여자데예."

그러자 비화는 진작 물어봐야 할 소리였다는 듯 캐물었다.

"그 여자를 자세히 봤다가?"

얼이가 무어라 하기도 전에 또 비화 말이 나왔다.

"우찌 생깃데?"

"그기 말입니더."

또 망설이는 얼이에게 비화가 그저 지나치는 어투로 말했다.

"내 아무치도 안 하다. 그러이 이약해라."

별수 없이 얼이는 있는 그대로를 전했다.

"그기 안 있어예. 생기묵은 꼬라지는 곱상하거로 생깃는데, 하는 짓은 영 다리더라꼬예. 우짜는고 하모……."

그 순간이다. 비화 눈이 섬뜩할 정도로 번쩍 빛을 발하더니 평소 그녀답지 않은 음성이 함부로 흔들려 나왔다.

"해, 해나 허리가 버들가지맹캐 낭창낭창 안 하더나?"

얼이가 깜짝 놀라 되물었다.

"누야가 그거를 우찌 알아예?"

비화 안색이 지금까지와는 완전히 달라졌다. 그녀가 아닌 다른 사람과 함께 있는 것 같은 착각마저 줄 지경이었다.

"그런께 내가 방금 이약한 대로 생깃더라, 그 말이제?"

얼이가 잘못 판단한 것일까? 얼핏 울음기가 맺혀 있는 비화 목소리였다.

"맞아예. 허리가 낭창낭창하데예."

그러는 얼이 낯빛도 변했다. 얼이는 물어서는 안 될 비밀을 묻는 사람처럼 사뭇 떨리는 목소리로 물었다.

"눈고 압니꺼?"

비화는 손으로 사람 얼굴 모양을 그리면서 두 눈은 무서울 정도로 크게 떠 보이며 다시 물었다.

"얼골은 이리 갸늘쯤하고(갸름하고), 눈이 이만큼 똥글똥글 하제?"

얼이는 기억을 더듬느라 양미간을 모은 모습으로 대답했다.

"거리가 멀어서 눈은 잘 모리것고, 얼골은 그랬던 거 겉어예."

얼이는 이왕 알려준 것, 상세히 들려주어야겠다 싶었다.

"얼골은 그랬던 거 겉은 기 아이고, 그랬어예."

비화는 더는 말이 없이 눈을 감았다. 그건 누가 보더라도 솟구치는 감정을 억누르기 위해 안간힘을 다하는 모습이었다. 들썩거리는 가슴이 그 사실을 그대로 입증해주었다. 얼이는 어지럼증을 느꼈다.

"누야?"

이윽고 비화 입술 사이로 신음 같은 소리가 나왔다.

"그이가 허나연이를 계속 만내고 있었다이."

그날 밤.

검푸른 남강 수면에 비치는 달이 유난히도 창백하게 보였다. 밤골집에 있는 뜰채로 건져내면 금세 흐물흐물 흐무러질 것 같았다.

"지를 좀……."

이상하게 짜증 날 정도로 늦게까지 눈을 붙이지 않던 준서가 엎어진 자세로 잠이 든 후에 비화는 남편을 깨웠다.

"와 각중애?"

재영도 자고 있은 건 아니었다. 아내와 자식을 등지고 바람벽을 향해 돌아누운 채 눈을 말똥말똥 뜨고 있었다.

"지 이약 한짝 귀로 흘리듣지 마이소."

부스스 자리에서 일어나 앉는 재영의 귀에 싸늘한 음성이 꽂혔다. 재영이 느끼기에 평소 아내가 몸에 지니는 호신용 은장도로 귀를 찌르는 것 같았다.

"지가 다 알고 있은께네예."

비화는 거기서 말을 멈추고 숨을 몰아쉰 후에 단호한 어조로 나갔다.

"기심 없이 이약하이시더."

재영은 허둥거리는 자신을 어쩌지 못했다.

"머, 머를 알고 있다는 기요?"

"……."

아내 침묵이 저 뒤벼리가 떠받치고 있는 선학산 공동묘지 위를 흐르는 무서운 정적처럼 가슴에 와 닿는 재영이었다.

"또 내가 머를 기신다꼬?"

거의 필사적으로 딱 잡아떼지만 이미 그의 말속에는 어떠한 힘도 전혀 들어 있지 못했다. 비화 음성이 방문 창호지를 적시는 달빛처럼 처연했다.

"당신이 오늘 나연이 그 여자하고 만낸 거 알고 있심니더. 그라고 돈을 줬다쿠는 사실도 압니더."

일순, 그 방은 가족들이 모여 있는 곳이 아니라 생면부지 사람들의 임시 거처에 지나지 않아 보였다.

"여, 여보."

창으로 비쳐드는 희미한 달빛 아래서도 비화는 재영이 금방이라도 와락 울음을 터뜨릴 것 같은 얼굴임을 알 수 있었다. 사면초가에 몰려버린 자의 오갈 데 없는 모습이었다.

비화는 그 와중에도 호롱불을 켜지 않기를 잘했다고 생각했다. 참담한 남편 얼굴을 보고 싶지 않았다. 고문도 그런 고문은 다시 없을 것이다. 그리고 비록 어둠 속이지만 그의 마음을 읽기는 어렵지 않은 일이었다.

"지가 말하고 싶은 거는 돈이 아입니더."

귀가 윙윙 울리는 것은, 듣고 있는 재영뿐만 아니라, 말하고 있는 비화도 마찬가지였다.

"와 당신이 우리 준서를 해코지할라 캔 그런 여자를 만내는고 하는 깁니더."

이제 재영의 입에서는 '여보'라는 소리조차 나오지 못했다. 광풍에 꺾여버린 나뭇가지처럼 고개를 푹 꺾고 있는 그 비참한 몰골은 무슨 말로도 표현할 수 없었다.

"아즉도……."

비화 목소리는 밤의 강물 소리를 닮아 있었다.

"그 여자에게 미련이 남아 있다모 우짜겟심니꺼?"

비화 얼굴이 물살에 일렁이는 달같이 일그러져 보였다. 그믐밤처럼 캄캄한 소리가 뒤를 이었다.

"그 여자한테 가이소."

일순, 재영이 흠칫, 했다. 그다지 튼튼하지 못한 그의 두 무릎이 눈에 띌 정도로 떨리기 시작했다. 조금만 더하면 방바닥과 벽 그리고 천장까지 파급될 조짐을 보였다.

"그래도 내는 괘안심니더. 내사 당신이 집 나가고 없을 때 혼자서도 잘 살아온 독새겉이 독한 여잡니더."

비화는 잠들어 있는 준서를 억지로 외면하며 말을 계속했다.

"그라고 인자는 준서도 있은께……."

더 이상 소리를 낼 수 없는 죽은 물새 귀신이 씐 것 같은 재영이었다.

"그때 비하모 상구 낫심니더."

재영은 실타래 풀리듯 하는 비화 말에 아무런 대꾸도 하지 못하고 얼굴을 가슴까지 쿡 처박은 채 석상처럼 앉아 있기만 했다. 등짝을 있는 대로 구부린 그 모습이 꼽추 달보 영감을 방불케 했다.

"와 아모 소리도 안 합니꺼?"

그의 침묵이 비화를 더더욱 힘겹게 했다. 차라리 무슨 말이라도 하면 나을 것이다. 그게 아니라는 어줍은 변명이든, 당신 곁을 떠나겠다는 매몰찬 단언이든, 설혹 그보다도 훨씬 더 심한 말이라도 해주었으면 했다.

"흐."

비화는 점점 더 이성을 잃어갔다. 그동안 그가 돈을 훔치고 있다는 것을 알면서도 모른 척 꾹꾹 눌러두었던 감정이 화산처럼 마구 폭발하기 시작했다. 다른 여자라면 백, 아니 천 명을 만나고 다닌다고 해도 이렇게까지 마음의 상처를 심하게 입지는 않을 것이다.

"준서를 앞에 놓고 말합니더."

"……."

한밤중에 간혹 들려오는 밤골집 '나비'의 울음소리도 없었다.

"요분만은 천하없어도 그냥 몬 넘어갑니더."

외롭게 침묵의 밤과 대항하고 있는 비화였다.

"안 그라모 내는 지내가는 개 속으로 빠짓십니더."

"그, 그……."

다른 말에는 귀머거리같이 반응을 보이지 않던 재영도, '개의 자식'이라는 극단적인 아내 말에는 도저히 그대로 있지를 못하겠는 모양이었다. 그의 입에서는 사람이 내는 것 같지 않은 소리가 흘러나오기 시작했다.

"허~억, 허~억."

평상시 남편 앞에서는 양같이 순해 빠진 아내지만, 어쩌다 아니다 싶으면 절대 그냥 넘어가지 않는 성질임을 익히 아는 재영이었다. 하긴 세상 어떤 정신 똑바로 박혀 있는 여자가 이런 일을 그대로 넘어가겠는가?

그리고 그 무엇보다도 지금 재영은 막바지 한계에 다다른 상태였다. 설사 아내가 모르고 있다손 치더라도 자기 자신이 더 참고 배겨내기가 힘들었다. 아내가 이 모든 일을 어떤 경로를 통해서 알게 되었는지는 모르겠지만, 비록 아내가 저렇게 나오지 않았다고 하더라도 조만간 재영 스스로 실토하게 되었을지도 몰랐다.

그만큼 허나연의 마수는 재영에게 치명적으로 작용하고 있었다. 그것은 두 눈 빤히 뜨고 당하는 가위눌림과도 흡사했다. 나연은 그녀 자신이나 재영이나 두 사람 중 하나가 죽어 없어져야 그 짓을 멈출 여자였다.

'내, 내……'

드디어 재영은 결심했다. 아니, 그러고 싶어서라기보다도 그 길밖에는 그가 선택할 수 있는 길이 없었다. 끝 간 곳 모를 허방이든 살과 뼈까지 태우는 불 속이든 무작정 두 눈 딱 감고 뛰어내려야 했다.

'인자 와갖고 머시 무서버서?'

깨지든 부서지든 밥이 되든지 죽이 되든지, 있는 모든 걸 털어놓아 버리기로 마음먹었다. 그리하여 아내가 숟가락 몽둥이 하나 없는 몸으로 집에서 내쫓아도 그저 달게 받아들일 각오를 했다. 아내 앞에서 그의 손가락으로 눈알을 파내고 자기의 이빨로 혀를 깨물고 죽을 수도 있었다.

'무신 미련이 남아 있다꼬.'

자살이란 것이 등을 비빌 언덕이 될 수도 있다는 것을 깨우쳤다. 그랬다. 사실 나연을 만나 돈을 건네는 날, 그의 눈에 보이는 건 시퍼런 강물뿐이었다.

'우습다. 우스버라.'

설혹 집에서 쫓겨난대도 자신이 갈 데는 있다. 물새들 울음소리를 장송곡으로 들으며, 물을 베개 삼아 영원히 잠들리라.

"다 이약하것소."

재영은 그의 머리를 억누르고 있는 온 세상을 들어 올리듯 고개를 들었다.

"거짓말하모 당신이 아이라 내가 개 속으로 빠짓소."

그날따라 고양이 소리뿐만 아니라 개 짖는 소리도 없었다.

"당신 듣는 기요, 내 말?"

"……."

재영은 숨이 막히는 모습이었다.

"여보!"

이제 비화가 말이 없었다. 역할 분담이 바뀐 것으로 비쳤다.

"듣기 싫어도 지발 들으소. 들어주소."

재영 음성이 처절했다. 피가 묻어나는 듯했다.

"시방꺼정 쭉 허나연한테서 협박당함서 살아왔소."

불을 밝히지 않은 호롱에서는 석유 냄새가 풍기지 않았다. 아니, 풍긴다고 할지라도 거기 맡을 사람은 없었다.

"아니, 그건 산 목심이 아이었소."

달빛이 조금 스며들긴 해도 전체적으로 어두운 방 안에는 유령들이 들어와서 그들 가족을 지켜보고 있는 듯한 느낌마저 들었다. 그건 오싹함을 넘어서 질식할 단계에까지 이르고 있었다. 재영의 음성은 살아 있는 자의 그것 같지가 않았다.

"죽은 시간들이었던 기요."

무릎 위에 얹힌 비화의 두 손이 미세하게 떨렸다. 비어사 진무 스님에게서 장차 거부가 될 손이라는 예언을 듣게 한 바로 그 손이었다. 그렇지만 지금 그 순간에 그 손이 할 수 있는 것은 아무것도 없었다.

"으응."

잠투정을 하려는가? 문득, 준서가 자다가 부르르 몸을 떨기 시작했다. 그러나 재영의 몸은 그보다도 더 크게 흔들리고 있었다.

"그 이유는, 그 이유는……."

방안에 천둥벼락이 내리쳤다. 두 눈을 멀어버리게 하는 번갯불이 번쩍거리고 온 살점을 태워버릴 만큼 시퍼렇게 불꽃이 튀었다.

"그 여자와 내 사이에 태어난 아이 때문이오."

"……."

비화는 내 귀가 달려 있나 싶었다. 가슴속으로 폭포수가 콸콸 쏟아지고 머릿속이 하얗게 비어갔다.

하늘이 쪼개지고 있었다. 땅이 꺼지고 있었다. 까마득한 골짜기 아래로 가없이 굴러 내리는 자신을 보았다.

이게 웬 소리냐? 남편과 허나연 사이에 아이가 있다니?

"아이, 아이, 아……."

아이라는 말을 끝도 없이 되풀이하던 재영이 어느 순간 마구 울먹이는 소리로 왈칵 피를 토하듯 물었다.

"내 이약 듣고 있는 기요?"

"……."

그때 천장 위에서 얼핏 무슨 바스락거리는 소리가 났다. 쥐란 놈인가? 어쩌면 허나연이 그곳에 숨어서 엿듣고 있는지도 모른다.

"몬 들은……."

그래도 비화는 말이 없다. 움직임도 없다. 앉은 자세로 죽어버린 사람 형용이다.

"흑."

끝내 재영이 울음을 보였다.

"내가 쥑일 눔이오."

어지러울 정도로 머리를 세차게 흔들어댔다.

"아이요, 하매 죽은 몸이오."

여전히 비화는 묵묵부답이다. 그때 그녀로서는 무슨 말은 고사하고 숨쉬기조차 힘들었다. 조금 전 비화가 남편 침묵에 그렇게 힘들어했듯, 이제는 재영이 아내 침묵에 미쳐나기 직전이었다.

"그 아이, 그 아이를……."

급기야 재영은 철저히 미쳤다. 광인이 되어 미친 소리를 함부로 내뱉기 시작했다.

"내, 내가……."

그건 듣는 사람 귀에는 미친 소리로밖에 받아들여지지 않는 이야기였다.

"내가 그 아이를 우찌했는 줄 아요? 애비인 내가 내 손으로 내뻿소. 내삐릿다 말이요. 넘의 집에 업둥이로……."

재영은 더 말을 잇지 못하고 주먹으로 방바닥을 치며 통곡했다. 천장이 내려앉도록 소리 높여 섧게 서럽게 울었다.

그런데 참으로 이상한 노릇이었다. 재영이 울기 시작하자 도리어 준서는 깊은 잠 속으로 빨려드는 듯했다. 아버지 울음소리에 잠을 깨어 눈을 뜨는 게 당연한 현상인데도 오히려 잘도 자는 것이었다. 아버지 울음소리가 자장가이기라도 하듯.

비화는 생각했다. 내가 지금 꿈을 꾸고 있다고. 꿈, 꿈, 꿈. 아니다. 꿈이라고 해도 이건 아니었다. 꿈에도 있을 수 없는 일이다.

어두운 방에 세 개의 그림자가 보인다. 어른들이야 무슨 굿판을 벌이든지 나오는 아무 상관도 없다는 듯이 방바닥에 누워 쌔근쌔근 자는 아이, 돌사람처럼 꼼짝도 하지 않고 앉아 있는 여자, 쉴 사이 없이 오열하며 방바닥을 내려치고 있는 남자.

비화는 몸처럼 마음도 굳어버렸다. 생명이 들어 있지 못한 돌이 되었다. 마음이 아무런 작동도 하지 못했다.

남편과 허나연 사이에 태어난 아이, 그리고 업둥이.

오로지 그 한 가지 사실만이 살아남아 그녀 머릿속을 제멋대로 휘젓고 다니면서 이쪽에 쿵, 저쪽에 쿵, 부딪히고 있었다.

그러나 그 순간까지는 그래도 그 한 가지 사실에 대한 인식이나마 마치 석유가 소진하여 꺼지기 직전의 호롱불과도 같이 혼미한 의식 속에 살아남아 있었다. 하지만 비화가 끝내 혼절하고야 말 그 소리가 나왔으니.

"다, 다 말하것소. 더 기시모 내 복장이 터져서 안 되것소."

"……."

"그 아이, 그 아이를…… 억호, 분녀…… 그들에게, 줬소. 업둥이, 업둥이로 마, 말이오……."

"……."

비화에게 말만 없어진 것이 아니었다. 세상이 없어졌다. 나루터집도 남편도 준서도 비화 자신도 없었다. 억호도 없고 분녀도 없고 업둥이로 준 아이도 없다. 꿈도 사라졌다. 꿈같은 일마저 스러지고 없다.

비화는 모른다. 도무지 알지 못하고 있다. 남편이 흡사 괴물이 내지르는 것 같은 기이한 괴성을 내면서 벌떡 일어나 방문을 열고 밖으로 뛰쳐나가는 것을. 그리고 그 자신은 거기 앉아 있고 준서는 거기 누워 있다는 사실마저도.

그 밤이 어떻게 흘러갔는지, 날마다 새벽이 다가오면 맨 먼저 들리는, 두부 장수 어 씨가 마술의 악기같이 '땡그랑, 땡그랑' 내는 종소리가 어디서 왔다가 어디로 멀어지는지, 나루터집 식구들 가운데 제일 부지런한 우정 댁이 손등으로 탁탁 허리통을 두드리며 마당을 쓸고 있는지, 아무것도 모르고 있다. 알지 못한다는 것은 어쩌면 존재하고 있지 못하다는 것과 하등 다를 바 없을 것이다. 차라리 그렇다면 한결 더 나은 일이지만 그것도 아니었다.

하얗게 뜬눈으로 맞이하는 아침. 그 엷은 보라색과 황색 여명의 슬픈 빛살.

오늘도 하늘 문은 언제나처럼 변함없이 열리고 있는가? 오늘 하루도 땅 위에는 하고많은 생명들이 살기 위해, 혹은 죽기 위해 어딘가에서 분주히 오갈 것이다.

비화는 앉은 채 꿈을 꾼다. 꿈속 광경을 바라본다.

임배봉 대저택 솟을대문이 있다.

'삐걱' 하는 쟁그라운 소리를 이끌고 궁궐 문같이 거대한 문이 열리면서 집 밖으로 나오는 아이, 동업. 얼굴 반쪽은 남편이고 반쪽은 허나연이다. 그리고 동업 뒤를 따라 나오는 사람들, 억호와 분녀. 또 그 뒤에 나오는 사람들, 배봉과 운산녀. 또 그 뒤에 만호와 상녀, 은실이. 또 그 뒤에 언네를 비롯한 남녀 종들. 동업을 가운데 세우고 배봉 일가족이 그 주위에 빙 둘러선다. 그러고는 비화를 향해 손가락질하면서 웃어대기 시작한다. 하하하, 호호호, 히히히, 흐흐흐, 킬킬킬……

그 웃음소리에 고막이 터져 날 것만 같다. 비화는 귀를 틀어막는다. 그래도 계속 귓속을 파고드는 웃음소리다.

그런 속에서 동업이 비화를 보고 무어라고 말을 걸어온다. 목소리 반은 남편이고 반은 나연이다.

'아아아.'

마침내 비화는 쓰러진다. 방문 틈으로 새어드는 여명의 희미하고 슬픈 빛살이 그녀 몸 위로 아프게 스러진다. 어쩌면 영원히 다시 일어나지 못할 것 같은…….

시간이 무너지고, 공간이 무너진다. 그 무너진 틈새에 끼여 무너지는
인간이다.

굴러들어온 복도 복 나름

　해랑의 몽유병은 낫기는커녕 날이 갈수록 더욱더 심해졌다. 새벼리악몽도 더불어 한층 깊어갔다.

　해랑에게서 교방은 사라지고, 억호에게서 동업직물은 없어졌다. 그런면에서 억호 또한 해랑과 별다른 차이를 보이지 않았다. 둘 다 아슬아슬한 벼랑을 미친 듯이 오르내리는 것 같은 나날이었다. 언제 갑자기 툭 끊어질지 모르는 썩고 낡은 줄에 의지한 채 고공을 타는 사람들이었다.

　그러한 어느 날이었다. 오래전 만호가 숨어서 지켜보던 큰 바위 근처숲속에서 광란의 시간을 보내고 있을 때였다. 해랑이 알 수 없는 모습을보인 것이다.

　억호는 처음에는 해랑의 그 짓이 무엇을 의미하는지 알지 못했다. 음식을 잘못 먹고 체한 모양이라고만 받아들였다. 그러다가 약간 이상하다는 느낌이 들어 한참 동안 가만히 지켜보았다. 그리고 문득 깨달은 것이다.

　확실하다. 입덧이다.

　아내 분녀가 한 번도 아이를 출산한 경험이 없어 여자 입덧에 대해서는 생소한 그였지만, 제수인 만호 처 상녀가 은실을 임신했을 때 별날 만큼 입덧이 심했던 기억은 남아 있었다. 시아버지나 시아주버니 보는 앞에서 입덧하다가 그만 얼굴이 온통 빨개 가지고 급히 자리를 피하곤 했었다. 그게 여자로서는 그렇게 부끄러운 것이었는지.

억호는 대체 이게 꿈이 아닌가 싶었다. 아니, 꿈이라도 좋다고 보았다. 그다음에는 꿈이 아니길 빌었다. 드디어 숙원이 이뤄진 것이다. 그는 손을 들어 구역질을 계속하고 있는 해랑의 가녀린 어깨를 흔들어대며 물었다.

"해, 해랑이! 애, 애기를 밴 기요?"

"욱!"

임신 망상은 아닌 듯했다.

"임신한 기 안 맞소?"

거의 필사적인 그 말에도 마찬가지였다.

"우욱!"

대사지와 새벼리의 회임懷妊인 것이다.

"아, 해랑!"

억호 목소리는 허공을 가로질렀다.

"욱! 우욱!"

해랑은 끊임없이 헛구역질만 해댔다. 상녀 정도는 아니지만, 그녀도 입덧을 꽤나 심하게 하는 편 같았다. 해랑이 입덧으로 힘들어하는 그만큼 억호는 좋아 어쩔 줄 몰랐다. 해랑 몸속에 내 씨가 자라게 되었다니.

"해랑."

"……."

이윽고 겨우 입덧을 그친 해랑은 더더욱 넋 나간 사람처럼 멍하니 앉아 있었다. 억호는 또 그런 해랑을 무연히 바라보면서 생각했다.

'칠색조 겉은 여자.'

어쩌다 색녀처럼 굴면서 사내보다도 더 적극적으로 나오는 날도 없지는 않았다. 구름이 잔뜩 끼어 누구든 심한 우울증을 느끼게 하는 날이거나, 그와는 정반대로 사람 미치도록 화창한 날 같은 때면 그러했다. 그렇지만 대개는 백치 같은 얼굴을 짓는 그녀였다. 단지 얼굴뿐만 아니라 몸도 통나무 같았다.

억호가 한창 기방을 드나들 때도, 드물긴 하나 해랑과 같은 반응을 보이는 여자를 만난 적이 있었다. 그러면 억호는 그만 흥미가 있는 대로 뚝 떨어져 욕설을 내뱉으며 일어나 나와 버리곤 했다. 언젠가는 사정없이 뺨을 후려친 일도 있었다.

그런데 해랑만은 달랐다. 설혹 그녀가 아주 심하게 저항해도 손찌검은커녕 얌전하게 물러났을 것이다. 그녀 털끝 하나라도 다칠세라 신경 썼다.

"고, 고맙소, 해랑이. 증말 고맙거마는."

억호 입에서는 엉뚱하게도 고맙다는 그 한 가지 소리만 잇따라 나왔다. 그때 억호에게는 세상에 있는 모든 것들이 그저 고맙고 고마울 따름이었다. 나무도 고맙고 바위도 고맙고 새도 고맙고 바람도 햇빛도 고마웠다.

꼭 탈을 둘러쓴 듯 무표정했던 해랑 얼굴에 점차 곤혹스러운 빛이 되살아났다. 남자에게 그만 임신 사실이 발각되고 말았다는 난감함이랄까, 기정사실로 돼버린 엄연한 현실 앞에서 그저 끝없이 허둥대는 것 같기도 했다. 여자는 아이를 배게 되면 새로운 여자로 탄생한다고 하였던가?

"아, 해랑!"

억호 눈에 그런 해랑 모습이 더한층 사랑스러워만 보였다. 그 정도가 아니었다. 사랑을 넘어 숫제 숭고해 보이기까지 했다. 이제야말로 해랑이 완벽하게 '나의 여자'가 되었다는 안도감 비슷한 기분이 엄청난 기쁨 속에 녹아들었다.

'그것들?'

문득, 업둥이 동업과 설단이 낳은 재업이 동시에 떠올랐다. 그는 마음의 손을 내저어 그 얼굴들을 냉정하게 물리쳤다. 명실상부한 내 자식이 생겼다는 이 미칠 것만 같은 뿌듯함. 내 피와 살을 온전히 물려받은 친 핏줄. 임억호의 분신.

분녀 얼굴도 간혹 무심히 지나치다가 만나는 이웃집 여자처럼 나타나 보였다. 달걀같이 밋밋하고 기억도 잘 나질 않는 그 얼굴은 얼핏 우는 것 같기도 하고 화를 내는 것 같기도 했다. 그 얼굴도 아이들이 아무렇게나 휘갈겨 놓은 낙서 지우듯이 지워버렸다.

"……."

해랑은 영원히 거기서 살 여자처럼 아예 그곳을 떠날 생각이 전혀 없어 보였다. 억호도 언제까지고 그랬으면 했다. 여러 달을 이러고 있다가 해랑이 우리 아이를 낳는 것을 보고 싶었다. 아니, 당장 내 씨가 들어 있는 여자 배를 만지고 싶었다.

그리하여 그가 막 손을 뻗어 그 부위에 갖다 댔을 때였다. 해랑이 꼭 깊은 꿈에서 깨난 듯 벌떡 일어서는가 했더니 마구 달려가기 시작했다. 야생동물을 방불케 했다.

"아아, 해랑이."

억호가 몽롱해진 눈빛으로 지켜보고 있는 동안에 해랑은 점점 멀어져 갔다. 마치 운명의 손아귀로부터 벗어나려는 여자처럼 보였다.

억호는 어떻게 집까지 왔는지 모른다.

어쩌면 구름이나 물 위를 둥둥 걸어온 듯도 하다. 그리하여 아직도

260

그 모든 현실이 믿기지 않은 채 무의식적으로 분녀가 거처하고 있는 안방 문을 드르륵 열었을 때였다.

"헉!"

억호 입에서 급소를 찔렸을 때 자신도 모르게 튀어나오는 소리가 나왔다. 그는 그만 보지 말았어야 할 광경을 보고 말았다. 하필이면 종년 언네가 반신불수가 된 상전 분녀의 배설물을 받아내는 중이었다.

"에잉."

아내에 대한 정나미가 뚝 떨어져 버렸다. 하기야 해랑에게 미쳐 아내를 향한 감정은 벌써 남강물에 쓰지 못하는 신발짝처럼 던져버린 지 한참 오래였다.

"여보."

남편에게 그 부끄럽고 참담하고 딱한 꼴을 고스란히 보이고만 분녀 얼굴은 그야말로 말이 아니었다. 꼴이 아닌 꼴이었다.

"아, 이, 이……."

언네도 물수건을 손에 들고 어쩔 줄 몰라 했다. 그러고 있는 두 여자가 억호 눈에는 어설프기 그지없는 어릿광대처럼 비쳤다. 그는 또 사람도 아닌 생각을 했다. 이 세상에 저런 여자들만 있다면 빗자루로 싹싹 쓸어서 쓰레기통에 몽땅 담아 다른 별에 내다 버리고 싶었다.

"으흐."

억호는 신음인지 탄식인지 구분이 안 되는 소리를 흘리며 황급히 방문을 닫고 도망치듯 방을 빠져나왔다. 저게 내 아내가 맞나 했다. 말라오는 입에서 회한과 증오의 소리가 서툰 휘파람 소리처럼 흘러나왔다.

"아아아."

그저 허허로웠다. 그 대상이 확실하지도 않은 그 무언가를 겨냥한 냉소와 참담함이 그의 마음을 억세고 질긴 칡넝쿨처럼 온통 휘어잡았다.

'해랑!'

그러자 그에 대한 강한 반사작용처럼 즉시 떠오르는 게 해랑이었다. 해랑이 더 아름답고 소중하게 여겨졌다. 억호는 걷잡을 수 없는 조급 증이 일기 시작했다. 뜨거운 물을 흠뻑 뒤집어쓴 개처럼 부르르 몸을 떨었다.

하루라도 빨리 해랑을 새 아내로 맞아들이고 싶었다. 하판도 목사가 푹 빠져 있는 관기 신분이라는 것도 깡그리 잊었다. 이제는 누구에게도 당당하게 말할 수 있다고 맹신했다. 해랑은 이 억호의 씨를 잉태한 몸이 다. 그 순서가 뒤바뀌었을 뿐 엄연한 부부가 되기에 아무러한 손색이 없 는 것이다. 눈곱만한 하자瑕疵라도 있다면 누구든지 말해 보라. 기꺼이 응해 주리라.

'그렇다모……'

일단 그렇게 한번 마음을 굳히자 시간을 길게 끌 필요가 하등 없을 것 같았다. 또다시 불같이 급한 그의 성미가 도지기 시작한 것이다. 그 무 엇보다 오로지 해랑만을 향한 눈먼 감정이 그에게 다른 그 어떠한 것도 돌아보게 할 틈을 주지 않았다. 해랑만이 그의 전부였다. 처음이자 마지 막이었다.

'가자. 하모, 가야제.'

억호는 그 길로 곧장 아버지가 있는 사랑채로 달려갔다. 때마침 배봉 은 전날 하 목사를 만나서 퍼마신 술이 아직도 깨지를 않아 자리에 누워 있었다. 주독에 철저히 점령당한 그의 얼굴은 부황 걸린 사람같이 누렇 게 떠 보였다.

"뭔 일이고? 니가 애비 처소꺼정 다 오고."

아직도 술내가 푹푹 풍기는 입으로 이런 악의惡意 담긴 소리까지 던 졌다.

"해나 안 죽었는가 싶어갖고?"

너는 아비가 어서 죽기만을 바라고 있는 자식이란 걸 누가 모를 줄 알고? 하는 기색을 노골적으로 내비치는 배봉에게 억호가 말했다.

"아부지께 꼭 드릴 말씀이 있어서예."

그러면서 막 용무를 끄집어내려는데, 배봉이 사흘에 보리 피죽 한 그릇도 먹지 못한 사람처럼 기운 없는 소리로 말렸다.

"급한 일 아이모 난주 다시 오모 안 되것나? 고마 그리해라."

그 방의 주인이 얼마 전에 새로 들여놓은 열두 폭 병풍이 철옹성 같아 보였다.

"이 일은……."

배봉은 혀로 바싹 말라붙은 입술을 축이는 억호더러 손을 내저으며 말했다.

"술독이 안 빠지서 속이 매시껍다."

얼핏 억호 머릿속에 입덧을 하던 해랑의 모습이 떠올랐다.

"입을 열모 무운 거 모돌띠리 토할라쿤다."

배봉은 세상만사 다 귀찮다는 듯 그 말만 하고는 도로 눈을 감아버렸다. 억호는 진열대 위에 놓인 진귀한 도자기들이 와르르 아래로 굴러 내릴 만큼 큰 소리로 불렀다.

"아부지이!"

여느 때 같으면 공연히 아버지 심기를 건드려 놓을 필요가 없어 말없이 그냥 돌아 나왔을 테지만, 이왕 여기까지 온 이상 기필코 아퀴를 지어야겠다는 억호 특유의 조급증이 그를 그대로 눌러 앉혔다. 무엇보다도 어차피 한 번은 부딪쳐야 할 일이다. 손자 턱에 흰 수염 날 때까지 기다릴 순 없다.

"지가 말씀드리고 아부지는 그냥 가마이 듣고만 계시모 되는 일입니더."

거의 필사적으로 나오는 억호였다.

"그 정도사 하실 수 안 있것심니꺼?"

화려한 꽃무늬가 눈부신 비단 이부자리가 들썩이는 듯했다.

"허어, 참 내."

배봉은 매우 못마땅하다는 듯 입맛을 '쩝쩝' 다셨다. 그러나 아무리 자식이라 해도 이제 두 아이의 아버지까지 된 아들인지라 막 대할 수도 없었다. 결코, 인정하고 싶지 않아도 현실이 그러했다.

"집사람이 저리 돼삐고 나서부텀, 사업 활동에 그냥 보통 지장이 있는 기 아입니더. 그 지장이 올매나 크고 할 거 겉으모 말입니더."

억호는 대단히 안타깝다는 표시로 인상까지 크게 찌푸렸다.

"일에 엄청시리 큰 차질이 생길 때도 쌔삣심니더."

"……."

문갑 위에 놓인 문방사우는 이날도 너무너무 심심하여 하품이라도 하고픈 표정을 짓고 있었다. 그나마 먼지는 묻어 있지 않아 다행이었다.

"아부지는 지보담도 더 사업 활동을 마이 해보시서 그 애로점을 상구 더 잘 알고 계실 기 아입니꺼?"

배봉은 아무런 반응이 없었다. 하지만 억호는 아버지가 듣거나 말거나 내 할 소리는 다 해야겠다는 듯 난전亂廛 장사치처럼 장황하게 늘어놓기 시작했다.

"꼭 동부인해야 할 공식 석상에 지 혼자서만 나가다 보이, 외손바닥이 소리 안 난다꼬, 껄끄러븐 순간에 그대로 슬쩍 몬 넘어갈 일도 짜다라 있고예, 또오 사업이라쿠는 거는 안사람들끼리 친해야 햅상도 원만할 끼 아입니꺼."

배봉이 여전히 눈을 감은 채 또 손을 휘휘 내저었다.

"그런 기사 하매 오래전부텀 애비가 너거들한테 씹어묵거로 갈카준 이약이다."

억호는 벽면에 붙어 있는 액자를 뜯어내어 방바닥에 내동댕이치고 싶은 충동을 가까스로 누르며 말했다.

"이거는 그런 소리가 아이고예, 이거는……."

마음이 급하니 말이 더 잘 안 되는 판국이었다.

"이거고 저거고!"

배봉이 질책하듯 내뱉었다.

"요지가 머꼬? 짤막하이 이약해라."

억호 입이 와사증 환자같이 싸악 돌아갔다. 지난번 일본 상인들과의 거래를 틔우기 위한 부산포행에 동행하지 않은 이후로 아버지 태도가 눈에 띄게 달라졌음을 익히 알고 있다. 언네에게서는 또 무슨 소릴 들었던가?

'안 되것다.'

억호는 아버지가 이렇게 나온다면 나도 더는 눈치코치 볼 필요가 어디 있겠냐 싶었다. 그뿐만 아니라 그래서는 될 일도 아닐 성싶었다.

"들어보시소."

억호는 단도직입적으로 불쑥 내질렀다.

"그래서예, 새 아내를 맞아들이야 되것심더, 아부지."

배봉이 불침 맞은 사람처럼 번쩍 눈을 뜨면서 단말마 내지르듯 했다.

"머라꼬?"

술독이 남아 충혈된 그의 두 눈에 시퍼런 도끼날이 곤두섰다.

"방금 니 머라캤노?"

"……."

당장 살인이라도 치려는 사람 같았다.

"니 머라캤노 말이다, 으잉?"

억호는 등을 보이면 안 된다고 다짐했다. 여기서 굽혀 들면 만사 틀어질 수도 있다. 멀리 돌아서서 가는 해랑의 모습이 보였다. 그는 한술 더 떴다.

"그라모 아부지는 내가 빙신이 돼삐 시방 아내하고 파뿌리 머리가 되거로 그리 같이 살 끼라고 생각하싯어예?"

"빙신?"

아까까지의 몸이 안 좋다던 그 말은 완전 거짓인지 천장까지 치솟는 높은 소리를 질렀다.

"시방 니 낼로 보고 빙신이라 캔 기가?"

배봉은 공연히 생떼를 부렸다.

"아, 참. 내가 오데 빙신입니꺼? 아부지 보고 빙신이라쿠거로."

그렇게 나오는 속내를 꿰뚫고 있다는 듯 구시렁거리는 억호 상판에 대고 배봉이 말했다.

"한분 더 이약을 해봐라."

세상에서 자식 이기는 부모 없다는 소리가 배봉에게는 통하지 않았다. 부자지간에 누가 더 억지를 잘 부리는지 내기라도 하는 양상이었다.

"새 아내를 머 우짠다꼬?"

아버지가 전혀 기가 죽지 않고 갈수록 더욱 드세게 나오자 억호는 그만 속이 뜨끔했다. 그가 아직 어렸을 때는 기침 소리만 크게 내도 간담이 덜컹 내려앉게 만들던 공포의 대상인 아버지였다. 하지만 이제 다 늙어가는 황혼 인간이 아니냐? 하고 스스로 힘을 북돋운 다음 한층 강하게 나갔다.

"사업상 안사람 자리를 내드리(줄곧) 비워둘 수 없다, 글 캤심니더."

"그으래애?"

말을 길게 늘어뜨리는 배봉의 입언저리에 야릇한 웃음기가 번졌다. 말투에는 빈정거리는 기운이 노골적으로 묻어났다.

"니 시방 자꾸 사업, 사업 글 캐쌌는데, 니가 운제부텀 우리 집안 사업에 그리키나 신갱 짜다라 써왔다고?"

배봉이 노상 입에 매달고 사는 장죽을 재떨이 가장자리에 툭툭 두드릴 때 나는 소리와 비슷한 음색이었다.

"그라모 지가 신갱을 안 썼다, 그 말씀이라예?"

억호는 와락 치미는 기운을 가까스로 목구멍으로 도로 삼켰다.

"아즉도 자슥들 성질을 모리십니꺼?"

배봉이 같잖다는 표정을 지었다.

"그런께네 니 말뜻은, 부모가 자슥새끼들 성질 알아갖고 비우 딱 맞춤시로 살아가라 그 말이가?"

거금을 주고 구입한 희귀종 난이 방 한쪽 구석에서 시들시들 말라가고 있었다.

"새꽤기에 손 비었다는 말은 안 들을 낀께 함 들어보이소."

병풍이 열두 폭인 것도 모자라 다음에는 병풍 만드는 이들에게 스무 폭쯤 되는 병풍을 특별히 제작하도록 주문해야겠다고 벼르고 있는 아버지를 상대로 억호는 제 할 소리만 일방적으로 늘어놓았다.

"만호는예, 한 개가 멤에 있으모 열 개를 말하는 사람이고, 지는 열개가 멤에 있어도 한 개밖에 말 안 하는 사람입니더."

배봉은 거꾸로 뒤집힌 살찐 동물이 다리를 버둥거리듯 몸을 뒤채면서 빈정거렸다.

"어이쿠! 니가 그리 입이 무거븐 사람인 줄 내가 몰라서 미안하기마는. 우짜꼬? 우찌 그 빚을 갚으꼬?"

억호는 돼지같이 굵은 목에 핏대까지 올렸다.

"지가 우리 동업직물에 대한 애정은 만호보담도 백배 천배 강합니더!"

여차하면 아버지고 나발이고 없이 지렁이나 뱀을 밟듯 콱 밟아버릴 기세였다.

"그리 말씀하시모 지 기분도 에나 파입니더 고마."

그곳 사랑방 공기가 갈수록 혼탁해지고 있는 분위기였다.

"만호보담도 백배 천배 강하다."

배봉은 누운 자리에서 억호 말을 되뇌면서 두 눈만 떴다 감았다 했다. 몸이 어지간히 안 좋긴 안 좋은 모양이었다. 그 불같은 성깔에 그런 소리 듣고서도 그대로 얌전히 누워 있을 위인이 절대로 아니었다. 역시 술 앞에는 장사가 없다는 말이 맞아떨어지는 모양이었다.

그러나 역시 배봉은 억호보다는 한 수 위였다. 그는 내심 화를 다스리며 아들을 공격할 무기 날을 날카롭게 갈고 있었던 것이다. 그는 꼬부장하게 뜬 눈으로 아들을 노려보았다.

"기분 파이다꼬?"

억호는 배봉의 시선을 정면으로 맞받았다.

"예, 파입니더."

배봉은 베개에 손을 댔다가 슬그머니 뗐다.

"내도 기분 파인 소리 함 해볼란다."

억호는 아버지의 그 동작을 전부 지켜보면서 맞장을 떴다.

"해보이소."

애비 말끝마다 꼭꼭 말대꾸하는 저런 호로자식이 어디 있노? 배봉은 마지막 보루처럼 동업직물 후계자 문제를 또 생각해보았다.

"애비가 늙어도 아즉 귓구녕은 안 썩어빠짓다."

"각중애 귀는 와 나옵니꺼?"

억호는 자꾸만 생트집을 잡는 아버지가 갈수록 미워졌다. 함께 살아도 내가 데리고 함께 살 여자를 말하는데 왜 저리 나오는지 모르겠다.

"그라모 머가 나와야 되는데?"

그러면서 잠시 억호를 째려보던 배봉이 스르르 눈을 감으며 말했다.

"니가 천해빠진 기녀 해랑이하고 머 우짤 끼라꼬, 동네방네 막 소문 냄서 돌아댕긴다는 거 하매 들었다."

사랑채 지붕 위에서 얼핏 아기 울음소리 비슷한 소리가 들렸다. 도둑고양이란 놈일 것이다.

"그래서 귀가 나온 기다, 와?"

빤질빤질한 노란색 장판지가 왠지 역겨워지는 억호였다.

"니는 귀로 안 듣고 코나 눈으로 듣는 사람인갑네?"

"……."

억호는 허를 찔린 기분이었다. 자칫하면 일이 대단히 어렵게 돌아갈 수도 있다. 역공이 필요하다고 느꼈다. 단전에 잔뜩 힘을 주며 더욱 목청을 높였다.

"천해빠진 기녀 해랑이라꼬예? 천해빠진예?"

배봉은 여전히 눈을 감은 채로 소경 점쟁이가 입으로 중얼중얼하듯 했다.

"그라모 안 천한 기가, 기생 년이."

"년, 년."

그 말을 곱씹던 억호는 급기야 동원할 소리는 모두 동원할 작정으로 보였다.

"그라모 우리 가문은 머 볼 끼 있심니꺼?"

"우리 가문?"

배봉이 눈을 떴다가 다시 감았다.

"날만 새모 아부지 입으로 장마당 자슥새끼들한테 이약하시데예."

집안에서 부리는 아랫것들 대하듯 아버지를 힐끗 보고 나서 일침을 놓았다.

"저 김생강이, 비화 할배 김생강이한테 소작 부치 묵던 천한 신분이었다꼬예. 거 비하모 해랑이는……."

그러나 억호는 더 말을 잇지 못했다. 어느 틈에 몸을 일으켰는지 배봉의 손바닥이 억호 얼굴에 작열한 것이다. 졸지에 뺨을 얻어 걸친 억호는 집어삼킬 듯이 배봉을 노려보다가 홀연 미친 사람처럼 웃음을 터뜨리고 나서 말했다.

"다 큰 자슥 이리 뺨을 탁탁 때리는 거 본께, 역시 아부지는 천한 출신 맞심더. 비화 아부지맹캐 관직에 있던 신분하고는 똑겉을 수가 없지예."

도둑고양이가 맞았다. 그런데 우는 게 아니라 웃는 소리에 좀 더 가깝게 들렸다. 고양이 웃음소리였다.

"이, 이 쌔끼가?"

배봉은 화뿔을 감당하지 못해 당장 뒤로 벌렁 나자빠질 사람 같았다. 싹싹 갈아 마셔도 시원찮을 김호한이 그놈하고 나를 비교해? 그를 쓰러뜨리기 위한 마지막 한 방 같은 말이 억호 입에서 나왔다.

"아부지, 안 썩어빠진 그 귀로 똑똑히 들으시소. 그리 천해빠진 해랑이가 이 억호 아를 뱄심더. 임신, 임신했다꼬예."

"머? 머라? 이, 임시인?"

배봉이 입을 쩍 벌렸다. 그러고는 입에 큰 무언가를 딱 물려 놓은 것 같이 다시 다물지를 못했다. 그런 그의 모습은 너무나 희화적이어서 광대라고 이름 붙일 만하였다.

"임신도 몰라예?"

억호는 다시 한번 야문 음식 꼭꼭 씹어 먹듯 천천히 말했다.

"해랑이 뱃속에 앞으로 아부지 손주 될 씨가 자라고 있다, 그 말입니더."

"흐."

한 차례 더 억호 뺨을 후려치기 위해 위로 치켜 올려진 배봉의 손이 맥없이 아래로 픽 떨구어졌다. 그러고는 가쁜 숨을 연신 몰아쉬었다. 한참 만에 간신히 정신을 가다듬은 배봉의 입에서 나온 말이었다.

"니도 에나 모질고 독한 눔이다."

"……."

덕석 같은 머리통을 이리저리 흔들었다.

"내가 사람 새끼가 아이라 독새 새끼를 낳는갑다."

억호는 입가에 조롱기 어린 웃음을 머금었다.

"아부지가 자슥을 그리 안 맨듭니꺼?"

"내가?"

부자가 공성군攻城軍과 수성군守城軍을 번갈아 하는 모양새였다.

"하모예."

억호는 정말로 독사처럼 얼굴 가득 독기가 서렸다. 배봉은 차마 믿을 수 없다는 듯 입안으로 중얼거렸다.

"에핀네는 시방 저 모냥 저 꼴이 돼 있는데, 허어, 시상에, 기생년하고 한창 놀아나고 있었다이?"

기생년 소리가 억호 귀에 그렇게 거슬릴 수 없었다. 그렇다면 그런 기생년하고 사귀는 이 억호는 뭐라고 불러야 하나? 억호 속에서 천불이 일었다. 그래서 입술을 있는 대로 일그러뜨리며 쏘아붙였다.

"부전자전 아입니꺼."

그 말이 떨어지기 무섭게 배봉은 대뜸 내뱉었다.

"부전조개는 아이고?"

그러면서 허리에 무엇을 차는 시늉을 해보였다.

"아부지! 시방 지가 아부지하고 기집아들 노리개나 갖고 놀자쿠는 줄 압니꺼?"

그러는 억호 눈에 보이는 것이, 만호 딸 은실이가 모시조개 껍데기를 두 쪽으로 맞대고 색 헝겊으로 발라 끈을 달아 허리띠에 차고 있는 모습이었다.

"지 말 듣고 함 답해보이소. 만약 답 몬 하모 알지예?"

억호는 부자지간에 끝장을 보자는 심산 같았다. 하긴 애당초 천륜 따 윈 길거리에서 개가 물고 가는 헌 버선 짝보다도 못한 것으로 여기는 사 람이 그의 아버지였다. 하지만 먹여주고 입혀주고 재워준 자식 입에서 그런 소리가 나올 수는 없었다.

"운산녀가 언네를 우쨌다쿠는 고 괴담 제공자가 눕니꺼? 언네만 불쌍 하지예."

언젠가 배봉과 만호, 상녀가 주고받는 소리를 엿듣고 몰래 알려준 언 네를 옹호하는 억호 말이었다. 급기야 이런 고성과 함께 배봉 손에서 베 개가 날았다. 언네는 내쫓아버리기도 그대로 집안에 두기도 뭐한 골칫 덩어리였다.

"니 이누움!"

베개는 정확하게 억호 오른쪽 눈 아래 박힌 점 부위를 맞혔다. 하지 만 억호는 눈썹 하나 까딱하지 않고 말했다.

"예전에 누가 회초리로 지 장딴지 때리는 부모 손 기운이 없다꼬 슬 프기 울었다더이, 시방 이 억호가 똑 그런 심정입니더, 아부지."

"이, 이?"

배봉은 억장이 무너지는 기색이었다. 억호가 천천히 손을 뻗어 베개를 본래 있던 그 자리에 얌전히 가져다 놓으며 말했다.

"인자 지 용건은 모도 끝났심니더."

서안書案다리가 저도 사람들의 지루한 공방에 지쳤다는 듯 금방 부러져 내려앉을 것 같았다.

"아부지도 무담시 성만 내지 마시고, 첨부텀 끝꺼지 한분 잘 생각해 보시소. 우짜는 기 좋것는고 말입니더."

억호는 서두르지 않고 일어나더니 조용히 방문을 열고 나가버렸다. 양반도 그런 양반이 다시없을 정도로 점잖고 묵직한 거동이었다.

"오, 오데로 가노?"

배봉이 몸을 일으킬 것같이 하며 억호 등 쪽을 향해 소리쳤다.

"아즉 내, 내 말이 다 안 끝났다!"

방은 물론 대청마루까지 쩌렁쩌렁 울리도록 소리쳤다.

"더, 더 듣고……."

그러나 그때는 이미 닫힌 방문이었다. 황금으로 온통 칠갑을 한 성싶은 배봉 방이 적막강산으로 변했다. 억호가 남기고 간 말들만 추풍 낙엽처럼 방바닥을 뒹굴고 있는 것 같았다. 도둑고양이도 이제 가버렸는지 그 요사스러운 소리 대신 지붕을 흔드는 바람만 제 존재를 알리는 듯했다.

"으으으."

아들이 나가자 배봉은 일시에 맥이 쫙 풀림을 느끼면서 썩은 짚 동 무너지듯 자리에 다시 드러누웠다. 드러누워 잠깐만 생각해봐도 천장이 방바닥이 되고 방바닥이 천장이 될 노릇이었다.

'시상에 무신 이런 일이 다 있노, 이런 일이?'

천장 위로 배가 산같이 불룩한 해랑 모습이 어른거렸다. 억호가 고 계집을 마음에 두고 있다는 것은 진작 알았지만 일이 이렇게까지 될 줄은 몰랐다.

'허, 청천 마린 저 하늘에 날배락도 유분수제.'

대체 감영에 딸린 교방 관기 신분인 해랑과 언제 어디서 무슨 수로 둘이 만나 아이까지 만들었는지 귀신이 통곡할 노릇이었다. 삼신할미도 워낙 많이 늙어 완전히 두 눈이 멀어버리지 않고서야.

'아, 가마이 있거라. 이거는 암만캐도?'

어느 순간, 혹시 그놈이 거짓말을 한 게 아닐까 하고 의심해보았지만 아무래도 사실인 것 같았다. 평상시 억호 성질에 비춰볼 때 그런 얄팍한 속임수보다는 멧돼지처럼 밀고 들어올 공산이 컸다. 그리고 해랑의 임신 선고야말로 멧돼지의 돌진 그것이었다.

'그거는 그렇다 치고…….'

배봉은 크나큰 충격과 분노에 사로잡히면서도 다른 한편으로는 부럽기도 했다. 근동에서 최고 미인으로 알려져 있는 해랑을 어떻게 구슬렸기에? 하판도 목사와의 술자리에 나온 해랑을 보고 자식뻘밖에 안 되는 그 어린것에게 은근히 음심을 품기도 했던 그였다.

그런데 혼자 속으로만 열두 대문 기와집을 지었다 허물었다 했을 뿐이지 실제 행동으로 옮기지 못한 이유는 까짓 윤리도덕 때문이 아니었다. 하 목사가 두려웠던 탓이었다. 하 목사가 그토록 귀여워하는 아이를 잘못 넘보았다간 무슨 봉변을 당할지 몰랐다. 어쩌면 목숨을 건사하기도 쉽지 않았다.

'그란데 저눔, 저눔이?'

그러자 홀연 억호가 대단하다는 생각이 들기 시작했다. 역시나 이 배봉이 새끼다 싶었다. 똑같이 늙어가는 주제에 권세가 좀 있다고 꽃 같은 해랑을 두고 함부로 하는 하 목사를 보고 얼마나 속이 상하여 신세타령까지 하였던가 말이다. 그런데 내 자식 놈이 그 한을 풀어주다니.

'한!'

문득, 비어사 대웅전 뒤편 고목에 명주 끈으로 목을 매달고 죽었다는 안골 백 부잣집 염 부인이 떠올라 배봉은 등골이 오싹해졌다. 그렇게 자살할 정도이니 솔직히 그 한이 얼마나 깊었겠는가? 밤중에 뒷간에 갈라치면 염 부인 원혼이 나타날 것만 같아 용무도 제대로 보지 못한 채 돌아 나올 때도 많았다. 그건 스스로 돌아봐도 그 자신의 모습과는 너무나 동떨어진 이야기지만 사실이 그러하니 어쩔 도리가 없었다.

'지기미! 배때지가 부리고 몸이 뜨뜻하이 씰데없는 잡생각도 다 하고 있다 고마.'

배봉은 고개를 세차게 흔들어 염 부인 망상을 떨쳤다. 산 사람이 죽은 사람을 무서워한다는 것 자체부터가 그의 생리에는 도시 맞지 않은 일이었다. 무서워하든 좋아하든 산 사람은 살아 있는 사람만을 그 대상으로 해야 마땅했다.

'죽은 김생강이나 소긍복이도 안 두려버하는 이 천하의 임배봉이가 머하는 기고?'

그러자 이번에는 살아 있는 강용삼과 동실댁 부부에 생각이 미쳤다. 비화 부모 김호한, 윤 씨와 참말로 눈꼴시려 못 볼 정도로 잘 지냈다. 아름다운 아내를 둔 용삼을 얼마나 부러워했던지. 그런 동실댁 여식 해랑이 이 배봉 아들 억호 씨를?

'그, 그렇다모!'

배봉 마음이 급변하기 시작한 것은 그때부터다. 반대할 게 아니라 되레 앞장서서 도와야 한다. 그것도 일이 어그러지지 않도록 철저히 해야 한다.

잘 생각해보면, 온 고을이 알아주는 천하절색 해랑이 임배봉 가문의 맏며느리가 된다. 이건 인간 손을 벗어난 전지전능한 신의 조화가 아닐 수 없다. 돈 있겠다, 돈이 있으니 자연히 세도도 따라붙겠다, 거기에다 해랑 같은 며느리까지 생긴다면.

사실 분녀 몸이 그렇게 돼버린 후부터 배봉 심정도 싱숭생숭했다. 갈 팡질팡 갈피를 잡지 못했다. 믿든 곱든 분녀는 맏며느리였다. 더욱이 손 자 동업과 재업의 어미다. 그 여자가 그의 가문에서 차지하고 있는 비중 과 위치, 그것은 어느 누가 뭐래도 불가침에 가깝다.

'우째야 하는 것고?'

배봉은 내색은 하지 않았지만, 눈앞이 캄캄했다. 분녀에게 그 불상사 가 일어나기 전부터 마음은 억호를 떠나 만호에게로 옮겨갔지만, 여전 히 가슴 한쪽 모퉁이는 구멍이 뻥 뚫린 듯했다. 그런 판에 이런 일이 일 어나다니.

'내가 굴리들어온 복도 차삘라 안 캤나.'

뜻하지 않은 해랑의 출현으로 배봉 마음은 풍파를 만난 배처럼 한없 이 흔들렸다. 나아가 배의 무게중심도 만호에게서 다시 억호 쪽으로 기 울기 시작했다.

'우리 가문 역사를 새로 써야 할 때가 오고 있는 기라, 가문의 새 역사 를.'

배봉의 그런 갑작스러운 심경 변화가 고스란히 만호에게 전해진 걸 까? 참 묘하게도 그때 만호가 배봉을 찾아온 것이다.

"어, 오늘이 무신 날이가?"

얼른 들으면 혼잣말 같지만, 분명히 아들더러도 들으란 듯이 하는 아 버지 그 말에 만호는 호박씨를 연상케 하는 눈을 멀뚱멀뚱 떴다.

"예?"

배봉은 존경하는 아랫사람들이 넘쳐 문안 인사를 많이 받는 웃어른인 양 행세했다.

"안 불러도 자슥들이 줄줄이 애비를 찾아온께 말이제."

실로 가관이었다. 그렇게 남도 아닌 자기 자식들 앞에서조차 언제나 그런 방식으로 자기 몸값을 올리려는 사람처럼 굴곤 하였다.

"억호 성이 왔다 갔어예?"

막 자리에 앉던 만호 안색에 껄끄러움이 묻어났다. 부산포행 이후 개와 원숭이 사이처럼 관계가 나빠지는 형이 아버지를 찾았다니. 예감이 나쁘다.

'이거 뒤로 잘빵하고(느긋하게) 있을 때가 아이다.'

일본 비단 수출을 말하러 온 만호는 마음이 조급해졌다. 차남인 자신은 형에 비해 절대적으로 불리한 위치에 있음을 안다. 변덕 많은 아버지가 언제 갑자기 획 돌아앉을지 모른다. 위기감을 느낀 그는 애당초 천천히 써먹으려던 비상용 무기를 바로 꺼냈다.

"있을 수 없는 일이 벌어짓심니더, 아부지."

그런데 배봉은 멀거니 만호를 바라보기만 했다. 조금 전에 있을 수 없는 일을 이미 겪은 그였다. 만호는 천기누설이기라도 하는 품새였다.

"억호 새이가 새벼리, 새벼리 알지예, 거 숲에서 기생 해랑이하고 둘이서만 만내는 거를 봤심니더."

"……."

기대 효과를 상상만 해도 스스로 가슴이 벅차올랐다.

"너모 놀래시지는 마시소. 건강에 안 좋심니더."

"……."

아버지가 얼른 말을 하지 못하는 까닭을 제가 밝혀 보였다.

"하기사 젊은 지가 그러키 놀랬으이, 아부지는 더 하시것지만도예."

한데, 거기까지 혼자서 콩알 새알 열심히 늘어놓던 만호는 그만 입을 다물었다. 그리고는 한참이나 멍청한 표정이 되었다.

'이기 뭔?'

아버지의 반응이 그가 품었던 기대와는 너무나도 크게 어긋났다. 뭐라고 할까, 한마디로 배봉은 그냥 무덤덤해 보였다. 워낙 충격이 커서 그런가 보다 했지만 그게 아닌 듯했다. 그가 바로 보았다. 참으로 엉뚱한 이런 소리가 나왔다.

"그거에 대해서는 내가 할 이약이 더 째뻣다."

만호는 크지도 않은 눈을 있는 대로 치뜨며 무척 당혹스러운 목소리로 물었다.

"그, 그기 무신 말씀입니꺼?"

"이랄 끼 아이거마."

배봉은 그냥 안이하게 누워서 할 이야기가 아니라는 듯 부스스 일어나 앉으며 몇 걸음 건너뛰어 말했다.

"억호가 해랑이를 만낸다쿠는 사실이 중요한 기 아이다."

만호는 뜨거운 인두 끝에 덴 사람 같았다.

"예?"

배봉이 사뭇 침통하고 굳은 얼굴로 단언하듯 했다.

"시방 우리 앞에 들이닥친 상황은 열 배나 더 심각하다."

그 말에 거기 가구들도 하나같이 경직되는 것처럼 보였다.

"그, 그 일보담 중요하고 시, 심각한 기 있다꼬예?"

만호는 비로소 심상치 않은 무슨 일이 일어났음을 깨달았다. 아버지 얼굴은 열 배가 아니라 백 배는 심각해 보였다. 하지만 다음 말을 듣는 순간 만호는 천 배나 중요하고 심각한 현실에 부닥치고 말았다.

"니 성이, 해랑이가 아를 배거로 맹글었다. 엄첩다(장하다) 아이가? 참, 내."

"예에? 해, 해랑이가 서, 성 아를 배, 배예?"

만호 왼쪽 눈 아래에 박힌 큰 점이 그대로 빠져나올 것 같았다. 확 뒤집힌 두 눈에 흰자위만 남았다.

"그런께 그기 안 있나."

배봉은 또록또록한 어조로 확인시켜주었다.

"쪼꼼 아까 전에 니 성이 와갖고 내한테 그리 말하고 갔다."

"……."

만호는 갑자기 벙어리가 돼버린 것처럼 보였다. 해랑이 억호 아이를 잉태했다는 소리는, 남자가 임신했다는 소리를 듣는 것보다도 충격적이었다. 그보다도 더 비현실적이고 헛된 이야기는 다시 없을 것이다.

배봉은 그 말만 전하고는 더 입을 열지 않았다. 혼자 마음속으로 이리저리 굴리고 재고 있는 눈치였다. 그 방 가득 모태 속 같은 고요가 흘렀다.

"그, 그라모 앞으로 우, 우찌 되는 깁니꺼, 아부지?"

한참 만에 만호가 가까스로 배봉에게 물어온 말이었다.

"내도 모리것다."

어떻게 들으면 참으로 무책임하기 짝이 없는 그런 대답을 하며 배봉은 살이 피둥피둥 찐 손등으로 지끈거리는 이마를 눌렀다. 그러더니 기껏 내놓는다는 방책이란 게 어설펐다.

"시간을 두고 천천히 생각해봐야 안 하것나."

"아입니더! 그거는 아이라예!"

그 말을 들은 만호는 홀연 발작을 일으키듯 했다.

"생각해보고 말고가 오데 있심니꺼?"

그 서슬에 방문이 흔들리는 듯했다.

"천한 기생년이 우리 가문 씨를 배게 하다이, 우리 동업직물 수칩니더, 수치!"

배봉은 아무 대꾸도 없이 그저 신음만 냈다. 만호 입에서는 극단적인 소리까지 나오기 시작했다.

"당장 억호 성을 우리 집안에서 쫓아내야 합니더!"

배봉이 눈을 가느다랗게 뜨고 만호를 보며 소가 게으른 울음을 울듯 더없이 느릿느릿 말했다.

"수친지 영광인지 그거는 모린다."

"아부지! 시방 아부지 증신으로 말씀하는 기라예?"

만호 눈에는 아버지가 이상한 사람으로밖에 보이지 않았다. 세상에, 그 일을 두고서 영광? 눈깔 빠지겠다, 영광.

"시방 니 행수가 우찌 돼 있는고 암시롱 그라나?"

배봉도 지금 만호가 자신을 어떤 눈으로 보고 있는지 다 안다는 기색이었다. 그는 맥이 풀린 소리로 말을 이어갔다.

"사람이 아인 기라, 사람이."

형수인 분녀를 들고나오는 아버지에게 만호는 시비를 걸듯 말했다.

"와 행수가 사람이 아이라예?"

만호는 그렇지가 않다는 듯이 말했다.

"증신만 말짱한 거 겉던데예."

배봉은 더 이상 자식들과의 언쟁에 힘을 뺄 필요가 없다고 느낀 듯했다. 그는 바로 치고 나오는 말을 했다.

"새 며누리를 맞아들이야것다, 그런 산술도 했던 참이다."

"새, 새, 새 며누리!"

만호 목소리가 천장 위로 솟구쳐 올랐다.

"그, 그라모? 해, 해랑이를 며누리로 사, 삼것다, 그 말입니꺼?"

배봉은 바로 당장 결정할 수 있는 단순한 일이 아니란 듯 커다란 머리통을 세게 흔들어 보였다.

"그거는 잘 모리것다."

"……."

그는 좌대 위에 받쳐 놓은, 여자 형상을 한 남한강 산産 검은 수석을 물끄러미 바라보고 있다가 말했다.

"해랑이를 며느리 삼을 것인지, 아이모 오데 딴 처녀를 며느리 삼을 것인지……."

아버지 말을 끝까지 듣지도 않고 만호는 맹수가 으르렁거리는 소리로 말했다.

"시방 행수가 저리 눈이 시퍼렇기 살아 있는데 말입니꺼?"

거기서 저도 두 눈을 부릅뜨고는 저주를 퍼부었다.

"아부지도 성도 모도 다 천벌을 받심니더, 천벌 말입니더!"

만호는 천하 후레아들 같은 소리까지 내쏟았다. 그렇지만 배봉 귀에는 만호 말이 하나도 들리지 않는지 이렇게 물어왔다.

"우쨌든 해랑이가 니 성 아를 뱄은게, 우선순위가 돼야 안 하까?"

만호는 일언지하에 반대했다.

"안 됩니더!"

배봉은 귀에 거슬린다는 투로 말했다.

"안 된다꼬?"

"예, 지 모가지에 칼이 들와도 그리는 몬 합니더!"

만호가 펄쩍 뛰는 시늉을 했다. 배봉이 잘라 말했다.

"니가 나설 일이 아이다."

만호는 쥐어박는 소리로 나왔다.

"머라꼬예?"

"니 성 문제고, 뭣보담도 우리 가문 전체에 연관된 문제다."

그러는 배봉 얼굴에는 칼이라도 내려칠 듯한 결연한 빛이 감돌았다.

"그리 되모 우리 집에 불을 확 질러삘 낍니더."

그 말을 내뱉고는, 만호는 발등에 불이 붙은 사람처럼 길길이 날뛰더니, 방에서 뛰쳐나갔다.

방문이 한참 동안 흔들거렸다.

부숴라, 무너져라

언제나 여자 치마폭같이 흘러내린 비봉산 서편 자락에 폭 싸여 있는 형상의 가매못 안쪽 동네다.

꺽돌과 설단 부부가 사는 그곳에 억호 심복 양득이 놀러왔다.

"잘 살았심니꺼?"

"퍼뜩 오이라."

지난번에 비봉산 정상에 서 있는 큰 두 그루 고목 밑에서 혈투를 벌인 이후로, 꺽돌과 양득은 흡사 혈맹을 나눈 사이처럼 가까워졌다. 개다리 소반에 조촐한 주안상을 차려 방으로 들어온 설단에게 양득이 말했다.

"행수님, 올 적마당 술상 채리지 마이소. 성님하고 행수님 얼골 한분 볼라꼬 오는 긴데 후차낼라는 깁니꺼?"

나이는 양득이 설단보다 위였지만 꺽돌보다는 더 적었기 때문에 양득은 아무 스스럼없이 설단을 '형수'라고 불렀다.

"이 사람아! 내가 자네하고 한잔하고 싶어갖고 안 그라나."

꺽돌은 대접에 대해 부담스러워하는 양득의 마음을 풀어주었다.

"그라고 양득이 자네가 안 찾아주모, 우리 집은 일 년 내내 나간 집맹

커로 썰렁하다 고마. 그란데 후차내기는 누가 후차내?"

꺽돌은 어느새 양득 잔에 술을 따르고 있다.

"요꺼정 온다꼬 목이 상구 마릴 낀데 후딱 마시라."

그런데 여느 때 같으면 반드시 꺽돌이 먼저 잔에 손을 가져가야 나중에 잔을 들던 양득이 이날은 혼자 먼저 벌컥벌컥 들이켰다. 엄청난 갈증을 느끼고 있는 사람 같아 보였다.

"무신 일이 있는 기라예?"

역시 남자보다 여자 눈치가 한걸음 빠른 모양이었다. 아주 조심스러운 설단 물음에 양득이 흔들리는 목소리로 대답했다.

"놀랠 일이 생깃심니더."

"놀랠 일?"

꺽돌과 설단이 얼른 얼굴을 마주 보았다. 양득은 어쩐지 선뜻 말을 끄집어내길 꺼리는 눈치더니, 어서 다음 말이 나오기를 기다리고 있는 그들 부부를 보고는 이윽고 말하기 시작했는데, 왠지 심상찮다는 느낌을 주었다.

"우연찮거로 억호 서방님이 배봉 나리한테 하는 말을 들어 알기 됐심니더만……."

"……."

배봉과 억호 이름이 나오자 부부 얼굴이 동시에 찡그려졌다. 충복 양득이 억호와 배봉을 상전으로 깍듯이 모시는 거야 그들로서는 어쩔 수 없는 노릇이지만, 그래도 될 수 있는 한 동업직물 집안에 관한 이야기는 듣고 싶지 않은 게 당연한 사실이었다.

한편 설단이 낳은 재업에 대해 익히 알고 있는 양득도 그만한 눈치를 못 챌 얼간이는 아니었다. 그러함에도 그 집안일을 꺼내는 것은 뭔가 큰 사건이 벌어지긴 한 모양이었다.

"함 말해봐라꼬, 놀랠 일이란 기 뭐고."

꺽돌이 재촉했다. 그러자 양득은 아무도 없을 게 뻔한 방문 쪽을 한 번 살핀 다음 낮은 소리로 물었다.

"관기 해랑이 알지예?"

"관기 해랑이?"

이번에도 꺽돌과 설단의 눈이 부딪쳤다. 그건 아무래도 뜬금없는 소리가 아닐 수 없었다. 그들 사이에서 관기 해랑에 대한 이야기가 튀어나올 만한 이유가 거의 없었다. 그럼에도 양득은 해랑에 관해 좀 더 얘기했다.

"하판도 목사가 꼬빡 죽어 넘어간다쿠는 그 기녀 안 있심니꺼."

어디선가 동네 개 짖는 소리가 들려왔다.

"해랑이라쿠모 쪼매 알지예."

꺽돌보다 설단 입이 먼저 열렸다.

"우리한테 거진 공짜 되신하이(비슷하게) 전답 부치 묵거로 해주시는 나루터집 쥔 비화 마님하고는 친자매매이로 지내는 기녀라꼬 들었고예."

꺽돌이 설단 말에 고개를 끄덕이면서도 여전히 알 수 없다는 듯 양득 눈을 바라보았다.

"그란데 각중애 그 관기는 와?"

"그기 말입니더."

양득은 꺽돌이 다시 채워준 잔마저 단숨에 훌쩍 비워냈다. 그러고는 나무젓가락을 들어 안주로 나온 깍두기 하나를 집어 입안에 넣고 우적우적 씹으면서 말했다.

"그 해랑이가 억호 서방님 아를 뱄다 안 쿱니꺼."

순간, 부부 입에서 약속처럼 깜짝 놀라는 소리가 터져 나왔다.

"해랑이가 억호 아를?"

"그 관기가 임신을 했다꼬예?"

양득은 평소 그가 하는 행동거지와는 전혀 딴판이게 아예 주전자를 들어 자작하기 시작했다. 그러고는 마치 그 자신이 집주인이고 꺽돌은 손님인 것으로 착각이라도 한 사람처럼 했다.

"꺽돌 성님은 와 술 안 드십니꺼?"

처음과는 사뭇 다른 태도였다. 스스로도 믿을 수 없는 사태 앞에 체면이고 염치고 없어진 듯했다.

"더 놀랠 일은 말입니더."

흔들리는 양득의 말에 꺽돌도 한층 긴장된 얼굴이 되었다.

"더?"

비봉산 아니면 가매못 쪽에서 까막까치가 울고 있었다. 그 동리의 텃새처럼 자주 나타나 자기 존재를 알리곤 하는 새였다.

"억호 서방님이 배봉 나리한테 이리 이약하는 기라예."

양득은 혀로 입술에 묻은 막걸리를 핥고 나서 말했다.

"해랑이를 새 아내로 맞아들이것다고예. 그리 말함서……."

꺽돌이 끝까지 듣지도 않고 대뜸 물었다.

"시방 있는 아내는 우짜고?"

"예?"

눈알을 굴리는 양득에게 꺽돌은 한 번 더 각인시켰다.

"분녀가 안 있는가베."

설단도 고개를 끄덕였다.

"그기야 그렇지예."

양득은 입으로 가져가려던 술잔을 상 위에 내려놓았다. 벌써 술에 취한 사람 같기도 하고, 그 반대로 맹숭맹숭한 정신인 것처럼 비치기도 했다.

"분녀도 분녀고……."

꺽돌은 떫은 감을 씹은 듯한 얼굴로 말을 이어갔다.

"그 밑에 딸린 자슥도 둘이나 안 있는가베."

그러자 설단 안색이 순식간에 노래졌다.

'아, 그라모?'

당장 재업이 떠오른 것이다. 만약 억호가 분녀를 버리고 해랑을 아내로 맞아들이면 내 자식 재업은 어떻게 되는가? 더욱이 해랑은 억호 씨를 뱄다고 하지 않은가.

"……."

잠시 세 사람은 말을 잃고 바보 같은 표정들로 앉아 있었다. 권모술수를 부릴 줄 모르고 그저 착해빠지기만 한 그들 머리로선 너무나 복잡한 셈법이 아닐 수 없었다.

"이 일을 알기 되모 또 문제다."

이윽고 먼저 침묵을 내몬 사람은 꺽돌이었다. 그런데 그의 입에서는 재업이 아니고 비화 이름이 나왔다. 어쩌면 설단 마음을 다른 데로 돌리려는 나름의 깊은 의도였는지도 모른다.

"비화 마님 충객이 에나 클 낀데?"

설단을 보면서 하는 꺽돌의 그 말을 듣고 이번에는 양득이 아리송한 얼굴을 했다.

"비화?"

"내가 바람갤에 들어본 바에 따리모……."

다시 시선을 양득에게로 돌린 꺽돌은 여간 신경이 쓰이지 않는다는 빛이었다.

"비화 마님 집안하고 동업직물 집안하고는 상구 오래전부팀 철천지

웬수 사이라 쿠던데, 친자매맹캐 지내는 관기 해랑이 억호 씨를 뱄다쿠는 소리를 들으모 멤이 우떻것노?"

양득은 미처 거기까지는 생각지 못했다며 손으로 머리를 긁적였다.

"아, 그렇것네예!"

보통 때보다 더 부리부리해 보이는 눈으로 부부 얼굴을 번갈아 보며 알려주었다.

"내도 간간이 사랑채에서 흘러나오는 소리 들은께, 비화 고년이니 김호한 그눔이니 머니 하더라꼬예."

설단은 여전히 재업 생각에 얼굴이 금방 죽을상이 되어 있고, 꺽돌이 막 비운 잔을 상 위에 탁 소리 나게 내려놓으며 말했다.

"우리 부부가 비화 마님을 팽생 은인으로 여김서 살고 안 있는가베."

"……."

그 소리를 들은 양득 표정이 굉장히 복잡하면서 야릇해지고 있었다. 싸늘한 기운마저 엿보였다. 하지만 꺽돌은 양득이 나타내는 변화에는 아랑곳하지 않고 말을 이었다. 올곧은 성품이 드러나 보였다.

"해나 비화 마님한테 무신 안 좋은 일이 생길 거 겉으모, 그거는 곧 우리한테도 안 좋은 일이 되는 기라."

양득이 약간 떨떠름하던 낯빛을 풀면서 말했다.

"비화 그분이 해랑이하고 그런 사이라쿠모, 그분한테 이거는 그냥 예삿일이 아인 거는 분맹합니더."

꺽돌은 확인하는 투로 물었다.

"자네 보기에도 그런 기제?"

양득은 당연한 소리라며 고개를 끄덕였다.

"하모예, 친동상 겉은 해랑이 웬수 집안 씨를 뱄은께네예."

꺽돌이 눈을 빛내며 조심스럽게 물었다.

"자네는 하늘겉이 뫼시는 상전 억호가 관기 해랑을 새 아내로 맞아들이는 거에 대해서 우찌 생각하노?"

"성님, 내는예."

양득은 그 물음의 뜻을 잠시 헤아려보는 눈치더니 이렇게 대답했다.

"온 고을 사람들이 동업직물을 욕해도, 이 양득이는 그리 몬 합니더."

설단이 참새같이 작은 몸을 움찔했고, 꺽돌은 그 말을 가슴에 새겨놓으려는 빛이었다.

"그으래?"

양득은 좀 더 단호한 낯빛으로 말했다.

"예, 안 합니더. 몬 하는 기 아이고예."

낮은 문지방 위로 개미 한 마리가 기어가고 있는 게 설단의 눈에 얼핏 비쳐들었다. 여느 때 같으면 얼른 잡았을 테지만 그때 설단은 무연히 그것들을 바라만 보고 있었을 뿐이었다.

"음."

꺽돌 눈에 샛노란 기운이 비수처럼 위험하게 번득였다. 양득이 그것을 보았는지는 잘 알 수가 없었다. 어쨌거나 그는 종놈 신분임에도 제소신껏 얘기하는 사람이었다.

"성님 내외분이 비화 그분을 팽생 은인으로 생각하시고 있는 거매이로, 내도 우리 억호 서방님을 팽생 은인으로 뫼시고 살아왔심니더."

"그거야 새삼시럽거로 이약할 필요도 없이 온 고을이 다 아는 사실 아인가베."

그러는 꺽돌 얼굴에 비봉산 고목이 지우는 듯한 어두운 그늘이 드리워졌다.

"그래서 이 양득이는 말입니더, 성님."

양득은 상대 마음에 똑똑히 새겨두려는 의도인지 또렷한 어조로 말했다.

"억호 서방님이 우떤 일을 하시든지 간에, 내사 무작정 그대로 믿고 따를 낍니더."

꺽돌이 부스러질 것같이 건조한 어투로 말했다.

"그런가?"

양득은 적군 병영에 혼자 들어와서도 아군과의 의리를 지키려는 군사처럼 했다.

"예, 죽을 때꺼지 이 멤은 안 변합니더."

"……."

설단 얼굴이 낮달처럼 창백해졌다. 여전히 그녀의 입은 열리지 않았다.

"내 한 가지만 말함세."

"예, 성님."

두 사내 눈빛이 허공에서 만났다. 그것은 창과 창, 칼과 칼이 맞부딪는 것 같은 강렬한 느낌을 뿜어내었다.

"자네가 누보담도 충직하고 사내답다쿠는 거는 내 익히 알고 있네만……."

꺽돌은 지극히 조심스러우면서도 거침이 없는 말투였다.

"차후로 내 앞에서는 억호가 팽생 은인이니 하는 소리는 말아주게."

그 말을 들은 양득 표정도 예사롭지 않게 바뀌었다.

"성님이 그리 이약한께, 내도 이참에 한말씀 할라요."

부엌 쪽에서 무언가 부스럭거리는 소리가 났다. 어쩌면 쥐란 놈이 또 못된 짓을 하려고 기어든 것인지도 모른다. 그렇지만 설단은 이번에도 나가볼 생각은 하지 않고 온몸이 굳어버린 사람처럼 그대로 앉아 있기만 했다.

"신갱 쓰지 말고 해보시게."

꺽돌 그 말에는 어쩔 수 없이 약간 도전적이고 감정적인 힘이 실려 있었다. 양득이 하는 말속에서도 그런 기운은 그대로 전해졌다.

"성님도 내 앞에서는 비화 그 여자 말 꺼내지 말아주이소."

바람이 북쪽 벽에 나 있는 작은 봉창을 때리고 지나갔다.

"내가 뫼시는 상전하고 웬수란께 안 듣고 싶은 기라요."

양득은 갑자기 다른 사람으로 바뀌어 있었다. 방 안 분위기가 이상해지자 그때까지 계속 침묵을 지키고 있던 설단이 놀라 끼어들었다.

"인자 고만들 하시이소."

힘겨운 목소리로 애원하듯 말했다.

"씰데없는 넘들 이약하지 말고 우리 이약이나 하이시더, 예?"

꺽돌이 안타깝기도 하고 서운하기도 하다는 듯 혼잣말처럼 말했다.

"하기사 양득이 자네하고 우리하고는 사는 물이 안 다리나."

그때까지 거의 감각이 없었던 술 냄새가 물씬 풍기는 듯했다.

"사는 물이?"

양득이 빠른 어투로 반문하듯 했다.

"하모, 사실이 안 그런가베."

꺽돌은 천천히 고개를 끄덕였다.

"한 나모에서 나오는 가지도 뻗치는 방향이 다린 거맹캐, 양득이 자네하고 우리가 암만 친하거로 지낸다 캐도……."

윗목에 놓여 있는 작은 장롱으로 눈길을 보내면서 말을 계속했다.

"살아가는 방식이나 모냥새야 우찌 겉을 수 있것나."

방구들이 꺼져라 긴 한숨까지 내쉬었다.

"아모리 안 그라고 싶어도 그거를 인정할 수밖에."

묵묵히 듣고 있던 양득도 꺽돌과 비슷한 심정인 것처럼 보였다.

"인정합니더."

그 음성이 몹시 착잡했다.

"하지만도 훗날 성님하고 내하고 우찌될 값에, 우선에는 잘 지내시더."

비봉산 쪽에서 산비둘기 울음소리가 들려왔다.

"내도 멤으로는 그래야 된다꼬 생각하거마."

꺽돌은 잔을 들어 술을 입속에 탁 털어놓으면서 말했다.

"하지만도 우리가 핸실적으로는⋯⋯."

그 말이 끝나기도 전에 양득은 새삼스럽게 현실을 돌아보듯 되뇌었다.

"핸실."

꺽돌은 자리를 고쳐 앉았다.

"와? 내가 틀린 말 한 기가?"

가매못 쪽에서 아이들 고함소리가 아스라이 들렸다. 그 소리가 어쩐지 비현실적으로 와 닿는 꺽돌이었다. 하긴 억호 심복 양득과 이렇게 마주 앉아 술잔을 나누고 있는 것보다 더 실감이 나지 않을 일도 흔치 않을 것이다.

"맞심니더. 핸실은 우짤 수 없지예."

양득도 술잔을 같이 들며 말했다.

"내 겉은 종눔이야 내 몸 내 멤이라 캐도 내 뜻대로 함서 몬 살지예. 상전 시키는 대로 해야 하는 더럽고 불쌍한 신세 아입니꺼."

마당 가 담장 옆에 자라는 감나무 잎사귀를 훑고 지나가는 바람 소리가 이날따라 귀에 설기만 하다고 느끼면서 꺽돌이 말했다.

"누가 그거를 모리나. 내도 종눔으로 살아갈 적에⋯⋯."

양득이 그 뒷말은 듣기 싫다는 듯 손을 내저었다.

"행수님 말씀마따나 인자 진짜 고만하이시더."

그리고 나서 두 사람이 이구동성으로 말했다.

"술맛 떨어지는 소리!"

두 사내가 술잔을 나누며 주고받는 소리를 들으면서 설단은 왠지 머
잖은 훗날에 그들이 지금과는 다른 모습들로 서로 맞설 것 같은 불길한
예감이 승냥이같이 덤벼들었다. 어느 한쪽에도 기울지 않을 팽팽한 두
힘이 겨룰 경우, 피차 치명적일 수밖에 없을 것이다. 그 상상만으로도
앞이 캄캄했다.

'아, 그리 되모 우짤거나?'

가슴을 짓누르는 무거운 공기를 더 견딜 수 없어 설단은 피신하듯 부
엌으로 나와 버렸다. 그러고는 좁은 부뚜막에 고양이처럼 옹크리고 앉
아 곰곰이 생각하니 모든 게 허허로웠다. 세상사 왜 이리도 힘이 들고
복잡한지.

"허, 허엇!"

"흠!"

방에서는 간간이 헛기침 소리만 새 나왔다. 술에 취한 소리는 그 누
구 입에서도 나오지 않고 있었다. 하긴 말술을 들이켜도 끄떡없을 장정
들이다. 그렇지만 지금은 술보다 더한 무엇이 그들을 한층 취하게 만들
것이다.

'내, 내 아들아.'

재업 얼굴이 다시 떠오르면서 눈물이 왈칵 치솟았다. 설단은 방에 대
고 아무 말도 하지 않고 슬그머니 집을 나왔다. 그냥 무작정 혼자이고
싶었다.

'아, 내가 시방 오데로 가고 있노?'

그녀의 엎어질 듯 휘청거리는 발걸음은 자신도 모르게 상촌나루터를
향하고 있었다. 꼭 길거리 귀신이 끌어당기는 것 같았다.

"남핀은 오데다가 놔놓고 우찌 혼자만……."

그렇게 묻다 말고 비화는 설단의 눈치부터 살폈다. 그 표정이 여간 예사롭지 않았던 것이다. 설단이 가게 안을 두리번거리며 물었다.

"아자씨하고 준서는 방에 있어예?"

비화는 아직도 가다 한 번씩 이상할 정도로 잠에서 깨어나지 못하고 있는 준서를 생각했다. 이제는 한창 뛰어다닐 나이건만 그러는 이유를 알 수 없는 아이였다. 진무 스님도 걱정할 정도였다.

"준서만 아까부텀 자고 있고……."

비화 말끝이 엷은 먹물처럼 흐려졌다. 재영은 지금 집에 없다. 업둥이 아들에 관한 모든 것을 고백하고 집을 나간 뒤로 깜깜무소식이다.

"들어오소."

"예."

방으로 들어간 두 사람은 준서가 자고 있는 아랫목에서 될 수 있는 대로 떨어져 윗목 쪽에 마주 앉았다.

"……."

곤히 잠든 준서 얼굴을 물끄러미 바라보는 설단 표정이 비화 보기에 무척이나 애잔하고 슬펐다.

'아즉 나이도 올매 안 묵은 사람이 우짜다가 저리 돼삐릿노.'

제 자식 재업을 떠올리고 있을 것이다.

'개짐승도 지 새끼를 떼놓고 나모, 몇 날 며칠 간이나 주는 밥도 안 묵고 잠도 몬 자고 그리 울어쌌는데 아이가.'

그때까지도 비화는 그런 정도의 생각 말고는 다른 것은 조금도 예상하지 못했다.

"마님, 지가 무신 말씀드리도 절대 놀래시모 안 됩니더."

비화가 고개를 끄덕이는데도 수상쩍었다.

"아시것지예?"

설단이 자꾸 다짐을 받는 것이다. 비화는 어서 다음 말이나 해보라고 했다. 하지만 그 순간까지도 비화는 그게 남편 이야기인 줄로만 알았다. 그런데 느닷없이 해랑 이름이 나올 줄이야.

"마님하고 친한 해랑이란 기녀가 말입니더."

"아, 해랑이!"

비화는 우선 남편 소식이 아니기에 내심 실망하면서도 조금 안도했다. 설단 얼굴이 좋은 소식은 아니란 걸 벌써 알려주고 있었기 때문이다.

"안 놀랠 낀께 이약해보소."

지루할 만큼 계속 망설이기만 하는 설단에게 비화가 재차 말했다.

"내가 오늘날꺼지 심들기 인생을 살아옴서 웬간한 일에는 단련이 돼서 괘안소."

준서가 잠결에 모로 돌아누웠다.

"그리 말씀하시이……."

이윽고 설단이 가쁜 숨을 연거푸 몰아쉬고 나서, 그 놀라운 말을 내쏟았다.

"막 바로 말씀드리것심니더. 해랑이 그 기녀가 억호 아를 뱄다꼬 합니더."

"……."

비화는 멍해지기부터 했다. 방금 무슨 말을 들었는가? 아주 얼떨떨한 목소리로 물었다.

"머라캤소, 시방?"

설단이 잔뜩 겁먹은 얼굴로 대답했다.

"해랑이 억호 아를 뱄다꼬……."

설단의 그 말이 채 떨어지기도 전이었다.

"머시요? 다시 말해보소, 다시!"

비화 두 손이 설단 앞가슴 쪽 옷을 거머쥐었다. 그러고는 함부로 쥐어뜯을 듯이 흔들며 미친 여자같이 소리 질렀다.

"다시 말해보소! 옥지이, 우리 옥지이가 우쨌다꼬요?"

설단은 목이 막혀 캑캑거리면서 가까스로 말했다.

"어, 억호 아를 배, 뱄다꼬예, 마, 마님."

그러자 잡았던 설단 옷을 슬며시 놓는 비화 입에서 매우 엉뚱한 소리가 나왔다.

"설단이 각시가 억호 아를 뱄었다쿠는 그 이약했던 기요? 그거는 내도 하매 알고 있은 긴데 머 땜새 각중애 그라요?"

비화가 그런 반응을 보이자 설단은 지난날 억호 사랑방에 들어가 자기가 임신했다는 사실을 억호에게 통보하던 그만큼이나 황당하고 복잡한 낯빛으로 더듬거렸다.

"마, 마님. 그, 그기 아이고예. 해랑이……."

"해랑? 옥지이가?"

해랑과 옥진을 같은 여자로 인식하는 데도 시간이 걸리는 것 같은 비화였다.

"예."

설단은 목소리뿐만 아니라 목까지 어깨 사이로 기어들었다.

"지, 진이가!"

그때부터 비화는 설단이 여태껏 보아오던 그 비화가 아니었다. 비화가 아닐 그 정도가 아니라 사람이 아닌 성싶었다. 그러잖아도 심약한 설단은 그만 어쩔 줄 몰라 했다.

"마, 마, 마님?"

물론 비화의 충격이 크리란 것은 충분히 예견했던 일이었다. 하지만 저 정도일 줄이야. 저 대사지 비밀을 알 리 없는 설단은 비화 반응을 이

해하기 힘들 수밖에 없었다.

비화 고함소리에 자다 놀란 준서가 몸을 두어 번 뒤척이더니 다시 잠이 들었다.

"우리 진이, 진이가……."

비화의 경련이 이는 입술 사이로 짝과 헤어진 물새 울음 같은 소리가 흘러나왔다. 강가에 살다 보면 강을 닮는다더니, 강에 서식하는 물새까지 닮아가는 듯했다.

"이랄 수가, 이랄 수가?"

천성적으로 심성이 여린 설단도 덩달아 같이 울먹이기 시작했다.

"마님."

비화는 잡귀가 몸속에 들어온 여자를 방불케 했다.

"진이가 억호 아를, 억호 아를?"

"흐, 그, 그래예."

설단이 몸을 덜덜 떨며 확인시켜주었다.

"아이다, 아이다, 이거는 아인 기라! 그랄 리가, 그랄 리가?"

비화는 손으로 맥없이 방바닥을 쳐가며 수도 없이 되뇌었다. 어머니 울부짖음에 또다시 준서가 잠을 깨려는지 무어라 웅얼거리는 소리를 내었다.

"진아, 우리 옥지이."

그렇지만 비화의 통곡 소리는 한층 더 커져만 갔다. 세상 그 누구보다도 준서를 극진히 위하는 비화였지만 지금 그녀에게는 아들도 눈에 보이지 않는 모양이었다.

"우, 우우!"

비화의 고통. 그것은 이미 인간 통제 영역을 벗어나 버렸는지도 모른다. 그래, 그럴 것이다. 남편 재영과 허나연 사이에 아이가 있다는 사

실, 더군다나 그 아이가 저 원수 억호에게 업둥이로 들어가 있다는 현실
앞에, 살아 있어도 죽은 목숨이었다.

그런데? 세상에, 옥진이마저 억호 씨를 배고 있다니! 억호 씨를 옥진
이가, 옥진이가?

비화는 점점 얕아지는 신음을 내다가 끝내 그대로 까무러치고 말았다.

"여 보이소! 여 보이소!"

설단이 곧장 숨넘어갈 여자같이 놀란 소리를 내지르며 밖으로 달려나
가는 기척이, 비화 귀에 먼 꿈길에서처럼 아스라이 들리고 있었다.

"조, 조카! 조카!"

"주, 준서 옴마?"

우정 댁과 원아, 송이 엄마 등 온 나루터집 식구들이 한꺼번에 우 달려
들어 간신히 비화 정신이 돌아오게 해놓은 것을 보고 설단은 돌아갔다.

"인자 살았다."

우정 댁이 한숨을 돌리며 말했다.

"모도 장사하로 나가이시더."

이건 송이 엄마가 하는 소리였다.

"괘, 괘안으까예? 준서 옴마 혼자 놔 놔도예."

여전히 걱정스러운 빛을 지우지 못하고 있는 원아에게 비화는 억지로
팔다리를 움직여 보였다.

"인자는 다 낫았어예."

한참 후 비화를 제외한 나루터집 식구들이 그 방에서 나와 다시 가게
일에 바삐 매달리고 있을 때였다.

"아, 스님!"

구원자처럼 비어사 진무 스님이 찾아들었다. 그런데 진무 스님 또한
보통이 아닌 소식을 들고 왔다.

"준서 아버지가 오늘 새벽같이 절집에 들렀다."

그때까지도 비현실 속에서 헤매고 있는 것 같던 비화는 신음하듯 가까스로 입을 열었다.

"비어사에 말입니꺼."

진무 스님은 무척 답답해하는 빛이었다.

"웬일이냐고 물어도, 그저 스님 한번 보고 싶어 왔다고만 그러더구나."

진무 스님 얼굴이 큰 근심과 의문에 싸여 보였다.

"필시 이쪽 방향에서 뻗치던 그 불길한 기운과 상관이 있는 것 같아와 봤느니."

마치 '바스락' 소리 나는 가랑잎에 불길이 옮겨붙는 것 같은 음색이었다.

"무슨 일이 있었던 게냐?"

어디서 낯선 새가 날아든 것일까? 남강 쪽에서 들려오는 물새 울음소리가 처음 듣는 듯 귀에 설었다.

"실은예, 스님."

힘겹게 자리에서 일어나 앉은 비화는 그동안 있었던 모든 일을 들려주었다. 혼자 가슴에 담아두기엔 너무나 벅찼고, 게다가 진무 스님에게는 지금껏 모든 것을 숨김없이 죄다 이야기해오던 터였다. 그리고 그건 부처님께 고백하는 것과 같다고 보았다.

"그러니까……."

이윽고 처음부터 끝까지 아무 동요도 보이지 않고 그저 듣고만 있던 진무 스님이 조용히 물었다.

"남편과 허나연이란 여자와의 사이에 태어난 그 사내아이를 억호에게 업둥이로 주었단 말이지?"

"예, 스님. 시상에 이런 일도 있을 수 있심니꺼?"

비화는 피를 토하듯 울부짖었다. 그러자 진무 스님이 흔들리는 목소리로 말했다.

"허, 업보로고, 업보로다!"

그 소리가 비화 귀에 큰 파문으로 와 닿았다. 그녀는 울부짖음을 멈추고 반문했다.

"업보예?"

"그렇지, 업보야."

뜻밖에도 진무 스님 얼굴이 밝아졌다.

"어쩌면 두 집안 사이에 얽혀 있는 오랜 악업을 씻을 수 있는 절호의 기회가 온 것도 같구나."

그러고는 얼른 두 손을 가슴 앞에서 모아 기도했다.

"나무아미타불 관세음보살."

"스, 스님! 우찌 그, 그런 말씀을?"

비화는 아무리 진무 스님 말이라도 결코 수긍할 수 없었다. 아니었다. 누가 뭐래도 그건 아니었다. 감정이 격해진 그녀는 온몸을 부들부들 떨었다.

"그 원한을, 그 복수는……."

"오, 부처님!"

그러나 진무 스님은 법열法悅에 빠진 불제자 모습이었다.

"준서 아버지가 법당에 들어 부처님께 간곡하게 기도하는 모습을 보며 뭔가 묘한 기분이 들더니만, 내가 이런 소릴 들으려고 그랬던가? 그랬던가?"

진무 스님은 어느새 신도들 앞에서 설법을 베푸는 모습으로 돌아가 있었다.

"비화야, 너도 이제부터는 생각을 바꾸어야 하느니."

온후한 미소를 띤 얼굴로 타일렀다.

"저들을 마냥 미워만 해서는 아니 될 것이며……."

"그, 그?"

비화는 도저히 참으며 듣고 있을 수가 없었다. 온몸의 피가 또다시 머리로 모이는 것 같았다. 그녀는 완전히 다른 사람이 된 것처럼 고래고래 악을 썼다.

"아입니더! 지는 그것들을 미버만 할 낍니더! 미버하다가 고마 죽는 한이 있다 쿠더라도 미버할 낍니더!"

천장과 사방 벽 그리고 방바닥에서 살기를 담은 비수가 튀어나오는 듯했다.

"허!"

진무 스님 얼굴 가득 짙은 당혹감이 번졌다.

"죽는 거는 하나도 안 무섭심니더."

비화가 하는 말들은 자고 있는 준서 머리 위에 그대로 떨어져 내리고 있었다.

"안 미버하는 기 더 무섭심니더."

비화는 또다시 목청을 있는 대로 돋우었다.

"임배봉 일가만이 아이라, 남핀도 용서할 수 없심니더! 남핀도 마찬가집니더!"

그 서슬이 얼마나 시퍼랬는지 진무 스님도 크게 질려버린 낯빛으로 변했다.

"비화야. 지금 넌……."

비화는 막돼먹은 저잣거리 여자처럼 진무 스님 말을 거칠게 막았다.

"시방 지한테는 모돌띠리 웬숨니더, 스님."

별안간 강바람이 거세지고 있는 걸까? 방문이 누가 흔들고 있는 것처럼 크게 덜컹거리고 있었다.

"참으로, 참으로 못난지고!"

가을날 가매못 물처럼 잔잔했던 진무 스님 음성이 홍수 때의 남강 물살같이 격해지기 시작했다.

"부처님께서 선을 베풀 기회를 주셨는데도 악을 고집하는 것이냐?"

그 말끝이 떨어지기 무서웠다.

"선예?"

비화는 그야말로 당돌하기 그지없는 여자같이 되받아쳤다.

"선이 머신데예?"

문득, 그곳이 강마을이라는 것을 알려주기라도 하듯이 쉴 새 없이 이어지고 있던 물새 소리가 멎었다.

"뭐라?"

안색이 달라지는 진무 스님에게 비화는 다시 닦달하듯 했다.

"악예? 악이 머신데예?"

진무 스님은 그 한마디밖에 하지 못하는 사람처럼 했다.

"뭐라?"

비화는 철저히 미친 여자가 돼 있었다. 어쩌면 마귀에 점령당한 사람의 표본과도 같아 보였다. 그녀에게서 그녀의 모습을 발견할 수가 없었다.

"죽어 불지옥 구디이에 떨어져도 우짤 수 없심니더, 스님."

준서가 홀연 눈을 떴다. 하지만 비화도 진무 스님도 그것을 보지 못했다. 그보다 더한 것에도 감각이 없을 그들이긴 했다.

"허어, 비화가 없도다."

문풍지가 경련을 일으키듯 파르르 떨렸다.

"비화가 없어져 버렸구나!"

파리한 진무 스님 입술 사이로 긴 탄식의 말이 흘러나왔다. 그렇지만 지금은 누구의 그 어떤 말이나 행동도 비화를 제어하지 못할 것 같았다.

"옥지이 뱃속에 들앉아 있는 가도 저주합니더."

비화의 입을 빌려 나오는 악귀의 소리는 그 끝을 드러낼 줄 몰랐다.

"그 아이까지도?"

놀라 반문하는 진무 스님 안색이 창백했다.

"억호 씨라모 극락에서 태어나도 저주를 퍼부울 낍니더."

비화 두 눈에 시뻘건 불덩이가 이글거렸다.

"지금 네 입에서 나오고 있는 그 저주가, 네 자식 준서에게 바로 떨어져 내릴 수도 있다는 것을 어찌 모른단 말이더냐?"

급기야 진무 스님에게서도 분노와 질책의 말이 나왔다. 비화는 그만 입을 다물고 말았지만, 모두를 향한 증오의 불길은 한층 활활 타오를 뿐이었다.

내 남편 피를 받은 아이가 억호 자식이 되고, 또한 옥진이가 억호 씨를 잉태하는 이런 현실인데, 어떻게 저주와 증오가 아닌 다른 소리가 나올 수 있단 말인가?

동업직물. 잘 자다가도 벌떡 일어나 이빨을 갈고 싶은 그 상호에 붙은 동업이란 이름을 가진 아이가, 내 남편이 불륜을 저질러 세상에 퍼뜨려 놓은 그 아이라니? 옥진이 자신을 관기의 길로 들어서게 만든 장본인인 억호를 받아들이고 그의 씨까지 키우고 있다니? 이것이 바로 불지옥 구덩이가 아니고 무엇이겠는가? 악귀가 점령해버린 곳이 아니고 어떤 곳이겠는가?

'아이다. 이거는, 이거는 아이다!'

이번만은 진무 스님 뜻을 따를 수 없었다. 설혹 남편이 영원히 돌아오지 않는다고 해도 상관없었다. 옥진과의 모든 정을 다 끊어도 되었다.

준서도 이런 세상을 보고 싶지 않은 것 같다고 생각했다. 그렇지 않고서야 이런 소란이 벌어졌는데도 저렇게 긴 시간 눈 한 번 뜨지 않고 계속 자고만 있을까? 나도 저 아이 옆에 누워 잠들 수 있었으면. 영원한 잠 속으로 빠져들 수 있었으면.

"나무아미타불 관세음보살, 나무아미타불⋯⋯."

진무 스님은 마귀 걸린 비화를 구원하기 위한 듯 끊임없이 그저 염불만을 외었다. 온 방 안에 향불 냄새가 피어오르는 느낌이었다.

"부처님, 부디 이 가련한 중생들을 굽어 살피시어⋯⋯."

그러나 그때 그곳에서 비화 눈에 비쳐드는 것은 오로지 두 가지뿐이었다. 진무 스님도 보이지 않았고 비화 자신마저도 없었다. 그저 두 개의 모습만 있었다.

언젠가 억호와 분녀가 나루터집에 데리고 왔던 동업 모습과, 억호 씨를 배고 있는 옥진 모습이었다.

갈래 뻗는 마음

비화가 간곡한 진무 스님 염불 소리 속에서도 끊임없이 떠올리는 해랑은 비화가 상상하고 있는 것보다도 훨씬 더 기막힌 궁리에 흠뻑 빠져 있었다. 어떤 여자는 임신을 하게 되면 완전히 다른 사람이 돼버린다고 한다. 해랑이 바로 그런 축에 드는지도 모른다. 아니, 그렇다.

그건 실로 무서운 일이었다. 언제부터인가 해랑은 남몰래 조금씩 불러오는 배를 만지며 너무 터무니없는 환상에 젖어들곤 했다. 정상과 비정상이 제멋대로 뒤섞여 몸도 마음도 엉망진창이 된 그녀는 비화가 알고 있던 옥진이 아니었다. 그녀의 발작은 언제나 지금 내 뱃속에 든 게 억호 씨라는 자각에서부터 시작되었다.

'내가 운제 억호 그 사람 자슥을 가짓제? 대사지 못가에서였나? 참, 그기 아이제. 새벼리 숲이었제.'

세상은 온통 대사지 못물로 출렁거렸으며, 새벼리 나무숲으로 흔들거렸다.

'이 옥지이가, 아니 이 해랑이가 억호 씨를 배다이. 우습다. 에나 우스버라. 호호호.'

그게 시초였고, 그다음부터는 엉망진창, 뒤죽박죽이었다.

'고을 모든 관기들이 그리카나 부러버하는 동업직물 후계자가 내한테 청혼을 했다꼬? 이 해랑이 보고 안방마님이 돼 달라꼬? 내가 미칫나 오데. 고 나뿐 점벡이 눔 점을 봄시로 살아라모 도로 해치꼬랑(수채)에 빠지죽것다.'

'아인 기라. 하판도 목사 겉은 독종한테 시달리는 거보담도, 억호 아내가 돼갖고 사는 기 몇 배 팬할 끼라. 하 목사 그기 오데 인간이가, 인간 탈바가지 둘러쓴 짐승이제.'

'하기사 내가 관기 신분인데, 그라고 하 목사가 단 하로도 내를 안 보모 몬 사는데, 내가 무신 용빼는 재조로 동업직물 가문 며느리로 들갈 수 있것노. 하 목사가 그라거로 해줄 사람이 아이제. 정 안 되모 내를 쥑이서라도 그리 몬 되거로 해뺄 기다.'

'아이다, 그거는 모린다. 하 목사가 재물이라쿠모 사죽을 몬 쓰는 탐관오리 아인가베. 억호 집안에서 뇌물을 한거석 주모, 내를 기적妓籍에서 빼줄랑가도 모리제. 술자리에서 본께, 하 목사하고 배봉이 그 늙은이가 예사 친한 사이가 아인갑데.'

'그래도 그렇제. 이 해랑이가, 아내가 있고 또 자슥이 둘씩이나 딸린 그런 남자를 신랑 삼을 수는 절대 없는 기라. 분녀는 반신불수가 돼서 사람 구실을 몬 한다 쳐도, 그 밑에 아들이 둘이나 눈 빠꼼 뜨고 있는데, 내가 그것들을 우떤 수로 감당하것노. 내 몸띠이 하나도 처신 몬 하는 빙신 겉은 주제에 말이다.'

'그란데 참, 내가 나이 묵어갖고 퇴기가 된 뒤도 함 생각해 봐야제. 시방 이대로 있다가 늙어갖고 퇴기가 되모 머하것노. 기껏해야 기생집이나 안 하것나. 얼굴에 주름살이 죽죽 가갖고, 통 멤에도 없는 사내들 앞에서 얼간이매로 헤픈 웃음이나 실실 흘리고. 그런 어중재비(어정잡

이)보담 동업직물 안방마님이 백배 천배 낫것다.'

아무도 없는 방에 혼자 앉아서 거울에 비친 제 모습을 들여다보면서 마귀 할망구가 되어 호호거렸다.

'옥진아, 니가 해랑이가? 해랑아, 니가 옥진이가?'

'옥진이가 눈데? 해랑이가 눈데?'

그렇게 온종일 갖가지 잡념에 시달리던 해랑은 마침내 실성한 여자처럼 보이기 시작했다. 혼자서 잇몸이 드러나도록 헤벌쭉 웃기도 하고, 벌레 씹은 듯 오만상을 찡그리기도 하고, 앞에 아무도 없는데 갑자기 벌컥 화를 내기도 하고, 누군가에게 비는 듯 두 손을 싹싹 비벼대기도 했다.

그 소문이 교방 안에 파다하게 퍼지기 시작했다. 하지만 모두가 해랑 앞에 나서길 꺼려했다. 해랑은 흡사 새끼 밴 암고양이 같았다. 누가 자기 눈앞에 얼씬거리기만 해도 날카로운 발톱을 곤두세워 확 할퀼 태세였다. 관기들 가운데 누구보다 속내를 털어놓고 지내는 효원이나 한결조차도 해랑을 멀리했다.

그렇게 해랑은 외톨이가 돼갔다. 의지할 데 없고 매인 데 없는 외돌토리. 그녀 스스로 기녀들을 멀리했으면서도 정작 가장 외로움을 타는 것도 그녀였다. 옥진이도 혼자였고 해랑이도 혼자였다.

해랑의 유일한 말 상대는 뱃속 아기였다. 가늘고 긴 손가락으로 마치 악기 켜듯 제 배를 가만가만 두드리면서 그녀는 아기와 한도 없이 원도 없이 숱한 이야기들을 나누고 또 나눴다. 산같이 쌓여 있었던 것처럼 말했고 물같이 고여 있었던 것처럼 들었다. 하루가 다르게 아기에게 강한 모성애를 느꼈으며, 아이를 지워버릴까 하던 처음 마음은 어느새 온데간데없었다.

그리고 그런 위험하고도 불가해한 나날들 속에서 그녀는 거의 무의식적으로 그 아기 아버지인 억호라는 사내와도 친근해지고 있었다.

그날 밤, 아내 비화에게 동업에 관한 비밀을 모조리 고백한 다음 무작정 집을 뛰쳐나온 재영은, 진무 스님이 방장으로 있는 비어사에 가서 대웅전 부처님께 무엇을 간절히 빌었던가. 죄 많고 한 많은 이 못된 목숨 제발 거두어 주십사 눈물로 고하고, 그 길로 곧장 남강 물에 뛰어들리라 결심했었다.

'내 시신이 물 우로 몬 떠오리거로 용왕님한테 빌어야제.'

그런데 호젓한 강가에 가서 마침내 투신을 시도하려고 했을 그때였다. 그는 아내가 꿈에 봤다는 것을 환영으로 만났다.

손, 아내 꿈에 그의 발목을 휘어잡았다던 흰 아기 손.

강물에 한 발을 들여놓는 순간, 그는 홀연 물속에서 불쑥 솟아 나오는 흰 물체를 보았다. 그러고는 미처 그 정체를 알아내기도 전에 제 발목이 그것에 꽉 붙잡혀 있다는 사실부터 깨달았다.

처음에는 물고기를 잡아먹는 물뱀인가 했다가 나중에는 헝겊 조각이나 지푸라기, 수초가 아닐까 했다. 하지만 고개를 숙이고 자세히 들여다보았더니 그것은 놀랍게도 조그맣고 새하얀 아기 손이었다.

'아, 시방 내가 아내 꿈속에 있는갑다.'

그날 아내에게서 그 꿈 이야기를 듣는 그 자리에서, 그는 그게 자기 아들 손이라는 것을 대번에 알았다. 본디 감각이 무딘 그였지만 그것만은 달랐다.

'그때는 애비가 가지 말라꼬 붙들던 손인데, 시방은 물에 빠져 죽지 말라꼬 말리는 손인 기라.'

재영은 세찬 물살에 신발 한 짝을 떠내려 보내고 어쩔 줄 몰라 하는 아이처럼 모래밭에 퍼질러 앉아 몇 시간을 내리 울었다. 더불어 슬퍼해 주듯 함께 울어대던 물새들이 먼저 지쳐버렸는지 훌쩍 날아가 버리곤 했다. 내 고통 잊자고 이대로 죽을 순 없었다. 그것은 자식을 영원히 아주 내버리는 짓이었다.

자살 다음으로 생각한 게 그 고을을 떠나는 거였다. 고을 관문인 새 벼리로 향했다. 거기 목牧의 길목인 새벼리 고개에 올라서자 문득 저 멀 리 넓은 바다가 있는 고장으로 가고 싶었다. 바다는 메워도 사람의 욕심 은 못 채운다는데, 훌훌 다 떨치고 짭짤한 갯냄새를 맡으면 숨통이 조금 은 트일 듯했다.

'그렇제, 바다.'

그리하여 그가 곧바로 길을 떠났다면 그 일을 겪지 않았을 것이다. 하지만 막상 가족과 헤어지려 하자 발이 떨어지지를 않았다. 주위 숲에 서 무슨 새소리가 들렸다. 그 소리에 이끌리듯 숲으로 들어갔다. 객지에 나가면 까마귀도 고향 까마귀가 반갑다고, 벌써부터 고향이 마냥 그리 워지고, 어쩌면 영원히 돌아오지 못할 고향의 새소리나마 실컷 듣고픈 심정이었다.

그는 새소리 들리는 곳을 찾아 가까이 가느라 여기저기 새소리 따라 한동안 숲을 헤맸다. 그리고 어느 순간 불쑥 눈앞에 나타난 사람과 맞닥 뜨린 것은 정신 나간 사람같이 그렇게 하고 있을 때였다.

아무도 없는 줄 알았던 숲속에서 갑자기 사람이든 동물이든 마주치면 누구나 깜짝 놀랄 수밖에 없다. 재영뿐만 아니라 상대방도 몹시 놀라는 기색이었다. 그러나 정작 둘 모두가 경악을 금치 못한 건 서로 상대 신 분을 알아채고서였다.

'아아, 꿈.'

재영은 또 꿈이라고 생각했다. 아기 손보다도 더 믿을 수 없는 꿈. 꿈 속에서도 꿀 수 없는 꿈. 그곳에서 억호를 만날 줄이야.

여러 날 억호가 남모르게 거기서 해랑을 만난다는 사실을 알 리 없는 재영으로서는 실로 뜻밖이 아닐 수 없었다. 억호도 마찬가지였다. 상촌나루터에 있어야 할 사람이 새벼리에 나타나다니. 재영이 둘이고 억호가 둘이 아니고서야.

누구도 퍼뜩 입을 열지 못하는 가운데 두 사내 몸에서는 팽팽한 긴장감이 뿜어져 나왔다. 그 무엇이든 탁 절단내버릴 것만 같은 더없이 위험한 기운이었다. 근처 바위도 돌아앉고 나무들도 그만 뒤로 비칠비칠 물러서는 것 같았다. 먼저 열린 것은 억호 입이었다.

"잘 애댕깄다(맞닥쳤다)."

"……."

재영이 멈칫했다. 억호의 빈정거림이 뒤를 이었다.

"오늘은 우찌 비화 고년 치마폭을 빠지나왔는고?"

억호는 재영이 매일같이 아내 곁에서 가게 일을 거들고 있다는 그 사실을 알고 있는 것 같았다. 투망질하듯 휙 던진 말이 그랬다. 재영은 얼른 대꾸하지 못했다. 솔직히 두려웠다.

'내 아들아이.'

그런데 정녕 알 수 없는 노릇이었다. 그 극한 상황에서 재영에게 용기를 주는 게 다름 아닌 아들이었다. 그것도 준서가 아니라 업둥이로 준 그 아들. 세상에는 억호와 분녀의 친자식으로 돼 있는 아들.

어디선가 그 아들이 두 사람을 지켜보고 있다는 느낌, 더 나아가 억호보다도 친아비인 자신을 응원하고 있다는 마음이 드는 것이다. 내 뒤에는 든든한 자식이 있다는 그 생각 하나만으로도 재영은 이제 억호가 무섭지 않았다.

"이 자리에 없는 집사람 욕은 와 하노?"

재영 입에서 대범한 소리가 나왔다.

"머라? 와 하노오?"

상대방 말꼬투리를 잡는 억호 음성에 위험하기 이를 데 없는 시퍼런 날이 섰다. 예리한 그것에 베이면 거기 아름드리 나무둥치도 단숨에 픽 픽 쓰러질 것 같았다.

"나이도 밑인 기 반말을 해?"

당장 그의 특기인 발차기를 할 태세를 취했다.

"앞장게이(정강이)가 성하나?"

벼랑 저 아래로 흐르는 강물도 도주하듯 홀연 급하게 내닫는 성싶었다. 하지만 재영은 물러서지 않았다.

"나이 쪼매 더 묵었으모, 사람이 나이 값을 해야제."

근처 나무들이 키 재기를 하듯 발돋움을 하는 것같이 보였다.

"허, 요것 좀 봐라?"

이쪽에서 당차게 나가자 억호도 만만하게만 볼 게 아니라는 자각이 들었는지 즉각 방어 자세를 취하며 말했다.

"비화 고년이 오기로 돼 있나, 제법 큰소리치는 거 본께."

이번에도 비화를 입에 올렸다. 재영은 그 와중에도 실감할 수 있었다. 억호에게 아내는 예사로운 존재가 아니라는 것이다.

"그짝에서 여자가 오기로 돼 있는 거 겉거마는."

그렇게 맞받아치면서 재영은 내심 적잖게 놀랐다. 근동에서 누구도 못 갚을 천하의 개망나니로 소문이 자자한 악질 쌈꾼을 내가 이렇게 대할 수 있다니. 하긴 자살까지도 결심한 몸으로 영영 가족과 헤어질 운명 앞에서 대체 뭐가 두렵겠는가? 세상에서 가장 용감한 사람은 삶을 포기한 자이다.

그러자 스스로 끊지 못하는 목숨, 억호와 싸우다가 그에게 맞아 죽는 게 더 행운일 것 같기도 했다. 이런 절호의 기회를 놓치면 후회할 것이다.

"아, 비화 말고 또 있제."

억호가 재영의 아킬레스건을 건드렸다.

"신혼 초에 딴 기집하고 둘이서 눈짝이 맞아갖고 달아났담서?"

바람은 새벼리 숲에서 생겨나 새벼리 숲에서 사라지고 있었다.

"흐응!"

재영은 냉소를 터뜨리고 나서 응수했다.

"여자라모 내보담도 억호라쿠는 인간이 몇 배나 밝힌다 쌌는 거 모리는 사람 오데 있나? 기생방 출입은 따라갈 사내가 없다쿠더마."

일순, 억호 표정이 굉장히 묘하게 바뀌었다. 성내는 것 같기도 하고 자랑스러워하는 것 같기도 하고. 아니면 그 모든 감정들이 뒤섞인 듯싶기도 했다. 그렇게 복잡하기 그지없는 낯빛이던 그가 밑도 끝도 없이 툭 내뱉었다.

"비화 고년한테 가서 반다시 전하라꼬."

탄탄한 어깨를 한 번 으쓱하고 나서 말했다.

"해랑이, 아니 옥지이가 시방 이 억호 씨를 배고 있다 쿠더라꼬."

재영 다리가 휘청했다. 억호 눈은 그것을 놓치지 않았다.

"그뿐만이 아이제."

억호는 또 버릇처럼 왼손등으로 오른쪽 눈 바로 밑에 박혀 있는 크고 검은 점을 쓰윽 문지르면서 말을 계속했다.

"인자 쪼꼼 더 있으모 해랑이가 나타날 끼거마는."

그곳 사물들이 혀를 찰 만큼 더없이 치졸하게 나왔다.

"내하고 만내서 사랑을 나눌라꼬."

공기 속에는 풀냄새 흙냄새가 뒤섞여 떠돌고 있었다.

'대관절 저눔이 무신 소리를 지껄이쌌고 있노?'

재영이 듣기에는 말도 되지 않는 소리였다.

"그거도 전해주모 고맙겄네, 비화 서방."

억호는 강인해 보이는 턱으로 거기 나무 밑을 가리키면서 이런 말도 했다.

"이 자리가 우리가 사랑하는 장소제."

재영은 뭐라고 대꾸하는 대신 그 장소에 탁, 침을 뱉고 싶었다. 발로 짓뭉개어 혹시 거기에 남아 있을지도 모를 모든 흔적을 깡그리 지워버리고 싶었다.

"낄낄낄."

억호가 희희낙락했다.

"시상에서 여게보담 기똥찬 기생방 없다."

재영이 침을 내뱉듯 했다.

"미치도 에나 더럽거로 미칫거마."

그러자 억호 낯바대기가 찌그러진 양철처럼 팍 일그러졌다. 그는 으르렁거리는 산짐승 같은 소리로 말했다.

"운젠가는 니 에핀네도 여 끌고 와서……."

"머시?"

억호의 그 마지막 말에 재영은 이성을 잃어버렸다. 아무래도 재영은 억호의 적수가 못 되었다. 어쩌다가 허나연 같은 여자를 만나 외도를 하고 기생방을 찾곤 했지만, 그는 본디 한량이라기보다 골방 샌님 축에 든다고 봐야 할 것이다.

"시상에 할 소리가 따로 있제."

자못 흥분한 그의 입에서 이런 소리가 나왔다.

"개 겉은 눔."

그 소리를 들은 억호는 절간 사천왕상보다 더 험악한 표정으로 변했다.

"이, 이노무 쌔끼가?"

재영의 주먹보다 갑절은 돼 보이는 주먹을 함부로 휘두르며 말했다.

"뒤질라꼬 약 쓰나? 그렇다모 소원대로 해줘야제."

"……."

재영은 눈앞이 캄캄해지고 오금이 저렸다. 하지만 억호 손에 맞아 죽기 위해서는 좀 더 약을 써야 한다고 생각했다. 상대가 이성을 놓아버릴 극단적인 소리가 필요했다.

"해나 거 아내가 아 몬 놓는 여자 아이가?"

"머? 머?"

새벼리 하늘 위로 불려오던 구름장 하나가 급하게 뒤로 물러나는 것 같이 비쳤다.

"맞는갑네?"

"……."

하늘에서는 구름이 조화를 부리고, 땅에서는 사람이 조화를 부리고 있는 양상이었다.

"아모 말도 몬 하는 거 보이."

이번에는 거꾸로 억호가 크게 허를 찔린 격이었다. 무어라고 말을 하지도 어떤 행동을 취하지도 못했다. 그의 입에서는 신음 같은 소리만 흘러나왔다. 재영은 그런 억호를 향해 최후의 비상약을 뿌렸다.

"지 에핀네 놔놓고 볼촉시리 딴 여자 임신 이약하는 거 본께 더 이약할 거도 없거마."

억호는 벌겋게 달아오른 얼굴로 외쳤다.

"에라잇! 요 쥐새끼 겉은 늠을 그냥?"

제아무리 기름통 안에 며칠간 들어앉았다가 나온 것처럼 유들유들한 인간이라 할지라도 결정적인 약점을 꼬집으면 확 돌변하기 마련이다. 석녀石女 분녀를 아내로 둔 억호의 아킬레스건은 '아이를 못 낳는 아내'였다.

"죽어봐라, 이 쌔끼야!"

억호는 두 손아귀를 마치 갈고리같이 만들어 높이 치켜들고는 당장이라도 상대방 숨통을 끊어놓을 기세였다. 재영은 입가에 웃음까지 머금었다.

"조오타! 쥑일 수 있으모 쥑이라!"

이미 그의 손에 죽기로 한번 작정한 재영은 이제 더 겁날 게 없었다. 도리어 그가 빨리 달려들어 목숨을 끊어주길 원했다. 재영은 진심으로 말했다.

"와 안 쥑이노?"

새벼리로 통하는 길 위에 바람이 일어나더니 저 아래 강을 향해 곤두박질을 치고 있는 게 보이는 듯했다.

"쥑이라 안 쿠나!"

그런데 재영의 그런 반응이 역으로 억호의 다음 행동을 가로막는 방패막이로 작용했다. 세상일이란 게 참으로 기기묘묘한 거였다. 인간에게 있어 가장 알 수 없는 게 바로 같은 인간이었다.

만약 재영이 잔뜩 공포에 질려 제발 목숨만은 살려 달라고 애걸복걸하거나 도망치려고 했다면, 억호의 악마성에 불을 붙여 살인까지 저지르게 했을지도 모른다. 그렇지만 '나 잡아먹으슈' 하듯 몸을 제 쪽으로 쑥 내밀고 두 눈까지 감아버리는 상대를 보자 억호의 살의는 그만 꺼져버렸다.

"내 안 살 끼라 안 쿠나? 여 아모도 없은께, 니가 낼로 쥑인 것도 누가 알 끼고?"

그런 사실까지 귀띔해주는 재영이었다.

"지, 진짜 안 살라꼬?"

제발 살아 달라고 부탁하는 성싶은 억호였다. 새벼리 발치로 흐르는 강에서 부는 바람이 가당찮았다.

'씨~잉.'

일반 상식을 뛰어넘는 엉뚱한 사태들이 잇따라 벌어졌다. 주춤거리는 억호보다도 다시 뜬 재영 눈에 도리어 살기가 번득이기 시작했다. 천하 악질 억호가 질릴 판이었다.

"그라모 니가 죽을래?"

재영은 억호에게 선포하고 싶었다. 아니, 만천하가 그 소리를 듣게 하고 싶었다.

— 동업이 아부지는 재영이다아!

지금 너희 부부가 키우고 있는 그 동업이가 바로 내 아이다. 언젠가는 반드시 내가 데리고 갈 것이다. 네놈이 자꾸 고년 하는 내 아내 비화도 이제는 그런 사실을 알고 있다. 그러니 나는 이렇게 말할 수 있다고.

— 동업이는 임동업이가 아이고 박동업이다아!

그러나 실토할 순 없었다. 세상이 듣게 할 순 없었다. 그 동업이 때문에 내가 집을 나와 정든 고향과 가족 곁을 떠나려 한다. 아내가 모든 사실을 알게 됨으로써 우리 집안에 걷어버릴 수 없는 불행의 그늘이 드리워지고 말았다. 그리하여 결국 모든 게 끝장이 나버렸다고.

그렇게 재영이 두 가지 다른 빛깔의 상념에 젖어 바라본 억호가 또 이상한 행동을 했다. 그는 연방 저편 어딘가를 살피기에 급급하여 눈앞에 사람이 있다는 사실마저도 잊어버린 듯했다. 재영은 고개를 갸웃했다.

그랬다. 그때 억호 마음 역시 두 갈래로 크게 나눠져 극심한 갈등을 일으키고 있었던 것이다. 그 갈등의 틈바구니에 끼여 옴짝달싹할 수 없었다.

우선 한 가지는, 오늘도 해랑이 여기 오지 않을 것 같다는 안타까움이었다. 임신 사실이 드러난 이후로 딱 한 번밖에 더 그녀를 만나지 못했다. 정말이지 가설조차 싫지만, 어쩌면, 어쩌면 해랑은 아이를 지우려 들지도 모른다.

다른 한편으론, 이날만은 제발 모습을 나타내지 말았으면 하는 바람이었다. 친자매처럼 지내던 비화 남편에게 해랑은 진짜 형부와도 같은 감정을 품고 있을 수 있고, 그렇다면 뜻밖의 만남을 통해, 가령 재영이 중재 역할이라도 할 경우에는, 비화와의 관계가 다시 좋아질 가능성도 있는 것이다.

어쨌든 간에 솔직히 털어놓는다면, 지금 억호는 더 이상 재영 때문에 힘을 빼고 싶지 않았다. 비화나 호한이라면 기어이 복수의 칼을 휘두르겠지만, 한 다리 건너 원수인 재영 따위야 팔다리 하나를 부러뜨려놓는다 한들 뭐 별다른 쾌감을 맛보겠는가 말이다.

그리하여 재영 저놈이 조금이라도 빨리 여기서 떠났으면 하는 조바심이 일기 시작했다. 마음 같아서는 완력을 써서라도 막 쫓아버리고 싶지만, 지금까지 하는 행동으로 보아, 썩어도 준치라고, 사내 자존심에 얼른 쫓겨 갈 것 같지도 않고, 그러자면 또 시간을 많이 잡아먹을 수밖에 없을 것이다.

'알로볼(깔볼) 끼 아이다. 해랑이가 오기 전에 내가 먼첨 이 자리를 뜨야것다.'

그런 결심이 억호를 조급하게 이끌었다. 그런 억호의 마음을 대변하듯 산까치 한 마리가 방정맞게 울어댔다.

'그라고 저눔이 간 뒤에 도로 와갖고 해랑을 기다리모 안 되것나.'

그렇게 작정한 억호는 재영을 향해 말했다.

"내 방금 긴급히 할 일이 떠올라서 오늘은 이대로 가것다마는, 요 담에 또 만날 땐 진짜 각오해라."

"……."

재영은 적지 아니 혼란스러움을 느꼈다. 산까치가 허공을 향해 포르르 날아갔다. 억호는 최대한 험상궂은 인상을 지었다.

"안 만낼라모 에핀네 치매 속에나 꼭꼭 숨어 있든가 하고."

그곳 새벼리와 쌍벽을 이루는 저 동편 뒤벼리 쪽에서 날아오는 흰 새의 날개가 눈부셨다.

'후우.'

재영은 내심 안도의 한숨을 삼켰다. 그와 싸우다가 맞아 죽겠다는 작심은 하였지만 사실 그것은 그 자신이 진실로 원했던 바는 아니었다. 가장 좋은 건 아무 일 없이 그대로 헤어지는 것이다. 더욱이 억호 쪽에서 먼저 그렇게 나오니 잘됐다 싶었다.

이번에는 재영이 아무런 대꾸도 하지 않자 억호는 정말로 바쁜 일이 있는지 서둘러 몸을 돌려세웠다. 재영도 마찬가지로 혹시라도 그의 마음이 변해 다시 돌아오기 전에 거기를 벗어나야겠다는 생각에 그가 간 반대 방향으로 빠른 걸음을 떼놓았다. 새벼리 나무들도 걸음을 재게 놀릴 듯하고 하늘의 구름장도 얼른 움직이고 있는 것처럼 보였다.

그런데 이건 또 무슨 모를 하늘의 뜻일까? 재영이 한참이나 정신없이 걷다 보니 애당초 마음먹었던 고을 바깥이 아니라 상촌나루터 쪽으로 가고 있다.

'아, 내가 시방?'

억호 같은 위험천만한 인간들이 저렇게 노리고 있는데, 이대로 가족 곁을 떠날 수는 없다는 경각심이 부지불식간에 크게 일었던 것일까? 그게 아니라면 대체 무엇이 그를 그렇게?

결국, 그가 돌아갈 곳은 아내가 있는 집밖에 없다는 깨달음 끝에, 재영은 제 몸이 연기가 되어 바람 부는 대로 실려 가고 있다는 서글픔에 빠져들었다. 사내로 태어났다는 사실이 그렇게 참담할 수 없었다.

한편, 곧장 쓰러질 듯이 비틀비틀 걸어가는 재영의 등짝을, 억호는 새벼리 숲 나무둥치 틈새로 내려다보며 고개를 갸우뚱거리고 있었다.

'머가 이상하거마는. 저눔이 와 밥장사는 안 하고 여꺼지 왔으꼬.'

그런 의혹이 불쑥 고개를 치켜들었다. 게다가 이런 의구심마저 들었다.

'해나 내가 해랑이하고 여서 만낸다쿠는 거를 알고 온 기까?'

그러다가 그는 이내 고개를 크게 가로저었다.

'아이다. 그랄 리는 없는 기라. 그라모?'

복잡한 것을 싫어하는 그 성미가 살아나면서 이런 생각을 했다.

'에라이, 내도 모리것다.'

어쨌거나 스스로 돌아봐도 이해가 가지 않을 정도로 무언가 가슴이 답답하고 머리통이 멍했다.

'우쨌든 사내 눔이 영 약해빠짓다. 비화 고년 걱정이 크것다. 우리 동업이도 난주 어른이 돼서 저러키 약골이 되모 안 되는데, 와 각중애 저 눔 덩더리에 동업이 얼골이 찍혀 비이는고 알 수 없다.'

그런저런 생각에 사로잡힌 채 억호는 항상 해랑과 만나는 그곳으로 다시 돌아왔다. 재영과 한바탕 크게 신경전을 펼친 탓인지 조금 피곤했다. 하지만 그곳에 남아 있을 해랑의 체취가 느껴지면서 마음은 이내 더없이 안온해졌다.

'어, 저거는?'

꼬리가 몸 전체 길이보다도 오히려 길어 보이는 청설모 한 마리가 저쪽 커다란 바위에 뿌리를 내린 소나무 위로 쪼르르 오르는 게 보였다. 그는 아직 모르고 있다. 만호가 그 바위 뒤에 숨어 모든 걸 훔쳐봤으며, 아버지에게 그 사실을 낱낱이 고자질했다는 것을.

그가 재영을 보내고 다시 거기로 간 건 매우 잘한 일이었다. 얼마 지나지 않아 자나 깨나 그리던 해랑이 온 것이다.

"우째 쪼매 부석부석해 비이요."

억호는 해랑의 얼굴을 내려다보며 물었다.

"얼골이 부운 기요?"

해랑이 말이 없자 더 안달이 난 목소리가 되었다.

"해나 잠을 잘 몬 자는 거는 아인지?"

반가움 가득 섞인 억호 인사에도 아무런 대꾸가 없는 해랑은 이날도 언제나처럼 멍청해 보였다. 그녀는 나중에 교방으로 돌아가서야 비로소 내가 또 몽유병에 시달렸구나! 하는 그 정도의 의식이라도 찾을 것이다.

해랑 얼굴엔 화장기가 전혀 없었다. 반신불수로 드러눕기 전 분녀는 최고급 화장품으로 낯판을 떡칠했었다. 그래도 생긴 본판은 어쩔 도리 없는 아내가 한심스럽기도 하고 아주 조금 안됐기도 해서 억호는 분녀를 머리에서 내몰기 위해 애쓰며 말했다.

"내 요 담번에 하 목사 만내모, 무신 수를 써서라도 반다시 해랑을 기적妓籍에서 빼낼 끼요."

그것은 해랑의 마음을 얻어내기 위한 거짓말이거나 건성으로 해보는 소리가 아니었다. 진심이었다. 진심에서 우러나오는 말에는 막힘이 없다.

"해랑이 교방을 떠나는 그날로, 우리 혼래 올리서 속닥하이(오붓하게) 삽시다."

해랑은 여전히 어떤 말도 표정도 없다. 그 대신 창백하고 가느다란 손가락 끝으로 그녀 아랫배를 가만가만 두드리고 있다. 그 야릇한 행동에 억호 눈이 커졌다.

뱃속 아기에게 무슨 신호인가를 보내는 것도 같다. 어쩜 아기와 대화를 나누는 중인지도 모른다. 억호는 알아들을 수 없는 그들만의 은밀한 이야기를 하는 것처럼 보였다.

"아, 손이 와 그리 된 기요?"

그제야 억호 눈에 해랑의 다친 오른손이 비친 모양이다. 그는 자신이 다친 것 이상으로 어쩔 줄을 몰라 했다.

"우, 우짜요, 응?"

효원이 보는 앞에서 던진 백자 파편에 의해 상처를 입은 손. 그 손에서 흘러나오는 피를 흡혈귀처럼 빨아먹던 기억마저 해랑에게는 벌써 아슴푸레하다.

"그 손 쌔이 이리 조 보소."

그러면서 제 손을 잡으려는 억호 손을 해랑은 계속 뿌리쳤다.

"허, 이라지 마라 캐도?"

만일 해랑이 임신한 몸만 아니라면 그냥 있을 억호가 아니었다. 그렇지만 현재 그에게는 해랑 못잖게 뱃속 아기도 소중한 존재였다. 업둥이 동업이나 종년 설단의 소생 재업과는 비교도 할 수 없는 참으로 귀중한 씨가 그녀 몸에서 자라는 것이다. 바로 지금 이 순간에도. 억호는 해랑 손을 포기했다.

그로부터 얼마나 시간이 지났을까? 많은 시간이 지나간 것도 같고, 아니면 극히 짧은 순간이 흘러간 것도 같았다. 문득 해랑이 잠꼬대하듯 입을 열었다.

"오는 길에 비화 언가 남핀을 봤어예. 그짝은 내를 몬 봤지만도."

억호 가슴이 철렁했다. 조금 아까까지 재영이 이곳에 있었다는 사실을 알면 그녀는 큰 충격을 받을 것이다. 당장 돌아가려고 할지도 모른다.

"우리하고는 아모 상관없는 사람인 기오. 안 그렇소?"

억호는 어린애를 살살 구슬리듯, 아니 철부지 아이가 마구 생떼를 쓰듯, 그렇게 말했다. 비화와 작은 끈이라도 맺어져 있는 사람이면, 그가 누구든 멀리해버리는 것이 자신이나 해랑을 위해서 좋은 일이라고 믿어온 억호였다.

"그라이 인자 다린 거는 싹 다 내삐리고 우리 이약이나 합시다."

그러나 해랑은 재영에 대해 더 이야기하고 싶은 빛이었다. 억호는 해 랑이 그가 지금까지 알고 있었던 것보다 훨씬 더 고집이 센 것 같다는 자각이 일었다.

"내 보기에 사람은 좋아예. 딴 여자한테 눈을 좀 돌……."

그러다가 해랑은 퍼뜩 입을 다물어버렸다.

'사람은 좋은데 딴 여자한테 눈을 돌린다.'

억호 마음이 무척이나 싱숭생숭했다. 해랑은 분녀를 떠올리면, 그 '딴 여자'가 바로 해랑 자신일 수도 있다는 자격지심이 드는 것일까?

"그란데 중신이 없는지 바로 옆을 지내가는 사람도 몰라봤어예."

해랑은 아무래도 재영이 자기를 몰라보고 그냥 지나친 일이 마음에 자꾸 못으로 박히는 모양이었다. 아니다. 무슨 이야기든지 꺼내어 그 자 리의 서먹한 분위기를 쫓아 보내려는 의도 같기도 했다. 그렇지만 억호 입장에서는 그게 아니었다.

"에나 그 사람 이약은 인자 고마하모 좋것소."

지금 그 한순간 한순간이 억호에게는 황금과도 바꿀 수 없는 소중한 시간들이었다. 다른 것에 일절 시간을 빼앗기고 싶지 않았다. 그들 둘 만의 오붓한 시간을 잘디잘게 쪼개가며 나누고 싶었다. 천주학쟁이들이 말하는 '천당'이 여기 땅에도 있었다.

"비화 언가, 아니 비화 그 여자하고는 상관없이 하는 소리라예."

나무숲 사이로 불어온 바람이 해랑의 귀밑머리를 날리게 했다. 해랑 은 억호 마음속을 제대로 읽어내지 못하고 있었다. 억호는 반신반의하 듯 이렇게 말했다.

"그래도 사람이 옛 정분이나 우정을 쉽기 까묻텔(지울) 수 있것소."

"옛 정분. 우정."

그렇게 되뇌면서 해랑은 가만히 두 눈을 감았다. 그런 모습으로 이 순간이 몽유병자들의 시간이라는 생각을 다시 한다. 그녀를 관기의 길로 들어서게 만든 사내와의 믿을 수 없는 이 만남. 아니, 있을 수 없는, 있어서도 안 될 만남인 것이다.

그리고 왜 마음에서 멀리 떠나보내 버린 비화 이야기를 아직도 하고 싶어 안달 나 하는가? 재영을 통해 예전의 그 비화로 되돌려놓고 싶어서인가? 비화는 그대로인데, 지금도 이 해랑을 예전의 해랑, 아니 옥진으로 다시 바꾸어 놓고 싶어 하는데, 자신은 그것으로부터 끝없이 도망치려는 꿈을 꾸고 있었다.

그때다. 말하는 당사자인 해랑도 듣는 억호도 예상치 못했다. 해랑 입에서, 그것도 억호 앞에서, 저 대사지 이야기가 나오리란 것은.

"정 목사 시절, 한양에서 상구 높은 사람들이 여 내리온 적이 있는데, 그들을 접대하는 자리에 불려 나갔던 일이 생각나예. 한거석 주흥이 막 오를 땐데, 누가 대사지에 대해서 묻데예."

해랑의 말이 거기까지 이어졌을 때였다. 홀연 억호가 발작하듯 소리쳤다.

"해, 해랑! 무담시 대사지 이약은 와 하는 기요?"

"아!"

그 고함소리에 해랑은 깜짝 놀라는 빛이었다. 억호보다도 훨씬 더 경악하는 것 같았다. 저 고통과 한과 저주의 대사지를 제 입에 올리다니.

"도로 낼로 보고 대사지 물에 빠져 죽어라 쿠소."

헉헉거리는 억호는 익사 직전의 사람 같았다. 나중에는 말도 제대로 하지 못했다.

"그라모 다, 당장 거 다, 달리가서……."

해랑에게서 그 이야기를 다시 듣는다는 것은, 해랑과의 이 만남을 포기하려는 행위라고 보아야 했다. 가해자와 피해자라는 엄연한 그 사실이 존재하는 한.

그런데 해랑은 철저히 정신이 빠져나가 버린 여자로 변했다. 대체 대사지 이야기를 다시 꺼내 무엇을 얻으려는 것인가? 대사지를 다시 입에 올림으로써 대사지 악몽을 치유할 수 있다고 믿는가?

그랬다. 억호가 더 뜯어말릴 겨를도 없이 해랑 입에서는 대사지 이야기가 막 터진 방죽 물처럼 함부로 쏟아져 나왔다. 그것도 지금 그곳 분위기와는 도무지 어울리지 않을 그런 소리였다.

"정 목사가 그 사람들한테 자랑하듯기 이약해주데예."

바람은 선학산을 떠받치는 뒤벼리 쪽에서 새벼리를 향해 불어오고 있었다. 저 아래 남강 물결이 역류하는 것처럼 보였다.

"삼국유사에서 보모……."

"머에서 봐요?"

해랑이 억호 눈에는, 지난날 그가 그리도 가기 싫어했던 글방의 훈장 같이 비쳤다.

"저 신라 혜공왕 시절에 대사大寺라쿠는 절이 있던 자리 동쪽 땅이 아조 쪼꼼 쪼꼼씩 꺼지내리 앉아서 연못 한 개가 생깃는데, 시방맹캐 안 컸데예."

가만히 듣고 앉아 있으면, 사람 돌아버리게 할 그 이야기로 날 샐 것 같았다.

"해랑!"

큰소리를 지르는 억호 눈알이 시뻘겋다. 썩은 물고기 눈알을 방불케 했다. 근처 나무에서 떨어져 땅 위에 나뒹굴고 있는 병든 잎도 같은 색이었다.

"잉어 다섯 마린가 여섯 마리가 생기서 점점 몸통이 커짓는데……."

억호가 어떤 반응을 보이든 제 고집대로 하는 해랑은 딱 고정된 눈동자였다.

"그에 따라 연못도 커짓다는 기라예."

억호 얼굴의 점도 덩달아 커지는 듯했다. 해랑은 천하태평으로 일관했다.

"그로부텀 천년 세월이 흘러 임진년이 됐지예."

억호는 마침내 두 손으로 제 머리칼을 쥐어뜯었다.

"지발 고마하소, 고마!"

그러나 그때의 해랑은 사내가 힘들어하는 모습을 보려는 악녀였다.

"그 당시 우리 고을 성은 에나 하늘이 맹근 요새였데예."

저 아래 남강 위에 얼핏 비단 자락처럼 어른거리는 것은 아마도 때아닌 물안개가 아닐까 싶었다.

"해랑!"

"내가 곁에서 들어봐도 그렇것데예."

아무런 억양도 느껴지지 않는 해랑의 말투였다.

"도로 낼로, 낼로 쥐, 쥐……."

누가 죽여주지 않아도 스스로 죽을 것 같은 억호였다.

"성벽을 싸고 있는 남강하고 절벽, 그라고 대사지가 있은께네예."

대사지라는 그 말에 힘이 더 들어가 있는지 힘이 덜 들어가 있는지 모르겠다.

"대사지! 대사지! 또 대사지!"

억호는 억지로 아가리를 빌리고 대사지 물을 모조리 마시게 하는 물고문을 당하고 있는 형용이었다. 그런데 더더욱 어이없게도 해랑의 이야기는 '전쟁'으로 이어졌다. 그건 지금 여기 조선 땅에 전쟁이 일어났다는 말을 듣는 것만큼이나 위험하고 생뚱맞은 분위기를 자아내었다.

"그래갖고 1차 싸움에서 이깃고, 아, 그란데 정 목사는 모리는 기 없데예. 2차 전투가 문제였다꼬 안 해예?"

"으."

끝내 억호는 다 포기해버렸다. 일찍이 저런 모습의 해랑은 본 적도 없고 상상도 못 했다. 너도 나처럼 한번 당해 보라고, 그래서 그 고통이 얼마나 큰가를 체험해 보라고, 저러는 게 아닐까 싶었다.

"아, 우째예?"

해랑은 마지막 못물을 비우듯 제 속에 든 말을 흘려보냈다.

"왜눔들은 대사지 물을 모돌띠리 빼고 흙을 날라서 못을 메꿔뻔 기라예."

이제 여자 전사戰士로 변신한 해랑이었다. 그렇다면 억호는 형편없는 패잔병인가?

"못이 길이 되고 말았지예."

"못이 길이 되고 말았다."

그때쯤 억호는 해랑이 하는 말을 그대로 받아 하는 형세였다.

"그래 왜눔들 공격을 더 몬 막고 성이 무너진 기라데예."

"무, 무너진……."

해랑의 그 마지막 말이 억호 귀를 떨어져 나가도록 아프게 물어뜯었다. 그것은 옥진이 그들 점박이 형제의 만행을 막아내지 못하고 몸을 버리고 말았다는 사실을 상기시켜주려는 의도로 들렸다.

대사지 이야기는 저절로 끝이 났다. 억호는 막막하고 황당했다. 해랑은 다 끝난 대사지 이야기처럼 우리 관계도 다 끝내버리자는 것인가? 안 된다. 그럴 수는 없다. 억호는 곧 말하지 않으면 안 되었다.

"내 괴롭지만도 무, 물어보것소."

해랑은 억호를 빤히 쳐다보았다. 그녀의 모든 감정을 지금까지 한 그 말들 속에다 섞어 다 쏟아낸 것처럼 아무런 감정도 남아 있지 않은 얼굴이었다. 소름이 오싹 끼칠 정도로 무심해 보였다. 그에 반해 억호 얼굴은 천만 가지 감정이 뒤엉켜 있었다.

"해랑한테는 지옥보담도 더 싫을 대사진데……."

고개를 숙였다가 다시 들며 물었다.

"우째서 그리 기를 쓰고 말하는 기요?"

그런데 해랑의 답변은 억호 예상보다도 훨씬 더 빨리 돌아왔다. 그것은 억호로서는 대사지에 빠져 죽었다가 다시 살아나도 전혀 예상할 수 없었던 소리였다.

"내 머리에서, 멤에서, 비화라쿠는 여자를 몰아낼라꼬예."

"비, 비화를?"

억호는 영락없이 여우에게 홀린 꼬락서니였다.

"그, 그거는 또 무신 수, 수리지끼 겉은 소리요?"

해랑이 자기 머리와 마음에서 비화를 몰아내려고 한다니? 오늘날까지 비화와 해랑의 관계를 돌아보건대 그게 가당키나 한 소리인가 말이다.

"말해주소. 에나 알고 싶소."

억호가 독촉했다. 하지만 해랑은 매몰차게 거절했다.

"더 이약 안 할랍니더."

언제부터인가 그곳 새벼리에서는 새들도 약속이나 한 듯 아무 소리를 내지 않고 있었다. 이윽고 해랑이 그 숲의 침묵을 깨며 숲의 여신처럼 말했다.

"그리만 아이소."

해랑이 하고많은 세상 사람들 가운데 오직 비화에게만 대사지 비밀을 들려주었다는 사실을 억호는 전혀 알지 못했다.

그 통한과 저주의 사건을 알고 있는 단 한 사람이 비화였다.

해랑이 비화의 온갖 호의를 뿌리치며 그녀를 멀리하고자 하는 근본적
인 원인은 바로 그 대사지에 있었던 것이다.

노을보다 슬픈 것

이즈음 비화는 시가가 있는 새덕리에 혼자 살 때보다도 한층 더 외롭고 힘들었다. 그 당시는 지금 이 시기만 넘기면 두 번 다시는 이렇게 힘든 날이 오지 않으리라는 확신에 젖어 있었는데 그게 아닌 모양이었다. 그리하여 눈만 감으면 꿈, 그것도 지독한 악몽이 연이어 꼬리를 물었다.

비어사가 보인다. 대웅전 뒤편 고목 앞. 비화 그녀가 백 부잣집 염 부인처럼 목매달아 죽으려고 한다. 여러 사람이 있다. 하지만 아무도 말리지 않는다. 아니, 그 정도가 아니라 좋다고들 웃는다. 박장대소라도 할 듯싶다.

해랑이 서 있는데, 놀랍게도 그녀의 뱃속이 그럴 수 없이 투명하게 비친다. 내장이 훤히 드러나 보이는 물고기처럼. 모태 안에 아기가 들어 있다. 영락없는 억호다. 그의 아잇적 모습이다. 오른쪽 눈 밑의 크고 검은 점마저 똑같다.

아, 그리고 남편 재영. 그의 바로 옆에는 허나연과 동업이 있다. 세상없이 다복한 가정을 꾸리며 살아가는 가장과 처자식이다.

그런데 아버지 김호한과 어머니 윤 씨는 어디에도 없다. 그들은 왜 없는가? 꼭 있어야 할 그들은 왜 없는가? 그분들만은 여식의 죽음을 방관하지 않을 텐데.

마침내 올가미 모양으로 둥글게 만 명주 끈 속에 얼굴을 집어넣는다. 발을 받치고 있는 기왓장만 걷어차면 모든 게 끝이 난다. 몸은 공중에 대롱대롱 매달리게 되리라. 무엇을 바라고 그토록 복잡하고 어렵게 살아왔는가 말이다. 이렇게 단순하고 수월한 것을. 잘 있어라, 세상아.

한데, 그 순간이다. 비화는 소스라친다. 발아래 낙엽처럼 뒹구는 것들.

목, 목, 목이다. 농민군들의 목. 천주학 신자 전창무 목도 있다. 그 무수한 목들이 바람에 속절없이 날리는 이파리처럼 이리저리 굴러다닌다.

아아아! 그 속에 보인다. 너무나 낯익은 목, 비화 자신의 목이다.

얼른 손을 목으로 가져간다. 없다, 목이 없다. 소리를 지른다, 끝없이. 목 위로 아무것도 없는데 이 비명소리는 어디서 나는 것인지 모르겠다. 심장에서? 발바닥에서?

그 경황 중에도 말도 되지 않을 그런 자각이 그녀를 더한층 무섭게 몰아간다. 그 공포심 때문에 더 크게 소리를 내 지른다.

비화는 자신의 고함소리에 놀라 퍼뜩 잠을 깼다. 하지만 눈을 떴음에도 불구하고 입은 아직도 비명을 지르고 있다. 마치 몸속에 비명소리를 저장해 놓은 무슨 인형처럼.

'내가 자살을?'

비화는 계속해서 비명이 나오려는 입을, 큰 두 주먹으로 세게 틀어막으면서 생각하고 또 생각했다.

'아모리 꿈이지만도 이거는 아이다. 갈 때는 가더라도 내 할 일은 싹다 해놓고 떠나야 하는 기라. 그라기 전에는 아모 데도 몬 간다. 가서는 안 된다.'

그러나 남편 피를 물려받은 아이가 원수 배봉 집안 장손이 되고, 옥진이 억호 씨를 배는 이런 현실 앞에서, 과연 내가 무엇을 어떻게 할 수 있단 말인가?

무간지옥. 그렇다. 지금 바로 이곳이 불가에서 이야기하는 그 무간지옥이다. 마귀는 배봉 일가만이 아니다. 남편도 옥진도 마귀다. 모두가 그렇다.

그리고 아직 단 하나의 복수도 하지 못한 채 스스로 목숨을 끊어버리고자 하는 그녀 자신도 마귀에 지나지 않는다.

비화는 무작정 집 밖으로 뛰쳐나왔다. 나루터집 식구들이 그녀를 보았는지 못 보았는지 아무것도 모르겠다. 어쩌면 미친 여자같이 휑하니 달려나가는 그녀를 발견하고 모두 한참을 뒤따라오다가 지쳐 쓰러져버렸는지도 알 수 없다. 성한 사람이 미친 사람 힘을 당할 수 없다고들 했다. 광녀가 되어 바람같이 물살처럼 마구 내닫는 그녀를 마지막까지 쫓아올 사람은 없었을 것이다.

왜 그렇게 집을 나왔던가. 하늘이라고 알까, 부처님이라고 알까? 모르리라. 비화는 안다. 사람이 너무너무 그립고 또 그리워, 사람을 찾고 또 찾아서, 그렇게 한다는 것을. 그녀에게는 아무도 없다. 남편도 옥진도 외아들 준서마저도.

미친 야생마처럼 달리며 비화는 아버지 호한의 이야기를 듣는다. 이 고장에 살았던 그 모든 사람들 이야기다. 사람 사는 이야기. 지역 향토사에 매우 밝은 호한은 긴긴 겨울밤 화롯불 피워놓고 무남독녀에게 들려주곤 했다.

아버지를 통해 그들을 만난다. 수만 년 전 구석기시대인도 만나고, 신석기, 청동기, 철기, 삼한시대 사람도 만나고, 고려인도 만난다. 조선 최대 유적지라고 하는 이 고을에 살던 사람들이다.

유곡리인가 이현마을인가 어딘가에서 만난 신석기시대인과 청동기시대인은 손에 토기와 석기를 가졌다. 그리고 다음 순간, 그들이 하나같이 비화가 잘 아는 사람들로 변한다. 그 토기와 석기는 무기로 바뀌어 가고⋯⋯.

비화는 치를 떤다. 경악한다. 사람이 그리워, 사람을 찾아서 나왔는데, 그 사람이 그녀를 해치려 한다. 흙칼을 든 사람은 배봉이고, 돌도끼를 든 사람은 억호다. 그들 부자는 모두 거인이 돼 있다. 엄청나게 큰 흙칼과 돌도끼다.

비화는 혼자 그들과 대항한다. 그녀는 아무것도 없는 빈손이지만 결코, 밀리지 않는다. 흙칼을 빼앗아 배봉을 찌르고, 돌도끼를 빼앗아 억호를 내려친다. 핏물을 펑펑 내쏟으며 쓰러지는 그들. 데굴데굴 굴러다니는 크고 검은 점.

그런데 비화 입에서 또다시 비명이 터진다. 이럴 수가? 배봉이 아니고 남편이다. 억호가 아니고 옥진이다. 그녀는 다시 마구 달린다. 이번에는 사람이 너무너무 무서워서, 사람을 피해서, 숨 가쁘게 도망친다.

상봉리 언덕을 한참이나 지난 것 같다. 옥봉리 산등성에 있는 큰 무덤가에 가서 쓰러져 눕는다. 아버지 말로는 가야시대에 큰 세력이 있었다는 곳이다.

김해 김 씨. 가락국 김수로왕과 먼 인도에서 온 김해 허 씨 허황옥, 그 왕족들이 바로 네 할아버지, 할머니라고 자랑스레 일러주던 아버지, 김 장군.

햇살이 따스하다. 솜이불을 덮은 듯하다. 문득, 피로감과 함께 참기 어려운 졸음이 막 밀려든다. 또 꿈속으로 들어간다. 이번에는 악몽은 아니다. 할아버지 수로왕과 할머니 황옥과 더불어 할머니의 모국 인도 아유타국에 관해서 도란도란 얘기한다. 석가모니께서 태어나셨다는 나라, 인도.

그 부처께서 이끄신 것인가? 비화는 귀에 익은 음성에 소스라쳐 벌떡 일어나 앉았다. 이게 꿈인지 생시인지 도시 모르겠다. 바로 눈앞에 장작개비처럼 버쩍 마른 몸매로 우뚝 서서 내려다보고 있는 사람은, 그는 분명히 비어사 진무 스님이다.

"스님?"

비화는 두 눈을 쉴 새 없이 끔벅거렸다. 여기가 바로 인도 아유타국이 아닌가 싶었다. 다른 중을 진무 스님으로 착각한 게 아닐까? 그런 의아심에 눈을 더 크게 떴다. 하지만 틀림없는 진무 스님 목소리다. 꿈결에 들어도 분간할 수 있는 믿음직한 그 음성이다.

"허, 이런 일이?"

온 세상의 정기를 담고 있는 듯한 그의 형형한 눈빛이 뿌예지고 있었다.

"여기서 비화 널 만나다니!"

그 자신도 모르게 두 손을 모아 기도하는 성싶다. 곧장 흘러나오는 염불소리다.

"나무아미타불 관세음보살."

비화의 영리해 보이는 까만 눈이 본래대로 회복된 듯 초롱초롱 빛났다. 그녀는 흔들리는 목소리로 말했다.

"지도 꿈이 아인가 싶심니더."

하늘가에는 꿈 조각처럼 구름이 떠 있다.

"흠."

진무 스님은 가벼운 기침만 낼 뿐 더는 아무런 말이 없다. 어쩌면 우리네 인생사가 바로 꿈이라는 말을 해주고 싶은지도 모르겠다.

"이기 분맹히 꿈은 아이지예, 스님?"

비화는 감격에 찬 목소리로 물었다. 진무 스님은 메마른 손에 들고 있는 갈색 염주 알을 계속해서 굴리며 기도하듯 말했다.

"이건 필시 부처님의 뜻인 것을."

비화는 목이 메었다. 옥봉리 산동네에 옹기종기 모여 있는 작은 집들이 목을 길게 빼어 이쪽을 쳐다보는 듯했다.

"그래, 틀림이 없어."

진무 스님은 떼를 많이 입힌 거기 무덤을 한번 바라보고 나서 말했다.

"그러지 않고서야 어찌 이런 만남이 주어지랴."

언제 날아들었는지 근처에 서 있는 푸조나무 가지에 와 앉은 까치 서너 마리가 꽁지깃을 까딱까딱하는 품이 마치 진무 스님 그 말에 동조한다는 것 같았다.

"아, 대자대비하신 부처님."

어지간한 일에는 충격을 받지 않는 진무 스님도, 지금 자기 눈앞에서 벌어지는 그 일이 좀처럼 믿어지지 않는다는 얼굴로 비화 옆자리에 그림자같이 와 앉았다. 그렇지만 비화는 곧 그녀가 진무 스님의 그림자가 되고 있음을 느낀다.

"얼굴이 영 말이 아니구나?"

"……."

진무 스님은 끌끌 혀를 찼다.

"천릿길을 한 번도 쉬지 아니하고 숨 가쁘게 달려온 사람 같도다. 대체 무엇이 그다지도 급하단 말이던고, 그 무엇이?"

햇살을 비스듬히 받고 있는 비화 얼굴 가득히 슬픔과 고통의 빛이 차올랐다. 누구든 두 눈 뜨고는 차마 바라볼 수 없을 만큼 아프게 느껴지는 얼굴이었다.

"인생길이 천릿길보담도 더 길고 심든 줄 몰랐심더."

그런데 비화의 그 고백이 떨어지기 무섭게 진무 스님이 죽비로 내려치듯 일갈했다.

"무어라? 백 년도 아니 될 인생을 넌 그렇게 정신없이 내닫다가 끝낼 셈이더냐?"

저만치 서 있는 오래된 소나무 가지에서 갈색 솔잎 몇 개가 빗방울처럼 후드득 떨어져 내리고 있었다. 둥치에 끈끈한 송진이 많이 배여 나온 노송이었다.

"스님, 살아간다는 기 헛거시(허깨비) 장난 걸심니더. 흑흑."

비화는 앙상한 그의 무릎에 얼굴을 파묻고 흐느꼈다. 그에게서는 마른 등걸 태우는 냄새가 났다.

"방금 내가 뭐라고 하더냐?"

"흑."

비화는 한층 몸을 옹송그렸다.

"부처님 뜻을 말하지 않더냐?"

그렇지만 진무 스님 그 목소리도 비바람에 쏠리는 이파리처럼 사뭇 흔들려 나왔다. 그런 깨달음이 비화를 한층 서럽게 이끌었다.

"어서 울음을 썩 그치고 몸을 바로하지 못하겠느냐?"

"스님."

까치 한 마리가 저만큼 텃밭으로 내려오더니 두 발을 모아 종종걸음을 뛰었다. 그러자 나머지 놈들도 같은 행동하기 시작했다. 까치걸음이었다.

"이건 세상없어도 나루터집 주인이 보일 모습이 아니거늘."

진무 스님의 그 따끔한 말에 비화는 눈물 흠뻑 젖은 얼굴을 들었다. 가늘고 메마른 그의 손가락이 저 맞은편을 가리켰다.

"내가 조금 전 저쪽에 있는 향교를 둘러보고 오는 길이니라."

비화는 거기 아주 오래되었다는 향교 방향으로 눈길을 돌리면서도 마음속에서 일어나는 의문을 쉽게 지울 수 없었다. 독실한 불제자 신분인 그가 유교의 향교에 어떤 관심을 가진다는 것은 여간해선 이해가 가지 않는 일이었다.

"예로부터 일컫기를, 전국 인재의 반은 영남이요, 영남 인재의 반은 여기 이 고을이라는 말이 있거니와, 널 여기서 만난 것도 부처님의 이끄심이 확실하구나. 흐음."

진무 스님 음성은 조금씩 그 흔들림이 멎고 있었다. 푸조나무와 소나무도 더 이상 부는 바람에 쏠리지 않는 것 같았다.

"만남, 대저 만남이란……."

그의 단아하고 붉은 입술 사이로 선문답 같은 소리가 이어져 나왔다.

"이 일대에는 저렇게 큰 봉토분들이 널려 있잖으냐."

"예."

비화 눈에 보이는 듯했다. 진무 스님 말씀이 해맑은 대기 속으로 메아리가 되어 가는 것이다.

"사람들이 텃밭으로 일궈놓았지만 고분 형태는 남아 있느니."

"……."

대체 그가 무엇을 이야기하려는 건지 비화로서는 깜깜할 따름이었다. 고분 속에서 옛날 사람이 걸어 나와 말을 붙여 와도 그보다는 알아듣기 쉬울 것 같았다.

하지만 진무 스님마저 몰랐으리라. 머잖은 날에 일제가 바로 거기 고분을 파헤쳐 출토된 유물을 일본 동경대학으로 가져가는 분노와 통한의 역사가 다가오고 있다는 사실이다.

아니, 어쩌면 진무 스님은 고승의 밝은 눈으로 미리 내다보았던 걸까? 결코, 가볍지 않은 어조로 비화가 중압감을 느낄 정도의 말을 계속 꺼낸 것이다.

"무릇, 고대의 무덤들은 오히려 미래의 삶에 암시하는 바가 크겠거늘……."

비화가 그곳에서 좀 떨어진 위치에 있는 산판 하나를 산 것은 두어 해 전이었다. 석재를 채취할 때 소용의 크기보다 크게 떠낸 돌, 곧 산판겉목돌이 좋은 멧갓이었다. 진무 스님이 아무리 혜안을 가졌다고 할지라도 그런 사실까지 알 리는 없지만, 그러함에도 불구하고 비화가 받아들이기에는 마치 그 일을 마음에 두고 말을 꺼내는 것 같았다.

"저 향교에 들어가 본 적이 있느냐?"

비화는 잠자코 고개만 끄덕였다. 만약 입을 열면 말보다도 울음이 먼저 터져 나올 것만 같아서였다. 강의 물새들이 내는 소리를 두고 울음이 아니라 웃음이라고 이름 붙일 수는 없는 것일까 생각하며 그녀는 속으로 불렀다.

'아부지.'

남달리 딸자식을 좋아한 아버지 호한은 비화가 아직도 어리든 여자든 전혀 개의치 않고 이곳저곳 참 많이도 데리고 다녔다. 비록 사내애가 아닌지라 동네 서당에 보내진 못하고 집 안에서 우리글만 가르쳤지만, 비화를 남자 못지않게 키우고 싶다는 큰 포부와 열망을 가졌던 것이다. 그런 아버지가 배봉 간계에 빠져 고통과 굴욕의 세월을 보내고 있다. 온 세상이 알아주던 문무 겸비한 김 장군이 말이다.

'아, 그날이 어지그지 같다.'

그날 아버지 손에 이끌려 향교를 둘러보았던 비화는 아직도 생생히 기억한다. 거기 잘 손질한 정원수며 고아한 기와지붕과 붉은 기둥들과 새하얀 회벽이며 대단히 예스러운 마룻바닥이며…….

그중에도 높다랗고 길게 뻗어 올라간 수십 개 돌계단 저 맨 꼭대기에 있는, 태극 문양도 선명하고, 육중한 그 나무문은 영원토록 잊지 못할 것이다. 그것은 학문의 최고봉에 오른 자만이 열 수 있는 문 같았다.

'울 아부지 겉은 분이어야만 가능할 기라.'

그 기억 끝을 더듬던 비화는 진무 스님 뜻을 새삼 깨달았다. 그는 여자들도 학문을 할 수 있는 '기적의 시대'를 이야기했었다. 종이 만드는 공방을 보여주면서 서책의 필요성과 대중화를 역설했었다. 얼굴이 네모반듯한 종이 같던 거기 공방 최고 책임자 남자 얼굴도 또렷이 되살아났다. 중후함이 느껴지던 그는 진무 스님을 참 깍듯이 모셨었다.

"하판도 목사가 실정失政을 하는 걸 볼 때마다, 명종 임금 당시 이곳에 부임했던 저 박승임 목사가 더 생각나는구나."

그때 들려온 진무 스님 말에 지난날로 가 있던 비화는 현재로 돌아왔다. 시대도 오래전이지만 처음 들어보는 목사였다.

"그런 어진 관리가 요즘 들어 더욱 아쉬워지는구나."

진무 스님은 애틋하고 아련한 추억에 잠겨드는 목소리로 얘기했다.

"책을 쌓아두고 글을 읽고 쓰고 할 수 있도록……."

까치들이 모두 날아가 버린 푸조나무는 얼핏 외로워 보였지만 더 의연해 보이기도 했다. 비화는 크게 감탄했다.

"아, 그런!"

박 목사는 인근 여러 면面에다 그 서재書齋를 설치한 훌륭한 목민관이었다는 것이다. 하지만 듣고 있는 중에도 비화는 하 목사에 생각이 미치면서 가슴이 막혔다.

"이제 그만 돌아가자꾸나."

진무 스님 음성은 길고도 먼 길을 거쳐온 순례자의 그것처럼 전해졌다.

"예, 스님."

무덤가를 휩쓸고 지나는 투명한 바람이 비화 귀밑머리를 날리게 했다.

"사람은 제가 돌아가야 할 곳에서 멀어지면 멀어질수록 악업만 쌓기

쉬운 법이다."

햇빛에 반짝이는 무덤 떼는 무척 건강한 잔디임을 잘 말해주는 듯했다.

"네가 이 멀리까지 와서 혼자 방황하고 있다는 건 결코 바람직한 일이 아니니라."

그러면서 진무 스님이 몸을 일으키는 것을 보고 비화도 얼른 일어섰다. 무엇에 이끌려서 그곳까지 오게 됐는지는 모르겠지만, 커다란 무덤들이 무리를 이루는 봉우리까지 와서, 그것도 여자의 몸으로 아무렇게나 벌렁 드러누웠다는 그 사실이 새겨볼수록 참 부끄럽고 어이없었다.

그러나 만약 진무 스님을 만나지 않았다면, 아니 할 말로, 거기 무덤 하나를 파헤치고 그 속으로 들어가 버렸을지도 모른다. 요즘 그녀에게는 영원한 마음의 고향 집 같은 나루터집이 되레 무덤보다 답답하고 싫었다. 지난날 남편이 집 나가고 독수공방할 때도 지금보다는 집이 싫진 않았다.

"어여 썩 앞장서거라. 언제부터 이런 늙은이 뒤에서 미적거리며 따라오는 그런 비화가 돼버렸단 말이더냐?"

"예? 예."

진무 스님은 비화가 먼저 앞서가도록 발걸음을 늦추었다.

"앞으로 더는 자신을 숨기고 감추려 하지 마라."

그 말끝에 진무 스님은 비화가 그만 놀라고 당황할 소리를 꺼냈다.

"이제 비화는 숨은 꽃이 아니다. 세상이 발견해 버렸는걸."

"……."

진무 스님은 퍽 흡족한 얼굴이었다.

"이 땡추가 예상한 것보다 빨리 말이니라. 허허허."

비화는 크게 더듬거렸다.

"스, 스님, 지는 아즉도 아입니더."

그곳까지 들려올 리는 없겠지만 향교 쪽에서 학문을 논하는 소리가 나고 있는 것 같았다.

"어허, 어서 가기나 하자니까?"

그러고 나서 진무 스님은 눈을 깜빡이며 말했다.

"이제 내 눈도 이승에서 해야 할 역할을 다한 모양이야. 어두워지면 통 볼 수가 없으니 말이다."

"스님께서 그런 말씀을 하시모……."

말끝을 맺지 못하고 울먹이는 비화를 그는 모른 척했다.

"오늘따라 노을이 참으로 아름답도다."

그러고는 정곡을 찌르는 말을 했다.

"동업직물 비단보다 더 곱지를 않으냐?"

가슴팍이 콱 막혀온 비화가 입을 열기 전에 이런 서글픈 소리도 나왔다.

"나도 진정 저렇게 마지막을 맞아야 할 터인데."

비화는 노을처럼 낯을 붉혔다.

"스님, 와 또 그런 말씀을 하심니꺼?"

진무 스님은 지는 햇살에도 눈이 부신 듯 손을 이마로 가져가며 말했다.

"왜?"

비화는 부처님 전에 소원을 비는 목소리였다.

"마즈막이란 그 말씀은……."

하지만 진무 스님은 왠지 겉 다르고 속 다른 사람같이 굴고 싶은 모양이었다.

"그렇게 될까 봐 심술이라도 나는 게야?"

비화는 눈에 띄게 몸을 떨었다.

340

"스님께서 이 시상에 계시지 않는다는 거는 상상도 할 수 없심니더."

그 말을 하는데 벌써 눈물이 앞을 가리는 비화였다.

"흑."

어느새 수정봉 순천당 산마루에 노을이 뚝뚝 떨어지고 있다. 슬픈 그림이다. 둥지 찾아 돌아오는가? 까치는 이미 사라지고 텃밭 위를 날아다니고 있는 까마귀 날갯짓이 고단한 듯 평화롭다.

"눈에서 나오면 눈물이요, 코에서 나오면 콧물이라. 그러면 마음에서 나오는 물은……."

그건 진무 스님이 비화에게 눈물을 그치라며 펴는 법문이련가.

'내 새끼.'

문득, 준서 생각이 간절해지면서 비화 콧잔등이 시큰거렸다. 얼이가 그 아이 손을 잡고 문간에 나와 서서 몹시 애타게 기다리는지도 모른다. 유난히 눈을 좋아하는 준서는 눈을 기다리듯 어미를 기다리고 있을 게다.

지난겨울 눈은 언제 마지막으로 그치었던가. 그곳 옥봉리 늦은 눈은 우리 고을 절경絶景 중의 하나라는 생각이 떠올라 창망한 중에도 비화 눈길은 깊고 높은 하늘가를 향했다.

비화가 날이 갈수록 상촌나루터의 명물 밥집으로 그 자리를 굳혀가고 있는 나루터집으로 돌아왔을 때였다.

그녀를 반갑게 맞이해 준 것은, 그녀가 그리워 찾아 나섰던 사람이 아니었다. 무서워서 피해 달아났던 사람도 아니었다.

뜻밖에도 그건 한 폭의 초상화였다.

나루터집 식구들은 집을 뛰쳐나간 비화에 대한 근심으로 가득 차 있는 와중에도 그 초상화로 말미암아 크게 술렁거리는 분위기였다.

"안 화공 그분이 그리서 보내신 기라고예?"

"하모, 하모."

"증말 그분이예?"

"아, 그렇다쿤께네?"

비화가 놀라 확인하듯 재차 캐묻자 우정댁 입에 침이 말랐다.

"그란데 시상에, 우짜모 이리 똑겉이 그릴 수 있노?"

그 칭찬이 아니더라도 정말이지 믿기지 않을 그림이 아닐 수 없었다. 아니, 그림이라고 부를 수 없는 그런 거였다.

"이기 오데 사람이 그린 기가, 구신이 그린 기지."

세상에 무섭지 않은 귀신을 처음 입에 올리듯 여럿이 동시에 말했다.

"구신."

우정 댁은 귀신에 통달한 사람처럼 했다.

"아, 구신도 그냥 구신이까이?"

안석록이 표구는 물론이고 정성스럽게 예쁜 포장까지 해서 보내준 원아 초상화. 그것은 아무리 봐도 그냥 보통 그림은 아닌 성싶었다. 역시 좋은 것은 문외한의 눈에도 좋은 모양이었다.

"에나 믿을 수 없네예, 에나로예."

"머가?"

비화 말에 우정 댁이 무슨 소리냐는 듯 비화를 뚫어지게 바라보았다.

"안 그래예?"

비화 고개가 모로 기우뚱해졌다.

"언직이 아자씨가 하신 말씀으로는, 안 화공 그분은 다린 거는 안 그리고 풍갱화 하나만 그리신다꼬 안 했어예?"

비화 의문을 송이 엄마가 풀어주듯 했다.

"사랑은 국갱도 초월한다 안 쿠던가베."

풍경화를 넘어 거창하게 국경까지 들고나오더니, 그녀는 자기가 한 말에 스스로 감명을 받은 듯 공연히 코까지 훌쩍였다.

"그라이 풍갱화하고 초상화 사이야……."

그때까지 시종 고개를 숙인 채 듣고만 있던 원아 얼굴이 더한층 빨갛게 달아올랐다.

"그 사람 영 쑥맥인 줄 알았더이 그기 아인갑다."

우정 댁은 방 벽에 기대 세워놓은 초상화에서 눈을 떼지 못한 채 말했다.

"인자 본께네 고께이(익살꾼)다, 고께이."

귓불까지 발개진 원아를 슬쩍 훔쳐보고 나서 또 말했다.

"하이고, 시상에 사랑 표시를 이리 딱 뿔라지거로 하다이."

이번에는 비화가 무릎걸음으로 초상화 앞으로 다가앉으면서 침이 마를 순서였다.

"그런께 예술가 아입니꺼, 예술가예."

"예술가?"

"하기사!"

우정 댁과 송이 엄마도 저마다 고개를 끄덕끄덕했다. 비화 보기에는 원아도 약간은 귀를 기울이는 것 같았다.

"예술을 하는 사람은 속인들하고는 다릴 끼라예."

"하모, 하모."

"우리가 우찌 예술 하는 사람을 알거로 됐는고, 복주머이를 찼다 아입니꺼?"

우정 댁과 송이 엄마도 비화 속내를 알아챈 듯 번갈아 가며 맞장구를 쳐댔다.

"이기 모도 누 득고(덕이냐)?"

"에이, 얼라도 알 소리를 하시거마예."

강이 있는 쪽에서 나도 안다는 듯 물새가 소리를 내었다.

"우쨌든지 간에 에나 기쁜 일입니더."

비화는 조금 전 우정 댁처럼 원아 쪽을 슬쩍 보고 나서 말을 계속했다.

"그분이 우리 원아 이모를 이 정도로 생각하고 계신께네예."

그 말이 끝나기도 전에 이제까지 그 자리에 함께 없었던 것같이 한 번도 들려오지 않던 얼이 목소리가 원아에게로 날아갔다.

"이모님도 머라꼬 함 말씀해보이소, 예?"

어찌 보면 빚쟁이 독촉하는 모양새였다.

"아, 이리 멋진 선물을 받으셨으모 무신 이약이라도 하시야지예."

"……."

"안 그라모 그림이 상구 서분해할 깁니더."

그러자 그야말로 당황한 원아는 숫제 울음을 터뜨릴 것 같은 표정이 되고 말았다. 곧이어 방 안의 분위기가 다소 이상해지기 시작했다.

"인자 고마해라."

송이 엄마가 얼이에게 나무라듯 말했다.

"얼이 니가 우찌 사랑의 감정을 다 알 끼고. 사람이란 거는 너모 좋아도 말이 안 나오는 벱이다."

얼이는 물러서지 않았다.

"와 몰라예?"

송이 엄마 얼굴에 웃음이 피어났다.

"우찌 아는데?"

"씨이."

얼이가 일부러 잔뜩 화난 낯빛을 지었다.

"시방 내가 몇 살인데, 모도 자꾸 에린 아 취급만 해쌓고."

그때다. 우정 댁이 이런 뜻밖의 말을 불쑥 꺼낸 것이다.

"얼이 니도 효원이한테 머 하나 선물하지 와?"

순간, 얼이는 그만 입을 다물었다.

"효원이한테예?"

비화가 그렇게 물으면서 우정댁 얼굴을 바라보았다. 비화뿐만 아니라 송이 엄마 그리고 말이 없던 원아까지도 우정 댁에게로 눈을 돌렸다.

'큰이모가!'

비화가 받아들이기에 우정 댁은 결코 농담 삼아 한 말이 아닌 성싶었다. 그녀를 너무나도 이해하기 힘들었다. 효원은 관기가 아닌가? 대체 이 세상 부모 가운데 아들이 기녀와 가까이하는 것을 달가워할 사람이 몇이나 될까? 물로 가로막고 불을 싸질러 그들 사이를 막으려 들 것이다.

'그렇다모 해나?'

그 생각 끝을 물고 비화는 그만 소름이 와락 끼쳐 들었다. 아무리 그렇게 판단하고 싶지 않아도 자꾸만 이런 추측이 드는 것이다.

우정 댁은 얼이에게 몽달귀신을 면해주려고 하는 게 아닐까?

지금 당장이라도 농민군들에게 선뜻 얼이를 내줄 그녀였다. 그런 만큼 얼이는 어디서 언제 죽을지 모를 몸이다. 그러니 어느 날 갑자기 총각 귀신이 될 수도 있다.

'아, 그랬거마는!'

비화는 비로소 우정 댁이 효원을 그렇게 잘 대해주는 연유를 조금은 더 알 것 같았다.

"……."

그 말만 하고 초상화만 말없이 들여다보는 그녀에게서는 이루 표현할 수 없는 짙고 강한 비애가 느껴졌다. 그녀 고통을 나름대로 안다고 믿었는데 그게 아니었다.

'맞다. 직접 안 당해본 사람은, 당해본 사람 속을 모리는 기라.'

비화 가슴 가득 미안한 감정이 물살같이 밀려들었다. 비록 본의는 아니지만 내가 그동안 그녀에게 무성의하고 몰인정했던 것은 아닌가 하는 의구심마저 들 정도였다.

'큰이모 머릿속에는 죽을 때꺼지 얼이 아부지 모습이 안 떠날 끼라. 시방도 틈새만 나모, 이 걸이 저 걸이 갓 걸이 노래를 부림서 눈에 눈물이 그렁그렁 안 하나.'

나중에는 이런 마음까지 들었다.

'내 남핀 초상화라도 하나 있었으모 올매나 좋것노, 그런 생각을 하는지도 모린다. 죽은 남핀의 초상화.'

비화는 다시 초상화를 바라보았다. 안 화공 눈에 비친 원아 이모는 대체 어떤 모습일까 궁금했다.

'역시 작은이모도……'

그러던 비화는 예리한 칼로 긋듯 가슴이 저릿해졌다. 원아 이모 또한 초상화 속에서 너무나 상심하면서 슬픈 표정을 짓고 있다. 입가에 보일락 말락 느껴지는 엷은 미소가 도리어 한층 더 그런 감정을 자아냈다.

'그라모 안 화공 그 사람은?'

저 초상화를 그리면서 안 화공은 어떤 심경이었을까? 적어도 화공이란 신분에서 볼 때는, 오로지 이 고을 풍경만을 고집하던 그가 한 여인의 초상을 화폭에 옮기면서 밝은 기분은 아니었을지 모른다. 방금 송이 엄마가 했던 그 말처럼 비록 사랑의 힘이 그를 그렇게 이끌었다 할지라도.

그때 영원히 입을 열지 않을 것 같던 원아 목소리가 들렸다.

"얼이 니는 사랑하는 여자한테 머 선물하고 싶노?"

그 또한 비화가 예견하지 못한 질문이었다.

"내, 내는예."

이번에는 얼이 얼굴이 조금 전 원아처럼 붉어졌다. 그런데 왜일까? 아직은 사랑에 깊이 접어들 시기가 아니라고 여기는 그런 얼이 얼굴이 비화 눈에는, 아까 저 수정봉 순천당 산마루를 적시던 노을빛만큼이나 서러움이 묻어나는 것같이 보인 것이다.

'내가 잘몬 본 기까?'

소원 성취를 빌 듯했다.

'잘몬 본 기라야 할 낀데.'

물론 이제는 얼이도 나름대로 알만 한 건 모두 알 나이다. 애꿎은 꽃대나 짐승 모가지를 비틀어대던 철부지는 아니다. 어쩌면 남녀 사랑의 감정 결도 오히려 나이 든 이들보다 더 섬세하고 강할 수도 있을 것이다. 더욱이 또래들에 비해 퍽 조숙한 얼이다.

그렇지만 비화는 또 안다. 얼이는 덩치가 곧 아버지를 따라잡을 정도로 커졌지만, 성문 밖 공터에서 망나니가 사정없이 휘두른 칼을 맞고 땅에 굴러 내리던 아버지 목도, 그의 마음속에서 그만큼 커져 있으리란 것이다. 세월의 더께만큼 아픔도 쌓이리라.

얼이는 얼른 대답하지 않았다. 아니, 못하는 것 같았다. 효원을 향한 그 생각만으로도 벌써 목이 메어버린 것인지도 모른다. 틀림없이 그럴 것이다.

"헛! 헛!"

우정 댁이 괜한 헛기침을 해댔다. 방 안 분위기가 남강 밑바닥만큼이나 착 가라앉고 있다. 아니, 침몰하는 나룻배 같았다. 모두가 그 초상화처럼 말이 없다.

"내가 함 이약해볼라요."

그 어색한 공기를 허물기 위한 듯 송이 엄마가 큰 소리로 말했다.

"우리 송이 아부지도 말이요, 고 인간이 내한테 머를 젤 선물 받고 싶냐꼬 골백분도 더 넘기 묻는 사람이오."

그러고 나서 마치 성토라도 하는 사람처럼 주먹까지 흔들어댔다.

"그란데 한 분도 선물을 해본 적이 안 없소. 한 분도 말이오."

우정 댁이 기침을 멈추고 자못 화난다는 투로 말했다.

"선물 겉은 소리 해쌌지 마소 고마."

그러자 송이 엄마가 피식 웃었다.

"내는 선물 소리 했지, 선물 겉은 소리는 안 했소."

모두 와르르 웃자 우정 댁은 약간 머쓱해진 낯으로 말했다.

"시상 사내들은 모돌띠리 그런 거, 송이 옴마는 아즉도 모리요?"

송이 엄마는 짐짓 경계하는 눈빛으로 좌중을 둘러보며 말했다.

"하이고! 누 들었으모 내가 시상 사내들 모도하고 놀아난 줄 알것소."

그러나 송이 엄마와는 달리 아무 거리낄 것도 없다는 듯 우정 댁이 말했다.

"와 그라모 되제, 머가 무서버서 그리 몬 하는고?"

그러는 우정댁 목소리는, 흡사 이른 봄에 그곳 나루터의 얼음을 깨어 고랑을 만들고 배를 건너게 하는, 이른바 '골배질'을 할 때 얼음장 깨지는 그 소리와 엇비슷하게 들렸다.

"얼이 아부지도 가리방상했더라. 아이제, 똑겉었소."

우정 댁은 그런 실토와 함께 아무리 봐도 악감이 전해지지 않는 눈으로 송이 엄마를 한 번 째려보고 나서 계속 말했다.

"입이 저자(시장) 겉으모 상다리가 뿌러지제."

그러던 우정댁 음성이 갑자기 젖은 물수건처럼 축축해졌다.

"하지만도 그런 헛말이라도 해주는 서방이 있을 때가 좋았소."

그녀는 맨손으로 '팽' 하고 코를 푸는 시늉을 했다. '흑' 하고 터져 나오는 울음소리를 감추기 위한 동작 같았다. 그런 후에 또 한다는 말이 가슴 아팠다.

"요새 들어서는 꿈에라도 나타나갖고, 그런 거짓말 해주기를 내가 바라지만도."

거기서 잠시 말을 멈추고 나서 억울한 듯 아무렇지도 않은 듯 묘한 낯빛을 지었다.

"고 인간, 암만캐도 좋은 기집이 생긴 기 틀림없소. 내하고 눈 뺄 내기를 해보라제?"

송이 엄마가 비화를 한 번 보고 나서 질책 반 호기심 반 섞인 목소리로 우정 댁을 향해 물었다.

"우찌 아요, 좋은 여자가 생깃는지?"

우정 댁은 그 정도야 뻔히 안다는 듯 곧바로 대답했다.

"토옹 안 비이는 기라."

송이 엄마는 실버들처럼 눈을 가느다랗게 떠 보였다.

"안 비인다꼬 그런 소리를 해요?"

보이지 않고 소리만 들리는 저 물새는 혹시 우정 댁의 남편 천필구의 환생이 아닐까 하는, 실로 엉뚱한 생각까지 드는 비화였다.

"예전에는 지발하고 좀 비이지 마라, 비이지 마라 해싸도, 참 그리키나 징그럽거로 자조 나타나디이."

우정 댁이 또다시 울먹거릴 눈치를 엿보이자 얼이가 벌떡 일어나 씩씩거리더니 부리나케 밖으로 나가버렸다. 방에 센 바람이 확 일어날 지경이었다. 나이와 견주어보면 믿어지지 않을 만큼 큰 덩치와는 달리 번개같이 빠른 동작이었다.

"어, 얼아."

비화는 급히 얼이를 불러 앉히려다가 그만두었다. 또 얼이가 꽃대나

짐승 모가지를 마구 비틀지 않을까 걱정되었다. 하지만 지금은 그렇게 하지는 않을 거라는 소원 섞인 자각과 함께 별안간 기습처럼 머릿속에 옥진이 떠올랐다.

'선물.'

옥진이 억호에게서 받은 그 비싼 선물들. 아니다. 선물이 다 무어냐? 당연히 뇌물이라고 해야 마땅할 엄청난 패물들. 사랑을 구걸하기 위한 계산적이고 더럽고 치사스럽기 짝이 없는…….

그러나 옥진은 그것을 받아들였다. 악몽이 썩은 물처럼 고여 있는 저주와 지탄의 장소, 바로 그 대사지의 옥진이 아니라 교방가무를 하는 관기 해랑으로서 그랬으리라. 돈 앞에 굴복한 여자.

'돈. 그놈의 돈, 돈.'

비화는 옆에 있는 사람들이 이상한 눈으로 쳐다볼 만큼 목이 빠지게 고개를 뒤흔들었다. 옥진이, 아니 해랑이 받아들인 건 단지 패물만이 아닌 것을. 말라붙은 쥐에 들끓는 구더기보다 형편없이 추악하고 가증스러운 사내 억호를 받아들였다. 그리하여 바로 지금, 이 순간에도 해랑의 태胎 안에서 조금씩 자라고 있을 그 더러운 씨.

'아아.'

비화는 진저리를 쳤다. 그 씨가 세상 밖으로 나오는 날, 정녕 어떤 일이 벌어질 것인가? 상상만으로도 숨이 막혔다. 비화는 꿈에라도 허락할 수 없는 그런 망상에 빠져들어서는 절대로 안 된다고 속으로 악을 써대면서 그것에서 벗어나기 위해 안간힘을 다했다. 그리하여 두 눈을 부릅뜨고 지금 앞에 있는 사람들과 사물들만 보려고 했다.

"인자 고마 보이소, 얼이 어머이."

송이 엄마 말에 우정 댁이 시비조로 나왔다.

"내 눈 갖고 내 보는데, 송이 옴마가 와 글쌌소?"

그녀의 목소리는 물새 울음소리를 닮아가고 있었다.

"그라다가 원아 색시 다 닳아 없어지모, 안 화공한테 머라쿨라요?"

송이 엄마 그 말을 들으면서 비화는 문득 얼토당토않은 생각을 했다. 혹시 우정 댁은 안 화공에게 남편 초상화를 부탁하지나 않을까 하는.

서당 공부를 일찍 마치는 날은 왜 그렇게 날아갈 듯이 좋은지.

무슨 까닭인지는 알 수 없지만, 스승 권학이 오랜만에 학동들을 빨리 집으로 돌려보냈다. 그건 좀처럼 없었던 일이었다.

그러나 동문수학하는 벗들끼리만 실컷 어울릴 수 있는 이렇게 좋은 기회를 포기하고 잘 가라고 손 흔들며 그냥 서로 얌전하게 헤어질 그들이 아니었다. 그러기에는 지금 그들 나이가 지나치리만치 한창이었다. 전설이나 신화 속에 등장하는 보물섬이라도 서슴없이 찾아갈 만했다.

"우리 오늘은 상촌나루터에 같이 놀로 가보모 우뗗것노?"

"오데라꼬?"

언제나 선동자 역할을 하는 문대가 이날도 불길을 지폈다. 이름난 도목수인 그의 아버지 서봉우는, 고을 큰 공사는 거의 도맡다시피 하여 갈수록 재력이 불어난다는 소문이었다. 얼이는 걸때가 매우 크고 사내다운 문대가 좋았고, 나중에 농민군 할 때 반드시 필요한 사람이리란 기대를 걸고 있었다. 그만한 재목은 흔치 않을 것이다.

"그라모 얼이 니가 안내해야것네? 니는 상촌나루터 터줏대감 아이가."

나이는 얼이와 동갑내기지만 체구로 보면 한참 밑으로 보이는 남열이, 그 특유의 여자 같은 가녀린 목소리로 말했다. 그는 어쩌면 영영 변성기를 맞이하지 못할지도 몰랐다.

"알것다. 그 대신에 남열이 니도 꼭 내 부탁 들어줘야 한다. 알것제?"

또래들에 비해 제법 굵직해진 음성으로 얼이가 다짐받는 건 다름 아닌 서예였다. 얼이는 얼른 대꾸가 없는 남열더러 한 번 더 말했다.

"와 말이 없노?"

남열 아버지 동연東淵 차도령은 오래전부터 비봉산 자락에 자리한 비봉루에서 서예를 가르치면서, 유서 깊은 그 고을을 찾는 외부 선비들과도 나름대로 깊은 교유를 맺고 있었다. 얼이는 벌써부터 그에게서 붓글씨를 배우고 싶다는 욕망을 품고 있었다.

"여자아아들도 남열이 아부지한테서 붓글씨 배운다쿤께네 그라는 기제? 그 여자아아들 가차이하고 싶어갖고 말이다."

옆에서 듣고 있던 철국이 얼이를 놀리듯 그렇게 말하자, 문대가 남달리 투박한 주먹으로 그의 머리를 쿵 쥐어박았다.

"짜아식! 여자는 누가 더 밝히는데?"

철국은 얻어맞은 자리가 꽤나 아픈지 얼굴을 크게 찡그리며 대들었다. 그건 호랑이 앞에 웃통 벗고 덤비는 격이었다.

"와 때리노? 심이 세모 최고가?"

그렇지만 금방 실실 웃는 품이 원망한다거나 미워하는 기색은 어디에도 없었다. 정이 들 대로 든 그들이다.

"철국이 니 잘 들어라이."

문대는 철부지 동생 타이르듯 했다.

"얼이는 앞으로 큰일을 할 사람인 기라, 큰일. 그래 여자는 쳐다도 안 본다. 니나 증신 채리라."

얼이는 석류 알처럼 촘촘하게 박힌 튼튼하고 흰 이를 드러내고 말없이 씩 웃기만 했다. 안석록 화공이 원아 이모에게 특별히 선물한 초상화가 떠올랐던 것이다. 그날, 사랑하는 여자에게 무엇을 선물하고 싶으냐는 원아 이모 질문에 답할 말을 아직도 찾지 못하고 있다. 그러면서 회의하고 자문했다.

'그런 기 반다시 필요하까?'

그랬다. 좋으면 그냥 순수한 마음으로 사랑하면 된다고만 생각했지, 연인에게 무슨 선물 따위를 준다는 발상은 여태껏 해보지 못했다. 그런데 이제는 달라졌다. 어쨌든 조만간 효원에게 초상화보다 훨씬 더 멋진 선물을 하리라 마음먹고 있었다.

"하하하."

"와, 저거 봐라!"

"히야! 저기 다 머꼬?"

한창 나이의 학동들이 티 없이 웃고 떠들면서 함께 걸어가는 길은 참 유쾌하고도 기운이 넘쳤다. 장차 천하를 주무를 푸른 싹들이었다. 온 세상이 부러운 듯 그들을 바라보는 것 같았다.

그러나 얼이에게는 지금 가고 있는 그 길이 농민군이 진격하는 길처럼만 여겨졌다. 그 길은 험하지만, 영광스러운 길이다. 길이 없으면 새로 만들고 닦아서라도 기어이 가야 할 길이다. 그 길을 벗어나면 이미 그는 없었다.

또한, 맨 앞장서서 벗들을 이끄는 그 자신이 농민군 대장 같았다. 아버지 천필구와 원아 이모 연인 한화주가 목숨 내걸고 따랐던 유춘계 같았다. 그가 지었다는 그 언가 〈이 걸이 저 걸이 갓 걸이〉 노래를 목이 터져라 부르고 싶었다. 어른들 말마따나 어쩌면 그렇게 잘 지었을까?

상촌나루터가 가까워질수록 점점 더 인파와 소달구지, 마차 등이 불어났다. 으리으리한 가마가 나타나면 얼이는 혹시라도 비화 누이 원수 임배봉이나 점박이 형제가 타고 있지 않을까 괜히 부쩍 긴장되기도 했다. 어쩐지 그 자신도 언젠가는 반드시 그자들과 사생결단을 내야 할 일이 생기리라는 예감이 드는 얼이였다.

"얼이 니 에나 좋은 곳에 산다."

"그렇네? 이런 데 살모 한양 사람 하나도 안 부럽것다."

"상촌나루터가 갈수록 노랑조시 땅이 된다쿠디이 그런갑다야."

학동들이 주위를 오가는 무수한 사람과 마소를 둘러보며 감탄하는 속에, 그중 몸이 약한 남열은 다리가 아픈지 얼이더러 물었다.

"우리를 오데꺼정 데꼬 갈 끼고?"

얼이가 사려 깊은 어른처럼 말했다.

"내가 생각해논 데가 있어갖고 더 갈라쿤다."

남열이 이마 위로 흘러내리는 부드러운 머리칼을 손으로 쓸어 올리며 반문했다.

"생각해논 데?"

"하모, 인자 올매 안 남았다."

얼이 그 대답에 문대도 거기가 어딜까 자못 궁금해하는 빛이었다. 아무튼 얼이가 데리고 가는 곳이라면 썩 괜찮은 곳일 것이다.

'얼이 겉은 벗을 사귀기도 안 쉬블 끼라.'

얼핏 방패를 연상시키는 듬직한 얼이 등판을 보며 문대는 속으로 중얼거렸다.

'내는 무조건 저 동무가 좋다 아이가.'

지금 얼이가 벗들을 데리고 가는 곳은 바로 흰 바위였다. 상촌나루터에서 최고로 경치가 뛰어나다고 생각하는, 모두가 감탄할 곳이다. 벗들은 신바람이 나서 거기 드넓은 모래밭 위를 강아지나 고양이 새끼처럼 뒹굴지도 모른다. 그곳의 무성한 나무숲 속으로 달려가서 마음껏 고함을 질러댈 것이다.

그때까지도 얼이는 몰랐다. 그곳으로의 그 안내가 크게 잘못된 짓이었다는 것을.

이윽고 저만큼 흰 바위가 그 자태를 드러냈다. 어떻게 보면 소복을 입은 젊은 여인네가 하염없이 서 있는 것 같기도 하고, 또 달리 보면 장삼을 걸친 늙은 중이 가부좌를 틀고 앉아 있는 것 같기도 했다. 어쨌거나 사람 형상을 하고 있다는 것에는 이의를 달 사람이 없을 것이다.

얼이가 짐작했던 그대로 학동들은 하나같이 좋아라고 고함들을 마구 질러댔다. 더군다나 그곳은 인적도 드문지라 마음 놓고 큰소리를 막 내도 상관없었다. 네 활개를 있는 대로 다 펼치고 춤을 추어도 누구 하나 제지할 사람이 없었다.

"야아! 우리 올라가 보자아!"

"방석이다, 돌방석."

어엿한 장골이 다 돼가는 학동 넷이 한꺼번에 올라가 앉자 흰 바위는 꽉 차버렸다. 혼자 적적했던 흰 바위도 반가운지 제 발치를 적시는 강물과 함께 무슨 노래 비슷한 소리를 내는 듯했다.

"우와, 에나 새들도 천지삐까리다! 비봉산만 그런 줄 알았더이."

온갖 새들이 날아다니고 있었다. 각자 성격 따라 좋아하는 새 종류도 달랐다.

"내사 강 한가온데 비이는 큰 재두루미가 젤 좋다."

"암수가 으좋거로 날라댕기는 왜가리들이 멤에 들거마는."

"저게 산 능선 쪽에서 혼자 날고 있는 얼룩덜룩한 새가 더 멋지다 고마. 저 새 이름이 머신고 해나 누 아는 사람 있나?"

"모린다. 궁금하모 저 새 지한테 함 물어봐라."

"머라꼬? 니 새대가리 아이가? 돌대갈삐이."

철국이 얼이더러 물었다.

"얼이 니는 와 버부리맨치로 가마이 있노?"

얼이는 깜짝 놀란 얼굴을 했다.

"으응?"

철국은 그러는 얼이가 더욱 이상한지 말했다.

"우떤 새가 좋노 말이다."

그런데 얼이 입에서 나온다는 소리가 야릇했다.

"내는 새 겉은 거는 흥미 하나도 없다."

얼이 말에 이번에는 남열이 물었다.

"그라모 머시 흥미 있노?"

"그거?"

얼이보다 문대가 먼저 말했다.

"농민군이다."

그 한 번만으로는 모자랐는지 이렇게 단언했다.

"얼이한테는 농민군밖에 없다."

그러자 저마다 한입으로 되뇌었다.

"농민군."

별안간 분위기가 바뀌었다. 지금 그들이 앉아 있는 흰 바위보다도 크고 무거운 침묵이 우 밀려왔다. 학동들 모두가 물고기처럼 벙어리가 돼 있다. 하나같이 돌사람 같다.

얼이만큼은 아니라고 할지라도 모두는 농민군에 관해 알고 있었다. 지난 임술년에 농민군들이 무슨 일을 했고, 또한 그들이 어떻게 죽어갔는지에 대해 어른들에게서 들은 학동들이었다. 농민군 유족들이 어떤 힘든 삶을 살아가고 있는지도.

그렇지만 다른 학동들이 볼 때 얼이는 사내다운 멋이 있으면서도 위험한 동무가 아닐 수 없었다. 동문수학하는 사이인지라 서로 해치는 짓은 결코, 하지 않을 것이라고 굳게 믿고 있지만, 얼이는 벗들 앞에서 농민군 이야기를 거침없이 다 꺼내곤 했다. 그럴 때 가장 관심과 동정의 눈길을 보내는 사람이 문대였다. 그는 남강만 멀거니 바라보고 있는 얼이에게 조심스레 물었다.

"얼이 니 생각에는 우떻노?"

물가에 자라는 수초를 스치는 강바람 같은 소리였다.

"농민군이 또 일어날 수 있을 거 겉나?"

그러자 남열과 철국이 동시에 입을 열었다.

"텍도 없다. 나라에서 엄청 감시하고 있을 낀데."

"울 아부지 말씀이 더 몬 일어날 끼라 쿠데?"

순간, 얼이가 그들이 앉아 있는 그 커다란 흰 바위가 흔들릴 만큼 큰 소리를 질렀다.

"벌로 말하지 마라!"

그쪽으로 날아오던 물총새가 급히 방향을 틀었다. 정말 그 이름값이 아깝지 않을 정도로 날쌘 새였다. 얼이가 외쳤다.

"그런 소리하모 누라도 강에 처넣어뻰다!"

얼이는 한 번 더 고함쳤다.

"목사와 관찰사도 안 봐준다!"

그 시퍼런 서슬에 너나없이 몸을 움찔했다. 남강 물도 크게 당황한 나머지 방향을 잃고 역류하는 것처럼 보였다.

"저 하늘에 대고 맹서한다!"

창이나 칼처럼 팔을 높이 치켜들어 하늘을 가리키며 얼이는 피를 토하듯 내뱉었다.

"딴 농민들이 안 하모 내 혼자서도 한다 고마!"

흰 바위에 와 부딪는 물살이 팽그르르 맴을 돌았다. 그 소리는 성난 농민군들이 내지르는 함성을 떠오르게 했다.

"어, 얼아."

누군가 기어드는 목소리로 얼이를 불렀다. 그렇지만 그 소리는 곧이 어 흘러나오는 얼이 말소리에 묻혀버렸다.

"농민의 자슥들은 무서버 안 한다!"

"……."

얼이의 그 소리는 넓은 모래펄 저쪽 끝에 있는 나무숲까지 가서 그곳 나무들을 일제히 흔들어 놓은 후에 다시 돌아와 강물 위로 흩어져 갔다.

"농민의 자슥들은 비겁 안 하다!"

강 건너편 산 능선 위로 막 하얀 구름이 피어오르고 있었다. 상촌나 루터 터줏대감인 꼽추 달보 영감과 언청이 할멈이 사는 오두막집이 있 는 쪽이었다.

"내는 농민의 자슥이다! 농사꾼 아들이다아!"

흥분한 얼이 입에서 기어이 그 무서운 소리가 터져 나왔다.

"세월이 한거석 흘러갔지만도 시방도 내 눈에 훤언하다. 허개이 큰 칼에 목이 베이던 울 아부지 모습이 말이다!"

지금 그 자리의 얼이만큼 극심한 공포를 자아내게 하는 사람도 없을 것이다. 또 누군가 잔뜩 목이 억눌린 소리로 애원하듯 말했다.

"그, 그런 소리 하, 하지 마라."

그러나 얼이는 그때 모래밭 저편 나무숲에서 큰 소리로 울고 있는 까 마귀처럼 한층 높은 소리로 말했다.

"개나 달구새끼 모가지맹캐 싹 날아가데?"

이번에는 문대도 얼이를 말리지 못했다. 그도 다른 학동들과 마찬가 지로 큰 공포에 질린 눈빛으로 얼이를 바라봤다. 그 순간만은 나라님이 와도 얼이를 어떻게 할 수가 없을 것 같았다. 얼이가 목청이 터질 만큼 외쳤다.

"아부지이!"

어느새 그는 흰 바위에서 벌떡 일어서 있었다. 그러고는 관아 수령이 대역 죄인을 앞에 꿇려 앉혀 놓고 판결문을 읽어 내려가듯 입을 열었다.

"이 얼이, 천얼이는 또 기억한다. 울 아부지하고 초군들이 들고 싸우던 대나모창, 몽디이, 곡개이(곡괭이)……."

바람이 숨을 죽이고 강도 흐름을 멈추는 듯했다.

"울 아부지 천필구는 최고 대장은 아이지만, 몇 분째로 높은 용감한 농민군이었던 기라. 초군들 앞장을 섰다 말이다!"

얼이 이야기를 듣고 싶었던 것일까? 강물 위로 주홍빛 섞인 갈색 잉어 한 마리가 불쑥 그 커다란 몸뚱이로 튀어 오르더니, 연달아 다른 물고기 두 마리가 솟아 나왔다가 '첨벙' 소리를 내며 순식간에 도로 물속으로 들어갔다. 그 파문은 금세 지워지지 않고 믿어지지 않을 정도로 오래 지속되고 있었다.

"울 어머이 말씀이, 그때 당시 관군을 상대로 최고로 큰 활약을 한 사람들이……."

온몸에서 섬뜩한 기운이 품어져 나오는 얼이는 시퍼런 비수가 꽂혀 있는 것 같은 매서운 두 눈을 번득였다.

"울 아부지하고, 또 원아 이모가 좋아한 한화주라쿠는 농사꾼이라고 하는 기라."

"……."

학동들은 갈수록 넋을 잃고 얼이를 무연히 쳐다보았다. 그의 탄탄한 어깨며 아주 강인해 보이는 턱에서는 누구도 감히 범접할 수 없는 기운이 느껴졌다. 그는 동문수학하는 벗이 아니라 성내 장대將臺 위에서 휘하 군사들을 호령하는 범 같은 장수로 그들 앞에 우뚝 서 있었다. 비화 아버지 김호한 장군의 한창때 모습이 그러했을지도 모른다.

"그라고 다린 초군들도 그냥 풀만 잘 베는 기 아이었다."

누군가 놀라고 감탄한 목소리로 말했다.

"초군들도 그러키 잘 싸왔다이?"

그런데 잠시 후였다. 더더욱 기겁할 두려운 사태가 모두의 앞에 펼쳐졌다. 얼이 입에서 '언가'가 흘러나오기 시작한 것이다.

'이 걸이 저 걸이 갓 걸이, 진주 망건 또 망건…….'

깜짝 놀란 학동들도 모두가 마치 누가 시키기라도 한 듯 얼이처럼 흰 바위에서 일어섰다. 강바람이 기다렸다는 듯 그들의 바짓가랑이를 세차게 흔들었다.

'짝발이 휘양건, 도르매 줌치 장독칸…….'

얼이는 쉬지 않고 언가를 불러댔다.

'머구밭에 덕서리, 칠팔월에 무서리, 동지섣달 대서리.'

학동들은 일어선 그대로 딱 굳어진 돌같이 움직일 줄 몰랐다. 사람이 바위처럼 보이고 바위가 사람처럼 보였다. 모든 사물이 오롯이 하나 되어 그 노래를 듣는 듯했다. 세상은 한 개의 거대한 귀 같았다.

그러다가 어느 순간부터일까, 지금까지와는 비교도 되지 않을 만큼 실로 경악할 일이 또 벌어지기 시작했다.

그럴 수가? 학동들 입에서도 하나같이 그 노랫소리가 흘러나온 것이다. 대체 어느 누가 그들에게 시켰는가? 강요했는가? 아니었다. 아무도 시키지 않았다. 강요하지 않았다.

그런데도 홀연 강가는 '이 걸이 저 걸이 갓 걸이'로 꽉 차버렸다. 게다가 모두들 얼이를 따라 주먹을 흔들어댔다. 얼이와 문대는 무기로 상대를 찌르는 동작까지 취했다.

그것은 영락없는 농민군들 모습이었다. 모든 게 임술년 그때 당시로 되돌아간 것 같았다. 흰 바위는 농민군들이 타고 싸우는 수레를 방불케 했다. 남강도 역류하는 듯하고 바람도 땅에서 솟아 나와 하늘로 불어가

는 것만 같았다. 심지어 물새들 울음소리마저도 언가처럼 들렸다. '이
걸이 저 걸이 갓 걸이…….'

얼마나 농민군들 진격이 계속되었는지 모른다. 저마다 입안이 바짝
말라붙고 몸들은 다 지쳐버렸다. 남열이 먼저 흰 바위에 털썩 주저앉고
철국, 문대 그리고 마지막으로 얼이가 앉았다. 한동안 말들이 없었다.
몸에 들어 있는 불순물들을 조금도 남김없이 깡그리 내쏟아 버려 이제
는 더 이상 그렇게 할 게 없다는 듯이.

그새 재두루미는 어디론가 훌쩍 날아버렸고, 암수 왜가리만 지칠 줄
모르고 정겨운 날갯짓을 계속하고 있다. 외롭게 날고 있던 그 얼룩덜룩
한 새는 마술을 부리듯 보였다가 보이지 않았다가 했다. 꼭 강이 빨아들
였다가 내뿜었다가 하는 것처럼.

'쏴아~.'

갑자기 강물 소리가 노한 반란군의 함성같이 커지고 있었다. 어쩌면
상촌나루터의 바람은 언제나 남강 속에서부터 생겨나서 남강 속으로 잦
아들고 있는지도 모른다.

"얼이 니를 새로 봐야것다."

이윽고 문대 입에서 나온 소리였고, 남열과 철국도 연이어 말했다.

"농민군 해도 되것다."

"우리가 어른이 다 된 거 같다."

얼이는 여전히 아무 말이 없었다. 그의 얼굴은 햇볕을 받아 눈물 자
국으로 번들거렸다. 어떻게 보면 흰 핏물 같았다. 바로 피눈물이었다.

문대는 보았다. 그 피 섞인 눈물 속에 비치는 얼이 아버지를. 비록 직
접 얼굴을 본 적은 없지만, 세상에서 최고로 훌륭한 농민군 모습이었다.

그런데 사실 문대는 아직까지도 저 '농민군'이란 이름에 너무 익숙하
지 못했다. '농민'에 '군'이란 말을 붙인다는 자체부터가 무척이나 생경하

게만 받아들여지는 것이다. 하지만 그럼에도 농민군은 분명히 존재했고 또 앞으로도 반드시 존재해야만 한다는 그 믿음에는 전혀 흔들림이 없었다.

얼이 아버지, 천필구. 그는 죽어서 농민군의 영생永生을 이루었다. 다른 학동들은 눈치채지 못한 것 같았지만, 문대는 스승 권학이 간혹 얼이에게 그의 아버지를 상기시켜주는 느낌을 받기도 했다.

그럴 때면 문대는 가슴팍이 시퍼런 칼날에 대인 것처럼 서늘했다. 그의 아버지 서봉우는 돈은 많아도 상민층에 속하지만, 스승 권학은 양반이었다. 그런 신분에 있는 사람이 은근히 저 임술민란을 옹호하고 심지어 부추기는 인상마저 심어주는 것이다. 물론 지난날 농민군을 이끌다가 형장의 이슬로 사라져간 유춘계도 비록 몰락하긴 했지만, 양반 출신, 잔반殘班이라고 들었다. 그렇다면 계층 구분부터가 무의미하고 잘못된 것일 게다.

'우쨌든 얼이가 농민군이 되모, 온 시상이 깜짝 놀랠 일을 저지를랑가도 모리것다.'

문대가 그런 생각을 굴리고 있을 때, 얼이가 굳게 닫았던 입을 열었다.

"누군고 상세하거로 이약해줄 수는 없지만도, 농민군 하던 아자씨들 말씀이, 농사꾼이 잘살아야 그 나라는 흥하는데, 그란데 시방 우리 조선은 농민들을 희생시키는 안 좋은 일만 자꾸 한다쿠는 기라."

저 아래 물가 모래톱에서 햇볕을 받아 허옇게 번쩍이고 있는 것은 강에서 떠밀려 나온 물고기 시체인 듯싶었다. 그것이 썩는 냄새가 바람결에 묻어나고 있는 것 같기도 했다.

"얼이 니가 방금 핸 그 말은 딱 맞다."

누군가가 말하자 다른 사람들도 고개를 끄덕였다.

"농사꾼이 봉이라 글쿠데?"

"하모, 내도 그런 소리 들었다."

"그런께 우찌 가마이 있것노?"

"저 날고 있는 새들한테 그리해봐라. 저것들도 그랄 끼다."

벗들이 나누는 대화를 잠시 가만히 듣고 있던 얼이가 또 말했다.

"농자천하지대본, 농업이 천하의 큰 근본이다, 그 말도 내는 고마 딱 싫다."

고개를 한껏 뒤로 젖혀 허공 어딘가를 노려보았다.

"그거는 양반들이 농사짓는 사람들 꼬울라꼬 가짜배기로 지이낸 소린 기라."

모두가 똑같이 입을 다물고 그 말의 진의를 헤아려보는 눈치였다.

"안 그런 기가?"

얼이가 따지려들자 남열과 철국은 얼굴을 마주 보기만 했다. 얼이는 깊이 생각할 필요도 없다는 듯 다시 말했다.

"농사가 그리 좋으모 저거들이 하지, 와 저거들은 안 하고, 심없는 농사꾼들한테만 모도 시키노 말이다!"

"듣고 본께 그렇거마. 안 틀리다. 맞다."

"앞으로 이 시상은 농사짓는 거보담도 새 기술을 배우거나 장사하는 기 더 나을랑가도 모린다꼬 스승님도 그리 말씀하싯제. 쎄가 빠지거로 땅 파봤자 백 년 가난은 절대로 몬 벗어난다꼬."

문대 말에 철국이 말했다.

"그래도 농사짓는 사람이 있어야제. 농사짓기 싫다꼬 아모도 안 하모, 오데서 쌀이 나서 묵고살것노."

문대가 또 말했다.

"스승님 말씀은, 심도 없는 농민을 수탈하는 몬돼묵은 탐관오리를 꾸짖는 그런 뜻이것제. 농사꾼이 갖다 바치야 되는 세금이 에나 한거석 된다 안 쿠더나."

얼이가 선 채로 손바닥을 내려 무릎을 '탁' 쳤다.

"아, 인자사 알것다!"

모두 의아한 눈빛으로 그를 보았다.

"비화 누야가 와 울 옴마한테 장사를 같이하자 글 캤는고."

그러면서 얼이는 무언가를 깊이 생각하는 눈치였다.

"참, 소문에 들은께, 나루터집이 콩나물국밥 팔아갖고 그리키나 돈을 짜다라 번담서? 니 옴마는 그 돈 다 오데다가 우짜는고?"

남열 말에 얼이는 그저 주먹만 꽉 그러쥐었다. 어머니 우정 댁이 나중에 농민군 활동비로 대주기 위해 돈을 차곡차곡 모아가고 있다는 그 사실을 알게 되면 학동들은 어떤 표정을 지을까?

그런데 다음 순간이다. 다른 학동들이 아니라 얼이 자신의 표정이 싹 바뀔 일이 벌어진 것이다.

'저, 저?'

얼이는 남달리 시력이 좋은 제 눈을 의심했다. 가슴이 막 쿵쿵거리는 소리를 냈다. 어떤 예감에 나루터집 쪽으로 고개를 돌렸던 얼이는, 거기 나타난 사람을 발견하고 그만 어쩔 줄 몰라 했다.

효원이다!

비록 거리는 다소 멀어도 얼이는 한눈에 알아보았다. 어찌 알아보지 못하겠는가? 자나 깨나 잊지 못하는 그 고운 자태를. 온 세상 사람들 속에 섞여 있어도 금방 쉽게 찾아낼 것이다. 눈을 감고도 그럴 수 있을 것이다.

그렇지만 지금 얼이는 반가움에 앞서 굉장히 당황할 수밖에 없었다. 자신도 모르게 옆에 있는 학동들을 돌아봤다. 하필이면 이들과 함께 있는 장소에 나타나다니. 일찍이 이런 낭패감에 빠진 적이 없었다.

"어? 저게 좀 봐라!"

"히야!"

"우짜모?"

그때쯤 다른 학동들 눈에도 효원의 모습이 비춰든 모양이었다. 하나같이 혼이 빠져버린 얼굴들로 뚫어지게 그녀를 바라보기 시작했다. 갑자기 나타난 그 아름다운 여인이 그들로서는 좀처럼 믿어지지 않을 것이다. 누구인가? 남강 속 용왕의 따님인가? 용궁에 있다가 물 밖 세상이 궁금하여 살짝 몰래 나와 본 공주인가?

'이, 이 일을 우, 우짜모 좋노?'

얼이는 달려가서 효원을 맞이할 수도 없고, 그렇다고 모른 척 그대로 서 있을 수도 없어, 그저 정신이 막막할 따름이었다. 비록 세상을 오래 살지는 않았지만, 그 순간만큼 그렇게 많이 주저하고 망설이기도 처음이었다.

그러나 얼이가 갈피를 잡지 못한 채 그냥 갈팡질팡하고 있는 사이에 효원은 이미 흰 바위 가까이 당도해 있었다. 효원은 사내아이들 사이에 섞여 있는 얼이를 대번에 알아보고는 큰 소리로 말했다.

"얼이 되련님이 여게 계싯네예? 서당에 계신 줄 알았더이."

효원은 의아함과 반가움이 반반인 목소리로 물었다.

"우짠 일이지예?"

정말 이게 무슨 일이냐고 모든 사물들이 묻는 것 같았다. 얼이 낯빛이 당장 벌겋게 달아올랐다. 누가 얼굴에 막 불을 담아 붓는 듯했다. 효원이 원래 활달한 성질인 줄은 알지만, 그래도 사람들 있는 앞에서 전혀 남의 눈치 보지 않고 저렇게 나오다니.

"아."

감탄인지 탄식인지 모를 소리를 내는 학동들은 여간 놀란 기색이 아니었다. 눈앞의 일을 도저히 현실로 받아들이기 어렵다는 듯 손톱으로 제 얼굴이라도 꽉 꼬집을 것 같은 모습이었다.

'얼이와 서로 아는 여인이라니?'

학동들은 계속해서 의혹과 기대감이 엇갈리는 얼굴로 두 사람을 번갈아 바라보기만 했다. 얼이는 그야말로 훤한 대낮에 벗은 몸으로 서 있는 기분이었다. 당장이라도 흰 바위에서 강으로 뛰어내리고 싶었다. 그리고 모두 거길 떠날 때까지 물속에 숨어서 나오고 싶지 않은 심정이었다.

"얼이 되련님."

그러나 얼이야 죽을 맛으로 난감해하든 말든 효원은 그저 기쁘기만 했다. 교방 관기들 가운데 가장 가깝게 지내던 해랑이 다른 데 온통 정신이 빠져 있는 바람에 요즘 효원은 혼자 너무나 외로웠다. 황량한 겨울 벌판에 덩그러니 서 있는 나목과도 같은 신세가 돼버렸다.

'안 되모 내 혼자서라도 거 가야제.'

이날도 얼이를 만나리라는 기대는 전혀 갖지 못했다. 하지만 그와 나란히 앉아서 밀애를 나누던 그 장소에서, 둘이 함께했던 애틋하고도 감미로운 순간들을 되새기고 싶어 온 걸음이었다. 그렇게라도 하면 숨이 막혀 죽을 것만 같은 마음이 조금은 풀릴 것 같았다.

그런데 천만뜻밖에도 얼이가 와 있는 것이다. 세상 끝에서 만난 것 같은 얼이였다. 그런 효원의 눈에 다른 사람들은 일절 들어오지 않았다. 그러다가 얼이가 벌게진 얼굴로 함께 있는 다른 사람들을 연방 곁눈질하며 당황해하는 모습을 보고서야 무언가 잘못된 것 같다는 자각이 일면서 약간은 정신이 났다. 하지만 그렇다고 해서 몸을 사리거나 그대로 돌아설 수도 없는 상황에 이르고 말았다.

"아는 사인갑네?"

그때 문대가 혼잣말 비슷한 그런 소리를 하더니 곧장 얼이에게 말했다.

"우리가 자리를 피해주까?"

그 소리는 효원의 귀에도 들렸을 것이다.

"아, 괘, 괘안은데……."

얼이가 크게 더듬거리는데 효원이 모두를 둘러보면서 새가 지저귀는 듯한 그녀 특유의 목소리로 물었다.

"같은 서당에 댕기시는 분들인갑네예?"

남열이 눈부신 듯 떨리는 목소리로 대답했다.

"마, 맞심니더. 우리는 어, 얼이하고 동문수학하는 사입니더."

그러자 철국 또한 효원이 자기를 보고 있는지 보지 않고 있는지도 모르면서 얼른 고개를 끄덕였다.

"역시 그런……."

효원이 화사한 미소를 지었다. 봄꽃 같은, 가을 단풍 같은 미소였다. 교교한 달빛 아래서 보는 여인도 아름답지만 밝은 햇빛 밑에서 대하는 여인은 또 다른 매력이 있어 보였다. 눈송이만큼이나 새하얀 살결이 작은 실핏줄 하나까지도 고스란히 드러날 듯싶었고, 까만 눈동자와 붉은 입술은 싱그러움을 넘어 뇌쇄적으로 비쳤다.

"증말 반갑네예."

효원은 눈웃음치듯 얼이를 보면서 말했다.

"얼이 되련님하고 같은 서당에서 공부하시는 분들이라쿤께 더예."

그 낭랑하게 울리는 음성은 마치 얇고 둥근 돌로 물수제비뜨기를 할 때 나는 소리 같았다.

"우리도 에나 반갑심니더."

벗들을 대표하여 그런 인사를 한 문대는 손으로 흰 바위를 가리키며 말했다.

"이 바구로 올라오이소. 우리는 내려가것심니더. 얼이 저 친구가 운제부텀 이리도 곱고 아름다운 여인을 알고 있었지예?"

그때까지도 학동들은 바위 위에 서 있고, 효원은 바위 밑에 서 있었던 것이다.

"호호호."

효원이 백옥 같은 손으로 살짝 입을 가리면서 웃었다. 보일락 말락 내비치는 그녀 이가 옥수수 알처럼 희고 가지런했다. 햇빛에 반사되는 무수한 모래알들도 학동들처럼 효원을 보며 눈을 반짝이는 듯했다.

"아, 아인 기라."

얼이가 평소의 그답지 않게 무척 당황한 목소리로 얼른 만류했다.

"아, 아인 기라. 그, 그냥 있어도 된다."

하지만 학동들은 벌써 아래로 뛰어내리고 있었다. 그것을 본 얼이도 꼭 흰 바위에서 떨어지는 것처럼 급하게 내려왔다.

"얼이 니는 와?"

문대가 아쉽다는 듯 말했다.

"두 사람만 같이 있으라꼬 우리가 내리온 긴데."

얼이는 다른 말은 하지 못하고 그저 우물거렸다.

"내, 내는, 내는……."

다섯 개의 그림자가 강가에 드리워졌다. 크고 작고 길고 짧은 그림자가 썩 조화를 잘 이루었다. 그걸 수초 그림자인 것으로 착각이라도 한 걸까? 새끼손가락만 한 물고기들이 잔잔한 물결도 일으키지 않고 마치 거울 속에서인 것처럼 이쪽으로 몰려오고 있었다.

그런데 어쩔 도리 없이 약간은 서먹서먹할 수밖에 없을 순간을 얼마 동안이나 그렇게들 서 있었을 때 그만 큰 사단事端이 벌어지고 말았다. 무슨 의도적인 것과는 상관없이 어쩌다가 효원 바로 옆에 서게 된 남열이, 아무 말이라도 붙이고 싶은 마음에 그랬는지 몰라도 대뜸 이런 소리를 했던 것이다.

"얼이가예, 농민군 이약을 올매나 실감나거로 잘하는지 모리지예?"

일순, 효원이 얼굴을 있는 대로 찡그리며 대뜸 언성을 높였다.

"머라꼬예? 아, 그라모 얼이 되련님이 또 농민군 이약을 하싯어예?"

그 소리가 얼마나 날카롭고 매서웠던지 학동들이 저마다 몸을 움찔할 판이었다. 효원은 얼이에게 달려들 것같이 하며 닦달하기 시작했다.

"되련님! 농민군 이약은 와 또 하신 기라예?"

"……."

강도 숲도 벙어리가 될 수밖에 없는 상황이었다.

"지발 인자 농민군은 잊으시라꼬, 이 효원이가 그리 애원 안 하던가예?"

효원은 조금만 더 하면 모래밭에 그대로 주저앉을 사람처럼 했다.

"예? 예?"

얼이 안색이 무뿌리같이 하얘졌다. 핏기라곤 없는 게 폐병 환자를 연상케 했다.

"지, 마, 말 하, 함 들어보이소."

남열이 놀라 변명했다.

"베, 벨로 마이는 말 안 하고예, 그냥 심심해서 한분 해본……."

효원이 막돼먹은 저잣거리 여자처럼 남열 말끝을 잘랐다.

"심심해서예? 농민군 이약을 심심해서 했다꼬예?"

그 소리는 적요하기만 한 강변을 온통 뒤흔들어놓고 있었다.

"아, 내는, 내는."

남열은 스승 권학에게서 회초리로 종아리를 맞아가면서 꾸지람을 들을 때보다도 몇 배나 어쩔 줄 몰라 하는 기색이었다.

"그래, 서당에 나가 배우신다는 분들이……."

곧 이어지는 효원의 말은 남열뿐만 아니라 그들 전체의 심장을 얼어 붙게 했다.

"농민군이 올매나 무서븐 긴데, 그 이약을 심심해서 했다이, 그거는 에나 말도 안 되는 소리라예, 말도예!"

적개심을 담은 눈빛으로 거기 모두를 둘러보며 심하게 질책하듯 했다.

"여 계시는 분들 모도 농민군 할라쿠는 기지예? 그라고……."

이번에는 얼이가 효원 말을 끊었다.

"됐심니더. 고만하이소."

그렇지만 효원은 말을 멈추지 않았다. 멈추기는커녕 오히려 더욱 강하게 나왔다.

"농민군 이약을 하다니예? 관아에서 알기 되모 우짤라꼬예?"

"관아 이약은 하지 마이소."

보다 언성을 높이는 얼이 얼굴이 더한층 붉어지기 시작했다.

"그라고 내 벗들은 아모 잘못이 없심니더. 농민군 이약은 이 얼이가, 천얼이가 했은께요. 죄가 있다모 이 얼이한테 있는 깁니더."

효원은 더없이 당혹스러운 얼굴로 얼이를 불렀다.

"되, 되련님."

얼이는 흡사 하늘에 대고 고하듯 고개를 뒤로 젖혀 저 위를 올려다보며 말했다.

"천필구 아들 얼이."

그 소리에 대한 화답이기라도 하듯 그들 머리 위 높은 곳에서 날고 있던 흰 새 두 마리가 울음소리를 내어 주었다.

"흑, 흐흑."

급기야 효원은 작은 어깨를 마구 들썩거리며 울먹이기 시작했다. 아무 말도 하지 못한 채 우두커니 서서 얼이와 효원이 주고받는 이야기를 듣고 있던 학동들은 그 황당함 속에서도 어느 정도 사태를 알아챈 듯했다. 얼이도 그렇지만 그 여자 또한 막다른 끝에서 허우적거리고 있다는 것이다.

하긴 꼭 효원이라는 저 여인이 아닌 어떤 다른 여인이라 할지라도 다 마찬가지일 것이다. 서로 정을 주고 사귀는 사내가 농민군에 관심을 가지는 것을 싫어하고 두려워하지 않을 여인이 이 세상천지 그 어디에 있겠는가 말이다.

더욱이 얼이의 경우는 한층 심각했다. 얼이 아버지가 임술년 농민군 주모자로 활약하다 관졸들에게 체포되어 형장의 이슬로 사라진 사실을 두고 볼 때, 얼이 여자는 누구보다도 민감한 반응을 보일 수밖에 없을 것이다. 그런 여자를 지켜보면서 얼이가 겪어야만 할 그 모든 고통과 갈등 그리고 체념.

"우리도 얼이 아버님 일을 알고 있심더."

이윽고 문대가 흐느끼고 있는 효원에게 다가가 말했다.

"너모 마이 걱정 안 하시도 됩니더. 우리가 말망셍이(망아지)매이로 벌로 날뛰는 그런 사람들은 아입니더."

철국도 손으로 남열을 가리키면서 문대 말에 힘을 보태었다.

"저 친구 말맹캐 우짜다가 고마 농민군 이약이 나온 깁니더. 우리도 머가 좋다꼬 농민군 이약을 짜다라 했것심니꺼?"

그러자 문대와 남열이 또 말했다.

"하모예. 그라고 우리는 농민군을 잘 모리고예."

"앞으로는 절대 그 이약은 안……."

그런데 벗들이 그 말끝을 완전히 거두기도 전이었다. 홀연 얼이가 악바리 써대듯 함부로 고함치기 시작한 것이다.

"농민군 이약 한거석 했심더! 〈이 걸이 저 걸이 갓 걸이〉 노래도 마이 불렀고예!"

끝장을 보려는 사람이 따로 없었다.

"여 모도 농민군을 잘 압니더! 앞으로도 그 이약 더 할 끼고예!"

여차하면 절교라도 선언할 사람 같았다.

"그란데 와예? 그라모 안 됩니꺼? 안 됩니꺼?"

문대와 철국이 하는 말들을 듣고는 조금 울음을 그치려던 효원이, 얼이의 다그치듯 하는 돌변한 태도에 더욱 서럽다는 듯 한층 높은 소리를 내어 울었다. 지상의 그 어떤 새도 그토록 슬픈 소리로 울 수는 없을 것이다.

효원의 미모에 혼을 빼앗겼던 학동들은 상황이 갈수록 악화되자 더할 수 없이 황당하고 안타까운 눈빛으로 서로를 바라볼 따름이었다. 아직도 여자의 눈물에는 너무나 생소하고 약한 그들이 아닐 수 없었다.

그러나 얼이는 벗들과 달랐다. 그의 얼굴에는 오직 단호한 빛만이 살아났고 주먹은 꽉 쥐어져 있었다. 두 눈은 불타듯 이글거렸으며 신들린 사람처럼 입속으로 무슨 말인가를 계속해서 중얼거렸다.

'아, 저, 저거는!'

그것이 '언가'라는 걸 알았을 때 문대는 다시 한번 등골이 송연해지고 말았다. 얼이 한과 슬픔이 깊고 무섭다는 것은 충분히 알고 있었지만, 저 정도일 줄은 차마 몰랐다. 나라면 저런 여인이 말리는데도 그 뜻을 꺾지 않을 수 있을까 싶었다. 여기에 있는 벗들 가운데 그럴 수 있는 사람은 없을 것이다.

'아, 우짜모……'

문대 가슴 한복판이 바늘에 찔린 듯 찌르르 했다. 어쩐지 너무 좋지 못한 느낌이 들었다. 얼이와 효원이라는 여인과의 사랑이 결코 순탄치 못할 것 같다. 왜 그런지는 모르겠다. 그렇지만 그런 예감만은 너무나

또렷이 다가왔다. 그리고 바로 그것이 문대를 더할 나위 없이 허둥거리
게 몰아가는 가장 큰 요인이었다.

'그거는 그렇고, 저 처녀는?'

그런 한편으로, 처녀의 정체가 무척이나 궁금했다. 아직 여자를 잘
모르는 문대로선 여염집 규수와 기생을 구분해낼 안목을 가지지 못했
다. 아니, 문대 나이로 볼 때 그런 건 별 중요한 게 아니었다. 고운 여자
라는 그 한 가지 사실만이 온통 마음을 사로잡았던 것이다. 이건 사리
분별과는 별개의 문제였다.

그러나 사태는 최악으로 치닫고 말았다. 그렇게까지 나쁜 결과를 낳
을 줄은 정말 몰랐다. 효원이 마구 울면서 아까 자기가 나타났던 방향으
로 달아나기 시작했다. 모두는 너무나도 당황하여 어쩔 줄을 몰라 했다.
그저 굵은 밧줄이나 쇠사슬에 두 발이 꽁꽁 묶인 사람들같이 속절없이
그 자리에 서서는 비명에 가까운 소리만 내고 있었을 뿐이었다.

"아!"

"저, 저?"

"우, 우짜노?"

그런데 얼이는 그녀를 쫓아가지 않았다. 아니, 그쪽을 바라보지도 않
았다. 처녀의 뒷모습만을 안타깝게 바라보던 문대는 더욱 가슴이 서늘해
지고 머리끝이 쭈뼛 곤두섰다. 혀를 휘휘 내두르게 하는 지독한 얼이였
다. 그 순간에는 동문수학하는 벗이 아니었다. 아니, 사람이 아니었다.

여인이 당장이라도 쓰러질 듯 엎어질 듯 내닫고 있는 푸른 하늘 저편
에 한 마리 작은 새가 혼자서 고독하게 날고 있는 게 문대 눈에 띄었다.

짝은 어디에. 그것은 그 여인 같기도 하고 얼이 같기도 했다. 아니면
두 사람이 죽어서 하나가 되어 환생한 게 바로 그 새가 아닐까도 싶었
다. 그만큼 그들이 해 보인 언동들은 슬프고도 고통스러웠던 것이다. 그

렇게 가슴 아리게 하는 장면을 본 적이 없었다.

'아, 까딱 잘못하모 그 처녀는, 강 속에 뿌리를 내리고 있는 저 흰 바위매이로 얼이 가슴 한가온데 영원히 빼버릴 수 없는 아픈 사랑의 말뚝이 돼갖고, 얼이의 몸과 멤을 쪼꼼쪼꼼씩 삭아 들어가거로 할랑가도 모리것다.'

조금 전 얼이가 효원에게 그랬듯이, 문대는 다시는 얼이 쪽으로 눈길을 주지 못했다. 두 번 다시는 이곳에 오고 싶지가 않았다. 지금의 그 모든 기억들을 흐르고 있는 저 강물에 실어 깡그리 떠내려 보내고 싶었다.

저 선학산 공동묘지와도 같이 괴괴한 상촌나루터 흰 바위 부근이었다.

임자니까 털어 놓소

하판도 목사에게서 온 급한 전갈을 받고서 서둘러 관아로 향하는 배봉은 내심 궁금하기 그지없었다. 불안감은 더했다.

'무신 일이까?'

방 한 칸 사방 벽면을 온통 도배해도 될 만큼 많은 돈을 준 게 불과 며칠 전이다. 돈 때문은 아닌 것 같다. 아무리 그가 돈에 환장한 탐관오리라고 할지라도.

'그라모 우째서 퍼뜩 와 보라는 기까?'

정3품 목사가 다스리는 목牧의 관문은 언제 봐도 사람 기운을 펴지 못하고 우므러져 들게 만든다. 배봉은 궁금증, 불안감과 더불어 스스로를 겨냥한 혐오감에 빠졌다. 그런가 하면, 머릿속이 깡그리 하얗게 비어 버린 기분이었다.

'그동안 관아를 우리 집 안방맹커로 들락거릿는데도, 와 올 때마당 이러키 막 떨리쌌는고 모리것다.'

이런 서글픈 생각도 들었다.

'내 몸속에 흐르는 상놈 피는 우짤 수 없는 기까?'

폭약이라도 '쾅' 터뜨려 관청 건물을 몽땅 날려버리고 싶은 충동마저 느꼈다.

"너희들은 잠시……."

하 목사는 우선 주위부터 물리쳤다. 그런 후에 아무 말 없이 건너다 보는 그의 노리끼리한 눈빛이 이쪽을 아주 부담스럽게 만들었다. 한마디로 더럽게 생겨먹은 눈빛이었다.

"영감."

배봉은 그의 침묵이 올가미가 되어 목을 옥죄는 기분이었다.

"소인, 목사 영감 부르심 받자옵고 선걸음에 이리로 달려왔사옵니다. 해나 영감께 무신 일이라도?"

그런데 하 목사는 눈을 가느다랗게 뜨고 목을 내저으며 기분 나쁠 정도로 지나치게 착 가라앉은 목소리로 말했다.

"본관이 아니고 임자와 관계되는 일이오."

전혀 예상치 못했던 그 말에 더욱 정신이 혼란스러워진 배봉은 눈을 크게 떴다.

"예?"

"그것도 대단히 중요한……."

하 목사는 말끝을 흐렸다. 배봉 낯빛이 금세 확 변했다.

"소, 소인하고 말이옵니꺼?"

그러자 자기가 먼저 바람을 잡아놓고도 하 목사는 한심하다는 투로 말했다.

"임자 간은 생기다가 말았소?"

배봉은 얼른 말귀를 알아듣지 못하는 사람처럼 보였다.

"예? 가, 간?"

하 목사는 그런 배봉을 힐끗 보더니 지금까지 돈으로 쌓아온 인연을 한순간에 전부 깔아뭉개듯 했다.

"에잉, 일개 관기 해랑이보다 못한 것 같으니, 이거 원."

배봉 손이 또 땀방울 맺힌 이마로 갔다. 그는 마치 먹기 싫은 음식을 억지로 입에 넣고 삼키지는 못한 채 이리저리 굴리듯이 말했다.

"해랑이보담……."

"이번 일은 말이오."

하 목사는 의도적으로 말을 아끼는 눈치였고, 배봉은 하고 싶은 말이 많아도 꿀 먹은 벙어리가 되어 있는데, 하 목사는 목에 무엇이 걸린 듯한 기침을 하면서 상체를 좌우로 흔들기만 했다. 배봉은 속으로 악담을 퍼부었다.

'저 능구렁이가?'

굳이 자세히 살펴보지 않아도 하 목사 역시 굉장히 흥분하고 있음에도 불구하고 대범한 척하는 기색이 엿보였다.

'돈에 옴이 붙을 조 인간.'

어떻게 보면 이번에도 정보의 값을 왕창 올리려는 아주 엉큼한 속셈이 감춰져 있는 것이 아닌가 여겨졌다. 그다음에 물어오는 소리 또한 듣는 사람을 한참 헷갈리게 했다.

"동업직물과 상거래를 하는 부산포 일본 상인들 이름이 뭐라고 했소?"

"예에? 부산포 일본 상인들."

배봉은 느닷없는 질문에 어리둥절해하면서도 또 무슨 호된 질책이 머리 위에 떨어질까 봐 얼른 고했다.

"사토와 무라마치라쿠는 상인들이옵니더."

그러고 나서 최대한 조심스럽게 입을 열었다.

"하온대, 그거는 와 각중애 하문下問하시온지?"

그런데 하 목사는 일본 장사치들 이름은 그저 건성으로 물은 듯했다. 그는 배봉이 고해 올리는 소리는 그다지 귀담아듣지도 않고 있다가 어느 순간 허를 찔러오듯 불쑥 이렇게 말했다.

"지금 조정은 부산포에서 올린 장계狀啓 하나로 인하여 온통 야단이 벌어지고 있다는 소식이오."

"부, 부산포에서 올린 장개라꼬예?"

배봉으로서는 그야말로 생소하기 짝이 없는 이야기가 아닐 수 없었다. 하지만 그렇다고 해서 몰라서는 안 되었다. 그게 누구 입에서 나온 이야기인가 말이다.

"자, 장개라모?"

배봉이 묻자 하 목사는 그러잖아도 사납게 생긴 눈꼬리를 치켜올린 채 사람을 형편없이 깔보듯 했다.

"아, 장계도 모르오, 장계도? 장개가 아니고 장계!"

배봉의 어깻죽지며 머리통이 축 처져 내렸다. 하지만 속으로는 이렇게 쏘아붙였다.

'와 넘 말 갖고 시비고? 니는 장개라 캐라, 내는 장개라 쿨 낀께.'

하 목사는 배봉의 기분을 팍 잡쳐놓은 다음에 어린아이 가르치는 투로 말했다.

"감사나 왕명으로 지방에 파견된 벼슬아치가 글로 써서 올리는 보고 말이오."

무식한 배봉이지만 그 특유의 재치를 발휘했다.

"아옵니더."

"알아?"

"장개야 당연히 아옵니더."

"당연히 아는데?"

실뱀을 연상시키는 하 목사 눈꼬리가 다시 올라갔다.

"해나 시방 저희 동업직물하고 거래하는 사토나 무라마치도 그 장개에 연관돼 있는 거는 아일까 해서 말이옵니다."

그러는 배봉의 눈앞에 상판대기가 둥글넓적한 사토와 하관이 쪽 빠진 무라마치 모습이 어른거렸다.

"연관돼 있는 것은 아닐까 해서?"

하 목사는 생트집 잡는 사람같이 연방 배봉 말끝을 물고 나왔다. 그러거나 말거나 배봉은 전혀 싫은 내색을 하지 않고 청산유수로 말을 쏟아냈다.

"그래서 황감하게도 영감께옵서 이 미천한 늄을 걱정해주시는 기라꼬 믿고 드리는 말씀이옵니다."

"무어라? 걱정해주시는 거라고 믿고?"

곁눈질하는 그에게 배봉은 머리를 바닥에 닿을 만큼 조아렸다.

"예, 나리. 쉰네는 그저 영감만 바라봄시로 사옵니다."

마침내 하 목사가 호탕한 너털웃음을 터뜨렸다. 그러더니만 무슨 대단한 것을 터득한 사람처럼 굴었다.

"임배봉, 그 이름 석 자가 과연 헛된 것은 아니오이다. 이름값을 톡톡히 한다니까?"

배봉은 갑자기 자기 이름도 생각나지 않는 치매 환자처럼 가장했다.

"소, 소인 이름은……."

하 목사는 작심한 듯 계속해서 배봉을 추켜세웠다.

"역시 동업직물 최고 경영자답소이다."

배봉은 눈물이라도 흘릴 사람 같았다.

"아이옵니다. 소인은 그저 목사 영감의 하해河海와 겉은 그 은덕이 없으모 풀이나 갉아묵고 사는 벌거지 겉은 인생밖에 되지 않사옵니다."

"아! 아!"

하 목사는 성가셔하는 사람처럼 손을 내저으면서도 은근한 목소리로 말했다.

"여기 아무도 듣는 사람이 없고 우리끼리니까 하는 소린데, 솔직히 임자가 잘돼야 결국 본관도 잘되는 게 아니겠소이까?"

배봉 입에서 금방 숨넘어가는 소리가 나왔다.

"어이쿠! 높으시고 크신 그 보살피심, 두고두고 백골난망이옵니더!"

하 목사는 그따위 소리에는 이제 신물마저 난다는 얼굴이었다.

"또? 또 백골난망."

배봉은 속이 뜨끔했으나 입이 혼자 미쳤는지 같은 소리를 또 흘려보냈다.

"백골⋯⋯."

하 목사는 대책 없다는 듯 머리를 절레절레 흔들면서 말했다.

"에, 그것은 그렇다 칩시다."

"예, 목사 영감."

하 목사가 정색을 하자 배봉도 즉시 자세를 꼿꼿이 갖추었다. 하지만 선비연하는 그의 태도는 하 목사의 눈에 우습고 가증스럽기만 했다.

"잘 들으시오."

"예, 예."

"에, 그 심각성을 들춰보자면⋯⋯."

"시, 심각!"

그때부터 하 목사 입에서는 배봉으로서는 한층 더 상상조차 어려운 이야기들이 쭉 흘러나오기 시작했다.

"부산 두모포 세관에 문제가 발생했소."

"두, 두부⋯⋯."

"두부가 아니고 두모! 두모포!"

"아, 예. 모, 모포……."

"그것도 대단히 큰 문제요."

"크, 큰……."

"임자도 알다시피 우리 조선국은 강화도조약 이후에도 관례대로 배가 드나들고, 상품 유통이 활발한 곳에 세금을 걷는 수세소收稅所를 운영하고 있지 않소?"

"예?"

"수세소 말이오, 수세소!"

"그, 그렇고말고예. 새수, 아아니 수새, 수새소를……."

"허, 이거야 원!"

"그저 쥐, 쥑이……."

"아, 내가 사람 잡는 백정이오?"

하 목사는 이날따라 더욱 의도적으로 배봉을 닦아세우듯 했다. 배봉은 무조건 알고 있는 것처럼 할 도리밖에 없었다. 하지만 못 배운 게 이리도 섧구나! 하는 표정만은 얼굴에서 지우지 못했다. 하 목사에게서는 갈수록 배봉을 경악케 하는 소리가 속속 나왔다.

"에, 그래 일본과의 교역에서도 관세를 징수하기로 하고, 또한 조선 상인에게서 세금을 걷으라고 동래부사에게 지시했던 바이오."

"예, 예."

습관적으로 그러던 배봉은 어느 순간 화들짝 놀라는 소리를 냈다.

"어이쿠, 동래부사! 동래부사라쿠모 데기(되게) 높지예?"

배봉은 쓸데없는 것을 물었다가 호통만 얻어먹었다.

"젠장! 본관이 한창 이야기하는데 자꾸 끼어들고 앉았구먼?"

"헉! 아, 앞으로 조, 조심하것사옵니더!"

배봉이 사죄해도 하 목사는 필요 이상으로 상을 찡그렸다.

"조심이고 뭐고 다 집어치우시오."

"요, 요놈의 주디이가 그냥 웬수이옵니더, 웬수!"

배봉은 주먹으로 제 입을 세게 쥐어박는 시늉을 했다. 그래도 하 목사는 너무나 자존심이 상한다는 빛이었다.

"높기는 뭐가 그리 높아? 장차 높은 자리로 말하자면, 당연히 본관이……. 그러면 이제 앞으로는 나에게 오지 말고 동래부사에게 가든지."

극단적이기까지 한 그의 엄포에 배봉은 심장이 덜컥 내려앉았다. 그의 성을 풀어줄 수 있는 무슨 말이든 해주지 않으면 안 되었다.

"그야 여부가 또 있것사옵니꺼? 목사 영감께옵서는 장차, 앞으로 우리 조선국에서 최고 높으신 관직에 오르시올……."

"아아, 됐소이다, 됐어."

그런 가운데서도 하 목사는 제 잇속 챙기는 소리는 빠뜨리지 않았다.

"그 사실을 알면 차후로도 본관에게 무엇을 어떻게 해야 할 것인지도 알겠구먼."

"예, 예, 알구말구예. 돈……."

"에잉, 그렇다고 그렇게 노골적으로? 본관이 해주는 이야기나 더 들으시오. 이런 정보는 돈으로는 살 수가 없는 것이오."

"백골난망……."

그렇게 이런저런 갖가지 치졸한 방법들로 제 정보에 대한 수가酬價를 최대한 올린 후, 하 목사는 푸둥푸둥한 손등으로 턱수염을 쓰윽 문지르고 나서 들려주었다.

"에, 명을 받은 동래부사는 두모포에 세관을 설치하고, 일본 관리관에게 징세 사실을 통고했는데, 그게 그만 말썽을 일으키게 된 것이오."

배봉은 또 입을 열고 싶은 걸 간신히 참았다.

'허어, 답답해 고마 미치삐것다.'

도무지 이해가 되지를 않았다. 조선 상인한테서 세금을 거두는데, 일본 관리관에게 그런 사실을 통고할 이유가 뭐 있겠으며, 또 그것 때문에 말썽이 일어나다니.

광 속에서 튀어나오는 쥐처럼 그저 말이 튀어나오려는 것을 겨우 견디며 입을 꾹 다물고 있자니 얼굴까지 벌게진 배봉이었다. 그런 배봉 몰골을 슬쩍슬쩍 곁눈질하며 하 목사가 물었다.

"임자도 이상하다는 생각이 들지 않소?"

배봉은 이상하다는 그 정도를 넘어서 어쩐지 무섭다는 기분마저 들었다. 여하튼 배봉은 또 다른 꼬투리를 잡히지 않기 위해 더없이 조심스럽게 응했다.

"예? 예."

그러자 하 목사도 답답함을 느낀다는 기색이었다.

"든다는 말이오, 안 든다는 말이오?"

"영감께서 그리 말씀하신께, 소인 멤에도 쪼매……."

"그래서 세상사 복잡하고 묘하다는 거요."

"그렇사옵니다. 사람들이 우찌우찌 해갖고 살아간께 그렇제, 사실 시상일이라쿠는 거는 야시 두레박 쓴 거하고 가리방상하옵니더."

"그 조치는 아무래도 세금을 물리지 않은 일본 상인들에게도 간접적인 영향을 좀 미칠 수밖에 없지 않겠소이까?"

"아, 인자사 알것사옵니더."

배봉의 고개가 절로 끄덕여졌다. 지금까지 살아오면서 비록 배우지 못한 천한 신분이긴 해도 나름대로 똑똑하다고 맹신해 왔다. 김호한이나 소긍복 같은 양반도 모두 굴복시킨 그였다.

그런데 세상은 역시 크고도 넓은 것이다. 뛰는 놈 위에 나는 놈 있다더니, 과연 잘나고 무서운 것들이 바글대는 곳이 인간 세상이었다. 솔직히 그런 데까지는 전혀 생각하지 못했는데, 역시 지체 높은 목민관과 함께하는 자리에서는 뭘 건져도 건질 것이 있다니까 싶었다. 이어지는 하 목사 이야기는 더더욱 배봉을 주눅 들게 했다.

"결국 일본 상인들이 항의를 시작했다는 거요."

"예? 고거 참."

배봉은 하 목사 앞에서 제 딴은 애국자인 체 해 보일 요량으로 말했다.

"왜놈들이 웃기옵니더."

그런데 하 목사는 전혀 웃음기가 전해지지 않는 떫은 표정으로 반문했다.

"웃긴다고?"

배봉은 입술을 보기 흉하게 일그러뜨리며 소매라도 걷어붙일 것같이 했다.

"시상에, 넘의 나라 돈을 통째로 꿀꺽 삼키고 싶은 모냥이지예? 겉잖기는. 저거들이 무신 맹목으로 그런 짓을 한다쿠는 깁니꺼?"

그러나 모르면 국으로 가만히 있는 법이라 했다. 배봉은 쓸데없이 막 나불거리다가 또 무식이 탄로 나는 결과를 맞고 말았다.

"무슨 명목으로? 약아빠진 그놈들이 무턱대고 그렇게 할 것 같소이까?"

"죄, 죄송하옵니더."

하 목사는 이제까지와는 달리 낮아진 목소리로 바뀌었다.

"얼마나 치밀하고 계산적인 족속들인지 몰라서 하는 소리지."

그 이야기 끝에 하 목사는 기습처럼 말해왔다. 그도 시간이 많이 갔으니 빨리 마무리를 지어야겠다고 생각한 모양이었다.

"임자는 강화도조약도 모르오?"

"가, 강화도 조, 조약."

배봉 목이 자라 모가지처럼 크게 움츠러들었다. 솔직히 아는 게 강아지 눈곱만큼도 없다. 요만큼이라도 알아야 무슨 기지와 재치를 발휘할 수가 있을 텐데, 완전무결한 문외한이 되어서는 그것도 불가능한 일이다.

"그 조약에 위배된다는 것이오."

상대방이야 알든 모르든 하 목사는 그렇게 툭 내뱉었다.

'내 몬 배운 기, 참말로 두고두고 한이거마는.'

배봉은 입맛만 '쩝' 다시며 생각했다.

'긍복이 그눔이 있었으모.'

소긍복이 살아 있을 때 그를 십분 활용하여 마침내 양반 신분으로 상승해서 지금까지 별 탈 없이 잘도 양반 행세를 하며 살아왔다. 내 수중에 돈이 있으니 아무것도 문제 될 게 없는 세상이었다. 그러나 머릿속에 들어 있는 것이 통 없는 건 돈보다 더한 것으로도 어쩔 수 없다는 무력감과 서글픔에 빠졌다.

그런데 계속 풀려나오는 하 목사 이야기는 배봉이 그따위 감상에 젖을 틈도 주지 않았다. 배봉은 너무도 긴장되어 입안이 칠년대한 가뭄 논밭처럼 벌겋게 바싹바싹 타들어 가는 듯했다. 그리고 마음은 그보다도 더 타서 시커먼 재만 남을 것 같았다.

'이라다가 도로아미타불이 돼뿔 끼 아이가?'

다 된 죽에 코 빠뜨린다고, 하 목사에게 엄청난 뇌물을 쏟아서 부산포에 와 있는 일본인 상인들과 가까스로 거래를 틔우고, 이제부터 본격적으로 사업을 시작하려는 이 중차대한 시기에 그런 사건이 터지고 말았으니, 자칫하면 지금껏 투자한 게 모두 수포로 돌아가지 않을까 여간 걱정되는 게 아니었다.

"그뿐만이 아니오."

"허, 또?"

"또라는 소리 마시오. 더 있고 있고 더 있으니까."

"우찌 그런?"

더군다나 이런 소리는 배봉 혼을 있는 대로 뒤흔들어놓기에 충분했다.

"돈푼이나 만지작거린다는 일본 장사치들이 말이오, 자기들만이 아니고 일본 군인들까지 동원해 세관 철폐를 요구하면서 무력시위를 벌였다는 게요."

귀를 쫑긋 세운 채 듣고 있던 배봉도 방금 하 목사가 한 것같이 치를 떨어 보였다.

"이, 일본 군인들꺼정 띵깡(행패)을?"

하 목사는 세상 마지막을 보여주기라도 하는 사람 같았다.

"더 놀랍고 가증스러운 일은, 그들이 동래 관아까지 침입했다는 사실 아니겠소."

배봉은 말더듬이가 되었다.

"그, 그라모 이, 이짝에서는 우, 우찌했다꼬 하, 하옵니꺼?"

아직까지도 그 지방 토박이말이 귀에 선지 잠시 배봉의 말을 헤아려보던 하 목사가 되물었다.

"우리 쪽에서는?"

"예."

"아, 그야……."

하 목사는 불끈 쥔 주먹을 높이 치켜들고는 배봉의 면상이라도 쥐어박을 것처럼 함부로 휘둘러댔다. 그럴 때 보니 그의 출신은 본래 문관이 아니라 혹 무관이 아니었을까 하는 의심마저 들었다. 음성조차도 장수가 군사들을 호령하는 성내 장대將臺 쪽에서 들었던 적이 있는 장수의 목소리와 닮아 있었다.

"당연히 분노한 우리 조선인들이 그들과 충돌을 일으킬 것은 정한 이치 아니겠소?"

배봉 안색이 보리 싹처럼 새파랗게 질렸다.

"추, 충돌을?"

어디선가 '쾅' 하는 소리가 들려오는 것 같은 배봉이었다.

"그렇소."

그러면서 입을 꾹 다무는 하 목사에게 배봉이 달려들 것같이 하며 물었다.

"그, 그라모 인자 저희 도, 동업직물은 우찌 되는 기옵니꺼?"

"동업직물?"

"예, 예."

하 목사가 꾸짖는 어조로 나왔다.

"임자는 나라보다 제 한 집안일이 더 염려되는가 보구려?"

"헉!"

이번에는 배봉의 두 손이 한꺼번에 이마를 더듬었다. 그 모양이 담장에 담쟁이덩굴 얽혀 있는 듯했다.

"그, 그런 거는 아, 아이옵고……."

말을 얼버무리는 배봉을 가만히 보고 있던 하 목사가 자기 판단을 얘기했다.

"본관이 보기에 동래부사가 잘하고 있소이다."

하 목사 목소리가 제법 차분했다. 말에 신뢰감도 느껴졌다. 그럴 땐 목민관다웠다.

"잘하고 있다 하심은?"

일말의 기대감을 실은 배봉 물음에 하 목사는 얼굴에 감탄의 빛을 띠었다.

　"조정의 어떤 지시 없이는 절대 세관을 철폐할 수 없다고 아주 강경한 입장을 밝혔다는 것이오."

　"아, 예에."

　배봉은 내심 안도하면서도 여전히 걱정스러운 말투를 벗어나지 못했다.

　"그렇다꼬 금방 물러설 왜눔들이 아이지 않사옵니꺼?"

　그날따라 그곳 천장이 더 높아 보이는 배봉이었다.

　"그건 잘 봤소."

　하 목사는 두 손바닥을 쫙 펴서 앞으로 내미는 동작을 취해 보였다.

　"섬나라 오랑캐 기질이 있어 무식하게 밀어붙이는 게 그놈들이오."

　배봉은 또 문득 궁금해졌다.

　"조정에서는 우떤 지시를 내릴 거 겉사옵니꺼?"

　"조정, 조정이라."

　하 목사 목소리에 자신이 없었다.

　"현 상황으로서는 알 수가 없소이다."

　배봉 얼굴에, 그러면 그렇지, 네까짓 게 알면 얼마나 알아? 하는 빛이 서렸다. 하 목사도 그것을 알아챘는지 이런 말로 체면치레를 하려 했다.

　"하여튼 동래부에서는 상가를 철시시켜 대항하고 있다는 소식이오."

　배봉은 부산포의 사토와 무라마치에게 어서 연락을 취해 봐야겠다고 마음먹었다. 앞으로 어떻게 되는지 모르지만 큰 위기임은 틀림없었다. 본시 사업이란 것이 산 위의 산이요, 물 건너 물이라더니, 정녕 힘들고 어려운 일이구나 싶었다. 그래서 사람들은 죽을 사, 사업死業이라고도 하지.

"지난날……."

하 목사가 말머리를 엉뚱한 방향으로 돌렸다.

"미국한테는 꼼짝달싹도 못 하던 것들이, 우리 조선국에게는 저런 식으로 오만불손하게 군다는 사실이 서글프지 않소, 임자?"

"그, 그렇사옵니더, 영감."

꿀리는 구석이 있어 그런지 배봉 답변이 그다지 시원치 못했다. 약자에게는 잔인할 만큼 무작하고, 강자에게는 무조건 머리를 조아리는 그였다.

"아무튼 개인이나 나라나 힘, 힘이 있어야 하는 것이오."

상체를 좌우로 흔들며 하 목사가 단언했고, 배봉은 두 주먹에 불끈 힘을 주었다.

"지당하신 말씀이시옵니더."

하 목사가 꽉 쥔 배봉의 주먹을 보았고 배봉은 슬그머니 주먹을 풀었다. 또 실수했구나 싶었다. 그래서 그만 일어났으면 했는데 하 목사에게서는 또다시 배봉의 기를 꺾어놓는 소리가 나왔다.

"떠올리기 싫지만 지난날 일본 요코하마에 상륙한 미국 페리 함대가 생각나오."

오대양 육대주를 활보하는 것 같은 하 목사였다.

"요코하마. 패리 함대."

배봉 귀에는 먼 달나라나 별나라 이야기 같은 소리들이었다.

"미국이 대단한 나라요."

하 목사는 갑자기 미제국주의자로 바뀌어 보였다.

"그 당시 일본국과 수호 통상 조약을 맺으면서, 시모다 항구 외에도 저 가나가와, 나가사키, 니가타, 효고 등 여러 곳을 개항할 것을 요구했는가 하면……."

"……."

배봉 등줄기를 찬 기운이 쫙 훑고 지나갔다. 오로지 돈과 여자만 밝히는 탐관오리라고만 보아왔던 하 목사였다. 그런데 그는 역시 한 고을을 다스리는 목민관이었다. 나라 안의 일만 아니라 국제 정세에도 밝아 보였다.

"영국이 중국을 상대로 일으킨 아편전쟁 말이외다."

이번에는 영국에다 아편이었다.

"아, 아팬전쟁?"

배봉은 마치 억지로 아편주사를 맞는 사람처럼 안색이 노래졌다.

"아편이란 게 무섭기는 무서운 모양이오."

질린 표정을 짓는 하 목사가 무척 낯설게 느껴지는 배봉이었다. 그는 호랑이가 아니고 고양이 정도밖에 되지 않는 위인인지도 모르겠다. 하지만 그의 입에서는 곧 죽어도 무엇이라더니 호랑이 이야기가 흘러나왔다.

"잠자는 호랑이가 콧수염을 뽑히는 꼴이 되고 말았으니까."

이제 해랑에게 싫증을 느끼기 시작한 걸까? 입에서 침까지 튀겨가며 열심히 아편전쟁 이야기를 늘어놓는 하 목사를 지켜보며 배봉은 문득 그런 생각이 들었다. 정말 그렇다면 더할 수 없이 다행이었다.

억호가 관기인 해랑에게 임신까지 시키면서 송두리째 마음을 빼앗기고 있는 아슬아슬한 판국인데, 하 목사가 계속 해랑을 자기 곁에 두고 편애하려 든다면 자칫 무슨 불벼락을 맞을지도 모를 노릇이기 때문이었다.

그나저나 언젠가는 하 목사가 알게 될지도 모르는데, 그러기 전에 무슨 조치를 취해야만 했다. 하지만 도무지 뾰족한 수가 떠오르질 않으니 이거야말로 그냥 예사 문제가 아니었다.

'에잉, 천하에 몬쓸 눔.'

억호를 겨냥한 부아가 큰 가마솥에 물 끓듯 부글부글 끓어올랐다. 속에서 천불이 아니라 만불이 날 지경이었다. 아무리 부모 희망대로 되지 않는 것이 자식이라지만 그래도 이건 아니었다.

'지 애비 닮아라쿠는 거는 우째서 그리 한 개도 안 닮고, 똑 몬된 송아지 응디이(엉덩이) 뿔나듯기 안 좋은 거만 닮아갖고.'

돈 모으는 데 좀 더 악착같지 못하고, 계집 꽁무니나 쫓아다니는 게 영 마뜩찮은 것이다. 어쨌든 간에 해랑이 억호를 닮지 않고 해랑 자기를 쏙 빼다 박은 예쁜 아기를 낳았으면 했다. 이왕지사 세상에 내놓으려면 계집애보다 사내애면 더 좋겠지만.

'해나 기집이모, 비화 겉은?'

혼자서 사내 열이 아니라 백도 감당해 내는 비화가 떠올랐다. 정말 비화 같은 손녀라면 더 이상 바랄 게 없겠다. 하지만 그런 마음은 잠시였고 그는 악담 퍼붓듯 했다.

'아이다 고마. 징글징글하다, 비화 고년은.'

이런저런 잡다한 생각들에 쫓기다 보니 때로는 그냥 건성으로 듣기도 하는 하 목사 얘기지만 가슴 서늘해질 내용이 너무 많았다. 약삭빠른 여우가 간 큰 고슴도치에게 항상 패한다는 말도 있다.

"영국 사람이 지 가족이나 하인을 데불고 중국 땅에서 아모 구속도 안 받고 자유롭기 장사하거로 보장했다꼬예?"

배봉이 놀라 그의 감정을 건드리지 않을 정도로 끼어들면 하 목사는 진심인지 가식인지 모르겠으나 간간이 탈기하는 모습을 보이기도 했다.

"어디 그뿐인 줄 아시오?"

하 목사는 뒤가 마려운 개처럼 어정쩡한 자세로 몇 번이나 자리를 고쳐 앉곤 했다.

"영국에 홍콩을 넘겨주고, 영국이 정한 법대로 다스릴 수 있는 권한도 주었다지 않소. 허어, 내 참."

"그랄 수가?"

배봉의 귀에는 동업직물을 나루터집에 넘겨주거나 나루터집을 동업 직물에 넘긴다는 소리만큼이나 생경하고 충격적으로 들리는 게 사실이 었다.

"대 청국이 언제부터 저렇게 돼버렸는지 모르겠소이다."

"예에, 그 참."

좀 오래전 일이긴 해도 들을수록 한심하고 놀랄 소리가 아닐 수 없었다. 물론 돌고 도는 것이 세상 이치라고는 하지만 우리 조선국이 조공을 바쳐가며 상국上國으로 모셔왔던 중국이 어쩌다가 그런 지경에까지 이르렀는지 모르겠다.

'에이, 나라사 우찌 되든지 간에…….'

그런 와중에도 배봉 마음 한구석은 뿌듯했다. 비화 조부 김생강의 소유였던 토지를 떡 제 명의로 올려놓은 일이라든지, 큰아들 억호가 콧대 높은 강용삼의 딸 해랑을 임신시킨 일이라든지, 저 부산포 일본 상인들과의 거래를 틔운 일이라든지, 하여튼 배봉 자신이 중국인에게서 홍콩을 빼앗은 영국인같이 착각되는 것이다.

'어? 각중애 와 저라지?'

그런데 제 버릇 남 못 준다더니, 그런대로 의식 넘치고 점잖은 나라 안팎 이야기가 뜬금없이 여자 이야기로 둔갑했다. 백여우가 벽수를 넘고 있다고나 할까?

"우리 탁 털어놓고 얘기 한번 해봅시다."

꽤나 진지하게 나오는 품이 우습기도 하고 신경이 쓰이기도 했다. 여하간 배봉은 그가 또 무슨 이야기를 하려는가 싶어 귀를 곤두세웠다.

그런데 하 목사는 이미 시정잡배로 변해 있었다. 어쩌면 자기 본판으로 돌아갔다고 하는 게 더 맞는 말인지도 알 수 없었다.

"어떠시오?"

배봉은 아편 기운에 점령당한 형용이었다.

"무, 무신 말씀이시온지?"

그러자 그 고을 막강한 실력자 입에서 나온다는 소리가 실로 저급했다.

"임자는 아직도 마음에 드는 여자를 보면 가슴팍이 찌르르 하느냐, 그 말이오."

마구간에서 소 잡는 이야기도 유분수였다.

"아, 여자!"

배봉은 졸지에 멍해졌으나 이내 새로운 화제에 잘도 적응했다. 사실 그런 문제라면 누구도 감히 넘겨보지 못할 그의 전공專攻 중의 전공인 것이다. 그리고 언젠가는 이 세상은 한 가지만 특출해도 성공할 수 있는 곳이 되리라는 확신을 가지고 있는 그이기도 했다.

"더 하문하시이소."

자신감을 얻은 그는 곰같이 두꺼운 앞가슴까지 쑥 내밀어 보이며 말했다.

"그런 거라모 소인이 다……."

공기의 흐름이 완전히 바뀌고 있었다. 하 목사는 여태까지 배봉이 보기에 처음으로 목을 움츠렸다. 목소리에도 자신감이 전혀 들어 있지 못했다.

"솔직히 나는 요즘 좀 그렇소이다."

배봉은 속으로, 좀이 아니라 억수로 그런 것 같은데? 하는 생각을 하면서 다음 말이 나오기를 기다렸다. 하 목사는 아예 진저리까지 쳤다.

"사람 몸이란 게 참으로 그렇구먼."

배봉은 당장 피식 웃음부터 삐어져 나왔다. 하늘 같았던 목사라는 자리가 영 보잘것없는 것으로 여겨지기 시작했다.

"내 임자니까 털어놓는데……."

그런 배봉의 속내를 알 리 없는 하 목사는 마치 이실직고라도 하는 사람 얼굴로 말을 계속했다.

"여자를 가까이해도 도통 생각이 없단 말이오."

"생각이?"

배봉은 속 다르고 겉 다르게 진정 안됐다는 목소리로 말했다.

"허, 그 정도시옵니꺼?"

"흐으."

하 목사는 고개를 수그린 채, 마치 흐느끼듯 어깨마저 들썩거렸다. 그러더니 매우 강하게 부정하는 어조로 나왔다.

"아니지. 아니야."

"예?"

배봉은 그만 크게 헷갈리는 얼굴을 했고, 하 목사는 펄쩍 뛸 사람처럼 했다.

"아니라니까?"

배봉은 내심 실망감에 젖어 음성이 처져 내렸다.

"시방 그 말씀은?"

그런데 하 목사 입에서는 배봉을 더 즐겁게 해주는 소리가 나왔다. 하 목사는 주먹을 쥐고 살찐 제 허벅지를 짓누르듯 쥐어박으며 실토했다.

"생각이 없다기보다 이놈의 몸이 안 따라준다, 그거요."

배봉은 흡사 환자를 진맥하는 한의같이 혼자 중얼중얼했다.

"몸이, 몸이……."

한참 고민하는 사람 모양새를 하다가 확인하려 들었다.

"생각은 안 그란데……."

하 목사가 배봉의 말을 자르고 벌컥 소릴 내질렀다.

"생각은 더하다니까?"

배봉은 몸을 움찔하며 입을 다물었다. 맞은편 자리에서 또 침방울이 튀어나왔다.

"내 몸이고 내 마음인데, 요놈들이 서로 적이 되어 싸운다니까?"

저건 꽤 쓸 만한 소리라고 치부하는 배봉 머릿속에 닭과 지네가 함께 떠올랐다. 도대체 전생에 어떤 관계였을까? 그놈들만큼 원수지간도 없을 것이다. 닭 뼈를 넣은 항아리를 풀숲에 놓아 지네 수십 마리를 잡아서 가루를 내어 마시던 기억이 났다.

'내가 호한이 그눔 집구석 것들도 작살을 내삘 끼다.'

하 목사와 함께하고 있는 그 자리에서도 그런 악담과 저주를 잊지 않고 있는 배봉은 속으로 혀를 날름 했다.

"내 이거야 원, 창피해도 너무 창피해서 말이지."

그런 소리가 하 목사 입을 통해 흘러나오기도 처음이었다.

'하모, 그렇다카이. 그기사말로 만고불변의 진리 아인가베.'

배봉은 그의 수준에 걸맞게 다시 한번 확인했다. 무릇 사내라는 동물은 제아무리 세도가 높고 돈이 많다고 하더라도, 몸과 마음이 서로 적이 된다면 그것으로 모든 게 끝장이란 것을. 그런 면에서 보면 여자는 어떨까? 에라, 그것까지는 모르겠다.

'그거는 마 그렇고 가마이 있자, 그렇다모…….'

그런 생각을 물고 배봉은 지금이야말로 하 목사에게서 높은 점수를 따낼 수 있는 절호의 기회라고 믿어 마지않았다. 상대가 궁하고 힘들어할 때 옆에서 조금만 거들어주면 그 효과는 가히 폭발적인 것이다.

"쇤네, 감히 아뢰옵니다."

배봉은 상감 대하듯 최고의 예를 갖추어 고했다.

"소인이 시방꺼지 목사 영감께 들은 그거는…….""

잠깐 뜸을 들인 연후에 말을 이었다.

"나리께옵서 날이모 날마당 바뿐 공무에 언충(워낙) 신갱을 마이 쓰시는 그런 탓이라꼬 사려되옵니더."

듣고 있던 하 목사 눈빛이 야릇해졌다. 그는 생뚱맞다는 목소리로 물었다.

"그건 또 무슨 소리요?"

배봉은 너무나 황감하다는 얼굴로 가장했다.

"영감께옵서 불철주야 고을 백성 위하신다꼬……."

하 목사는 끝까지 듣고 있지 못했다. 헛다리 짚지 말라는 투로 내질렀다.

"내가 그런 소리 듣고 싶어 이러는 게 아니오!"

그 고함소리가 배봉의 귀를 날카롭게 후벼 팠다. 그는 몸을 사렸다. 지금 하 목사에게는 그 어떤 좋은 소리라도 제대로 통하지 못할 거라는 자각이 일었다. 그래서 차라리 아무 말도 하지 않고 두 눈만 끔벅끔벅하고 있는데 하 목사가 다그쳤다.

"그러니 그런 입에 발린 소릴랑 아예 하지 말고, 지금 내가 묻는 말이나 어서 솔직하게 대답을 해보시오."

이건 완전 대역죄인 취급이다.

"아, 예. 하, 하문을 하시지예."

하 목사는 귀를 쫑긋해 보이는 배봉에게 신경질이 잔뜩 돋친 목소리로 고함쳤는데 그 저의가 불온해 보였다.

"임자는 어떠냐니까?"

"소인이야 아즉꺼지는……."

배봉은 행여 하 목사가 질투심이 동할까 봐 말끄트머리를 말아버렸다. 그런데 하 목사는 바짝 다가앉을 것처럼 하며 또 물었다.

"혹시 남들 모르는 무슨 비결 같은 거라도 있소?"

그런 그가 역겹게 느껴지기까지 하는 배봉이었다.

"머 특밸한 비갤이야……."

배봉이 약간 흐리터분하게 나오자 하 목사는 한층 토라진 얼굴이 되었다. 그는 날카로운 비수를 던지듯 했다.

"본관은 심각하게 말하는데, 임자는 건성으로 받아들이는구면?"

"아, 아이옵니더!"

배봉은 칼 맞은 사람 같았다.

"아니라고?"

째려보는 하 목사의 두 눈에 노란 기운이 출렁거렸다.

"예, 예. 가, 감히 누 안전이라꼬?"

배봉은 등에 식은땀이 솟아났다. 여하튼 간에 현재 하 목사 심기는 물푸레나무 뿌리같이 뒤틀릴 대로 뒤틀려 있어 조금만 실수해도 무슨 화를 자초할지 몰랐다. 이럴 때는 그냥 입 봉창封窓하고 듣기만 하는 게 상수上數다 싶었다.

"생각을 해보시오, 생각을. 여자를…… 그냥 아무……."

"……."

"에이, 안 있소. 여자하고 말이오, 여자하고."

"……."

"에이, 안 있소. 거 여자, 사내는, 아, 여자, 왜 그……."

"……."

하판도 목사가 저렇게 횡설수설할 때도 다 있나 싶어지는 배봉이었다. 여하튼 세상 오래 살 일이군. 그러면서 내심 다행이구나 했다. 어찌 그렇지 않겠는가 말이다.

임신한 해랑과 하 목사를 나란히 놓고 상상만 해도 너무나 끔찍한 게 사실이었다. 어디 그뿐인가? 뱃속 아기가 크게 잘못될 위험도 아주 높았다. 더욱이 하 목사가 해랑의 몸이 이상하다는 것을 눈치라도 채게 되는 날이면?

'그날로 이 임배봉이 인생은 땡! 하고 좋 쳤다, 좋 쳤어.'

배봉은 저릿저릿 오금이 저렸다. 그런데 하 목사 입에서는 배봉을 다소 안심시키는 말이 나왔다.

"내가 해랑이를 부르지 않은 지도 꽤 오래됐소."

자칫 입에서 환호성이라도 터져 나올 것 같은 배봉이었다.

"임자니까 있었던 그대로를 얘기해보리다."

하 목사는 거의 울상이 된 얼굴로 바뀌었다. 그러고는 사람 낯 뜨겁게 할 만큼 주책이다 싶을 정도로 콩알 새알 늘어놓기 시작했다.

"색주가에 밝은 임자도 모르지 않겠지만, 조선팔도 기생을 통틀어 둘째가라면 서러워할 해랑이 아니오."

배봉은 속으로 말했다.

'하늘이 도왔거마는.'

하 목사는 갓 시집온 새색시가 저러랴 싶으리만치 낯까지 붉혔다. 한 고을을 다스리는 목민관으로서의 면모는 천 리 밖으로 내다 버린 것 같았다.

"내가 어찌나 부끄럽던지. 임자도 한번 상상해보시오."

배봉 눈앞에 저 꽁지 수염 반능출에게서 구입한 춘화가 떠오른 것은 그 순간이었다. 개도 이런 건 세상에서 없어져야 한다고 컹컹 짖어가며 막 물어뜯을 그림이 아주 사실적으로 그려져 있는 책이었다.

배봉의 눈에 든 하 목사가 춘화 속에 등장하는 사내로 보였다. 그리고 춘화 한 장을 '북' 찢어발기는 자신의 모습도 나타났다. 그 갈가리 찢기는 종이만큼이나 처연하기 이를 데 없는 소리가 뒤를 이었다. 저러다간 무슨 말과 행동까지 나올지 모르겠다.

배봉은 하 목사가 또 노하기 전에 그가 말하는 소위 무슨 비결이라는 것을 말해주어야 한다는 조바심이 났다. 하지만 세상에 비결이란 게 어디 그렇게 흔한가 말이다. 만약에 그렇다면 비일비재라고 해야 당연한 노릇이지. 이거 큰일 났다. 어쩌나?

그러다가 배봉이 가까스로 궁리해낸 것이 이제 막 떠올렸던 그 춘화였다. 능출 말로는 신윤복과 김홍도가 그렸다고 했다.

"저, 영감……."

배봉이 입을 열려는데 하 목사가 그새를 못 참아 또 닦달했다.

"어여 말이나 해보시오, 영감이고 곶감이고."

배봉은 하 목사 눈치를 보아가며 대단히 조심스럽게 입을 뗐다.

"소인한테 좋은 그림책이 하나 있기는 하옵니더마는……."

그 말을 들은 하 목사 눈이 심봉사 눈 뜨듯 번쩍 뜨이는가 싶더니 대번에 한다는 소리가 놀라웠다.

"춘화 말이오?"

배봉은, 저 인간 눈치 하나는 더럽게도 빠르네, 날치를 구워 먹었나, 하고 속으로 혼자 구시렁거리며 고했다.

"영감께도 무신 효과가 있을랑가 그거는 잘 모리것지만도, 소인은 그 춘화 덕을 톡톡히 보고 있사온지라 고하는 것이옵니더."

하 목사는 당장 상대를 집어삼킬 듯이 달라붙었다.

"임자가 효과를 봤다면, 본관도 마찬가지 아니겠소?"

섬뜩하게 느껴질 정도의 집착이 아닐 수 없었다. 하긴 저런 끈질긴 면이 없다면 지금의 저런 자리까지는 절대 오를 수가 없을 것이다.

"하오나 사람 몸이라쿠는 거는, 풀 다리고 나모 다리듯기 각자 다리지 않사옵니꺼."

배봉 입에서는 뒤로 살살 빼는 말이 나왔다. 하지만 그럴수록 하 목사는 필사적이었다.

"내 부탁하오, 이렇게, 이렇게 말이오."

배봉은 평소 자신이 가장 증오하고 원망하는 소리를 스스로 했다.

"목사 영감 옥체하고 쇤네 천한 몸하고는……."

담쌓고 벽친다고, 언제 갑자기 사이를 끊고 서로 적대시하게 될지 모른다고 생각해오는 배봉이었다. 그런데 하 목사는 끝까지 듣지도 않고 대뜸 주문했다.

"그것 좀 빌려주시오."

그냥 내놓으라는 게 아니라 빌려 달란다. 배봉은 크게 금기시하듯 했다.

"목사 영감 겉은 지체 높으신 분이 그런 거를 보시기에는, 암만캐도 쪼매, 아니 쪼매가 아이라 마이 그러하온지라 우려가 되옵니더."

그 얘기에서 벗어나려 했지만, 이제 하 목사 음성은 사뭇 애원조에 가까웠다.

"사내란 아무리 하늘보다 높은 자리에 앉고, 돈방석에 깔려 죽을 정도가 돼도 말이지, 그걸로 끝장이 아니겠소이까?"

그런 하 목사를 유심히 관찰하던 배봉은 마침내 결론을 내렸다.

'아모래도 빠지나갈 방도가 없것다. 그렇다모 도로 적극적으로 선수를 쳐야것다.'

마음을 고쳐먹은 연후에 일부러 한참 동안 뜸을 들이고 나서 큰 선심 쓴다는 투로 나가기 시작했다.

"원하신다모 빌리드리는 기 아이고, 그냥 드리것사옵니더."

하 목사는 보채는 아이같이 굴었다.

"빌려주든 그냥 주든!"

배봉은 이게 중요하다는 걸 주입시킬 필요가 있었다.

"그, 그냥 드, 드린다꼬……."

하 목사는 손짓, 발짓을 총동원하여 채근했다.

"허어, 어서 가져와 보시오, 어서!"

"……."

"사람 말이 말 같지 않소?"

"예, 예."

당장 무슨 일이 일어날 것처럼 하는 하 목사 그 서슬에 배봉은 자리에서 서둘러 몸을 일으켰다. 그러자 그렇게 땅 불 떨어지게 독촉하던 하 목사가 또 무슨 속인지 손을 들어 도로 앉게 하더니 이랬다.

"아니요. 내 말 몇 마디 더 듣고 가시오."

"더 하맹하실 일이라도?"

배봉이 하명을 기다리며 다시 바라본 하 목사 얼굴은 어느새 본래의 위엄과 권위 철철 넘치는 얼굴로 되돌아가 있었다. 단지 얼굴뿐만 아니라 음성도 이제 과연 한 고을 최고 실권자다웠다.

"조금 전에 내가 했던 말, 흐음!"

기침소리 한번 거창했다.

"절대로 발설하면 아니 되오. 알겠소?"

이건 다짐 정도가 아니라 숫제 마지막 경고장을 띄우는 투였다.

"맹심, 맹심, 또 맹심하것사옵니더."

배봉은 세 번이나 명심하겠다는 말을 했다. 하 목사는 그래도 안심이 되지 않는지 한 번 더 대못을 박았다.

"목사가 사내구실을 제대로 못 한다는 소문이 새 나가면, 고을 백성들이 본관을 어떻게 보겠소."

배봉은 고개를 주억거렸다. 하 목사는 낮지만 단호한 어조였다.

"지시나 명령이 제대로 먹혀들겠소이까?"

배봉은 솥뚜껑 같은 주먹으로 두꺼운 제 가슴팍을 소리 나게 쳐보였다.

"안심하시이소. 소인이 입 하나는 쇳덩이 겉사옵니더. 그라고 그 춘화만 보시모……."

하 목사는 어린 송아지가 어미 소 찾는 듯한 소리로 말했다.

"제발 그렇게만 된다면야 더 이상 바랄 게 없겠소만……."

배봉은 성가시다는 짜증까지 일었지만 그런 티는 조금도 내보이지 않고 야릇하게 웃으며 물었다.

"소인이 단골 기생집에 가모, 와 그리 인기가 높것사옵니꺼?"

하 목사는 배봉이 너무 부럽다는 표정을 지었다. 그의 마음에 지금 배봉은 나라님보다도 부럽고 위대한 존재였다.

"참으로 기대가 크오. 내 몸만 제대로 되면, 임자한테 이제까지와는 비교가 아니게 잘해주겠소이다. 하하."

하 목사는 웃는데 배봉은 울 사람처럼 했다.

"아이옵니더, 아이옵니더. 시방꺼정 올매나 잘해주싯는고, 이눔 그 생각만 할 꺼 겉으모 자다가도 그냥 눈물이 펑펑 쏟아지옵니더."

하 목사는 그따위 지어낸 소리는 그만하란 듯 고개를 흔들었다.

"에이, 그렇다고 자다가 눈물까지야?"

"아모리 안 울라 캐도 나오는 거를 우짜것사옵니꺼."

배봉은 저고리 소매로 눈가를 훔쳤다. 연기력이 가히 신기神技와 맞먹을 만했다. 드디어 그의 뺨 위로 감격의 진한 눈물이 줄줄 흘러내렸다.

"아, 우리 임 사장……."

그것을 본 하 목사도 그만 가슴이 찡한 듯 그렇게 다정할 수 없는 목소리로 일렀다.

"됐소. 빨리 다녀오시구려. 내 임자가 돌아올 때까지 아무 데도 안 가

402

고 여기 이 자리에 돌부처처럼 그대로 앉아 기다리겠소이다.”

“소인, 영감 맹을 받잡고 바람매이로 씽 댕기오것사옵니더.”

배봉이 몸을 일으켜 세우는데 하 목사가 배봉의 등 뒤에 대고 한 번 더 당부하길 잊지 않았다.

“이 자리에 돌부처같이 앉아서 말이오.”

조금만 더하면 염불 소리까지 낼 성싶은 하 목사였다. 그러자 배봉 머릿속에 저 비어사의 진무라는 중이 떠올랐다. 불교 신도든 아니든 온 고을 사람들이 무척 존경하고 있다던가. 또한 비화에게는 그렇게 잘해 준다고 알고 있었다.

‘늙어갖고 퍼뜩 안 뒤지고 머하는 기고? 요 중늙아.’

속으로 욕설을 퍼 대다가 그가 모시는 부처가 생각나서 조금 오싹해 지기도 했다. 아니, 실은 부처보다도 안골 백 부잣집 염 부인 기억이 되 살아나서 더 그랬다.

‘해필이모 절집에 가갖고 목을 매서 죽을 끼 머꼬?’

염 부인이 비어사 대웅전 뒤편 큰 고목에 명주 끈으로 목을 매고 자살 했다는 소문을 들은 이후로 악몽을 꾸기도 한 그였지만 요즘은 좀 뜸해 지고 있는 실정이었다.

‘죽을 장소가 오데 절집밖에 없는 기가? 비봉산이나 선학산에 올라가 서 거 한거석 섰는 나모에 목을 매달아도 되고, 그기 안 좋으모 남강에 풍덩 뛰어들기만 해도 금방 될 일을 갖고 안 있나.’

그러자 께름칙한 기분이 사라지면서 그와는 아무 상관도 없었던 사건 처럼 받아들여지는 배봉이었다. 그래서 어깨에 힘을 실으면서 고했다.

“짜다라 걸리지는 안 할 것이옵니더.”

배봉의 말에 하 목사는 아주 흡족해하는 표정을 지었다.

“그, 그래. 아암, 그래야지, 그래야 하고말고.”

여자 하나 때문에 놓친 세상을 여자 하나 때문에 또다시 제 손아귀에 거머쥔 형편없는 인간이 거기 있었다.

'머가 그래야 하고 말고야, 하고 말고는?'

그러나 배봉은 화급한 시늉을 하며 하 목사 앞을 물러 나오면서 몹시 걱정스러웠다. 도둑 막으려다가 강도 불러들이는 격이 되고 말았다. 분명히 해랑부터 먼저 부를 것이다.

'이거 일이 에나 요상하거로 돼삣다. 이런 빙신 겉은 눔이 있나.'

배봉은 크게 후회했다. 경솔한 자신으로 인해 좋지 못한 일이 생길 수도 있는 것이다. 하지만 그렇다고 하 목사에게 춘화를 가져다주지 않을 수도 없게 되었으니, 제발 하 목사에게 그 춘화의 약발이 먹혀들지 않기를 빌고 또 비는 수밖에……

– 백성 3부 10권으로 계속

백성 9

초판 1쇄 인쇄일 • 2023년 10월 25일
초판 1쇄 발행일 • 2023년 10월 30일

지은이 • 김동민
펴낸이 • 임성규
펴낸곳 • 문이당

등록 • 1988. 11. 5. 제 1-832호
주소 • 서울시 성북구 동소문로 65-2 삼송빌딩 5층
전화 • 928-8741~3(영) 927-4990~2(편)
팩스 • 925-5406

전자우편 munidang88@naver.com

ISBN 978-89-7456-561-9 03810

값은 뒤표지에 표시되어 있습니다.